Dorothea Morgenroth

Der den Himmel lenkt

Roman

Über die Autorin

Dorothea Morgenroth ist Hausfrau und Mutter. Mit ihrem Mann und ihren vier Kindern lebt sie in Süddeutschland.

Dorothea Morgenroth

Der den Himmel lenkt

Roman

Gerth Medien

FSC
Mix
Produktgruppe aus vorbildlich
bewirtschafteten Wäldern und
anderen kontrollierten Herkünften

Zert.-Nr. SGS-COC-1940
www.fsc.org

Verlagsgruppe Random House FSC-DEU-0100
Das FSC-zertifizierte Papier *Super Snowbright* für dieses Buch
liefert Hellefoss AS, Hokksund, Norwegen.

1. Auflage 2010
Bestell-Nr. 816 455
ISBN 978-3-86591-455-2

Umschlaggestaltung: Hanni Plato
Umschlagbild: corbis
Satz: Mirjam Kocherscheidt; Gerth Medien GmbH
Druck und Verarbeitung: GGP Media GmbH, Pößneck
Printed in Germany

Gewidmet dem Andenken meines Vaters,
Günther Gerhard Meißner,
der die alten Heilslieder schätzte und liebte.
Auf dem Gipfel jedes hohen Berges,
wenn die Welt zu unseren Füßen lag
wie ein vollkommenes kleines Schöpfungsmodell,
stimmte er mit der ganzen Familie an:
„Du großer Gott, wenn ich die Welt betrachte,
die du geschaffen durch dein Allmachtswort …"
Jedes Jahr im Schein der ersten Adventskerze
führte er uns sicher durch sämtliche Strophen von
„Macht hoch die Tür, die Tor macht weit,
es kommt der Herr der Herrlichkeit …"
Auch wenn ich mich nicht mehr daran erinnern kann,
„Befiehl du deine Wege"
aus seinem Mund gehört zu haben,
weiß ich, dass er sein Leben danach ausrichtete –
bis zum Ende seines Weges auf dieser Erde.
Deshalb ist die Geschichte dieses Buches
in gewissem Sinne auch seine Geschichte –
ein Gedenkstein für uns, die nachfolgenden Generationen.

Prolog

Hand in Hand standen zwei Kinder am Fuße einer jungen Buche und betrachteten das kleine Kunstwerk, das sie während der letzten halben Stunde mühevoll in die harte Baumrinde geschnitzt hatten: ein etwas ungleichmäßig geratenes Herz, in dessen Innerem sich neben der Jahreszahl 1801 die Anfangsbuchstaben ihrer Namen befanden, E und J.

„Wären wir doch nur ein paar Jahre älter ...“, seufzte der Junge aus tiefstem Herzen. „Ich würde dich noch heute heiraten. Dann könnten wir für immer zusammenbleiben und du bräuchtest nicht mit deiner Familie von hier fortzugehen!“

Das Mädchen löste den Blick nur allmählich von dem Denkmal, das die beiden ihrer Zuneigung gesetzt hatten, und richtete ihn träumerisch auf den Freund. Für einen knapp Dreizehnjährigen war er sehr groß – der Saum seiner Kniehosen befand sich bereits eine gute Handbreit über dem Knie und auch an der Ärmellänge des gebleichten Leinenhemdes fehlte ein ansehnliches Stück Stoff – Schultern und Oberkörper waren schmaler als bei den meisten seiner Altersgenossen, da er bedeutend lieber über Büchern jedweder Art saß, als sich körperlich zu betätigen. Auch seine kindlich hohe Stimme ließ noch nichts vom kommenden Mannesalter erahnen, und doch hätte sie ihre ganze Zukunft bedenkenlos in die Hände dieses „Mannes“ gelegt, wenn sie nur die Wahl gehabt hätte.

Aber es lag nicht in der Hand des zwölfjährigen Mädchens. Ihr Vater hatte beschlossen, die Heimat hier an der Donau mit der gesamten Familie zu verlassen und weit in den Norden des Deutschen Reiches zu ziehen – bis an die Nord- oder Ostsee, je nachdem, wo er Arbeit fand. Und ihr Vater war ein starrköpfiger Mann, dessen war sie sich bewusst. Was er einmal entschieden hatte, war nicht wieder rückgängig zu machen.

Als ob er ihre Gedanken gelesen hätte, fragte der Junge mit mühsam unterdrückter Hoffnung in der Stimme: „Meinst du nicht, dein Vater könnte seine Meinung doch noch mal ändern?“

„Oh nein, sicher nicht!“, entgegnete sie. „Wir haben doch bereits all unsere Sachen verpackt und auf den Karren geladen! Außerdem habe ich gestern erst gehört, wie Vater zu jemandem sagte: ‚Wenn ich in meinem ganzen Leben nur noch eine einzige dieser plumpen, unförmigen Zillen bauen müsste, würde ich wahnsinnig werden! Ich will endlich Schiffe bauen, die diesen Namen auch verdienen! Schiffe, die mit windgeschwellten Segeln die Meere durchpflügen, und zwar von Nord nach Süd und von Ost nach West, von einem Ende der Welt bis zum andern! Schiffe, die nicht am Ziel ihrer Fahrt ein schmähliches Ende als Bau- oder Brennholz finden, sondern solche, die in einem Orkan, gegen den sie sich zuerst heldenhaft zur Wehr setzten, an einem Felsen zerschellen oder die in einer bedeutenden Seeschlacht von einer feindlichen Kanone getroffen und von den schäumenden Meereswogen begraben werden!‘“

Julius nickte wissend. Eleonores Vater war bekannt für solch pathetische Reden. Solange er in der kleinen Schiffswerft nahe der Ulmer Herdbrücke gearbeitet und sogenannte Zillen gebaut hatte, mit denen Waren ebenso wie Menschen die Donau hinunter bis nach Wien oder noch weiter in den Südosten befördert wurden, hatte er nie einen Hehl aus seiner Abneigung gegen diese Art von Schiffen gemacht. Manch einer seiner Zeitgenossen nannte die floßartigen, mit einem hausähnlichen Bretterverschlag versehenen Kähne, die am Ende ihrer Fahrt tatsächlich oft als Brennholz endeten, spöttisch „Ulmer Schachteln", Eleonores Vater jedoch hatte noch weit weniger schmeichelhafte Bezeichnungen dafür gefunden und sein Leben lang nur von stolzen Segelschiffen geträumt.

Vor einigen Wochen schließlich hatte er sich dafür entschieden, seine Träume Wirklichkeit werden zu lassen und an die Küste umzusiedeln, wo er in einer „ordentlichen" Werft arbeiten konnte, und nun war der Zeitpunkt des Abschieds von der Heimat gekommen: Am folgenden Tag würde Eleonores Familie in aller Frühe zu ihrer langen, beschwerlichen Reise aufbrechen.

Abermals seufzte Julius tief auf. „Erinnerst du dich an das Lied, das Lehrer Deininger uns neulich in der Schule vorgetragen hat und das wir auswendig lernen sollten?", fragte er unvermittelt.

Eleonore bejahte. „Befiehl du deine Wege und was dein Herze kränkt, der allertreusten Pflege, des, der den Himmel lenkt!", zitierte sie, stolz darauf, dass sie den Liedtext so gut behalten hatte, obgleich ihre Lernfähigkeit bei Weitem nicht mit der ihres älteren Freundes konkurrieren konnte.

„Ja, das meinte ich. Ich finde, es passt zu uns, heute, da unsere Wege sich trennen und du diese lange Reise antreten musst ... Wollen wir uns gegenseitig versprechen, immer, wenn wir dieses Lied hören, aneinander zu denken, vielleicht auch füreinander zu beten?"

Eleonores Gesicht strahlte in kindlicher Begeisterung. „Oh ja, das ist eine gute Idee. Das wollen wir! Auf diese

Weise werden wir miteinander verbunden sein, auch wenn wir uns nicht wirklich sehen, nicht wahr?“

„Richtig. Eine Verbundenheit, die unabhängig ist von Raum und Zeit …“, sinnierte Julius. „Dennoch wäre es mir lieber, ich könnte dich auf ewig festhalten!“ Er verstärkte seinen Griff um Eleonores Hand.

Erneut legte sich bedrücktes Schweigen über die Kinder. Plötzlich jedoch deutete Eleonore zum Abendhimmel, der einzig im äußersten Westen noch einen schwachen rosa Schein der untergegangenen Sonne widerspiegelte. „Es wird bald dunkel“, mahnte sie sanft. „Wir müssen gehen!“

Gemächlichen Schrittes, um ihr letztes Beisammensein möglichst lange auszukosten, begaben die beiden sich auf den Weg nach Hause.

Zu ihrer Linken rauschte die Donau – lebendiger und lauter als sonst, denn um diese Jahreszeit war sie vom Schmelzwasser der aus den Alpen kommenden Zuflüsse merklich angeschwollen und das meist klare Wasser zeigte eine schlammig-bräunliche Färbung –, zu ihrer Rechten erstreckten sich ausgedehnte Auwälder in malerischem Frühlingsgewand.

Schlanke, biegsame Buchenschösslinge und etwas kräftiger gebaute Eichen mit zartgrünem, sich eben entfaltendem Laub spiegelten sich in seichten kleinen Tümpeln und beschatteten den feuchten Waldboden, welcher wiederum dicht bewachsen war mit Büscheln von leuchtend gelben Schlüsselblumen und den intensiv duftenden Blättern des Bärlapp.

Irgendwo weit oben in einem Baumwipfel flötete eine Schwarzdrossel ihr Abendlied – ein Lied voller Wehmut über das Schwinden des Tageslichts. Dem empfindsamen Julius schien es beinahe, als spürte der Vogel einen ähnlichen Schmerz in seiner Brust wie er selbst.

Viel zu schnell waren die Freunde und Nachbarskinder in der kleinen Ortschaft, die bislang ihre gemeinsame Heimat gewesen war, angelangt. Vor einem der niedrigen, eng beieinander stehenden Häuser wartete reisefertig ein voll bepackter Wagen.

Es war ein vierrädriger Karren, der seine besten Tage bereits weit hinter sich gelassen hatte und vor den am nächsten Morgen ein ebenso in die Jahre gekommenes, knochiges Pferd gespannt werden würde, um den gesamten Hausrat der Familie Becker nach Norden zu befördern.

Über einer wuchtigen Reisetruhe mit ledernen Gurten und einer Messingschließe türmten sich etliche unförmige, mit Leinen verschnürte Bündel, daneben waren mehrere selbst gezimmerte dreibeinige Hocker und ein altes Spinnrad verstaut; zuoberst thronte ein großer, rußgeschwärzter Kessel, der vormals seinen Platz über der offenen Herdstelle des Häuschens innegehabt hatte.

Der Anblick des Kessels, aus dem er selbst schon oft gegessen hatte, machte dem Jungen die Endgültigkeit ihres Abschieds schmerzlicher bewusst als alles andere, sodass er mit einem Mal das Verlangen hatte, ihn so rasch wie möglich hinter sich zu bringen. Andernfalls würde er an Ort und Stelle in Tränen ausbrechen, und diese Blöße wollte er sich vor Eleonores Augen keinesfalls geben!

Hastig führte er Eleonore hinter den Wagen, wo sie vor eventuellen neugierigen Blicken verborgen waren, und flüsterte heiser: „Auf Wiedersehen und lebe wohl, Eleonore Becker! Ich werde dich niemals vergessen!“ Und wie zur Versiegelung seines Versprechens hauchte er dem überraschten Mädchen einen leichten Kuss auf die Lippen, ehe er sich abrupt abwandte und mit langen Schritten seinem elterlichen Haus entgegeneilte.

Eleonore blickte der schwindenden Gestalt mit dem gebeugten Rücken und den bebenden Schultern schweigend nach, ehe sie bedächtig erwiderte: „Auch ich werde dich niemals vergessen, Julius Schwartz! Ich hab dich lieb!" Ihre leisen, kaum noch hörbaren Worte erreichten Julius im selben Moment, da die Haustür hinter ihm ins Schloss fiel.

Verzweifelt lehnte er sich von innen dagegen und ließ seinen Tränen freien Lauf, während Eleonore, nachdem sie noch einen Augenblick lang vergeblich auf eine eventuelle Antwort gewartet hatte, mit kummerschwerem Herzen die Schwelle ihres eigenen Elternhauses überschritt, um ihrer ungewissen Zukunft ins Auge zu sehen.

Teil 1

1818 bis 1819

Befiehl du deine Wege
und was dein Herze kränkt,
der allertreusten Pflege
des, der den Himmel lenkt!
Der Wolken, Luft und Winden
gibt Wege, Lauf und Bahn,
der wird auch Wege finden,
da dein Fuß gehen kann.

Dem Herren musst du trauen,
wenn dir's soll wohlergehn;
auf sein Werk musst du schauen,
wenn dein Werk soll bestehn!
Mit Sorgen und mit Grämen
und mit selbsteigner Pein
lässt Gott sich gar nichts nehmen:
Es muss erbeten sein.

Kapitel 1

„Mein Herr, bitte warten Sie einen Moment!“, drang eine schwache, heisere Frauenstimme durch die Stille der nebelverhangenen Nacht.

Während der vergangenen Tage war ein stetig zunehmender, scharfer Wind aus Nordost über Land und Meer gefegt, Deiche waren unter der Wucht der schaumgekrönten Wogen erbebt, welche in ihrem Bemühen, die von Menschenhand errichteten Hindernisse zu überwinden, immer höher schlugen, und dunkle, regenschwere Wolken waren, sich immer wieder in heftigen Schauern entleerend, landeinwärts gezogen. Vor einigen Stunden jedoch war der Sturm abgeflaut und hatte seine Vorherrschaft einem zähen, undurchdringlichen Herbstnebel überlassen.

Wie ein dicht gewebtes, weißes Leintuch hatte sich der Nebel über die Häuser der Stadt Kiel gelegt, und hier im Hafen waberte er dicht über der Wasseroberfläche, während er gleichzeitig seine Schwaden wie lange, knochige Finger nach den Masten und vereinzelten Schornsteinen der vor Anker liegenden Schiffe ausstreckte.

Der einsame Fußgänger, der das Hafengelände überquerte und eiligen Schrittes seinem Ziel zustrebte, fröstelte trotz des schweren wollenen Mantels, den er über seinem Anzug trug und dessen Pelzkragen er hochgeschlagen hatte. Die gedämpfte Frauenstimme schien er in seiner Eile gar nicht wahrzunehmen, und falls doch, so bezog er ihr Rufen zumindest nicht auf seine eigene Person.

Seine Gedanken weilten wie gewöhnlich bei geschäftlichen Problemen, von denen es im Laufe der letzten Jahre für seinen Geschmack bereits viel zu viele gegeben hatte. Johan Kjeldsen war Eigentümer der großen Kopenhagener Schiffswerft *F & J Kjeldsen*, die er im Jahr 1801 von seinem Vater übernommen hatte – in demselben Jahr, in dem nahezu die gesamte dänische Kriegsflotte von England ausgelöscht worden war. Aus Furcht, die bedeutende Seemacht Dänemark könnte sich mit Napoleon verbünden und gegen sie in den Krieg ziehen, hatten die Engländer damals gewissermaßen in einer Präventivschlacht die königlich-dänische Flotte angegriffen, und unter dem Opfer zahlloser Menschenleben auf beiden Seiten war es ihnen gelungen, diese fast vollständig zu vernichten.

Der Wiederaufbau der Flotte hatte *F & J Kjeldsen* ebenso wie die übrigen dänischen Schiffswerften einige Jahre härtester Arbeit gekostet – und gleichzeitig Johan Kjeldsen zu einem reichen, angesehenen Mann gemacht. Bis zum Jahr 1805 war sein Geschäft so stark gewachsen, dass er beschloss, im dänischen Herzogtum Holstein eine zweite Werft zu eröffnen.

Er war nach Kiel gefahren, um den Aufbau der dortigen Schiffswerkstatt persönlich zu überwachen, und nach einem knappen Jahr im Besitz einer gut gehenden Schiffswerkstatt und mit einer deutschen Ehefrau, der Tochter eines holsteinischen Grafen, in die er sich Hals über Kopf verliebt hatte, nach Dänemark zurückgekehrt.

Nachdem er soeben begonnen hatte, das Glück seines Reichtums und vor allem sein junges Eheglück so recht zu genießen, war seine Heimat und sein Geschäft vom nächsten Schicksalsschlag getroffen worden, einem erneuten Angriff Englands.

Diesmal erfolgte der Angriff nicht nur zu See, sondern auch zu Land, sodass große Teile der Stadt Kopenhagen in Schutt und Asche gelegt wurden und neben den Soldaten und Seemännern unzählige unschuldige Bürger ihr Leben lassen mussten. Und um Dänemarks Kriegsflotte ein für alle Mal davon abzuhalten, sich auf die Seite Napoleons zu schlagen, nahm die Royal Navy bei ihrem siegreichen Abzug diesmal sämtliche zu diesem Zeitpunkt noch vorhandenen Schiffe, einschließlich des vorhandenen Materials für den Bau neuer Schiffe, mit sich.

Seine beiden Werften unter diesen Bedingungen am Leben (und rentabel) zu erhalten kostete Johan Kjeldsen jahrelange Kämpfe; genau genommen kämpfte er darum ebenso lange, wie die Soldaten seines Vaterlandes trotz aller von England ausgehenden Einschüchterungsversuche als Verbündete Napoleons kämpften – mit einem gravierenden Unterschied allerdings: Er gewann seinen Kampf, sein Land hingegen verlor auf ganzer Linie.

Während Dänemark noch unter den Folgen des Staatsbankrotts litt, ging es seinen Werften unverhältnismäßig gut. Vor allem die Kieler Werft, die auch nach Holsteins Beitritt zum Deutschen Bund im Jahr 1815 in seinem Besitz geblieben war, warf beträchtliche Gewinne ab, wie er bei der heutigen Überprüfung ihrer Geschäftsbücher festgestellt hatte, und er freute sich darauf, seiner Frau diese guten Neuigkeiten mitzuteilen.

Deshalb eilte er, ohne sich weiter um seine Umgebung zu kümmern, an Bord des Schiffes, das ihn zurück in die Heimat bringen würde. Er setzte eben den ersten Fuß auf den Laufsteg, als die bebende Frauenstimme erneut nach ihm rief – diesmal war sie ihm schon so nah, dass er sie nicht länger überhören konnte.

„Bitte, mein Herr, so bleiben Sie doch für einen kleinen Moment stehen!“

Widerstrebend wandte Johan Kjeldsen sich um und wartete. Wer um Himmels willen mochte in einer solchen Nacht und um diese späte Stunde noch etwas von ihm wollen?

Zu seinem Erstaunen erblickte er eine Frau mit einem kleinen Kind an ihrer Seite, die atemlos hinter ihm her hasteten. Beide waren in Lumpen gekleidet.

„Gnädiger Herr!", keuchte die Frau, nachdem sie dicht vor ihm haltgemacht hatte. „Bitte verzeihen Sie die Störung, aber ich habe sonst niemanden, den ich um Hilfe bitten könnte! Sie –" Ein tiefes, gequältes Husten entrang sich ihrem ausgemergelten Körper und verhinderte, dass sie den Satz zu Ende bringen konnte.

Herr Kjeldsen wich unbehaglich einen Schritt zurück, dennoch fuhr die Frau, während sie noch keuchend nach Luft rang, fort: „Sie kennen mich zwar nicht, aber ich weiß, wer Sie sind, Herr Kjeldsen! Mein Vater hat in Ihrer Werft gearbeitet – bis zu dem tödlichen Unfall damals, vor zwei Jahren. Sie erinnern sich doch sicher ..."

Fragend blickte sie auf den Werftbesitzer, der daraufhin kurz nickte. Er erinnerte sich nur zu gut an diesen schrecklichen Unfall in der Kieler Werft, der seinerzeit mindestens zehn Arbeiter das Leben gekostet hatte. Obwohl es nicht seine Schuld gewesen war (er hatte sich zu diesem Zeitpunkt nicht einmal in Kiel aufgehalten), dass der einstürzende Bretterstapel so viele Männer unter sich begraben hatte, hatte er sich dafür verantwortlich gefühlt und den hinterbliebenen Familien der Arbeiter eine finanzielle Entschädigung zukommen lassen. Doch offensichtlich war sein Geld – zumindest im Fall dieser Familie – nicht mehr als der sprichwörtliche Tropfen auf den heißen Stein gewesen.

Mitleidig blickte er auf die junge Frau, während diese fortfuhr: „Bald nach meinem Vater starb auch meine Mutter – sie ertrug es nicht, ohne ihn zu leben – und seitdem stehe ich alleine, ganz ohne Familie, da. Ich habe versucht, mich und meine kleine Tochter so gut wie möglich am Leben zu erhalten, aber nun –"

Erneut wurde sie von einem heftigen Hustenanfall unterbrochen. Sie zog ein fadenscheiniges, schmutziges Taschentuch unter ihrem verschlissenen Umhang hervor, hielt es schützend vor ihr Gesicht und sah den Geschäftsmann flehend an. „Ich habe wegen meiner Krankheit keine Stellung mehr gefunden, wir haben unser Zuhause und unsere Unterkunft verloren, ich habe keine Angehörigen, bei denen wir unterkommen könnten, und nun wird es Winter! Ich bitte nicht um Geld oder um Hilfe für mich, mein Herr, denn für mich käme sie zu spät. Ich bitte nur für meine kleine Tochter! Erbarmen Sie sich ihrer, nehmen Sie sie mit sich und geben Sie ihr ein gutes, liebevolles Zuhause, dann kann ich ..." Mit einem schmerzlich besorgten Blick auf ihr Kind ließ sie diesen letzten Satz unvollendet.

Herr Kjeldsen musterte die Frau eingehend. Sie befand sich etwa im selben Alter wie seine Ehefrau – Mitte zwanzig also –, aber ihr Körper war von schwerer Krankheit gezeichnet. Ihre Wangen waren eingefallen, die Augen fiebrig glänzend und auf dem Taschentuch zeichneten sich nach dem Hustenanfall deutliche Blutspuren ab. Obgleich er wegen ihres eigenartig klingenden Dialektes nicht jedes einzelne der hastig hervorgesprudelten Worte verstanden hatte, war ihm der Sinn derselben völlig klar: Diese schwer kranke junge Frau wollte ihr Kind versorgt und in Sicherheit wissen, um dann in Frieden sterben zu können.

Sein Blick glitt ein Stückchen tiefer, zu dem kleinen Mädchen an ihrer Seite. Es war in die übrig gebliebenen Fetzen einer rauen Wolldecke eingewickelt, fror aber dennoch erbärmlich, während es sich Schutz suchend dicht an die Seite seiner Mutter schmiegte. Beim Anblick der übergroßen kummervollen Augen in dem zarten Gesichtchen sah der gut situierte Geschäftsmann unwillkürlich seine eigene Tochter vor sich – wohlgenährt, mit niedlichen roten Pausbacken und schelmisch blitzenden blauen Augen! Mechthild Dorothea Kjeldsen hatte in ihrem ganzen vierjährigen Leben noch nicht den Hauch eines Mangels oder Kummers verspüren müssen. Dieses Mädchen hier mochte nur ein, zwei Jahre älter sein als sie und kannte nichts anderes als ein Leben voller Not und Entbehrung ...

Voll Mitgefühl streckte er beide Hände nach der Kleinen aus.

Das Gesicht der Mutter leuchtete auf, als sie seine Absicht erkannte. Sie beugte sich hinunter, schloss ihre kleine Tochter noch einmal fest in die Arme und flüsterte tapfer: „Gott segne dich, mein Schatz!"

Dann legte sie die Hand des Kindes entschlossen in die des Dänen, murmelte: „Danke, Herr Kjeldsen, vielen Dank! Gott segne auch Sie!", und eilte davon, so schnell ihre Beine sie noch tragen konnten. Dabei erbebten ihre Schultern unter mühsam unterdrückten Schluchzern.

Ehe die Kleine recht begreifen konnte, was geschehen war, hatte der dichte Nebel ihre Mutter bereits verschluckt, und so ließ sie sich von Johan Kjeldsen widerstandslos auf das Schiff führen.

In seiner Kabine angelangt, schälte er sie behutsam aus der zerfetzten Wolldecke und ihrem feuchten Kleidchen und legte sie auf seine Koje, wo sie beinahe augenblicklich in einen tiefen Schlaf fiel.

Als er das nasse Kleid über die Stuhllehne hängte, damit es bis zum nächsten Morgen trocknen konnte, fiel ein zerknitterter Briefumschlag zu Boden, der sich darin verborgen hatte. Überrascht nahm der Mann ihn an sich, öffnete ihn und hielt den Brief, der aus mehreren dicht beschriebenen Bögen Papier bestand, näher an die flackernde kleine Lampe auf seinem Tisch.

„Sophie Becker, geboren in Kiel am 16. November 1813", stand in zittriger, ungeübter Schrift darauf, und in der Zeile darunter: „Mutter: Eleonore Becker, geboren 1790".

Diesen spärlichen Angaben folgte ein langer persönlicher Brief.

„Meine geliebte Tochter Sophie", las er, „eines Tages wirst du alt genug sein, diesen Brief deiner Mutter zu lesen, und ich bete von Herzen, dass du dann auch alt genug bist zu verstehen, weshalb ich dich in die Obhut von fremden Menschen geben musste. Ich kann dir jedenfalls versichern: Nichts ist mir jemals so schwer gefallen wie diese Trennung von dir. Es ist mein größter Kummer, dass ich dir nicht die Möglichkeit geben kann, in einer eigenen, vollständigen Familie aufzuwachsen, aber ich bin zu krank, um weiterhin für dich zu sorgen, und weitere Angehörige, die dafür infrage kämen, haben wir beide nicht mehr. Deine Großeltern sind bereits tot, und dein Vater, mit dem ich nicht verheiratet war, hat uns schon vor deiner Geburt verlassen. Er hat wohl eine Ahnung davon, dass es dich gibt, aber er hat dich nie gesehen noch kümmert er sich um ..."

An dieser Stelle hielt Johan Kjeldsen abrupt inne. Selbst wenn er gewissermaßen versprochen hatte, für das Kind zu sorgen, hatte er nicht das Recht dazu, einen derart persönlichen Brief zu lesen. Augenscheinlich hatte die Mutter ihn in dem Wissen, dass sie sich von ihrer Tochter trennen musste, verfasst, um ihr eine – wenn auch noch so geringe – persönliche Erinnerung zu hinterlassen.

Er legte den Brief beiseite, doch die wenigen Worte, die er bereits gelesen hatte, ließen ihn nicht mehr los. Die schonungslose Offenheit der Mutter beeindruckte ihn ebenso wie die Selbstlosigkeit, mit der sie bereit war, sich zum Wohl ihrer geliebten Tochter von dieser zu trennen.

Wenn es doch irgendeine Möglichkeit gäbe, nicht nur dem bemitleidenswerten kleinen Mädchen, sondern auch der tapferen jungen Mutter aus ihrem Elend zu helfen ...

Ruhelos schritt der Däne auf und ab, von einer Wand der winzigen Schiffskabine zur anderen, während er über das Problem nachsann. Es musste einfach einen Weg geben, die beiden nicht voneinander zu trennen ... wenn nur die Mutter nicht sterbenskrank wäre ...

Plötzlich blieb er stehen und fuhr mit der Hand über seine Stirn. „Natürlich, das ist es!", murmelte er. „Sie braucht einen Arzt! Weshalb bin ich nicht gleich darauf gekommen?"

Ein wirklich fähiger Arzt, der in der Lage war, die Gesundheit der jungen Frau wiederherzustellen, würde zwar viel Geld kosten, aber er war durchaus gewillt, diese Kosten auf sich zu nehmen, falls nur die geringste Hoffnung bestand, Mutter und Tochter dadurch eine gemeinsame Zukunft zu ermöglichen!

Mit dem festen Vorsatz, sich gleich bei Anbruch des nächsten Morgens auf die Suche nach der schwer kranken Mutter zu machen und sie umgehend zum Arzt zu bringen, legte sich der Geschäftsmann zu guter Letzt doch für einige Stunden zur Ruhe.

Nahezu blind vor Tränen wankte Eleonore Becker um die Ecke des baufälligen Lagerschuppens. Die Trennung von Sophie fiel ihr weit schwerer, als sie gedacht hatte. Sie hatte im Laufe der letzten fünfzehn Jahre gelernt, ihre Gefühle stets in ihrem tiefsten Innern zu vergraben, aber der Abschied von ihrer kleinen Tochter, dem einzig Wertvollen, das sie noch besaß und jemals besessen hatte, war in der Tat zu viel.

Sie fühlte einen tiefen, nagenden Schmerz in ihrer Brust, wie sie ihn vorher niemals für möglich gehalten hätte. Es war beinahe, als fehlte ihr mit Sophie ein wichtiger Teil ihres eigenen Körpers – ein Teil, ohne den sie unmöglich weiterleben konnte!

Sehnsüchtig wandte sie sich um in der Hoffnung, noch einen letzten Blick auf Sophie zu erhaschen, und sah gerade noch, wie diese an der Hand des hochgewachsenen Dänen das Innere des Schiffes betrat. Kurz darauf leuchtete hinter einem der runden Bullaugen, das bis eben nichts weiter gewesen war als ein kleiner schwarzer Punkt in der etwas helleren Schiffswand, ein schwaches Licht auf. Ein langer dunkler Schatten wurde sichtbar, der sich tief nach unten beugte, dann flackerte das Licht noch einmal hoch auf, ehe es schließlich schwächer wurde und erlosch.

Eleonore glitt mit dem Rücken an der harten Bretterwand entlang zu Boden, legte, nachdem sie saß, ihren Kopf auf die angewinkelten Knie und murmelte beinahe tonlos vor sich hin: „Es ist wirklich das Beste so, das Beste für Sophie. Er wird dafür sorgen, dass es ihr gut geht, wenn ich nicht mehr bin ... ich habe ja keine andere Möglichkeit mehr ...“

An diesem Punkt glitten ihre Gedanken zurück in die Vergangenheit, zu einem anderen Abschied, zu einem anderen Tag, an dem ihr keine andere Wahl geblieben war, als sich von einem geliebten Menschen zu trennen.

Im Grunde genommen hatte ihr ganzes Elend genau nach diesem Abschied von ihrem Freund Julius Schwartz begonnen ...

Die Reise von der kleinen Ortschaft vor den Toren Ulms im Südwesten Deutschlands bis an die Ostseeküste in Holstein war lang und äußerst beschwerlich gewesen.

Friedrich Beckers bescheidene Ersparnisse hatten nicht lange vorgehalten, sodass die Familie schon bald nach ihrem Aufbruch von der Heimat gezwungen war, im Freien zu übernachten statt in einem Gasthaus, und auch die Mahlzeiten fielen mit der Zeit immer dürftiger aus.

So manche Nacht lang lag Eleonore hellwach unter dem altersschwachen Karren, der nur einen geringen Schutz vor dem ständigen Regen dieses Frühsommers bot, und lauschte dem Atem ihrer Eltern und Geschwister, während ihr Magen heftig und lautstark nach Nahrung verlangte. Doch auch am nächsten Morgen gab es in der Regel nichts weiter zu essen als einen Kanten harten alten Brotes und ab und zu, wenn sie auf dem Grund eines mitleidigen Bauern übernachtet hatten, einen kleinen Schluck frischer Milch, die das Brot, wenn man es nur lang genug darin eintauchte, ein wenig genießbarer machte.

Die Folgen der unzureichenden Ernährung und der nasskalten Nächte machten sich bei den vier Becker-Kindern bald bemerkbar: Agnes und Anna, die dreijährigen Zwillinge, begannen zu husten, anschließend bekamen sie Fieber, und da sie ohnehin nie besonders robust gewesen waren, magerten sie bald bis auf die Knochen ab. Nachdem der Wagen die Landgrafschaft Hessen-Kassel erreicht und somit etwa die Hälfte der Strecke hinter sich gebracht hatte, war Friedrich Becker dazu gezwungen, abseits einer einsamen Straße ein kleines Grab auszuheben, um seine beiden jüngsten Töchter zu begraben.

Eleonore und der neunjährige Ernst waren zu diesem Zeitpunkt ebenfalls krank, ihre Mutter litt unter dem Verlust der Mädchen und das Pferd schleppte sich trotz seiner leichter werdenden Last immer mühsamer voran. Dennoch war der Vater nicht gewillt, eine Pause einzulegen. Er trieb das Pferd und seine restliche Familie unerbittlich weiter seinem Ziel, der Küste, entgegen. Und eines Tages, als Eleonore sich schon fast nicht mehr vorstellen konnte, wie es war, in einem festen Haus zu wohnen oder einen vollen Magen zu haben, erreichten sie die Ostsee.

Blaugrau und glitzernd, wie ein zu ungleichmäßigen, sich bewegenden Wellen aufgeworfener Teppich, lag die See in der Sonne des Spätnachmittags. Weit hinten am Horizont, wo das Wasser in den ebenso blaugrauen Himmel überging, konnte man die Silhouette eines großen Schoners erkennen. Seine Segel flatterten im Wind, während er anscheinend mühelos dahinglitt.

Friedrich Becker stoppte seinen Wagen mitten auf der Küstenstraße, um den lang ersehnten Anblick zu genießen, und sein verkniffener Gesichtsausdruck wich einem breiten, zufriedenen Lächeln, während seine Familie voll Erleichterung aufatmete. Die lange, leidvolle Reise hatte ein Ende!

Wenige Tage später ließen sie sich in Kiel nieder, wo Fritz Becker tatsächlich Arbeit in einer Werft fand. Doch es handelte sich um eine unbedeutende, kleine Schiffswerkstatt, und entsprechend gering war auch der Verdienst der Arbeiter. Die Familie Becker litt weiterhin Not – nicht mehr im selben Maß wie unterwegs, aber wirklich satt wurden sie niemals.

Sobald Ernst wieder etwas zu Kräften gekommen war, musste er seinen Vater zur Arbeit begleiten, und ein Jahr später war auch Eleonore gezwungen, Geld zu verdienen. Sie war zwar sehr zierlich, dabei aber recht hübsch mit ihren ausdrucksvollen dunklen Augen in dem schmalen Gesicht und fand deshalb bald eine Stellung als jüngste Küchenmagd im Haus eines begüterten Kieler Kaufmanns. Ihren kleinen wöchentlichen Verdienst lieferte sie treu bei der Mutter ab, und ihre wenigen freien Stunden nutzte sie dazu, sich im Lesen und Schreiben zu üben, wie sie es einst zusammen mit Julius in der Schule getan hatte. Der kluge, wissbegierige Julius, der niemals genug bekommen konnte vom Lesen und Lernen … – manchmal erschien ihre gemeinsame Zeit mit Julius ihr jetzt nur noch wie ein wunderschöner, ferner Traum.

Die Jahre zogen ins Land. Nachdem Eleonores Vater und Bruder in der neu gegründeten, aufstrebenden Schiffswerft F & J Kjeldsen *eine besser bezahlte Arbeitsstelle gefunden hatten, ging es mit ihrer Familie allmählich bergauf.*

Ohne sich dessen bewusst zu sein, hatte Eleonore sich im Laufe der Zeit zu einer ausgesprochen hübschen jungen Frau entwickelt, die jedoch keinem der jungen Männer, mit denen der Vater sie bekannt machte, auch nur einen Blick schenkte. Bis eines Tages Hans-Albrecht in ihr Leben trat.

Sie hatte einen langen, heißen Tag in der Küche des Kaufmannshauses hinter sich und befand sich auf dem Weg nach Hause, als sie mit einem Mal auf höchst unsanfte Weise von hinten angestoßen wurde. Eleonore drehte sich um und sah sich einem Fremden gegenüber. Der junge Bursche in Matrosenuniform lallte einige unverständliche Worte. Trotz des noch frühen Abends war er offenbar betrunken. Er streckte seine Arme aus und zog das überraschte Mädchen an sich. Eleonore wehrte sich nach Kräften, aber der Matrose ließ sich nicht abschütteln. Durch ihre Gegenwehr angestachelt, zog er sie noch fester in seine Arme und versuchte mit Gewalt, sie zu küssen.

In diesem Augenblick ertönte eine laute Stimme aus dem Hintergrund, gleichzeitig wurde der Matrose von einem starken Arm beiseitegestoßen. Er taumelte zu Boden, und nachdem er einen kurzen Blick auf seinen Angreifer geworfen hatte, ergriff er die Flucht.

Zögernd wandte Eleonore sich zu ihrem Retter um. Bei seinem Anblick stockte ihr der Atem. Konnte es sein …? „Julius?", stammelte sie unsicher.

Doch der schmale, hochgewachsene junge Mann zuckte mit den Schultern und erwiderte mit einem bedauernden Lächeln: „Tut mir leid, mein Fräulein. Mein Name ist Hans-Albrecht, nicht Julius!"

Eleonore stand regungslos da. Wie gebannt starrte sie auf diesen Mann, der dem Freund aus ihrer Kinderzeit so sehr ähnelte. Er hatte nicht nur die gleiche schmale, hochgewachsene Figur, sondern überdies die gleichen hellgrauen Augen und das gleiche dunkelblonde, leicht gewellte Haar. Und genau wie Julius schien er in der Lage zu sein, ihre Gedanken zu lesen, denn er ignorierte ihr unhöfliches Schweigen ebenso wie ihren verwirrten Gesichtsausdruck und erkundigte sich stattdessen: „Und wer, mein gnädiges Fräulein, ist dieser Julius, dem ich so sehr zu gleichen scheine?"

Nachdem Eleonore noch immer nicht in der Lage war, etwas zu erwidern, erbot sich der junge Mann, sie nach Hause zu begleiten, „um sie vor weiteren möglichen Übergriffen zu schützen", wie er es ausdrückte. Galant nahm er ihren Arm und geleitete sie bis vor die Tür des bescheidenen Hauses, in dem die Familie Becker lebte.

„Darf ich darauf hoffen Sie wiederzusehen, Fräulein Eleonore?", fragte er zum Abschied (unterwegs hatte sie ihre Sprache immerhin weit genug wiedergefunden, um ihm ihren Namen anzuvertrauen), und von diesem Augenblick an war für Eleonore nichts mehr wie zuvor. Der Himmel war blauer, die Sonne schien wärmer, ihre ganze Umgebung, ja selbst die Luft, die sie umgab, war erfüllt von der Verheißung auf eine wundervolle Zukunft an der Seite dieses Mannes.

Seine frappierende Ähnlichkeit mit Julius Schwartz, sein natürlicher, betörender Charme und seine ausgesuchte Höflichkeit selbst gegen sie als einfache Küchenmagd machten sie blind und taub für die Ermahnungen ihrer Mutter, die der festen Überzeugung war, der junge Soldat aus einer angesehenen Familie meinte es nicht ernst mit Eleonore.

Hans-Albrecht war anders als die übrigen jungen Männer, da war sie ganz sicher. Sie brachte ihm alle Liebe entgegen, derer sie fähig war, und tat in ihrer Gutgläubigkeit und Unerfahrenheit alles, was der leidenschaftliche junge Mann von ihr verlangte.

Als sie ihm nach einigen Monaten mitteilte, sie erwarte ein Kind von ihm, zuckte Hans-Albrecht in der ihm eigenen unbekümmerten Art die Schultern und flüsterte zärtlich in ihr Ohr: „Dann wird es wohl langsam höchste Zeit, dass wir beide heiraten, nicht wahr?"

Zwei Tage später war er nicht zur vereinbarten Zeit an ihrem Treffpunkt erschienen, auch am Tag danach nicht, und Eleonore hegte die Befürchtung, dass ihm etwas zugestoßen sei. Als eine ganze Woche verstrichen war, in der Hans-Albrecht sich nicht bei ihr gemeldet hatte, vertraute Eleonore sich ihren Eltern an. Der Gedanke, dass er sie verlassen haben könnte, lag ihr ferner als alles andere, doch Fritz Becker, der dem jungen Mann nie richtig über den Weg getraut hatte, war sich sicher, dass dieser genau das getan hatte. In der Tat ergaben seine Nachforschungen, dass der junge Freiherr Hans-Albrecht von Rothenbaum sich einem Kavallerieregiment angeschlossen hatte und vor einigen Tagen ins Feld gezogen war, um an der Seite Napoleons und seiner Männer zu kämpfen.

Nachdem Eleonore den ersten Schrecken über diese Mitteilung verdaut hatte, klammerte sie sich an die Hoffnung seiner Wiederkehr wie eine Ertrinkende an einen auf unruhiger Wasserfläche tanzenden Strohhalm. Vergeblich. Sophie wurde geboren, Napoleon und seine Truppen wurden geschlagen und der Krieg ging zu Ende, aber weder kehrte Hans-Albrecht nach Kiel zurück noch erhielt Eleonore jemals eine Nachricht von ihm.

Mit ihrer kleinen Tochter lebte sie weiterhin bei den Eltern, bis Vater und Bruder bei dem Unglück in der Schiffswerft ums Leben kamen und ihre Mutter den beiden bald danach ins Grab folgte. Der Kummer darüber, im Laufe der Jahre den größten Teil ihrer Familie verloren zu haben, brach ihr das Herz.

Nun war Eleonore auf sich allein gestellt. Ihre Stelle als Küchenmagd in dem reichen Kaufmannshaushalt hatte sie bereits während ihrer Schwangerschaft verloren, und als ledige Mutter eine neue zu finden erwies sich als schier unmöglich.

Die einzige Arbeitsstelle, die sie auftreiben konnte, war die einer Bardame in einer Hafenkneipe, die hauptsächlich von Seeleuten besucht wurde. Es widerstrebte ihr zutiefst, Sophie der rauen Atmosphäre dieser Kneipe auszusetzen, doch nachdem sie niemanden mehr hatte, der das Mädchen während ihrer Arbeitszeiten versorgen konnte, blieb ihr nichts anderes übrig, als sie dorthin mitzunehmen – was von dem Kneipeninhaber widerwillig akzeptiert wurde.

Das Geld, das Eleonore mit ihrer Tätigkeit verdiente, reichte gerade eben zum Überleben der kleinen Familie.

Dann kam der Winter, in dem Sophie vier Jahre alt wurde. Wochenlang blies ein schneidender, eiskalter Ostwind durch die Gassen der Hafenstadt und erfüllte jeden Winkel von Eleonores winzigem, bescheidenen Zimmer, das sie nach dem unvermeidlichen Verkauf ihres Elternhauses bezogen hatte, mit beißender Kälte. Für zusätzliches Heizmaterial Geld auszugeben kam nicht infrage, und so war es nur eine Frage der Zeit, bis Mutter und Kind ernstlich krank wurden. Als die Außentemperaturen endlich wieder anstiegen und Sophie sich langsam, aber stetig erholte, hatte Eleonore nicht nur erneut ihre Stellung, sondern darüber hinaus beinahe jeglichen Überlebenswillen verloren.

Wohl war das anhaltend hohe Fieber, unter dem sie gelitten hatte, gewichen, aber der krampfartige, bellende Husten, der ganz tief aus ihrem Innern zu kommen schien, blieb hartnäckig und schwächte sie sichtlich, sodass es ihr nicht gelang, eine neue Stellung zu finden.

Wehen Herzens musste sie mit ansehen, wie ihre Tochter hungerte und immer magerer wurde, und es gab nicht einen Tag, an dem sie nicht ihre kleinen Zwillingsschwestern vor Augen hatte, die einst auf der langen Reise verhungert waren. War sie als Mutter heute genauso machtlos gegen dieses Schicksal, wie ihre Mutter es damals gewesen war?

Nachdem sie nächtelang wach gelegen und über dieser Frage gebrütet hatte, begann sie zu beten. Schmerzlich stellte sie fest, wie lange sie diese Möglichkeit, Gott ihr Herz auszuschütten, vernachlässigt hatte. Als sie noch jünger gewesen war und gemeinsam mit ihrer Familie und ihrem Freund Julius in Süddeutschland gelebt hatte, war ihr das Beten beinahe so selbstverständlich gewesen wie das Atmen. Wegen jeder Kleinigkeit, und war sie noch so alltäglich gewesen, hatte sie Gott um Hilfe gebeten. Auch nach dem Weggang aus der Heimat hatte sie, eingedenk „ihres“ Liedes und ihrer Abmachung mit Julius, täglich für ihn und sich selbst gebetet. Doch irgendwann im Laufe der Jahre, als ihre kindlichen Sorgen sich in die schwerwiegenden Erfahrungen und Enttäuschungen einer vom

Leben nicht eben begünstigten Erwachsenen verwandelten, hatte sie damit aufgehört. Sei es aus Bitterkeit über ihr Schicksal gewesen, oder aber, weil sie gemerkt hatte, dass sie durch Hans-Albrecht auf einen Weg geraten war, der Gott nicht gefallen konnte … sie hatte einfach nicht mehr gebetet.

Erst jetzt im Rückblick erkannte sie ihre Torheit, die Beziehung zu Gott gerade da vernachlässigt zu haben, wo sie seinen Rat und seinen Beistand nötiger als alles andere gehabt hätte. Aber noch war es nicht zu spät dafür – und während sie immer mehr in der alten Lutherbibel las, die ihre Eltern ihr hinterlassen hatten, fand sie zunehmend Trost und Antwort auf die Fragen bezüglich ihres und Sophies weiteren Lebens.

Sie fand ihr eigenes Leben widergespiegelt in der Gestalt der Ehebrecherin und Hure, die zu Jesus kam und die er, im Gegensatz zu allen übrigen seiner Zeitgenossen, nicht verurteilt, sondern zu einem neuen Leben ermutigt hatte – und tat dasselbe wie diese Frau in ferner Vergangenheit: Sie ging mit der Last ihrer Verfehlungen zu Gottes Sohn und empfing seine Vergebung.

Sie fand Sophies Leben wieder in Gestalt der Kinder, die von ihren Eltern zu Jesus gebracht, von ihm in die Arme genommen und gesegnet wurden – und tat dasselbe wie die Eltern damals: Im Gebet brachte sie Sophie vor Gott, der ihre Tochter noch mehr liebte, als ein irdischer Vater seine Kinder jemals lieben konnte.

Und indem sie diese Dinge tat, wuchsen im Laufe der langen Wochen von Eleonores Krankheit ihr Glaube und ihr Vertrauen auf Gott, der sie und Sophie trotz aller vergangenen Ereignisse liebte, während ihre Mitmenschen Eleonore als gefallener Frau und Hure nichts als Abscheu und Ablehnung entgegenbrachten; und er erfüllte ihr trauriges Herz mit Hoffnung und Zuversicht.

Sie wurde erfüllt von einer mit menschlichen Gefühlen nicht zu erklärenden und dennoch real vorhandenen Gewissheit, dass Gott selbst als liebender Vater für Sophies Wohlergehen sorgen würde, wenn sie wegen ihres geschwächten Körpers nicht mehr in der Lage dazu war.

Und schließlich war sie bereit, sich einzugestehen, dass sie einen weiteren langen, kalten Winter wahrscheinlich nicht überleben würde. So kam es, dass sie Gott nicht länger um Gesundheit für sich selbst bat, sondern Vorkehrungen für die Zeit zu treffen begann, in der sie nicht mehr bei Sophie sein würde.

Mehrere Abende lang saß sie bei flackerndem Kerzenlicht über dem Abschiedsbrief, den sie ihrer Tochter als Erinnerung auf ihren späteren Lebensweg mitzugeben gedachte, während sie gleichzeitig dafür betete, Gott möge ihr zeigen, wem sie Sophies Zukunft anvertrauen konnte.

Und Gott erhörte ihr Gebet. Zwei Tage nachdem Eleonore ihre letzten Habseligkeiten einschließlich der Bibel gegen die notwendigsten Nahrungsmittel eingetauscht hatte, begegnete sie Johan Kjeldsen. Obwohl sie ihn seit mehr als zwei Jahren nicht mehr gesehen hatte, erkannte sie den Mann, der sich nach dem Unglück in der Werft den Angehörigen gegenüber so großzügig gezeigt hatte, sofort wieder.

Die Begegnung mit ihm erschien ihr wie ein Fingerzeig Gottes. Vielleicht war es einfältig von ihr zu glauben, Gott habe den reichen Geschäftsmann gerade rechtzeitig zu ihrer Hilfe geschickt, dennoch war sie fest überzeugt: Dieser Mann, dessen Gottesfurcht und Barmherzigkeit von all seinen Arbeitern gerühmt wurde, würde ihre Bitte nicht abschlagen, sondern ihrer kleinen Sophie ein besseres Zuhause bieten, als sie es ihr jemals hätte bieten können.

So hatte sie gemeinsam mit Sophie ihre letzten verbliebenen Essensreste verzehrt und sich danach auf den Weg zu Johan Kjeldsens Schiff gemacht.

Ein letztes Mal blickte Eleonore wehmütig zu dem Schiff hinüber, das ihren einzigen kleinen Schatz in sich barg. Von nun an würde Sophie nie mehr hungern, frieren oder anderweitigen Mangel leiden müssen, und dieses Wissen linderte ihren Abschiedsschmerz ein wenig. Sie hatte das Leben ihrer Tochter dem Einen anbefohlen, der am besten für sie sorgen würde: Gott, der Wolken, Luft und Winden Wege, Lauf und Bahn gab, wie es in ihrem Lied hieß, der würde auch für ihr Kind einen guten Weg finden, einen Weg, dessen Ziel bei Gott selbst und in seiner Gegenwart lag.

Ihr Herz füllte sich mit tiefer Zufriedenheit und Dankbarkeit, und ungeachtet der Kälte und Feuchtigkeit ihrer Umgebung breitete sich eine wohlige Wärme in ihrem Innern aus. Lächelnd schloss sie ihre Augen, lehnte den Kopf gegen die Wand in ihrem Rücken und schlief ein.

Kapitel 2

Gegen Morgen, als die ersten Sonnenstrahlen den dichten Nebel durchdrangen, weckte Johan Kjeldsen einige Mitglieder der Schiffsmannschaft, die ihm bei der Suche nach der Mutter seines Schützlings helfen sollten.

Schließlich war er es aber selbst, der Eleonore Becker fand. Zumindest war er sich ziemlich sicher, dass es sich bei der ausgemergelten Gestalt, die in sich zusammengesunken und mit geschlossenen Augen an der Bretterwand eines baufälligen Lagerschuppens lehnte, um Sophies Mutter handelte. Immerhin hatte er die Frau am vergangenen Abend nur im Dunkeln gesehen.

„Frau Becker!“, raunte er mit gedämpfter Stimme, um sie nicht allzu unsanft aus dem Schlaf zu wecken, doch sie reagierte nicht. Er versuchte es noch einmal: „Wachen Sie auf, Frau Becker! Ich will Ihnen helfen!“ Er streckte seinen Arm aus und berührte sanft ihre Schulter. Noch im selben Moment wurde ihm klar, dass sein wohlüberlegtes Hilfsangebot für Eleonore Becker zu spät kam, so wie sie es in der vergangenen Nacht selbst angedeutet hatte. Sie hatte geahnt, dass ihr nicht mehr viel Zeit blieb, und ihre Ahnung hatte sie nicht getrogen: In ihrem fiebrigen, geschwächten Zustand hatte sie die feuchte Kälte dieser herbstlichen Nacht nicht überlebt.

Der Tod der jungen Mutter erschütterte Johan zutiefst. Sanft bettete er den eingefallenen Körper auf den flachen

Boden, faltete Eleonores Hände über ihrer Brust und tat das Einzige, was er noch für sie tun konnte: Er suchte den Pfarrer einer nahe gelegenen Kirche auf, um wenigstens eine ordentliche Beerdigung für die mittellose Tote zu organisieren.

Zurück auf seinem Schiff schloss er das bemitleidenswerte kleine Waisenmädchen in seine Arme. „Ich werde gut für dich sorgen, kleine Sophie, das verspreche ich dir!“, murmelte er in ihrer deutschen Muttersprache, „deine Mutter soll sich nicht vergeblich für dich geopfert haben!“

Sophie jedoch sah den hochgewachsenen Fremden nur verwundert an und löste sich zappelnd aus seinen Armen. Wortlos legte sie sich wieder in die Koje, in der sie die Nacht verbracht hatte, und richtete ihren Blick ins Leere. So lag sie stundenlang bewegungslos, ihr schmales, blasses Gesicht regte sich nicht und zeigte keinerlei Gefühle, sodass es eher dem einer Porzellanpuppe ähnelte, als dem eines leibhaftigen kleinen Mädchens.

In dieser Apathie verharrte Sophie während der gesamten Überfahrt nach Dänemark und nicht einmal die reichhaltigen Mahlzeiten, von denen sie rein mechanisch einige Bissen hinunterschluckte, konnten sie zu mehr Leben erwecken.

Allmählich begann Johan, sich ernsthafte Sorgen um den seelischen und körperlichen Zustand des Kindes zu machen.

Als sie ihr Ziel erreicht hatten, war die Fünfjährige kaum mehr imstande, die wenigen Schritte zwischen der Kutsche und Johan Kjeldsens stattlichem, unmittelbar an Kopenhagens *Kongens Nytorv** gelegenen Wohnhaus zu bewältigen.

---

* Königlicher Markt

Herr Kjeldsen nahm sie trotz ihres stummen Protests auf den Arm und trug sie die breiten Stufen zum Eingangsportal, das von einem reich mit Stuck verzierten Balkon überschattet wurde, hinauf und hinein in die prunkvolle Eingangshalle, ohne dabei auf die irritierten Blicke seiner Dienerschaft zu achten. Was seine Angestellten davon hielten, dass ihr Herr mit einem schäbig gekleideten und in eine Wolldecke gewickelten kleinen Mädchen in den Armen von seiner Geschäftsreise zurückkehrte, kümmerte ihn nicht sonderlich.

Die Reise hatte entschieden mehr Zeit in Anspruch genommen, als er geplant hatte, und er konnte es nun kaum mehr erwarten, endlich seine Frau und seine geliebte kleine Tochter zu begrüßen. Er eilte deshalb geradewegs zum Salon, in dem seine Familie sich um diese Tageszeit aufzuhalten pflegte; und in der Tat konnte er bereits vor der schweren, zweiflügeligen Tür aus glänzendem Mahagoni die wohlklingende Stimme seiner Frau vernehmen. Aus deren betontem, gleichmäßigem Klang schloss er, dass sie der kleinen Mechthild Dorothea gerade eine Geschichte vorlas.

So leise wie möglich öffnete er einen der Türflügel, dann setzte er Sophie geräuschlos in einem Stuhl ab und näherte sich auf Zehenspitzen dem ausladenden, mit goldfarbenem Samt bezogenen Sessel vor dem Kamin, dem Lieblingssessel seiner „Damen“ (auf dem sie auch jetzt saßen), um sie zu überraschen.

Die beiden waren dermaßen in die Geschichte vertieft, dass sie sein Herannahen gar nicht bemerkten, erst als sein Schatten auf ihr Buch fiel, sah Mechthild auf. Beim Anblick ihres Vaters begann ihr rundes, rosiges Gesichtchen zu strahlen, sie hüpfte vom Schoß ihrer Mutter und flog jauchzend in seine weit ausgestreckten Arme.

Johan Kjeldsen zerzauste lachend ihre weichen, blonden Locken, ehe er sich aus ihrer Umarmung löste und sich seiner Frau zuwandte, um auch diese angemessen zu begrüßen.

Als er sich liebevoll über sie beugte und sie küsste, während Mechthild noch immer seine Beine umklammert hielt, ertönte im Hintergrund unvermittelt lautes, jammervolles Weinen.

Sophie!

Sie hatte die Begrüßungsszene der wiedervereinten Familie mit großen Augen beobachtet, und irgendetwas – eine bestimmte Geste, ein Blick oder schlichtweg die Freude der drei – hatte die reglose Starre, in die sie nach dem plötzlichen, für sie völlig unbegreiflichen Verschwinden ihrer eigenen Mutter verfallen war, gelöst. Nun brach sich ihre ganze Verwirrung und ihr Kummer in herzzerreißenden Schluchzern und einer wahren Flut von Tränen Bahn.

Herr Kjeldsen wandte sich erschrocken nach der kleinen Waise um und stellte beschämt fest, dass er sie über seinem eigenen Glück einen Moment lang vollkommen vergessen hatte.

Frau Kjeldsen starrte die Kleine befremdet an und fragte: „Wer um Himmels willen ist denn das?“

Mechthild jedoch tat das einzig Richtige: Sie stellte sich neben das fremde Mädchen, legte tröstend einen Arm um dessen Schultern und strich mit der andern Hand beruhigend über die dunklen Haare. „Nicht weinen, Mädchen!“, sagte sie in ihrer dänischen Muttersprache. „Du kannst Mechtis Freundin sein!“ Da das weinende Kind zunächst nicht auf ihre Worte reagierte, streichelte sie weiterhin zärtlich über dessen Haar, bis das verzweifelte Schluchzen allmählich nachließ.

Endlich hob Sophie den Kopf. Sie wischte sich mit dem Handrücken über die Augen und sah das andere kleine Mädchen an. Dann öffnete sie zum ersten Mal seit der Trennung von ihrer Mutter ihren Mund, um zu sprechen.

„Mechtis Freundin!", wiederholte sie die fremdartig klingenden dänischen Worte, und obgleich sie deren Bedeutung nicht verstand, fühlte sie sich auf wunderbare Weise ermutigt und getröstet.

Als wäre es das Selbstverständlichste auf der Welt, nahm Mechthild ihre neue Freundin bei der Hand und führte sie zum Sessel, um mit ihr gemeinsam das Bilderbuch zu betrachten.

Johan Kjeldsen starrte die beiden Mädchen verblüfft an. Seine warmherzige kleine Tochter hatte mit wenigen Worten und in wenigen Minuten fertiggebracht, was ihm in mehreren Tagen einfühlsamsten Zuredens nicht gelungen war: Sie hatte Sophie aus ihrer beängstigenden Teilnahmslosigkeit gelockt, zum Sprechen gebracht und gleichzeitig auch noch getröstet! *Wenn das so ist*, dachte er erleichtert, *wird es sicherlich am besten sein, die beiden Kinder auch in Zukunft beieinander zu lassen. Mechthild kann es nicht schaden, gemeinsam mit einer etwas älteren Spielgefährtin aufzuwachsen. Es wird dann beinahe so sein, als hätte sie eine große Schwester!* Der Gedanke, die beiden als Freundinnen und Schwestern miteinander aufwachsen zu sehen, gefiel ihm mit jeder Minute besser.

Allerdings hatte er nicht mit dem Widerstand gerechnet, den seine Frau Luise dieser Idee entgegenbrachte. „Das ist ganz und gar unmöglich, mein Lieber!", erklärte sie, nachdem Mechthilds Kinderfräulein die beiden Mädchen zu Bett gebracht und Johan ihr berichtet hatte, auf welche Weise Sophie in seine Obhut gelangt war und dass er gedachte, das Kind mit Mechthild zusammen aufwachsen zu lassen. „Wir können doch nicht das Kind einer kranken und vor allem unverheirateten Mutter in unser Haus aufnehmen! Du kanntest diese Frau gar nicht – es wäre leicht möglich, dass sie eine ..." – sie suchte kurz nach einem passenden Ausdruck – „nun, du weißt schon, eine liederliche Person war!"

Johan schüttelte bei ihren Worten energisch den Kopf, doch sie fuhr unbeirrt fort: „Selbst wenn das nicht zutrifft, stammte sie aus einfachen, ärmlichen Verhältnissen, denn, wie du selbst sagst, war ihr Vater – der Großvater des Kindes – einer deiner rauen, ungehobelten Werftarbeiter! Ein Kind aus einer derart gewöhnlichen Familie kann nicht gemeinsam mit unserer Tochter aufwachsen, der einzigen Tochter einer der reichsten und angesehensten Familien Kopenhagens! Bedenke nur, was für einen schlechten Einfluss sie auf unsere Mechthild haben könnte! Und davon einmal ganz abgesehen: Was würde mein Vater dazu sagen?!"

Dies war in der Tat ein Gesichtspunkt, den der sonst so umsichtige Geschäftsmann bislang nicht bedacht hatte. Der Vater seiner Frau, Graf Gerhard Leopold von Rixtorf, war – wie schon Generationen männlicher Rixtorfs vor ihm – ein höchst respektabler, angesehener Großgrundbesitzer im Herzogtum Holstein und bestand peinlich genau auf der Einhaltung der traditionellen Gesellschaftsordnung mit all ihren starren Regeln und ihrem Standesdünkel.

Johan Kjeldsen hatte diese Intoleranz am eigenen Leibe zu spüren bekommen, als er – ein Mann ohne jegliche Verbindung zum deutschen oder zumindest zum dänischen Adel – vor einigen Jahren um Luises Hand angehalten hatte, und es war letztlich nur seinem enormen Reichtum zu verdanken gewesen, dass der alte Graf damals seine Einwilligung zu der Eheschließung gegeben hatte.

„Willst du meinem Vater wahrhaftig ein armes, unehelich geborenes Waisenkind gewissermaßen als ‚Schwester' seiner einzigen Enkeltochter präsentieren, Johan?", fuhr Luise eindringlich fort.

Johan runzelte die Stirn. „So wird das wohl nicht angehen, da gebe ich dir recht. Andererseits kann und will ich das arme Geschöpf auch nicht im Stich lassen! Wenn du mit angesehen hättest, wie die todkranke Mutter mir ihre Tochter anvertraute ... wie das Schluchzen ihren ausgemergelten Körper schüttelte, als sie fortging, dann brächtest du es ebenso wenig übers Herz, das Kind seinem Schicksal zu überlassen. Du bist schließlich selbst Mutter!"

„Ich spreche auch nicht davon, dass du das Kind im Stich lassen sollst, Liebster!", besänftigte seine Frau ihn. „Ich bin lediglich der Ansicht, dass es noch andere Möglichkeiten gibt, für das Mädchen zu sorgen. Die Ordensschwestern des Waisenhauses zum Beispiel würden sich hervorragend um sie kümmern und ihr auch eine angemessene Schulbildung bieten, wenn du für ihre Unterhaltskosten aufkommst. Du könntest sie sogar ab und an besuchen, um dich persönlich von ihrem Wohlergehen zu überzeugen. Und damit, meine ich, hättest du deine Christenpflicht gegenüber dem armen Waisenkind mehr als erfüllt!"

„Meine Christenpflicht wohl, Luise, aber wie steht es um die wahre christliche Nächstenliebe, wie sie unsere Mechthild in ihrer kindlichen Art vorhin bewiesen hat?", entgegnete er.

Luise senkte ein wenig beschämt den Blick und für geraume Zeit herrschte nachdenkliches Schweigen zwischen den Ehegatten. Schließlich sagte Johan leise – mehr zu sich selbst als zu seiner Frau: „Damals, nach dem Unfall in der Werft, der so viele Arbeiter das Leben kostete, dachte ich auch, ich hätte meine Christenpflicht mehr als erfüllt, indem ich den Hinterbliebenen Geld aushändigte. Aber wie man an der Geschichte dieser Familie Becker unschwer erkennen kann, war dies eben nicht genug. Deshalb fühle ich mich in höchstem Maße verantwortlich für die kleine Sophie, und deshalb ..." – er richtete sich aus seiner zusammengesunkenen Haltung auf und erklärte mit entschlossenem Gesichtsausdruck – „werde ich diesmal so handeln, wie die Liebe und nicht die Pflicht es verlangt. Das bedeutet, dass wir Sophie nicht ins Waisenhaus abschieben, sondern in unserem Hause aufnehmen werden. Sie wird hier bei uns aufwachsen und als Freundin mit Mechthild spielen und lernen."

Luise entgegnete: „Ich denke, ich kann diese deine Entscheidung nachvollziehen, Johan, aber manch anderer wird dazu nicht in der Lage sein, fürchte ich ..."

„Das ist mir durchaus bewusst, meine Liebe, schließlich kenne ich die Einstellung deines Vaters."

Nach einer weiteren kurzen Denkpause setzte Johan fort: „Nun gut, um Graf Rixtorf und dem Rest deiner Familie Genüge zu tun, schlage ich folgendes Arrangement vor: Sophie wird bei den Dienstboten wohnen, und später, sobald die beiden Mädchen gemeinsam ihre Ausbildung abgeschlossen haben und unsere Tochter eine junge Dame ist, kann sie ihr meinethalben als Kammerzofe zur Verfügung stehen."

Als Luise nichts erwiderte, fragte er in einem sanften Ton: „Kannst du dich damit anfreunden? Du wirst feststellen, sobald dein geschätzter Vater erst einmal sieht, wie gut unserer lebhaften, energiegeladenen Tochter der Umgang mit einer etwas älteren, ruhigeren Spielgefährtin bekommt, wird auch er sich mit der Situation abfinden."

Noch nicht völlig überzeugt, doch immerhin ein wenig zuversichtlicher, gab Luise endlich durch ein Nicken ihr Einverständnis; nach Ablauf einiger Monate war sie sogar vollkommen zufrieden mit dieser eigenmächtigen Entscheidung ihres Mannes.

Mechthild und Sophie hingen vom ersten Tag an wie zwei Kletten aneinander, obwohl zunächst keine von ihnen die Sprache der anderen wirklich verstand. Mechthilds überschäumende Lebensfreude und Tatkraft, die eines ihrer Kindermädchen bereits nach wenigen Monaten in die Flucht geschlagen und dem derzeitigen des Öfteren Anlass zu ausgiebigen Klagen gegeben hatte, konzentrierte sich nun darauf, ihre traurige Freundin aufzumuntern und zum Lachen zu bringen. Sie wurde sichtlich zufriedener und ausgeglichener, wie ihre Mutter sich bald eingestehen musste.

Selbst Graf Gerhard Leopold von Rixtorf, der stante pede von Holstein nach Kopenhagen gereist war, um seinem Schwiegersohn die revolutionären Flausen auszutreiben und „die Ordnung im Hause Kjeldsen wiederherzustellen“, wie er sich ausdrückte, konnte nicht anders, als die Entwicklung seiner Enkelin mit einem anerkennenden Brummen zu quittieren. Er nahm seine anfängliche Behauptung, die kleine Waise übe durch ihre bloße Anwesenheit einen vulgären Einfluss auf Mechthild aus, zurück und lobte stattdessen die Art und Weise, in welcher sich deren Charakter entwickelte.

Ganz allmählich und kaum merklich veränderte sich auch Sophie zum Positiven. Dank regelmäßiger Mahlzeiten und der geschützten Umgebung kehrte neue Kraft in ihren ausgemergelten Körper zurück, ihr Gesicht verlor die elfenbeinerne Blässe und ihre haselnussbraunen Augen spiegelten immer mehr Interesse und Freude an ihrem jetzigen Leben wider. Es dauerte nicht lange, bis Sophie ihre ersten verständlichen dänischen Worte sprach, und durch Mechthilds unermüdliches Geplapper erweiterte sich ihr Wortschatz täglich.

Die beiden Mädchen verbrachten ihre Tage in friedlicher Eintracht miteinander spielend, plappernd und kichernd, während die leidvollen Erlebnisse der Vergangenheit in Sophies Erinnerung immer mehr verblassten.

Nur nachts, wenn sie, getrennt von ihrer Freundin, wach in ihrem Bett in der kleinen Dienstbotenkammer lag, wurde sie manchmal von einer übermächtigen Sehnsucht nach ihrer Mutter überfallen. Sie sah deren Gesicht mit den sanftmütigen braunen Augen vor sich, und gelegentlich meinte sie sogar ihre warme, dunkle Stimme zu hören, die liebevoll ihren, Sophies, Namen rief.

In solchen Nächten weinte Sophie sich kummervoll in den Schlaf.

Kapitel 3

Verdutzt blickte Dr. Schwartz auf das blutende hellbraune Fellknäuel, das man in seinen Schoß gelegt hatte. „Ist das mein Patient?“, fragte er skeptisch.

Die Eigentümerin des Fellknäuels, ein etwa vierjähriges wohlgenährtes Mädchen, sah den Doktor verständnislos an, ehe es in breitester schwäbischer Mundart erklärte: „Ha noi, Herr Dokter. Des isch koi Patient, des isch mei Hundle!“

Ihre Mutter setzte entschuldigend hinzu: „Ich weiß natürlich, dass sie sonst kein Vieh behandeln, Herr Doktor, und es tut mir wirklich leid, dass wir Sie deswegen rufen mussten, aber meine Tochter hängt so sehr an diesem Hund. Als der Stier ihn heute Morgen auf die Hörner nahm, schrie sie Stein und Bein – und sie hörte erst damit auf, als wir versprachen, Sie zu holen. Sie haben vor einigen Monaten eine Wunde meiner Tochter versorgt, und nun ist sie fest davon überzeugt, dass nur Sie dem Hund helfen können!“

Der Arzt zwinkerte dem kleinen Mädchen verständnisvoll zu: „Na gut, dann will ich mal sehen, was ich tun kann!“ Dann wandte er sich wieder an die Bäuerin: „Der Stier hat ihn also erwischt, sagten Sie?“

„Ja, genau“, bestätigte sie. „Der Hund sprang immerzu bellend vor seiner Nase herum und zwischen seinen Beinen hindurch, und Sie wissen ja, wie Stiere sind ... Irgendwann wurde es ihm zu bunt und er ging auf den frechen Kerl los.

Wäre mein Mann nicht von Marieles Geschrei angelockt worden und hätt er dem Stier den Hund nicht entrissen, wäre er sicherlich tot!"

„Mmhmm!", brummte Dr. Schwartz, während er das verletzte Tier behutsam auf den Küchentisch legte und auf den Rücken drehte. Über die gesamte rechte Seite des jungen deutschen Hütehundes, vom Hals bis hin zum Schwanzansatz, zog sich eine klaffende, blutende Wunde. Der Stier hatte den Welpen mit seinen Hörnern regelrecht aufgeschlitzt.

Der Arzt sog hörbar die Luft ein, ehe er der Bauersfrau leise zuraunte: „Sieht böse aus, fürchte ich. Er hat schon viel zu viel Blut verloren, und wenn er auch noch innere Verletzungen davongetragen hat ... Ich denke, es ist besser, wenn Sie das Kind hinausschicken, solange ich ihn behandle!"

Maries Mutter nickte und führte das lautstark protestierende Mädchen nach draußen, während der Arzt bereits begann, die inneren Organe des reglosen Tieres abzutasten.

Nachdem er zu seinem größten Erstaunen außer einer kaum merklichen Schwellung im Milzbereich keine inneren Verletzungen feststellen konnte, begann er, die Bauchwunde gründlich zu reinigen und sodann mit sorgsam gesetzten, feinen Stichen zu schließen. Angesichts der Länge der Wundnaht war dies eine recht zeitraubende Prozedur, sodass es bestimmt eine halbe Stunde dauerte, bis er Mutter und Kind wieder zu sich in die Küche rufen konnte. „Ich habe getan, was ich konnte", erklärte er der Bäuerin, „und da ich keine inneren Verletzungen festgestellt habe, besteht immerhin die Möglichkeit, dass der Hund überlebt. Wir können momentan nur noch abwarten, ob er den großen Blutverlust übersteht!" An das Mädchen gerichtet fügte er hinzu: „Dein kleiner Hund wird jetzt noch eine ganze Weile schlafen, ich musste ihm nämlich Medizin geben, damit er während der Operation nicht aufwacht. Und auch später, wenn er wieder wach geworden ist, braucht er sehr, sehr viel Ruhe. Er darf auf keinen Fall zu früh aufstehen und herumtoben, sonst wird die Wunde wieder bluten – und das willst du natürlich nicht, nicht wahr?"

Marie sah den Arzt mit weit geöffneten braunen Augen treuherzig an und schüttelte stumm den Kopf.

„In zwei Tagen komme ich wieder, um nach ihm zu sehen. Bis dahin musst du sehr gut auf ihn aufpassen, versprichst du mir das?", fragte Dr. Schwartz.

Nun nickte Marie ebenso eifrig, wie sie vorher ihren ungekämmten dunklen Lockenkopf geschüttelt hatte. Dann richtete sie den Blick auf ihren schlafenden Welpen und strich, so sanft ihre pummeligen Händchen es vermochten, über sein weiches Fell. Dabei rollte eine letzte dicke Träne ihre Wange hinab.

Der Arzt trocknete die Träne liebevoll mit seinem Daumen und lächelte das Mädchen aufmunternd an. „Eines musst du mir jetzt aber noch verraten", sagte er in der Hoffnung, sie ein wenig von ihrem Kummer abzulenken. „Wie heißt denn dein kleiner Freund?"

„Hundle!", flüsterte die Kleine leise, als fürchte sie, den Schlafenden zu wecken.

„Natürlich, ein kleiner Hund ist er", gab Dr. Schwartz geduldig zurück, „aber ich würde gerne wissen, ob er auch einen richtigen Namen hat."

„Aber Hundle isch doch sein Name!", antwortete Marie eine Nuance lauter und gab sich dabei so wie ihre Mutter vorher große Mühe, ein wenig verständlicher zu sprechen. Offenbar hatte sie den Eindruck, der Doktor sei entweder schwerhörig oder aber nicht in der Lage, ihre Sprache zu verstehen.

Und da er noch immer nicht recht zu begreifen schien, fuhr sie fort zu erklären: „Es isch genau wie bei mir: I bin 'd Marie, aber solang i noch klein bin, nennet mich alle Mariele. Und er isch 'n Hund, aber solang er noch klein isch, nenne mer ihn Hundle!"

Jetzt endlich begriff der Arzt, und wiewohl er sich große Mühe gab, konnte er sein Schmunzeln nicht ganz unterdrücken. Als er seine Gesichtszüge wieder ganz unter Kontrolle hatte, antwortete er jedoch mit größtem Ernst: „Hundle heißt er also. Nun denn, Mariele, pass gut auf dein Hundle auf, bis ich wieder nach euch sehe!" Dann reichte er ihr wie einer Erwachsenen zum Abschied die Hand und verließ die kleine Bauernstube, wobei er wie gewöhnlich unter dem Türsturz seinen Kopf einziehen musste, um nicht dagegenzustoßen.

Die Bäuerin geleitete ihn bis zum Stall, vor dem er sein Reitpferd angebunden hatte. Unterwegs drückte sie ihm ein mit Stroh ausgepolstertes und bis zum Rand mit frischen Eiern gefülltes Körbchen in die Hand und stammelte verlegen: „Wir sind ein bisschen knapp mit dem Geld, aber vielleicht wäre auch das als Entgelt für Ihre Behandlung –"

„Aber gewiss, Frau Hartmann, das genügt völlig!", unterbrach Dr. Schwartz sie und nahm das Körbchen entgegen. Obwohl er noch nicht allzu lange als Arzt praktizierte, hatte er sich längst daran gewöhnt, in dieser ländlichen Gegend eher mit Naturalien als mit Geld bezahlt zu werden, und seine Frau hatte sich im Laufe der Zeit zu einer wahren Spezialistin für Eier- oder Hühnergerichte jeder Art entwickelt. Er schwang seine langen Beine über den Rücken seiner Stute, nickte der Bäuerin noch einmal zum Gruß zu und machte sich auf den Heimweg.

Der Pachthof der Hartmanns lag ein gutes Stück außerhalb der Ortschaft, was ihm eine Menge Zeit zum Nachdenken verschaffte, während er dem ausgefahrenen Weg zwischen längst abgeernteten Getreidefeldern und in winterlichem Graubraun gefärbten Wiesen folgte.

Manches Mal ärgerte er sich über die kostbare Zeit, die ihm auf den weiten Wegstrecken von einem Patienten zum nächsten verloren ging, heute aber war er dankbar dafür.

Die kleine Marie Hartmann – oder vielmehr Mariele – mit ihren gefühlvollen dunklen Augen und ihrer stark ausgeprägten schwäbischen Mundart hatte Erinnerungen in ihm geweckt, die er längst verloren geglaubt hatte.

Seit er vor zehn Jahren seine Frau kennengelernt hatte, hatte er nur noch höchst selten an seine Jugendfreundin Eleonore gedacht, aber die Begegnung mit Marie hatte ihr Bild ganz unerwartet wieder heraufbeschworen: braune Augen, die bewundernd und vertrauensvoll auf ihn gerichtet waren, dazu ihre unwiderlegbare Logik und die niedliche Art und Weise, sich auszudrücken ... genauso war das Bild von Eleonore in seinem Gedächtnis verankert!

Was wohl aus Eleonore geworden war? Ob sie ihn ebenso schmerzlich vermisst hatte wie er sie – zumindest in den ersten Jahren? Es hatte ihn in der Tat sehr bekümmert, dass er niemals wieder von ihr oder ihrer Familie gehört hatte.

Unwillkürlich lenkte Julius Schwartz die Schritte der Stute auf den Auwald zu, der damals Zeuge seines Abschieds von Eleonore gewesen war und der ohnehin beinahe auf seinem Heimweg lag.

Allzu häufig war er in den letzten Jahren nicht hier gewesen, dennoch fand er ohne Probleme seinen Weg zu dem kleinen Buchenhain. Einige der Bäume, die vor siebzehn Jahren nicht mehr als zierliche Schösslinge gewesen waren, hatte man mittlerweile geschlagen, die übrigen hatten sich zu hochgewachsenen, stattlichen Buchen entwickelt. Langsam ritt Julius zwischen den silbrig-glänzenden Stämmen hindurch, bis er „ihren" Baum wiedergefunden hatte, den Baum, der Eleonores und seine Initialen trug.

Das Herz war kaum mehr als solches zu erkennen, da es durch das Wachstum des Baumes unförmig in die Breite gezogen und verzerrt worden war, doch die tief eingekerbten Buchstaben J und E waren noch recht gut zu entziffern.

Nachdenklich fuhr Julius mit seinem Finger über den Rand des Herzens. Eleonore selbst hatte es damals mühevoll eingeritzt, dabei war sie einmal mit ihrem winzigen, stumpfen Messer vom Stamm abgerutscht und hatte sich in den Finger geschnitten. Statt sich zu beklagen hatte sie jedoch nur unbekümmert gelächelt und gemeint „Das ist es mir wert!". Und dann hatte sie den dicken roten Blutstropfen einfach vom Finger geleckt.

Die Erinnerung entlockte auch Julius ein Lächeln. Er schwang sich wieder auf den Pferderücken, um nun endgültig den Heimweg anzutreten, als plötzlich eine laute Stimme durch den Wald hallte: „Hilfe!"

Dr. Schwartz hielt abrupt in der Bewegung inne und lauschte. Diesmal vernahm er es ganz deutlich – es war eine helle Kinderstimme, die da rief.

„Hiiilfe! Hört mich denn niemand?"

Ohne weiter zu zögern trieb der Arzt seine Stute an. So schnell es der hart gefrorene, stellenweise vereiste Boden des Auwaldes erlaubte, galoppierte er in die Richtung, aus der die Stimme gekommen war. „Halte durch!", rief er dabei laut. „Hilfe ist unterwegs!"

Nach wenigen Hundert Metern sah er eine kahle, weiße Fläche vor sich liegen. Die tief stehende Wintersonne schien ihm direkt ins Gesicht und blendete ihn, sodass er die Augen mit der Hand beschatten musste, um etwas zu erkennen. Bei der kreisförmigen Fläche handelte es sich um einen eisbedeckten Tümpel, in dessen Mitte ein bedrohliches, dunkles Loch gähnte. Dicht neben den gezackten Rändern dieses Loches lag ein Junge auf dem Eis, der, auf dem Bauch liegend, immer näher an die Stelle heranrobbte, an der jetzt kurzzeitig zwei wild um sich schlagende Arme sichtbar wurden.

Als Dr. Schwartz nahe genug herangekommen war, durchzuckte ein lähmender Schreck seine Glieder: Der Junge auf dem Eis war niemand anderes als sein eigener achtjähriger Sohn!

„Matthias!“, rief er, während er bereits vom Pferd sprang. „Ich bin gleich bei dir!“

Der Junge wandte ruckartig seinen Kopf und rief erleichtert: „Vater!“ Doch gleich darauf zeigte er auf das Loch im Eis: „Ludwig ist eingebrochen, und ich kann ihn nicht –“

„Keine Sorge, Matthias!“, beruhigte ihn sein Vater, „ich werde Ludwig da rausholen. Aber zuerst kommst du hier ans Ufer!“

Gehorsam begann Matthias, rückwärts auf das Ufer zuzurobben, während Dr. Schwartz einen kräftigen langen Ast vom Boden aufhob und sich mit äußerster Vorsicht auf das Eisloch zubewegte. Er streckte Ludwig, der nach wie vor verzweifelt mit den Armen ruderte und vor Angst und Kälte laut schreiend versuchte, sich auf die noch unbeschadete Eisfläche hochzuziehen, wodurch er das Loch immer weiter vergrößerte, den Ast entgegen. „Hör auf zu zappeln und halt dich fest, Ludwig! Du bist gleich in Sicherheit!“, sagte er mit fester, aber ruhiger Stimme.

Der gelassene, bestimmte Tonfall des Doktors zeigte seine Wirkung. Die Panik in Ludwigs Gesichtszügen wich zusehends, er ergriff den rettenden Ast und ließ sich willig auf die Eisfläche hinüberziehen.

Am rettenden Ufer angekommen, wickelte Dr. Schwartz den vor Kälte zitternden Jungen in seine eigene, mit Schafwolle gefütterte Winterjacke, hob ihn auf den Rücken seines Pferdes, schwang sich selbst ebenfalls hinauf und streckte seinem Sohn die Hand entgegen: „Eil dich, Matthias! Dein Freund muss so schnell wie möglich ins Warme kommen!“

Der Junge nahm hinter dem Sattel seines Vaters Platz. Er selbst war eigentlich trocken geblieben, doch der Schrecken des Erlebten ließ auch ihn im Nachhinein erschaudern. Wärme suchend legte er seine Arme um den Vater und schmiegte sich dicht an seinen Rücken.

„Es ... es tut mir so leid, Vater!“, stammelte er, nachdem die Stute in einen schnellen Galopp gefallen war. „Wir wollten nur schauen, ob das Eis uns trägt, und dann machte es solchen Spaß herumzuschlittern ... und als ich das Krachen hörte, war es schon zu spät. Ludwig war schon eingebrochen!“

„Ist gut, mein Sohn, beruhige dich“, entgegnete Julius Schwartz, „ich will dir keine Vorwürfe machen! Der Schock über diesen Unfall ist für euch beide schon Strafe genug. Es war jedenfalls großes Glück für euch, dass ich gerade in der Nähe war und deine Rufe hören konnte!“

Unterdessen hing Ludwig bewegungslos und mit einem starren, vor Kälte blau angelaufenen Gesicht in seinen Armen. Besorgt trieb der Arzt seine Stute in eine noch schnellere Gangart.

Kurz darauf hatten sie die ersten Häuser seines Heimatortes, der sich seit einiger Zeit Neu-Ulm nannte*, erreicht. Der Hufschlag des galoppierenden Pferdes hallte noch von den gefrorenen Pflastersteinen wider, als Dr. Schwartz es bereits vor der Schenke „Zwischen den Brücken“ (diesen Namen verdankte die Schenke ihrem Standort auf halber Strecke zwischen den beiden Donaubrücken) zum Stehen gebracht hatte. Mit einem Satz war er aus dem Sattel, nahm den regungslosen Ludwig auf den Arm und stieß mit seinem Fuß die Tür zur Gaststube auf, während er seinen Sohn anwies, ihm zu folgen.

---

* Anm.: 1802 verlor die freie Reichsstadt Ulm ihre Unabhängigkeit und wurde ins Kurfürstentum Bayern eingegliedert, gelangte aber 1810 durch einen Gebietstausch ans Königreich Württemberg, während die Ulmer Gebiete am rechten Donauufer bei Bayern verblieben und so zu Neu-Ulm wurden.

„Wirt!“, rief er, und versuchte, mit seinem Blick das dumpfe Halbdunkel der nachmittäglich leeren Stube zu durchdringen, „komm und hilf mir mit dem Jungen!“

Der Schankwirt, Ludwig Knöpfles Vater, eilte herbei. Als er den Arzt mit dem schlaffen, nassen Körper seines Sohnes in den Armen erblickte, erbleichte er. „Was –?“, setzte er an, doch Dr. Schwartz unterbrach ihn: „Der Junge muss sofort ins Bett! Wo soll ich ihn hinbringen?“

Hastig wies der Wirt ihm den Weg durch die Hintertür des Schankraumes, welche direkt in seine private Küche führte. Der große eiserne Herd an der Stirnseite erfüllte die Küche mit wohliger Wärme. Julius bettete den halb erfrorenen Ludwig unverzüglich auf die schmale gepolsterte Liege in der Ofenecke und begann ihn seiner nassen Kleider zu entledigen. „Bringen Sie mir eine – nein, am besten gleich mehrere warme Decken und eine Waschschüssel mit lauwarmem Wasser!“, wandte er sich an die Wirtin, die beim Anblick ihres Sohnes zuerst einmal erschrocken aufgeschrien hatte.

Die behäbige Frau nickte und beeilte sich, seine Anordnungen auszuführen.

Sobald der Arzt Ludwigs unterkühlten Körper behutsam trocken gerieben, mit mehreren Federbetten, die wiederum durch die Ziegelsteine gewärmt wurden, bedeckt und seine blau verfärbten Zehen und Finger in lauwarmem Wasser gebadet hatte, wandte er sich wieder seinem eigenen Sohn zu.

Matthias hatte sich, nachdem er dem Wirt mit wenigen Worten den Unglückshergang geschildert hatte, dicht neben den Ofen gekauert und mit bekümmerter Miene beobachtet, wie sein Vater sich um den Freund bemühte.

„Es wird ihm doch bald wieder gut gehen, nicht wahr?“, fragte der Junge zaghaft, als er bemerkte, dass der Blick seines Vaters auf ihm ruhte.

„Ich hoffe es“, erwiderte der, „aber ich werde noch eine Weile hier bleiben, um ihn zu beobachten. Du allerdings solltest jetzt besser nach Hause gehen. Sicher macht Mutter sich schon Sorgen, wo du so lange bleibst!“

Matthias senkte schuldbewusst den Kopf und trat ganz nahe an seinen Vater heran. „Und du bist wegen all dem ganz sicher nicht böse auf mich?“, vergewisserte er sich noch einmal mit kaum hörbarer Stimme.

„Nein, mein Sohn“, flüsterte Julius Schwartz zurück, „ich bin einfach nur dankbar, dass du bei dem Unglück heil und unversehrt geblieben bist!“

Das hölzerne Hörrohr in Dr. Schwartz' Hand bebte kaum merklich, als er es von Ludwigs Brust nahm und das leinene Nachthemd des Jungen wieder herabzog. Besorgt legte er zum wiederholten Mal seine Hand auf Ludwigs fieberheiße Stirn und griff nach seinem Handgelenk, um den flatternden Puls zu messen. Daraufhin schüttelte er bedächtig den Kopf und sah zu Ludwigs Eltern, die ihn mit bangen Blicken beobachteten. „Als ich ihn vor zwei Tagen das letzte Mal untersuchte, war er längst auf dem Weg der Besserung, und nun dies ...! Er ist aufgestanden und ins Freie gegangen, nicht wahr?!“

Frau Knöpfle nickte stumm, doch der Wirt nahm nur den unterschwelligen Vorwurf in der Stimme des Arztes wahr. Er selbst war es gewesen, der seinem Sohn die Erlaubnis gegeben hatte, trotz seiner noch nicht vollständig auskurierten Erkältung aufzustehen und hinaus in den eisig kalten Wintertag zu gehen. Er polterte: „Sie sagten es ja g'rad selbst: Er war fast gesund! Weshalb sollte er also nicht aufstehen und draußen spielen? So ein kräftiger, lebhafter Bursche ... Hätten wir ihn etwa um sein Vergnügen bringen und ans Bett binden sollen?!“

Seine Ehefrau legte beschwichtigend die Hand auf seinen Arm und unterbrach damit den aufgebrachten Redeschwall. „Was ist denn nun mit Ludwig?", fragte sie. „Was stimmt nicht mit ihm?"

„Nun ja", setzte der Arzt an, „das hohe Fieber, dieser Husten, die Geräusche auf der Lunge ... Es deutet alles darauf hin, dass er sich eine Lungenentzündung geholt hat!"

„Nein!", hauchte Frau Knöpfle nahezu tonlos. Aus ihrem Gesicht war alle Farbe gewichen.

Ludwig, der das ganze Gespräch mit fiebrig glänzenden und dennoch wachen Augen verfolgt hatte, ergriff ihre Hand und flüsterte heiser: „Mach dir keine Sorgen, Mutter, ich werd schon wieder gesund! Und ich verspreche dir, diesmal wirklich erst dann aufzustehen, wenn der Doktor es erlaubt!"

Die Mutter lächelte schwach. „Ist gut, mein Sohn!" Sie wandte sich erneut an den Arzt. „Was können wir tun, damit er wieder gesund wird?"

Mit wenigen Worten erläuterte Dr. Schwartz ihr die Pflege des Kranken, überreichte ihr getrocknete Kräuter zur Zubereitung eines hustenstillenden Tees, und mit dem Versprechen, in einigen Stunden noch einmal nach ihm zu sehen, verließ er die Schenke.

Seine Haltung war leicht gebeugt, den Kopf hatte er zwischen die Schultern gezogen wie stets, wenn das Schicksal eines Patienten sein Herz berührte. Sein ärztlicher Instinkt verriet ihm, dass Ludwigs Familie einen hohen Preis dafür bezahlen würde, dass sie derart leichtsinnig mit seiner Krankheit umgegangen waren.

Kapitel 4

Der Schnee fiel in riesigen, federweichen Flocken, die sich vor dem dunklen Nachthimmel wie schimmernde, im sanften Wind tänzelnde Lichtpunkte ausnahmen. *Ein wunderschöner Anblick, der so gar nicht zu dem passen will, was sich hier drin abspielt!*, dachte Julius Schwartz unwillkürlich. Er ließ die leicht angegrauten Gardinen los und wandte seinen Blick zurück zum Krankenbett.

Seit drei Tagen lag Ludwig inzwischen hier auf seinem Lager und sein Zustand hatte sich im wahrsten Sinne des Wortes zusehends verschlechtert. Trotz aller Gegenmaßnahmen stieg seine Körpertemperatur in ungeahnte Höhen, bis er im Fieberwahn wirre Fantasien von sich gab, dann wieder wurde er vom Husten gequält, sodass er sich unruhig von einer Seite auf die andere wälzte und kein Auge zutun konnte.

Für die Mutter, die während der ersten beiden Tage nicht von seiner Seite wich, war es eine regelrechte Tortur, dem Jungen zuzusehen, deshalb hatte an diesem Abend Dr. Schwartz selbst die Nachtwache übernommen. Die übrigen Mitglieder der Wirtsfamilie hatten sich schon vor Stunden zu Bett begeben und auch Ludwig schien im Moment zu schlafen.

Der Arzt musterte das bleiche Gesicht mit den tief in die Höhlen gesunkenen Augen und den hochroten Lippen und

Wangen. Er konnte beinahe zusehen, wie mit jedem flachen Atemzug ein Stückchen Leben aus dem Jungen wich. Am liebsten hätte er seine Wut laut hinausgeschrien oder mit den Fäusten um sich geschlagen; er hasste dieses Gefühl der Machtlosigkeit.

Machtlos daneben zu stehen und zuzusehen, wie ein Mensch starb, war das Grausamste und Verabscheuungswürdigste, das es für ihn geben konnte. Genau dieses Gefühl war eigentlich der Grund seiner Berufswahl gewesen: Er hatte geglaubt, mit der Beherrschung der ärztlichen Kunst wäre er eben nicht mehr machtlos gegen Krankheit und Tod!

In vielen Fällen traf dies ja in der Tat zu – aber es blieben immer noch genügend übrig, in denen alles ärztliche Wissen und Können nicht mehr weiterhelfen konnten; und jeder dieser „Fälle" war ein lebendes Wesen, ein Mensch, dessen Tod unweigerlich Schmerzen, Leid und Verlust mit sich brachte!

Dr. Schwartz seufzte schwer, während seine Gedanken in die Zeit zurückglitten, in der er dieses Gefühl der absoluten Hilflosigkeit zum ersten Mal erlebt und in der Folge die Entscheidung getroffen hatte, Arzt zu werden. Er war damals knapp sechzehn Jahre alt gewesen …

Als pflichtbewusster ältester Sohn arbeitete Julius als Geselle in der Schuhmacherwerkstatt seines Vaters und tat somit genau das, was sein gestrenger Vater und die Tradition von ihm verlangten, aber insgeheim schlug sein Herz für etwas vollkommen anderes.

Die sechsstufige Dorfschule, die er nach nur vier Jahren abgeschlossen hatte, war nur wenig geeignet gewesen, seinen enormen Wissensdurst zu stillen. Sie hatte diesen vielmehr noch angeregt – und so verbrachte er jede freie Minute damit, sich weiterzubilden, soweit seine begrenzten Möglichkeiten es zuließen. Nachdem er sich durch die zugegebenermaßen nicht allzu umfangreiche Bibliothek des Lehrers gelesen hatte, begann er, sich bei den etwas gebildeteren Kunden der Schusterwerkstatt Bücher auszuleihen. So auch bei dem Pfarrer eines Nachbarortes, der ihm bereitwillig einige Bücher zur Verfügung stellte: eine lateinische Wortkunde nebst Grammatik, eine kleine Sammlung philosophischer Schriften Ciceros und eine lateinische Bibelausgabe.

Bis der Geistliche den Schuhmacher das nächste Mal aufsuchte, hatte Julius zu dessen größter Verwunderung sowohl die Wortkunde als auch die Grammatik durchgearbeitet und einen beträchtlichen Teil der Werke Ciceros schriftlich übersetzt, außerdem konnte der Junge aus dem Stegreif einige Stellen aus der lateinischen Bibel ins Deutsche übersetzen. Der Pfarrer war tief beeindruckt, und unter Aufbietung all seiner Redekunst überzeugte er schließlich Julius' Vater davon, dass eine derart herausragende geistige Begabung gefördert werden musste.

Von diesem Zeitpunkt an verbrachte der mittlerweile Vierzehnjährige jede Woche einen ganzen Tag im Pfarrhaus, um unter der Anleitung des Geistlichen zu lesen und zu lernen. Diese Tage wurden schon bald zum Höhepunkt jeder Woche, und weder Dauerregen noch Sturm, noch Schneefall konnten ihn davon abhalten, die fünf Kilometer lange Wegstrecke zu Pfarrer Menzingers Haus zurückzulegen. Sowie sich vor seinen Augen der kleine Hügel erhob, auf dem das massive, graue Steinhaus thronte, beschleunigte sich sein Schritt, sein Herz begann schneller zu schlagen und beruhigte sich erst dann wieder, wenn er in dem geräumigen, bis unter die hohe Decke mit Büchern vollgestopften Studierzimmer Platz genommen hatte. Denn hier, wo seine zahllosen Fragen endlich beantwortet wurden und sein immenses Lernbedürfnis, das sich zunehmend auf den mathematischen und den naturwissenschaftlichen Bereich konzentrierte, befriedigt wurde, fühlte er sich vollkommen zu Hause.

Aber dieser Herbst des Jahres 1805 brachte einschneidende Veränderungen für Julius' Leben mit sich. Die Front des Krieges, den eine Koalition aus Österreich, Russland und England gegen das Kaiserreich Napoleons führte, rückte – wie schon früher einmal –

in die unmittelbare Umgebung seines Heimatortes vor, und diesmal wurde er persönlich zwar nicht in den Kampf selbst, aber doch in die Folgen desselben verwickelt.

Im September waren unter der Führung des Feldmarschall-Leutnants Karl Mack von Leiberich österreichische Truppen in das seit Kurzem mit Napoleon verbündete Bayern eingedrungen, um das Gebiet zwischen Ulm und Memmingen zu befestigen und so die Truppen Napoleons aufzuhalten.

Man vermutete nämlich, die Franzosen würden, genau wie in den vorangegangenen Kriegen, von Straßburg her kommend über diese Linie eindringen. Der gewitzte Stratege Napoleon Bonaparte hatte jedoch unterdessen bei Heidelberg den Rhein überquert und näherte sich der Donau nun aus völlig unerwarteter Richtung – in der Absicht, den Österreichern bei Ulm in den Rücken zu fallen. Anfang Oktober war es zu ersten kleineren Scharmützeln zwischen österreichischen und französischen Soldaten gekommen, unter anderem bei Günzburg und Leipheim, Städten, die nur wenige Kilometer von Julius' Wohnort entfernt lagen.

Demnach war es nicht weiter verwunderlich, dass die Bewohner seines Dorfes ebenso wie die der umliegenden Orte aus Furcht, irgendwo zwischen die feindlichen Linien zu geraten, in diesen Tagen kaum ihre Häuser verließen.

Am Morgen des 14. Oktober, einem Tag, an dem sich Julius unter normalen Umständen auf den Weg ins Pfarrhaus begeben hätte, wurde er von einem eigenartigen Lärm geweckt. Im Halbschlaf hielt er das ungewohnte Geräusch zunächst für weit entferntes Donnergrollen, doch bald wurde ihm klar, dass es sich bei den häufigen, schnell aufeinanderfolgenden Donnerschlägen um etwas anderes handeln musste. Er stürzte ans Fenster und hielt für einen Moment den Atem an.

Einige Kilometer östlich von seinem Standpunkt, direkt über den Baumwipfeln des Auwaldes, die das rechte Donauufer markierten, erhellten kurze Blitze den halbdunklen, regenschweren Himmel und an mehreren Stellen stieg dichter Rauch auf.

Geschützfeuer!

Die französischen Truppen unter Marschall Ney hatten das Feuer auf die Österreicher eröffnet, die sich am andern Donauufer auf der Anhöhe sowie im Ort und im Kloster Oberelchingen verschanzt hatten.

Das unablässige Donnern der Geschütze hielt den ganzen Vormittag lang an und der stürmische Wind trug beißenden Qualm vom Schlachtfeld bis hinüber in Julius' Heimatdorf. Am frühen Nachmittag waren die erbittert kämpfenden Franzosen bereits so weit vorgedrungen, dass die österreichischen Truppen den Rückzug in Richtung Ulm antraten. Marschall Ney verfolgte die Flüchtenden bis nach Ulm, wo es ihm am 16. Oktober gelang, die verbliebene Hauptmacht Österreichs von allen Seiten einzuschließen und zum erneuten Kampf zu zwingen.

Nachdem die Schlacht noch drei weitere Tage lang getobt hatte, kapitulierte der österreichische Feldmarschall-Leutnant Mack, und Napoleon, der die Kapitulationsverhandlungen vom Kloster Elchingen aus höchstpersönlich geleitet hatte, marschierte weiter in Richtung Wien und danach zur kriegsentscheidenden Schlacht von Austerlitz.

Was in den Dörfern und in der Stadt an der Donau zurückblieb, war eine Spur der Verwüstung und Verwesung. Allein in der Schlacht von Elchingen waren Tausende Verwundete und vor allem Tote zu beklagen, größtenteils aufseiten der Österreicher. Am Tag der Schlacht, so berichteten die Mönche der Reichsabtei Elchingen, war die gesamte Ebene zwischen der Donaubrücke und den Klostermauern auf der Anhöhe mit Leichen und Verwundeten bedeckt. In aller Eile wurde im Kloster ein Lazarett eingerichtet, um die Verwundeten zu versorgen, aber nicht alle von ihnen gelangten auch tatsächlich dorthin …

Zwei Tage nach der Schlacht, als der frische Herbstwind die letzten Rauchschleier über der Donauebene davongeweht und der Regen das Blut der Verwundeten weggespült hatte, stieß Julius in unmittelbarer Nähe des elterlichen Grundstücks auf einen verletz-

ten Soldaten. Der junge Mann trug eine zerrissene und blutverkrustete österreichische Uniform und lag reglos am Boden. Sein schmerzverzerrtes Gesicht war halb im Schlamm vergraben, dennoch schien er Julius' Schritte zu hören. Seine Augen öffneten sich für einen Moment, und während er den Jungen musterte, ächzte er kaum hörbar: „Bitte hilf mir!"

Sein Blick, der eine Mischung aus unsäglichem Grauen, blanker Verzweiflung und kaum zu ertragenden Schmerzen widerspiegelte, bohrte sich unauslöschlich in Julius' Seele. Er vergaß alle Angst vor möglichen Konsequenzen, griff den jungen Österreicher unter den Armen und schleppte ihn ins Haus. Obwohl er sich große Mühe gab, ihm dabei keine zusätzlichen Schmerzen zu bereiten, verlor der Soldat, noch ehe sie das Haus erreichten, sein Bewusstsein.

Während der folgenden Tage setzten Julius und seine Mutter ihre gesamte Kraft und Zeit daran, das Leben des jungen Mannes zu retten, doch der Kampf schien von Anfang an aussichtslos. Die tiefe, vermutlich vom Einschlag eines Schrapnells stammende Wunde in der rechten Schulter des Soldaten hatte bereits zu eitern begonnen. Dazu kamen mehrere Bajonett-Stichverletzungen und die schwere Erkältung, die er sich zugezogen hatte, während er sich Stunde um Stunde bei Regen und Kälte durch den Wald geschleppt hatte, um sich so weit wie möglich vom Schlachtfeld zu entfernen.

Nicht lange nachdem Julius ihn ins Haus geholt hatte, begann er zu fiebern, und nicht eines der von Mutter Schwartz angewandten, bewährten Hausmittel war in der Lage, das stetig steigende Fieber zum Stillstand zu bringen.

Die Erkenntnis, dass er nicht das Geringste tun konnte, um dem österreichischen Soldaten (der sich ihm in einem seiner seltenen wachen Momente als Toni Hofleitner aus dem Salzburger Land vorgestellt hatte) zu helfen, brachte Julius schier zur Verzweiflung. Mit Freuden hätte er das gesamte Wissen, das er sich im Laufe der letzten Jahre angeeignet hatte, geopfert für eine einzige Möglichkeit, Tonis langsamen, schmerzvollen Tod zu verhindern, aber er konnte nichts weiter tun, als dazusitzen und zuzusehen, wie der andere, der im Übrigen nur drei Jahre älter war als er selbst, litt; wie er in seinen Fieberträumen offensichtlich immer wieder das Grauen der Schlacht durchlebte, denn es geschah mehr als nur einmal, dass Toni schreiend und schweißgebadet von seinem Lager auffuhr und um sich schlug …

Am Morgen des dritten Tages, den Toni im Hause des Schusters verbrachte, wechselte Julius den Verband, als er bemerkte, wie der Verletzte ihn mit wachen Augen beobachtete. Die eiternde Wunde bot mittlerweile einen wahrlich abstoßenden Anblick und roch ekelerregend, aber diese Tatsache bekümmerte Julius in seinem Verlangen, die Schmerzen des Kranken zu lindern, offensichtlich nicht im Geringsten.

„Du würdest einen guten Arzt abgeben!“, flüsterte Toni mühsam, ehe ihm die Augen erneut zufielen.

Diese Worte ließen Julius nicht mehr los. Auch dann nicht, als Toni Hofleitner wenige Stunden später seine Augen für immer schloss. Noch während er am Rand des Grundstückes ein Grab für den jungen Soldaten aushob, schwor Julius sich selbst, dieses Ziel zu verfolgen: Er würde Arzt werden – koste es, was es wolle. Denn einzig der Arztberuf würde ihm das Wissen und die Macht verleihen, das zu tun, was er sich nach seinen jüngsten Erlebnissen am meisten ersehnte: Leiden zu lindern und Menschen dem sicheren Tod zu entreißen!

Sobald es ihm möglich war, machte Julius sich auf den Weg zu Pfarrer Menzinger, um sich dessen Unterstützung bei seinem Vorhaben zu sichern. Er ahnte, dass sein Gönner und Lehrer – auch wenn er dieses Thema niemals direkt angesprochen hatte – sich wünschte, Julius würde eines Tages seine Arbeit als Schuster aufgeben und sich für den Priesterberuf entscheiden. Aber unter den gegebenen Umständen würde er ihn sicher auch als Medizinstudenten fördern; und da er von seinem Elternhaus in dieser Entscheidung keine Unterstützung erwarten konnte, benötigte er die des Geistlichen umso dringender! Vor Erregung klopfte sein Herz fast noch heftiger als sonst, als er die letzten Bäume des Waldes hinter sich ließ und das Pfarrhaus auf dem Hügel erblickte.

Zaghaft erklomm er die kleine Anhöhe, passierte den Hofbrunnen und überquerte den grasbewachsenen, im Moment von unzähligen Pferdehufen und Soldatenstiefeln in knöcheltiefen Schlamm verwandelten Platz, bis er unmittelbar vor der breiten zweistöckigen Hausfront stand.

Er hob die Hand, um wie üblich an die massive Holztür zu klopfen. Sein erstes Klopfen verklang anscheinend ungehört, doch aus dem Augenwinkel heraus nahm er eine leichte Bewegung hinter der Scheibe des neben der Tür gelegenen Fensters wahr, und noch ehe seine Faust die Tür zum zweiten Mal berühren konnte, wurde sie geöffnet.

Vor ihm stand nicht wie sonst üblich die Haushälterin, sondern der Pfarrer selbst. Tiefe Schatten umrahmten seine hellen Augen, sein Gesicht wirkte blass, und selbst sein früher beträchtlicher Körperumfang schien um einiges abgenommen zu haben.

*Julius erstarrte. Nach dem Aussehen des Pfarrers zu urteilen entsprach es also der Wahrheit, was die Leute im Dorf berichteten. Man munkelte, dass der örtliche Priester durch den ungeladenen „Besuch" Napoleons, der sich und seine Männer während der Nacht vor der Schlacht von Elchingen bei ihm im Pfarrhaus einquartiert hatte, einen Schock erlitten und sich seither nicht wieder erholt hatte.**

Als Pfarrer Menzinger jedoch mit verhältnismäßig gleichmütiger Stimme zu sprechen ansetzte, löste sich Julius' Erstarrung ein wenig.

* Anm.: Napoleon verbrachte die Nacht zum 14. Oktober 1805 in der Tat im Pfarrhaus des kleinen Ortes Oberfahlheim, nicht weit entfernt von Elchingen, jedoch am rechten Donauufer gelegen. Von hier aus erteilte er auch den Befehl an Marschall Ney, die Österreicher anzugreifen. Das im Roman beschriebene Pfarrhaus entspricht in Lage und Aussehen diesem bis heute erhaltenen Pfarrhaus von Oberfahlheim.

„Grüß Gott, mein Junge, ich freue mich, dass du kommst! Nur verzeih bitte, dass ich dir nicht sofort geöffnet habe – ich wollte mich zuerst vergewissern, wer da vor meiner Tür steht!“

„Ich weiß … ich meine, ich habe es schon gehört …“, stammelte Julius, „dass Napoleon bei Ihnen …!“ Er räusperte sich verlegen und senkte den Kopf, denn es war nicht seine Absicht, seinen väterlichen Freund noch mehr vor den Kopf zu stoßen.

„Das ist schon in Ordnung, Julius, wir können darüber reden, sobald wir im Haus sind!“, versicherte dieser und schloss die Tür hinter dem Jungen. Während sie den dunklen Gang zu dem auf der Rückseite des Hauses gelegenen Studierzimmer hinuntergingen, fuhr er fort: „Abgesehen von Kaiser Napoleons ausgesprochen hochmütigem und herrschsüchtigem Benehmen – das in dieser Form aber vermutlich allen Mächtigen unserer Zeit zu eigen ist – und abgesehen von der Tatsache, dass er und sein Gefolge meine gesamten Nahrungsmittelvorräte vertilgt haben, war sein Besuch gar nicht so tragisch. Und entgegen den Gerüchten, die du offenbar gehört hast, ist es auch nicht dies, was mich aus meiner gewöhnlichen Gelassenheit gerissen hat!“

Zu seinem größten Erstaunen vernahm Julius in den folgenden Minuten, dass Pfarrer Menzinger in Wahrheit nicht von Furcht, sondern von ähnlich quälenden Gedanken heimgesucht wurde wie er selbst. Zwei Tage nach der Abreise Kaiser Napoleons hatte er sich nämlich auf den Weg ins Kloster von Elchingen begeben, um seinen dortigen Amtsbrüdern im Lazarett zu helfen, und dort, im Angesicht des Blutes und der Schmerzen der zahllosen Schwerverletzten, hatte er dasselbe Gefühl von Ohnmacht und Hilflosigkeit empfunden wie Julius. Seitdem konnte er weder essen noch schlafen, noch an irgendetwas anderes denken als an das unbeschreibliche Leid der sterbenden Männer.

Nach dieser Schilderung und Julius' Bericht über seine eigenen Erlebnisse mit Toni Hofleitner bedurfte es nicht mehr vieler Worte zwischen dem Lehrer und seinem Schüler. Sie waren beide von demselben Wunsch beseelt: Julius sollte Arzt werden!

Mit vereinten Kräften gelang es den beiden, dem Schuhmachermeister das Einverständnis dafür abzuringen, und Julius siedelte ins Pfarrhaus über, um sich in Zukunft ungestört noch intensiver dem Lernen zu widmen.

Mit der Unterstützung Pfarrer Menzingers bestand er nach einem Jahr die Aufnahmeprüfung an einer süddeutschen Universität, studierte an derselben und kehrte weitere fünf Jahre später in seine Heimat zurück. In seiner Tasche trug er den akademischen Titel eines Doktors der Medizin, in seinem Herzen die ungebrochene Leidenschaft für den ärztlichen Dienst an seinen Landsleuten.

Doch seit diesem Tag waren einige Jahre ins Land gegangen, und diese Jahre hatten Ereignisse mit sich gebracht, die ihm einen guten Teil seines anfänglichen Enthusiasmus' geraubt hatten … Krankheitsfälle, die ihm vor Augen geführt hatten, dass er selbst als Arzt allzu oft machtlos gegen Schmerz und Leid war …

… so wie in dieser Nacht, als er am Bett eines Kindes saß und mit ansehen musste, wie das Leben Stück für Stück aus seinem Körper wich.

Als Ludwig Knöpfle unvermittelt die Augen aufschlug und ihn anblickte, kehrten die Gedanken von Dr. Julius Schwartz wieder in die Gegenwart zurück. Der Junge setzte zu sprechen an, aber seinen heißen, ausgedörrten Lippen entrang sich nicht mehr als ein unverständliches Krächzen. Behutsam richtete Dr. Schwartz seinen Oberkörper auf und setzte ihm einen Becher kalten Wassers an die Lippen.

„Mutter!", brachte Ludwig mühsam hervor, nachdem er ein wenig daran genippt hatte. „Wo ist meine Mutter?"

Der Arzt seufzte. Es war wohl tatsächlich besser, seine Mutter zu wecken, um diesen vermutlich letzten klaren Moment des Jungen zum Lebewohlsagen zu nutzen.

Eine knappe Stunde später, kurz vor Anbruch der Morgendämmerung, schloss Dr. Schwartz seine Arzttasche und verließ entmutigt, mit hängenden Schultern und Tränen in den Augen das Gasthaus. Einmal mehr hatte er den Kampf gegen den Tod eines Patienten verloren. Auf seinem Weg nach Hause fragte er sich allen Ernstes, ob er seinen Arztberuf nicht endgültig an den Nagel hängen sollte.

Kapitel 5

Der heftige Schneefall hielt sich bis zum Tag von Ludwigs Beisetzung. Als die Träger den schmucklosen Fichtensarg in das dunkle Loch hinabließen, war der frisch aufgeworfene Hügel daneben bereits mit Schnee bedeckt, auch der Sarg selbst war mit den nasskalten, weißen Flocken bepudert.

Trotz des schlechten Wetters hatte sich eine stattliche Trauergemeinde versammelt, um dem Sohn des allseits bekannten Brückenwirts das letzte Geleit zu geben und beim anschließenden Leichenschmaus gebührend Abschied zu nehmen.

Der Schankraum „Zwischen den Brücken" war fast zu klein, um die Menge der Trauernden aufzunehmen, denn für die ländliche Bevölkerung war ein Leichenschmaus ein beinahe ebenso bedeutendes gesellschaftliches Ereignis wie eine Hochzeit, zu dem sich Jung und Alt zusammenfand.

Während Julius sich unter die übrigen Gäste mischte, ging sein Sohn Matthias geradewegs auf die Mutter seines Freundes zu. Seit dem Unglückstag, an dem Ludwig ins Eis eingebrochen war, hatte er sie nicht mehr gesehen.

Unbeirrt drängte er sich durch das wogende Meer von weiten, schwarzen Kleidern, das Frau Knöpfle umgab. Offenbar waren die Trägerinnen dieser Kleider der Ansicht, durch ihr unaufhörliches Schwatzen den Schmerz der leidenden Mutter lindern zu können. Matthias ignorierte sie schlichtweg.

Endlich stand er vor Frau Knöpfle. Er nahm ihre Hand zwischen seine kleinen weichen Hände und richtete seine ernsten grauen Augen auf sie. „Es tut mir leid", flüsterte er leise, „... es tut mir alles so leid! Ich werde ihn ebenso vermissen wie Sie! Er war ..." Seine Stimme brach, doch Frau Knöpfle hatte genug gehört.

Matthias' unbeholfene Worte und die unausgesprochene Trauer in seinen Kinderaugen machten ihr deutlich, dass er ihre Gefühle, ihren Schmerz und ihren Verlust nachempfand wie kein anderer in diesem Raum. In dieser Gewissheit spürte sie zum ersten Mal seit Ludwigs Tod so etwas wie Trost. Schweigend erwiderte sie seinen Blick und den festen Händedruck.

In diesem Augenblick donnerte die laute, aufgebrachte Stimme ihres Gatten durch den Raum. „Duuuu!", rief er und deutete mit ausgestrecktem Zeigefinger auf Matthias, den er soeben neben seiner Frau entdeckt hatte. „Du solltest dich besser fernhalten von meiner Frau, denn du bist es, der Schuld hat an ihrem Unglück!"

Matthias zuckte erschrocken zusammen, während alle anderen Stimmen im Schankraum schlagartig verstummten.

Mit blitzenden Augen und zornrotem Gesicht schob sich der Wirt durch die Menge der Trauergäste näher an den Jungen heran. „Jawohl!", fuhr er fort, „du und dein sauberer Herr Vater, ihr seid an allem schuld! Du hast meinen Ludwig mit aufs Eis genommen und im kalten Wasser zappeln lassen, und dein Vater hat es nicht fertiggebracht, ihn von seiner kleinen Erkältung zu kurieren, bis eine Lungenentzündung daraus wurde!"

Die fleischige Faust des Schankwirtes stieß Matthias vor die Brust und ließ ihn rückwärts taumeln, doch bereits in der nächsten Sekunde war Dr. Schwartz an der Seite seines Sohnes.

„Lassen Sie Ihre Finger von meinem Sohn, Wirt!", sagte er leise, aber mit unverkennbar drohendem Unterton. „Sie wissen ganz genau, dass er für dieses Unglück nicht verantwortlich ist!"

Einige der Umstehenden pflichteten Dr. Schwartz bei. „Er hat recht, Otto!", rief ein kräftig gebauter Landarbeiter mit wettergegerbtem Gesicht, der sich zu den Stammgästen der Schenke zählte. „Solche Dinge passieren eben, sie lassen sich nicht immer verhindern!"

„Aber meinem Sohn wäre das nicht passiert ohne die beiden da!", ereiferte sich Otto Knöpfle weiter und machte erneut Anstalten, auf Matthias und seinen Vater loszugehen.

Frau Knöpfle streckte die Hand aus, um ihn zurückzuhalten, und meinte begütigend: „Wir haben schon verstanden, was du meinst, Otto, aber lass uns ein andermal darüber reden! Augenblicklich bist du von der Beerdigung noch zu sehr mitgenommen!" In Wahrheit war sie sich, ebenso wie alle anderen Anwesenden, durchaus bewusst, dass nicht die Beerdigung ihrem Mann derart zugesetzt hatte, sondern der Alkohol. Er hatte bereits eine gute Weile vor der Beisetzung seines Sohnes den ersten Krug Bier geleert und bis zu dieser nachmittäglichen Stunde nicht mit dem Trinken aufgehört; deshalb kam es für niemanden sonderlich überraschend, den ohnehin jähzornigen Mann in seinem alkoholisierten Zustand so unberechenbar zu erleben.

Ohne die Worte seiner Frau zu beachten schüttelte der Wirt ihre Hand ab. Breitbeinig, mit vor der Brust verschränkten Armen baute er sich dicht vor Julius Schwartz auf. Er gab sich keinerlei Mühe, die Feindseligkeit in seinen Augen und in seiner Stimme zu verbergen, als er ihm entgegenschleuderte: „Warum geben Sie es nicht einfach zu, Doktor? Sie haben meinen Sohn falsch behandelt! Sie haben ihn wieder aufstehen lassen, während er noch krank war, statt ihn lange genug im Bett zu behalten! Nur deshalb bekam er die Lungenentzündung und starb. Ist es nicht so?!"

Dr. Schwartz erbleichte. Was sollte er auf eine so schwerwiegende Anschuldigung erwidern? Würde man ihm glauben, wenn er diese verdrehte Tatsache klarstellte – dass nämlich nicht er, sondern der Wirt selbst seinem Sohn gestattet hatte, ins Freie, hinaus in die Kälte eines Wintertages zu gehen?!

Er musterte die Gesichter der Gäste, die sich in einem großen Kreis um ihn und Matthias, Otto Knöpfle und seine Gattin versammelt hatten und ihn teils mitfühlend, teils sensationslüstern anstarrten, während sie atemlos auf seine Antwort warteten.

Er entschloss sich zu schweigen, um die erregte Stimmung nicht noch weiter anzuheizen, doch der Schankwirt deutete sein Schweigen zu seinen Ungunsten. „Na", wandte er sich an sein Publikum, „glaubt ihr mir jetzt? Und ich sag euch noch etwas: Wahrscheinlich ist das nicht der erste Fehler, der unserem guten Doktor bei seinen Patienten unterlaufen ist! Möglicherweise ist er ja nicht einmal ein richtig ausgebildeter Arzt, sondern nur ein prahlerischer Quacksalber!" Zur Bekräftigung seiner Worte spie der Wirt auf den Boden vor die Füße des Arztes.

Die Spannung im Raum war jetzt beinahe mit Händen greifbar. Es schien, als sei jeder Einzelne der Anwesenden mitten in der Bewegung erstarrt, selbst die Jüngsten, die bis dahin unbekümmert zwischen den Beinen der Erwachsenen umhergetobt hatten, rührten sich nicht mehr. Nahezu ausnahmslos warteten alle darauf, dass Dr. Schwartz seine Faust erhob, um dem andern diese öffentliche Schmähung zu vergelten.

Nun gut, dachte Julius, nun ebenfalls vom Zorn gepackt, *sie wollen es wohl nicht anders!* Ehe er jedoch seine zu Fäusten geballten Hände gegen den Wirt erhob, fiel sein Blick auf dessen Frau. Sie stand dicht hinter ihrem Mann und blickte dem Arzt angstvoll flehend in die Augen, ihre zitternden Lippen formten ein lautloses, aber deutlich erkennbares „Bitte nicht!“.

Dieser Anblick brachte Julius wieder zur Besinnung. Er ließ seine Hände sinken und wandte sich stattdessen mit mühsam beherrschter Stimme an seinen Gegner. „Wir beide wissen, wie es wirklich war, Wirt! Überdies bin ich derselben Ansicht wie Ihre Frau: Wir sollten diese Dinge ein andermal besprechen, in aller Ruhe! Wenn Sie mich jetzt also bitte entschuldigen würden ...“ Entschlossen griff er nach dem Arm seines Sohnes und drängte sich durch die schweigende Menge auf die Tür der Schenke zu. Kaum war diese hinter Vater und Sohn ins Schloss gefallen, erhob sich im Innern des Gastraumes aufgeregtes Stimmengemurmel.

Julius brachte Matthias so rasch wie möglich außer Hörweite, dann beugte er sich zu ihm herab und umfasste tröstend die Schultern des Jungen, den der unerwartete Ausbruch und die Anschuldigungen des Wirtes sichtlich erschüttert hatten. „Ich bedauere es zutiefst, dass du all das mit anhören musstest, mein Sohn, aber eines darfst du – das heißt, wir beide – bei der ganzen Angelegenheit nicht vergessen: Ludwigs Vater ist im Moment völlig außer sich vor Kummer. Deshalb trinkt er zu viel, und deshalb sagte er eben Dinge, die er im Grunde gar nicht so meint. Sobald er wieder etwas zur Besinnung gekommen ist, wird er seine Worte bereuen und wieder ganz der Alte sein, verstehst du?“

„Aber“, widersprach Matthias, „wenn er nun recht hat? Vielleicht bin ich wirklich schuld daran, dass Ludwig ins Eis eingebrochen ist! Vielleicht wäre er ohne mich gar nicht auf den zugefrorenen Teich gegangen?!“

„Sich im Nachhinein solche Fragen zu stellen ist sinnlos, Matthias, da sie niemand mehr beantworten kann. Doch eines steht in diesem Fall fest: Ludwig war niemals der Junge, der einer Herausforderung oder einem Abenteuer widerstehen konnte – gleichgültig, ob alleine oder mit einem Freund! Ich glaube kaum, dass es dir gelungen wäre, ihn an jenem Tag von diesem Wagnis abzuhalten, selbst wenn du es versucht hättest. Deshalb bin ich der Ansicht, dass du dir nicht das Geringste vorzuwerfen hast!"

Matthias nickte und die beiden setzten ihren Weg fort. Nach einem Moment des Schweigens sagte der Junge leise, jedoch mit fester Stimme: „Du aber auch nicht!"

„Was meinst du damit?" Fragend blickte Julius auf.

„Du hast dir auch nichts vorzuwerfen, meine ich. Du hast Ludwig nicht falsch behandelt, sondern dein Bestes getan, um ihn wieder gesund zu machen. Aber in manchen Fällen reicht unser Bestes eben nicht aus, und dann müssen wir die Konsequenzen tragen und lernen, damit zu leben!" Nach einem Blick auf das Gesicht seines Vaters, das vollkommene Verblüffung widerspiegelte, fügte er hinzu: „Das sagst du doch selbst immer!"

Julius war sprachlos. Bislang hatte er in seinem Sohn nur den verspielten kleinen Jungen gesehen, doch nun entpuppte er sich mit seinen gut acht Jahren bereits als einfühlsamer und verständnisvoller Gefährte, der offenbar genau wusste, was seinen Vater bekümmerte! Diese Erkenntnis ließ die unangenehmen Vorkommnisse in der Schenke vorläufig in den Hintergrund rücken.

Dr. Schwartz pochte ungeduldig gegen die Tür des heruntergekommenen Häuschens. Er hatte einen langen Weg durch schneidenden Wind und Eiseskälte hinter sich und hätte es sehr geschätzt, wenn die Bewohner des Hauses ihn eingelassen hätten, doch alles blieb still. Schließlich verschaffte er sich selbst Zutritt, indem er der Tür einen kräftigen Fußtritt versetzte, der sie mit einem Ruck aufspringen ließ.

Die Küche, die er betrat, war leer, ebenso die niedrige Stube dahinter, doch aus der Schlafkammer drang Stimmengemurmel und leises Stöhnen.

Auf dem zerwühlten Bett lag eine junge Frau – kaum älter als siebzehn oder achtzehn Jahre – in den Wehen. Neben ihr stand die Hebamme des Ortes, flößte ihr heißen Tee ein und versuchte, sie mit aufmunternden Worten zu stärken.

Als der Arzt das Zimmer betrat, atmete sie erleichtert auf: „Gott sei Dank, Sie sind endlich da!" Etwas leiser, damit die werdende Mutter sie nicht hörte, fuhr sie fort: „Sie liegt jetzt seit mehr als vierundzwanzig Stunden so und hat keine Kraft mehr, aber das Kind will einfach nicht kommen. Ich denke, es liegt verkehrt herum, deshalb habe ich Sie rufen lassen!"

Dr. Schwartz machte sich ohne Umschweife daran, die junge Mutter zu untersuchen.

Die Hebamme war eine ältere, äußerst erfahrene Vertreterin ihres Berufsstandes, die für gewöhnlich nichts dafür übrig hatte, wenn Ärzte (sprich: Männer) sich in solche Frauenangelegenheiten einmischten. Wenn sie ihn rufen ließ, musste schon ein triftiger Grund vorliegen!

„Sie haben recht, es liegt nicht richtig", bestätigte er nach einer Weile, „wir müssen so schnell wie möglich –" Ehe er den Satz beenden konnte, wurde die Tür aufgerissen und ein Mann in mittleren Jahren betrat die Kammer. Er bedachte Dr. Schwartz mit einem zornigen Blick. „Lassen Sie meine Frau in Frieden und verschwinden Sie", herrschte er ihn an. „Ich habe Sie nicht rufen lassen!"

„Ich habe ihn gerufen, Wagner. Deiner jungen Frau geht es sehr schlecht", erklärte die Hebamme resolut.

„Ha!“, versetzte der Wagner*. „Wenn dieser Mann sie behandelt, wird es ihr bald noch viel schlechter gehen!“

„Im Gegenteil“, beharrte die Hebamme so leise, dass die Patientin nichts hören konnte, und dennoch in einer sehr bestimmten Art und Weise. „Wenn Dr. Schwartz ihr und dem Kind nicht hilft, werden wahrscheinlich beide sterben! Du hast bereits deine erste Frau verloren – willst du das etwa noch einmal mitmachen?!“

Der Wagner blickte erschrocken auf seine halb besinnungslose Frau und runzelte nachdenklich die Stirn, doch bereits im nächsten Moment traf sein Blick den Arzt und sein Gesicht verfinsterte sich erneut. „Ich sagte Nein!“, brüllte er. „Dieser Quacksalber wird meine Frau nicht anrühren!“ Damit drückte er dem Arzt die offene Instrumententasche in die Hand, packte ihn grob an den Armen und zerrte ihn aus dem Haus.

Julius hörte, wie von innen der eiserne Riegel vorgeschoben wurde, während die Hebamme noch vergebens versuchte, den erzürnten Mann umzustimmen. Er war wie vor den Kopf geschlagen. Es war alles so schnell gegangen, dass er noch kaum fassen konnte, was sich da eben abgespielt hatte. Der Wagner hatte ihm, sozusagen unter Gewaltanwendung, untersagt, seiner Frau bei der Geburt ihres ersten Kindes beizustehen. Dabei musste doch gerade er als Ehemann sehen, dass sie am Ende ihrer Kräfte war!

Das Kind befand sich in Steißlage, die Mutter war blutjung und äußerst zierlich, sodass es fast einem Wunder gleichkäme, wenn sowohl sie als auch das Baby die Geburt ohne ärztliche Hilfe lebend und unbeschadet überständen. Nicht einmal die Meinung des Arztes hatte sich der werdende Vater anhören wollen!

---

* Anm.: in Süddeutschland übliche Berufsbezeichnung für Stellmacher

Während seine Stute langsam und erschöpft nach Hause trabte, drehten sich Dr. Schwartz' Gedanken unablässig um dieses Ereignis – und um die Schmähung, die der Wagner ihm zugefügt hatte, indem er ihn als „Quacksalber" bezeichnete. Explizit diesen Ausdruck hatte Otto Knöpfle vor wenigen Tagen benutzt, als er Dr. Schwartz der Unfähigkeit als Arzt bezichtigt hatte: Quacksalber! Ganz allmählich dämmerte ihm auch der Zusammenhang zwischen den beiden Vorfällen: Dem Schankwirt war es mit seinen Anschuldigungen, so wenig sie auch der Wahrheit entsprachen, tatsächlich gelungen, Misstrauen in die Köpfe der Anwesenden zu säen. Misstrauen gegenüber Dr. Schwartz' ärztlichen Kenntnissen und Fähigkeiten. Nur so war das absurde Verhalten des Wagners zu erklären.

Eine ungute Ahnung beschlich Julius Schwartz bei dem Gedanken, dass dieser Mann möglicherweise nicht der Einzige war, der ihm – oder vielmehr seiner ärztlichen Kunst – in Zukunft nicht mehr vertrauen wollte.

Kapitel 6

Im Laufe des nächsten halben Jahres wurde diese leise Ahnung zur bitteren Realität: der Wagner war in der Tat nicht der Einzige, der Dr. Schwartz' ärztlichen Fähigkeiten nicht mehr traute. Der Schankwirt Otto Knöpfle fand, wie es schien, in seiner ohnmächtigen Trauer über den Tod seines Sohnes keine Ruhe mehr, ehe er nicht die Mehrzahl seiner Neu-Ulmer Mitbürger gegen den Arzt aufgewiegelt hatte.

Die trinkfesten Stammgäste der Schenke liehen den Beschuldigungen, die der Wirt gegen Dr. Schwartz vorbrachte, bereitwillig ihr Ohr, und die Ehefrauen derselben ließen sich prompt vom Misstrauen ihrer Männer anstecken, sodass Julius' Patientenzahl praktisch von einem Tag zum anderen drastisch sank.

Eine Zeit lang versuchte er sich einzureden, es handle sich nur um eine Phase, die bald wieder vorüber sein würde, aber als die Wochen zu Monaten wurden und er mangels Patienten immer weniger in der Lage war, angemessen für seine Familie zu sorgen, war er gezwungen, den Tatsachen ins Auge zu sehen: Als Arzt hatte er das Vertrauen und den Respekt der Menschen hier verloren.

Die Menschen, unter denen er aufgewachsen war, die er sein Leben lang gekannt und geschätzt hatte und für die er sich als Arzt oft bis an die Grenzen seiner Kraft verausgabt hatte, akzeptierten ihn nicht länger. Abgesehen von seiner verwitweten Mutter, seinen Brüdern und deren Familien ließ sich niemand mehr von Dr. Schwartz behandeln.

Die Ablehnung seiner Person schmerzte Julius zutiefst, doch wesentlich schlimmer noch empfand er es, als die Menschen begannen, diese Ablehnung auch auf seine Familie zu übertragen. Charlotte, seine Frau, wurde von ihren Nachbarinnen zunehmend gemieden und seine beiden Söhne wurden in der Schule tagtäglich zur Zielscheibe des allgemeinen Spottes, an dem sich selbst der Lehrer beteiligte.

Allmählich hatte Julius den Eindruck, dass ihm nur noch zwei mögliche Auswege aus diesem Dilemma blieben: Entweder er gab den Traum, seinen Mitmenschen als Arzt zu dienen, auf und arbeitete wieder in der Schusterwerkstatt (die mittlerweile seinem Bruder gehörte), um den Lebensunterhalt für die Familie zu verdienen – was das Misstrauen und die Ablehnung seiner Mitbürger mit der Zeit sicherlich beschwichtigen würde –, oder aber er beharrte auf seiner „Berufung" zum Arzt und verließ seine Neu-Ulmer Heimat, um sich möglichst weit entfernt von ihr eine neue Wirkungsstätte zu suchen ...

Und wie so oft in der Vergangenheit, wenn er vor schwerwiegenden Entscheidungen gestanden oder sich keinen Rat mehr gewusst hatte, suchte Julius den Rat seines alten Freundes und Gönners Pfarrer Menzinger.

An einem strahlenden Sommertag begab er sich auf den Weg zu dem altvertrauten Pfarrhaus auf dem Hügel. Eine Lerche erhob sich über ein Feld mit sprießendem Weizen und erfüllte die Luft mit ihrem anhaltenden Jubilieren, das in der nachmittäglichen Stille bis weit über das Getreidefeld hinaus zu vernehmen war. Die Kühe auf der angrenzenden Wiese hatten unter einem alten Apfelbaum Schatten gesucht und schlugen unwillig mit den Schwänzen, um sich die lästigen Fliegen, die dieser heiße Sommer in Scharen hervorzubringen schien, von den braun gefleckten Leibern zu halten. Und auch der Knecht, der auf der anderen Seite der großen Wiese seine große Sense schwang, hielt für einen Moment inne, um sich den Schweiß von der Stirn zu wischen und auszuruhen. Er würdigte Dr. Schwartz keines einzigen Blickes.

Julius nahm ohnehin nicht das Geringste von all dem wahr. Seine Augen und Gedanken richteten sich einzig auf sein Ziel, und sobald Pfarrer Menzinger die Tür des Pfarrhauses geöffnet und sich mit ihm im Studierzimmer niedergelassen hatte, brachte er sein Anliegen hervor.

Als er mit seinem Bericht am Ende war, richtete er Hilfe suchend seinen Blick auf den alten Pfarrer, der sich Julius' verzweifelte Schilderung der Situation – die ihm allerdings schon vorher zum größten Teil bekannt gewesen war – angehört hatte, ohne ihn ein einziges Mal zu unterbrechen.

Sein Kopf mit dem dünnen, schlohweißen Haar war während Julius' Worten müde und anscheinend teilnahmslos auf seine Brust herabgesunken, doch als er dem Jüngeren nun das von unzähligen Falten durchzogene Gesicht zuwandte, leuchteten seine Augen ebenso intensiv wie immer, wenn er seinen Pflichten als Seelsorger und Hirte seiner Gemeinde nachkam.

Er streckte seinen gebeugten Rücken und legte Julius, der ihn um Haupteslänge überragte, mitfühlend die Hände auf die Schultern. „Ich kann mir ganz gut vorstellen, was in dir vorgeht, Julius!“, sagte er. „Auf der einen Seite bist du hier in deiner Heimat so tief verwurzelt, dass du dir nicht vorstellen kannst, sie zu verlassen, doch andererseits erscheint es dir genauso unmöglich, deinen Arztberuf aufzugeben! Ich ...“ Er stockte. „Ich weiß in diesem Fall wahrhaftig nicht, zu welcher der beiden Möglichkeiten ich dir raten sollte. Ich denke, das musst du selbst – alleine – entscheiden. Eines möchte ich dir dabei aber zu bedenken geben: Trotz deiner Zweifel und deines vermeintlichen Versagens bei manchem Patienten bist du ein wirklich guter, ein hervorragender Arzt! Und ich spreche hierbei nicht nur von deinem enormen Wissen, sondern vor allem von deiner Einstellung. Dir liegt so viel an deinen Patienten. Es ist dir ein echtes Herzensbedürfnis, ihnen zu helfen – das ist es, was dich auszeichnet! Meiner Meinung nach wäre es für dich ebenso wie für alle anderen ein Verlust, wenn du jetzt aufgeben würdest!"

Pfarrer Menzinger machte eine bedeutungsvolle Pause, ehe er fortfuhr: „Aber ganz gleichgültig, wie du dich entscheidest, Julius – und ich würde es, wie gesagt, auch verstehen, wenn du den anderen Weg wählst –, es gibt da etwas, das ich dir für deinen weiteren Lebensweg mit aller Eindringlichkeit ans Herz legen will. Verstehe es bitte als die Ermahnung eines alten Vaters an seinen Sohn, denn als solchen betrachte ich dich schon seit Jahren – genauer gesagt, seit dem Tag, an dem du das erste Mal hier an diesem Tisch vor mir saßest und mich und meine Bücher so erwartungsvoll anblicktest. Was ich dir sagen will ist das Folgende: Bei all deinen herausragenden Fähigkeiten fehlt dir noch etwas Entscheidendes, Julius – Gottvertrauen!"

Wieder machte der alte Mann eine kurze Pause. „Du musst noch lernen, dass nicht du es bist, der über Leben oder Sterben seiner Mitmenschen entscheidet, genauso wenig wie du über dein eigenes Leben entscheidest. Selbst wenn du als Arzt ohne Rücksicht auf dein eigenes Wohlbefinden all deine Zeit und dein Können einsetzt, um Kranke und Verletzte wieder gesund zu machen – letztlich liegt das Leben jedes Menschen in Gottes Hand! Er ist es, der über Leben und Tod entscheidet! Wenn du diese Tatsache erst einmal akzeptierst und es dir zur Gewohnheit machst, Gott und seinen Entscheidungen zu vertrauen, dann brauchst du dich auch nicht jedes Mal, wenn du einen Patienten verloren hast, in Selbstvorwürfen zu zerfleischen, wie du es in der Vergangenheit schon öfter getan hast. Dasselbe gilt natürlich für dein persönliches, privates Leben, falls du nicht mehr als Arzt praktizieren solltest: Vertraue auf Gott, so wie es in dem schönen alten Lied heißt: ‚Befiehl du deine Wege und was dein Herze kränkt, der allertreusten Pflege des, der den Himmel lenkt! Der Wolken, Luft und Winden gibt Wege, Lauf und Bahn, der wird auch Wege finden, da dein Fuß gehen kann. Dem Herren musst du trauen, wenn dir's soll wohlergehn; auf sein Werk musst du schauen, wenn dein Werk soll bestehn! Mit Sorgen und mit Grämen und mit selbsteigner Pein lässt Gott sich gar nichts nehmen: Es muss erbeten sein!'"

Der Pfarrer blickte Julius an. „Lerne einfach, ihm zu vertrauen!", wiederholte er noch einmal, während seine Augen von innen heraus zu leuchten schienen.

Julius senkte den Kopf. Es fiel ihm schwer, seine aufkeimende Enttäuschung zu verbergen. Er hatte sich von den Worten des weisen, alten Pfarrers insgeheim so etwas wie ein Orakel oder zumindest eine deutliche Wegweisung für seine Zukunft versprochen und stattdessen nur eine väterliche Mahnung erhalten. Sollte das alles gewesen sein?

Ein altes Lied sollte ihm helfen, eine so lebenswichtige Entscheidung zu treffen? Selbst wenn es sich dabei um das Lied handelte, das er und Eleonore einst zum gegenseitigen Gedenken erkoren hatten – wie er sich während Pfarrer Menzingers Zitat plötzlich erinnert hatte –, dies schien ihm schlicht unmöglich.

Er schwieg.

Pfarrer Menzinger seinerseits spürte, dass er genug gesagt hatte, und hob seine Hand über Julius' gesenkten Kopf, um ihn zum Abschied zu segnen.

Für den Rückweg nach Neu-Ulm wählte Dr. Schwartz nicht den direkten Weg über die Felder, sondern den schmalen, einsamen Pfad, der das Donauufer säumte. In seiner gegenwärtigen aufgewühlten Verfassung war ihm wenig daran gelegen, irgendjemandem zu begegnen.

Nachdem sich die erste Enttäuschung über Pfarrer Menzingers Worte allmählich gelegt hatte, wurde ihm in schmerzhafter Weise bewusst, dass sie tatsächlich auf ihn zutrafen: Julius hatte seinen einstigen Glauben an Gott und sein Vertrauen in ihn schon vor Jahren aufgegeben.

Im Laufe seiner naturwissenschaftlichen Studien an der Universität hatte er diesen Stück für Stück über Bord geworfen, bis er so weit war, sich nur noch auf die Wissenschaft sowie sein eigenes Wissen und Können zu verlassen. Es erschien ihm damals wie ein Relikt aus seiner vergangenen Kindheit, jemanden, den er weder sehen noch hören und dessen Existenz er auch nicht auf irgendeine andere Weise beweisen konnte, in sein Leben einzubeziehen oder gar auf ihn zu vertrauen. Für Menschen einfacheren Gemütes – oder eben Kinder – mochte der Glaube an einen allmächtigen Gott Trost und Hilfe bedeuten und ihrem Leben eine gewisse Sicherheit geben, aber nicht für einen aufgeklärten, gebildeten Arzt!

Und dennoch: Wohin hatte dieses Vertrauen auf sich selbst ihn letztlich gebracht? Jedes Mal, wenn er einen Patienten verlor, zerfleischte er sich in Vorwürfen, wie der Pfarrer es ganz treffend ausgedrückt hatte. In der Zwischenzeit hatten ihm sogar die meisten seiner Patienten, die er erfolgreich behandelt hatte, den Rücken gekehrt, sodass ihm möglicherweise nichts anderes übrig blieb, als fortzugehen ...

Zögernd gestand Julius sich ein, dass er sich geirrt hatte. Er war trotz all seiner Fähigkeiten schlicht und einfach nicht gut genug – weder momentan noch irgendwann in der Zukunft. Er brauchte die Hilfe eines Größeren, Mächtigeren – wenn es ihn wirklich geben sollte, diesen großen und mächtigen Gott.

Nicht weit vom Ortseingang seines Heimatortes ließ er sich ein Stück abseits des Weges auf einem Baumstumpf nieder und begann zu beten: „Oh Gott! Ich habe mich von dir abgewandt ... habe deine Existenz geleugnet, weil ich sie nicht beweisen konnte! Aber nun bin ich müde und ausgelaugt, fast am Ende meiner Kraft. So lange habe ich mich abgemüht, alles richtig zu machen ... keinen einzigen Fehler wollte ich mir zugestehen ... und doch ist das, was ich tue, so unzulänglich und ich bin im Angesicht von Krankheit und Tod oft vollkommen hilflos! Wenn es dich wirklich gibt, Gott, dann ...“ Er stockte.

Was tat er da eigentlich? Er kam sich vor wie ein dummer kleiner Schuljunge, der seine Lektion nicht gelernt hat und deshalb unbeholfen stotternd vor seinem Lehrer steht.

Dennoch fuhr er nach einer kurzen Unterbrechung fort: „Gott, wenn du tatsächlich Herr bist über Leben und Tod – dann verwandle meinen Unglauben in Glauben, meine Zweifel in Vertrauen! Und, falls möglich, zeige mir auch, wie es in meinem Leben weitergehen soll. Finde einen Weg, den mein Fuß gehen kann, wie es in dem Lied heißt, das Pfarrer Menzinger vorhin zitierte! Ich kann mir zwar nicht vorstellen, auf welche Weise du das tun oder zu mir sprechen könntest, aber ich weiß auch nicht mehr, an wen ich mich sonst um Rat und Hilfe wenden könnte ...“

Nachdem seine eigene brüchige Stimme erneut verstummt war, schienen Julius die ihn umgebenden, unaufdringlichen Geräusche der Natur plötzlich beredter zu sein als alle Worte eines menschlichen Gegenübers. Im Hintergrund ertönte das leise Murmeln und Glucksen des Wassers, in den dicht belaubten Baumkronen das Säuseln des Windes, zu seinen Füßen kämpfte sich ein brauner Hirschkäfer durch ein Gewirr aus kleinen Zweigen und raschelndem Laub, das dem plumpen Insekt mit seinen dürren Beinchen wie ein dichter, undurchdringlicher Urwald erscheinen musste. Ganz unvermutet teilte sich nun das dicht wuchernde Schilf am Donauufer – ein rasches Aufblitzen von leuchtend blauem Gefieder und schon war der Eisvogel mit einem silbrig glänzenden, ihm an Größe fast ebenbürtigen Flussbarsch im Schnabel an Julius vorübergeschossen.

Diese Lebewesen der Natur waren Julius von jeher vertraut, sodass er ihnen niemals übermäßige Beachtung geschenkt hatte, doch heute, im Bewusstsein seiner eigenen Hilf- und Ratlosigkeit, erschienen sie ihm in einem völlig neuen Licht. Aus dem unscheinbaren kleinen Käfer wurde ein einzigartiges, kompliziertes und wunderschönes Geschöpf, das trotz des seltsamen Gebildes an seinem Kopf, das ihn rein logisch betrachtet eigentlich vollkommen aus dem Gleichgewicht bringen müsste, wahrhaftig fliegen konnte!

Die plötzliche Erkenntnis, dass hinter einem solch wundersamen Wesen nur ein Geist stehen konnte, der unermesslich viel größer und weiser sein musste als der eines Menschen, erfüllte Julius mit erster zaghafter Zuversicht. Gott, der so kreativ war, konnte auch aus seiner verfahrenen Situation noch etwas Schönes, Gutes erschaffen. Er wollte es lernen, auf ihn zu vertrauen, auch wenn diese heutige Entscheidung nur der Anfang dieses Lernprozesses sein konnte …

Unruhig wälzte Julius sich von einer Seite seines Bettes auf die andere. Aus dem strahlenden Tag war eine schwülwarme Nacht geworden, und durch das geöffnete Schlafzimmerfenster drang keinerlei Erfrischung, sondern nur stickige, mit dem beinahe betäubend süßlichen Duft von blühendem Holunder getränkte Luft herein. Das Federbett hatte er längst zu Charlotte, die gegen etwas mehr Wärme grundsätzlich niemals etwas einzuwenden hatte, hinübergeschoben, trotzdem war ihm beinahe unerträglich heiß.

Schließlich gab er jeden Gedanken an Schlaf auf. Er erhob sich von seinem Bett, verließ leise das Zimmer und trat durch die Hintertür in den Garten.

Seine Hoffnung, hier in den Genuss einer erträglicheren Temperatur zu kommen, wurde allerdings enttäuscht, denn im Freien war das aufziehende Gewitter noch deutlicher zu spüren. In der Ferne zuckten bereits die ersten Blitze über den Himmel, während die Wolken über seinem Kopf in ihrem Bestreben, sich zusammenzuschließen, immer weniger Mondlicht auf die Erde dringen ließen.

Der Blick in den Himmel erinnerte Julius an sein Gebet um Gottes Führung, das er nur wenige Stunden zuvor gesprochen hatte, und in einem plötzlichen Anflug kindlichen Wunschdenkens stellte er sich vor, Gottes Wegweisung für ihn würde genauso unmissverständlich und weithin sichtbar am dunklen Nachthimmel aufleuchten, wie die gleißenden Blitze es in diesem Moment taten.

Inmitten dieser Gedanken registrierte er, dass er offensichtlich nicht der Einzige war, der heute keinen Schlaf finden konnte. Von der Gänstorbrücke her vernahm er lauter werdende Schritte und Stimmen. Zweifellos näherten sie sich seinem etwas außerhalb des Ortskerns gelegenen Haus.

Allmählich konnte Julius einzelne Stimmen unterscheiden. Eine besonders durchdringende, aufgebrachte Stimme meinte er schon von Weitem zu erkennen: die des Wirtes der Schenke „Zwischen den Brücken“.

Julius begab sich auf die dem Weg zugewandte Seite seines Hauses, um herauszufinden, was der nächtliche Aufruhr zu bedeuten hatte. Der Anblick, der sich ihm darbot, war in der Tat mehr als beunruhigend: Ein ansehnlicher Trupp Männer, ausgerüstet mit brennenden Fackeln, Sturmlaternen und langen Stangen, wie man sie normalerweise zum Steuern der Ulmer Schachteln benutzte, bog soeben um die Straßenecke.

Vor dem grünen Holzzaun, der das Grundstück des Arztes umgab, machten die Männer lärmend und grölend halt, doch als ihr Anführer – der Schankwirt – gebieterisch seine Hand hob, wurde es totenstill.

Falls es Otto Knöpfles Plan gewesen war, Julius mit seinem bewaffneten Aufmarsch aus dem Schlaf zu reißen und ihn auf diese Weise in Angst und Schrecken zu versetzen, ließ er sich von der Überraschung, ihn bereits vor seinem Haus wachend anzutreffen, nicht allzu viel anmerken. Im Licht der Fackeln wirkte sein feistes Gesicht lediglich noch eine Nuance röter als üblich, als er seinen langen Holzstab drohend gegen Dr. Schwartz erhob und mit einer Klarheit, die Julius ihm in seinem offensichtlich betrunkenen Zustand niemals zugetraut hätte, ausrief: „Du hast hier unter uns nichts mehr zu suchen, Julius Schwartz – Quacksalber!“ Mit seiner Stange stieß er das Gartentor auf und platzierte seine wuchtige Gestalt so dicht vor Julius, dass der unverkennbare Geruch des Alkohols in seinem Atem diesen fast benebelte. Die übrigen Männer, um die zwanzig Stammgäste und Freunde des Schankwirtes, die ebenfalls betrunken zu sein schienen, bildeten unter zustimmendem Gemurmel einen Halbkreis um die beiden Kontrahenten.

Julius holte tief Luft und ermahnte sich selbst, die Fassung zu bewahren. Er durfte keinesfalls zeigen, dass diese von dem hasserfüllten Wirt gegen ihn aufgebrachte und vom Alkohol und der schwülen Gewitterstimmung zusätzlich angeheizte Meute ihm Angst einjagte.

Als sich über ihm ein Fenster öffnete und seine Frau herausschaute, um nach der Ursache des Tumultes zu fragen, entgegnete er daher nur: „Geh nur wieder schlafen, Charlotte! Es ist nichts, was dich beunruhigen müsste.“

Doch ehe das Fenster sich schloss, fiel der Wirt ein: „Oh nein, deine Frau soll ruhig hören, was wir dir zu sagen haben, Julius Schwartz. Wir wollen dich hier bei uns nicht mehr haben! Deine hoffnungslose Kurpfuscherei ist uns genauso zuwider wie deine Gegenwart! Hast du das jetzt endlich verstanden!?"

Die anderen Männer stimmten dem Wirt johlend zu. Die feindliche Stimmung erreichte ihren Siedepunkt, als einer der Männer sich eine lockere Zaunlatte griff und sie angriffslustig über seinem Kopf schwang. Ein weiterer stieß mit seiner Flößerstange ein Fenster des unteren Stockwerkes ein, sodass es klirrend in tausend Scherben zersprang.

Matthias und sein jüngerer Bruder Cornelius, die ebenfalls von dem Lärm wach geworden waren, drängten sich mit angstgeweitetem Blick an die Seite ihrer Mutter, während Otto Knöpfle mit eiskalter, schneidender Schärfe fortfuhr: „Nimm dein Weib und deine Blagen und verschwinde aus unserer Stadt! Wir wollen euch hier niemals wieder sehen!"

Mühevoll sammelte Julius seine Gedanken zu einer beschwichtigenden Antwort, aber die Männer ließen ihm keine Zeit mehr dazu – die erste brennende Fackel flog dicht an ihm vorbei in die reiche Blütenfülle des neben der Haustür wachsenden Rosenstockes, eine zweite pfiff durch das zersplitterte Fenster ins Haus und die nächste traf bereits das Hausdach.

„Das", sagte der Wirt mit einem befriedigten Blick auf die sofort hoch auflodernden Flammen, „ist unser Beitrag zu eurem Umzug. Auf diese Weise habt ihr nicht so viel mitzunehmen!"

Donnerndes Gelächter folgte seinen Worten, während die Meute sich nach vollbrachtem Werk zurückzog. Julius lief ins Haus, um Charlotte und die Kinder herauszuholen.

Nachdem seine Familie in Sicherheit war, begann er in fieberhafter Eile, die Hofpumpe zu betätigten und den Eimer zu füllen. Er leerte ihn über die züngelnden Flammen am hölzernen Fensterrahmen, ohne jedoch einen nennenswerten Effekt zu erzielen. Im Gegenteil: Das Feuer breitete sich mit rasender Geschwindigkeit aus.

Die Nachbarn, die inzwischen von dem geräuschvollen Spektakel angelockt worden waren, beobachteten Julius' mühsame Löschversuche, ohne auch nur einen Finger zu rühren. Zweifelsohne hatten sie nicht die Absicht, sich durch ihre Hilfe auf die Seite ihres langjährigen Arztes und Nachbarn zu stellen – zumindest nicht, solange das Feuer nicht auf ihre eigenen Häuser übergriff.

Doch plötzlich war Matthias an seiner Seite. „Lass mich pumpen, Vater, und du löschst!“, rief er, um das immer lauter werdende Prasseln der Feuers zu übertönen.

Julius warf seinem tapferen Sohn einen anerkennenden Blick zu, ehe er seine Aufmerksamkeit wieder auf das Feuer richtete. Es hatte mittlerweile den gesamten zur Straße gelegenen unteren Wohnraum erfasst, durch die offen stehende Haustür fraßen sich die Flammen unersättlich auf die Treppe zum ersten Stock zu, und auch über die tönernen Dachziegel tanzten lodernde Flammen.

Vor dem nachtschwarzen Himmel, an dem die Wolken inzwischen immer schneller dahinzogen und die Blitze in ständig kürzer werdenden Abständen aufzuckten, wirkte das ganze Bild, untermalt von der Geräuschkulisse des dröhnenden Donners und der knisternden Flammen, wahrhaft gespenstisch.

Wenn es doch nur endlich beginnen würde zu regnen, dachte Julius verzweifelt. Aber der stetig zunehmende Wind war so trocken wie ein Wüstenwind.

Plötzlich hörte Julius ein lautes, bedenkliches Knacken. Er blickte auf und erkannte, dass das kleine hölzerne Giebeldach über dem Hauseingang in wenigen Momenten zusammenstürzen würde. Er schaffte es gerade noch, sich mit einem großen Satz nach hinten in Sicherheit zu bringen, als das Holzgestell unter einem gewaltigen Funkenregen in sich zusammensackte.

Julius betrachtete das traurige Schauspiel und musste sich eingestehen, dass jegliche Mühe umsonst war. Mit einem Handzeichen bedeutete er seinem Sohn, sich zu seiner Mutter auf die Straße zu retten. Er selbst lief hinter das Haus und durch die noch relativ unversehrte Hintertür in den unteren Wohnraum. Das Haus selbst musste er wohl oder übel aufgeben, aber er wollte zumindest versuchen, noch einige lebensnotwendige Gegenstände aus seinem Innern sicherzustellen.

Zum Schutz vor dem Rauch zog er sein vom Brunnenwasser völlig durchnässtes Nachthemd über den Kopf, sodass nur ein schmaler Schlitz für seine Augen offen blieb, dennoch fiel ihm das Atmen bei jedem Schritt, den er sich durch brennende Trümmer vorankämpfte, schwerer.

Der Weg zu den Schlafkammern im oberen Stockwerk war ihm durch die lichterloh brennende Holztreppe bereits unmöglich gemacht, deshalb begab er sich schnurstracks zu seinem einzigen Praxisraum, in dem er nicht nur seine kostbaren medizinischen Bücher, Arzneimittel und die ärztlichen Instrumente, sondern auch die wichtigsten Papiere aufbewahrte. Doch als er die Tür desselben öffnete, schlugen ihm dichte Rauchwolken entgegen, die Hitze des Feuers erfasste ihn wie eine Welle und drückte ihn gegen die Flurwand.

Aus dem qualmenden, brennenden Inferno dieses Raumes, der direkt an denjenigen grenzte, in dem das Feuer begonnen hatte, noch etwas retten zu wollen, war schlicht zwecklos. Seine gesamte ärztliche Existenz ging soeben in Flammen auf.

Krampfhaft nach Atem ringend, taumelte Julius rückwärts in die Küche, die am weitesten vom ursprünglichen Brandherd entfernt lag.

Auf der Suche nach Wertgegenständen wanderte sein Blick über den Ofen und die Schränke, er griff nach der Tabaksdose, in der Charlotte ihr spärliches Haushaltsgeld aufbewahrte, wandte sich dem Tisch zu und erstarrte. Mitten auf der Tischplatte stand die schwarze Instrumententasche, die er bereits verloren geglaubt hatte.

Plötzlich erinnerte er sich daran, wie er sie am Abend mit besonderer Sorgfalt gepackt und reichlich mit Medikamenten bestückt hatte, um für alle Fälle gerüstet zu sein – falls irgendjemand seine Dienste in Anspruch nehmen würde. Anscheinend hatte er die Tasche danach in der Küche vergessen.

Mit einem einzigen großen Schritt war Julius am Tisch, doch noch ehe er die Ledertasche in der Hand hielt, geschah es: Einige Balken der Küchendecke, die von oben her Feuer gefangen hatten, brachen herunter; einer davon landete unmittelbar vor ihm auf dem Tisch und steckte die Instrumententasche in Brand.

In seiner bodenlosen Verzweiflung ergriff Julius die bauchige, glänzend polierte Zinnkanne – ein altes Familien-Erinnerungsstück, an dem Charlotte von ganzem Herzen hing – und leerte ihren gesamten Inhalt über seine Tasche, anschließend warf er sein immer noch leicht feuchtes Nachthemd über Kanne und Tasche, sodass die restlichen Flammen auf dem glatten Leder erloschen, schützte die beiden kostbaren Gegenstände zusätzlich mit seinem nackten Oberkörper und stürmte damit hinaus ins Freie, während hinter ihm krachend die komplette Küchendecke einstürzte.

Keuchend warf Julius sich in ausreichender Entfernung ins Gras. Den Regen, der jetzt, da es zu spät war, in wahren Sturzbächen vom Himmel herabströmte, spürte er kaum.

Im Morgengrauen stand Dr. Julius Schwartz vor den nass geregneten und doch nach wie vor rauchenden Überresten seines Hauses. Charlotte und die Kinder schliefen noch auf dem behelfsmäßigen Lager, das Julius' Bruder ihnen bereitet hatte, als sie nach dem Brand mitten in der Nacht an seine Tür geklopft hatten, aber er selbst hatte es dort nicht mehr länger ausgehalten.

Minutenlang stand er einfach nur da und starrte auf die leeren Fensterhöhlen und die nackten, rußgeschwärzten Mauern, zwischen denen vereinzelte größere Ascheansammlungen erkennen ließen, wo sich einstmals die Treppe oder ein massives Möbelstück befunden hatten.

Aus einem der höheren Ascheberge ragte in groteskem Winkel ein einzelner Pfosten des eisernen Bettgestells aus dem Schlafzimmer empor. Wie ein mahnend erhobener Finger zeigte der Pfosten zum Himmel, der sich nach dem Unwetter der vergangenen Nacht in einem zartem Rosarot präsentierte und vor dem sich die Balken der nur halb verkohlten Dachkonstruktion des Doktorhauses wie die Rippen eines menschlichen Skeletts abhoben.

Dieser Anblick ließ Julius stutzen. Unmissverständlich und weithin sichtbar wie ein Blitz vor dem dunklen Nachthimmel – so hatte er sich Gottes Wegweisung noch vor wenigen Stunden gewünscht ... Nun stand er vor der weithin sichtbaren, verbrannten Ruine seines Hauses ...

Gottes Wegweisung – sein Reden?!

Unwillig schüttelte er den Kopf und murmelte: „Das kann einfach nicht sein!" Ein von Kummer und Hass zerfressener Mann hatte diesen Brand angezettelt, damit hatte Gott nichts zu tun!

Und doch, die Tatsachen waren nicht von der Hand zu weisen: Was er verloren hatte, waren im Grunde nur wieder ersetzbare Gegenstände; seiner Familie und ihm war bei der ganzen Katastrophe kein Haar gekrümmt worden, und wie durch ein Wunder hatte der Koffer mit seinen wichtigsten Instrumenten, der Grundstock seiner ärztlichen Existenz, nur leichten Schaden genommen. Sogar die alte Zinnkanne, das liebste Eigentum seiner Frau – abgesehen von Mann und Kindern –, hatte er aus den Flammen retten können. Von dieser Warte aus betrachtet, war der Brand vielleicht gar nicht das Ende seines bisherigen Daseins, sondern nur der Hinweis, dass es an der Zeit für eine Veränderung war?

Allmählich begann Julius zu ahnen, was es bedeuten konnte, sich auf Gott einzulassen und ihm zu vertrauen; und die Nebelschleier, die ihm in letzter Zeit die Sicht auf seinen weiteren Lebensweg verwehrt hatten, begannen sich zu lichten.

Teil 2

1828

Dein ew'ge Treu und Gnade,
o Vater, weiß und sieht,
was gut sei oder schade
dem sterblichen Geblüt;
und was du dann erlesen,
das treibst du, starker Held,
und bringst zum Stand und Wesen,
was deinem Rat gefällt.

Weg hast du allerwegen,
an Mitteln fehlt's dir nicht;
dein Tun ist lauter Segen,
dein Gang ist lauter Licht.
Dein Werk kann niemand hindern,
dein Arbeit darf nicht ruhn,
wenn du, was deinen Kindern
ersprießlich ist, willst tun.

Kapitel 7

„Sophie!“, schallte Mechthilds erregte Stimme durch die hohe Eingangshalle, während ihre Schritte bereits ungestüm, um nicht zu sagen in fliegender Eile, die breite, mit einem rot gemusterten Teppich belegte Treppe ins erste Stockwerk hinaufpolterten. Einige honigblonde Locken, die sich wie so oft aus der vor wenigen Stunden erst kunstvoll aufgesteckten Frisur gelöst hatten, tanzten um ihr Gesicht und ihre hellen blauen Augen blitzten vergnügt.

Kopfschüttelnd blickte Johan Kjeldsen seiner Tochter nach. Trotz ihres stolzen Alters von vierzehn Jahren hatte ihr Benehmen noch keinerlei Ähnlichkeit mit dem würdigen, gesitteten Auftreten einer jungen Dame – aber gerade das liebte er an ihr. Ihre natürliche Spontaneität gehörte ebenso zu ihr wie die fliegenden Locken und die strahlend blauen Augen.

„Sophie, wo steckst du denn?“, rief Mechthild noch einmal. „Willst du nicht sehen, was Vater mir von der Reise mitgebracht hat?“

Sie stieß die Tür zum Unterrichtszimmer, in dem die beiden Mädchen für gewöhnlich gemeinsam mit ihrer Erzieherin die Vormittage verbrachten, auf. „Bist du hier drin, Sophie?“

Keine Antwort. Verlassen und still lag das Zimmer in den Strahlen der Nachmittagssonne, die durch die Flügel der hohen Südfenster drangen und nur durch die verschlossenen Brokatvorhänge ein wenig gedämpft wurden.

Als Mechthild sich bereits achselzuckend umwenden und den Raum verlassen wollte, gewahrte sie aus dem Augenwinkel heraus, wie einer der Vorhänge sich kurz aufbauschte, um sogleich wieder in seine ursprüngliche Lage zurückzukehren. Sie ahnte, was diese Bewegung zu bedeuten hatte.

Mit wenigen Schritten näherte sie sich der Stelle und zog den schweren blauen Vorhang vor der tief in die Wand eingelassenen, mannshohen Fensternische beiseite.

Sophie kauerte, die Arme um die angezogenen Knie geschlungen und die Augen starr in die Ferne gerichtet, auf dem breiten Fensterbrett. Sie blickte nicht einmal auf, als Mechthild sie ansprach: „Weshalb versteckst du dich denn? Freust du dich gar nicht, dass mein Vater wieder da ist? Er hat uns etwas mitgebracht, uns beiden! Komm doch mit und sieh es dir an! Es ist wirklich wunderhübsch, ganz entzückend!“

Die Worte „ganz entzückend“ waren in letzter Zeit aus dem Mund der begeisterungsfähigen Mechthild beinahe öfter zu hören als irgendein anderes, sodass Sophie lediglich ungerührt den Kopf schüttelte und sich nicht von der Stelle bewegte.

Das jüngere Mädchen wartete noch einen Moment, dann wandte es sich ratlos ab. Sophie war in letzter Zeit manchmal ein wenig seltsam. Wahrscheinlich lag es daran, dass sie – wie Mechthilds Mutter erklärt hatte – mit ihren fast sechzehn Jahren langsam ihre kindliche Unbeschwertheit ablegte und zur jungen Frau wurde. Nun ja, später würde sie sicher zu ihrer guten Laune zurückfinden und sie könnten gemeinsam die Geschenke des Vaters begutachten.

Regungslos lauschte Sophie den sich entfernenden Schritten Mechthilds. Ihre Freundin würde niemals verstehen, was sie in letzter Zeit bekümmerte. Wie sollte sie auch? Schließlich war es ihr Vater, der heute von einer langen Geschäftsreise zurückgekehrt war und ihr Geschenke machte, es war ihre Mutter, die zur Feier seiner Rückkehr ein Festmahl vorbereiten ließ, es war ihr Haus, in dem sie alle so komfortabel lebten – während Sophie nichts und niemanden hatte, zu dem sie gehörte. Sie war lediglich ein armes Waisenkind.

Früher, als sie noch jünger war, hatte sie sich wenig Gedanken darüber gemacht, dass sie fast wie ein Familienmitglied in einer wohlhabenden Familie lebte, die nicht die ihre war; auch das Getuschel der Dienstboten, die sich gelegentlich über die Sonderstellung der bettelarmen kleinen Waise empörten, war ihr entgangen, doch heute hörte und sah sie all das umso deutlicher.

Seit geraumer Zeit wünschte sie sich nichts sehnlicher, als eine eigene Familie zu haben, einen eigenen Vater, der um das Wohl seiner Tochter besorgt war und ihr Geschenke machte, eine eigene Mutter, der sie selbst ähnlich sah und die ihr erklären konnte, was sie von den eigenartigen Gefühlen halten sollte, die sie in letzter Zeit immer öfter überfielen ...

Für dieses Vorrecht würde sie sogar auf all den Luxus, der sie hier im Hause Kjeldsen umgab, verzichten. Gemeinsam mit ihren Eltern und eventuell noch einigen Geschwistern in einem bescheidenen kleinen Häuschen zu leben, alle Freuden und Sorgen einer Familie miteinander zu teilen – davon träumte Sophie. Die Realität sah anders aus. Seufzend blickte sie aus dem Fenster.

Zu ihren Füßen lag Kopenhagens *Kongens Nytorv*. Von dem gepflasterten Platz zweigten sternförmig angeordnete Straßen ab, in seinem Mittelpunkt befand sich eine kleine, ovale Grünfläche mit einer Reiterstatue König Christians V. Um ihn herum standen Prachtbauten wie das Königliche Theater und das Schloss Charlottenborg, das einst eine Königinwitwe, derzeit aber die Königliche Dänische Akademie der Schönen Künste beherbergte.

Johan Kjeldsens Stadtpalais, in welchem sie seit nunmehr bald zehn Jahren lebte, erhob sich auf der gegenüberliegenden Seite des Marktplatzes an der Stelle, an der die Gothersgade einmündete, doch in seiner Größe und Pracht schien es den königlichen Gebäuden durchaus nachzueifern. Seine drei Stockwerke umfassende Fassade war reich geschmückt mit hellen Stuckgirlanden, die im Verein mit den ebenso hellen, vollkommen gleichmäßigen Fensterreihen einen reizvollen Kontrast zu dem braunen Backstein der Mauern bildeten. Der zum Marktplatz hin gelegene Hauseingang war flankiert von Säulen, auf denen ein gleichfalls stuckverzierter Balkon ruhte, und wiederum ein Stockwerk darüber, exakt in der Mitte des Dachgeschosses, erhob sich ein ausladender Giebel, der – passend zu dem Haus eines Schiffsbauers – mit dem steinernen Bildnis eines stolzen Segelschiffes versehen war. Die Innenausstattung des Hauses war nicht minder prachtvoll und kostspielig gehalten, selbst die Räume der Dienstboten waren, verglichen mit denen anderer herrschaftlicher Häuser, komfortabel eingerichtet.

Sophie für ihren Teil hatte die für ein Dienstmädchen vorgesehene Dachkammer, in der sie anfänglich gewohnt hatte, längst verlassen und bewohnte nun im ersten Stock ein geräumiges, geschmackvoll möbliertes und durch ein Ankleidezimmer mit Mechthilds Räumen verbundenes Zimmer. Es war Mechthilds ausdrücklicher Wunsch gewesen, ihre Freundin zu jeder Tages- und Nachtzeit in ihrer unmittelbaren Nähe zu haben, und Luise und Johan Kjeldsen hatten – wie fast immer – ihrem Wunsch stattgegeben.

Zu diesem Zeitpunkt hatte Sophie auch begonnen, ihre Pflegeeltern als Onkel und Tante zu bezeichnen. Die beiden Mädchen waren in der Tat wie unzertrennliche

Schwestern geworden – von dem Vorhaben, Sophie eines Tages zu Mechthilds Kammerzofe zu machen, war bereits seit Jahren nicht mehr die Rede gewesen.

Und dennoch: Wie eine Schwester behandelt zu werden oder wie zur Familie gehörend in einem luxuriösen Palais zu leben, war eben nicht gleichbedeutend damit, tatsächlich eine eigene Schwester oder Familie oder ein eigenes Zuhause zu haben!

Die Fünfzehnjährige seufzte noch einmal abgrundtief, ehe sie die Geborgenheit ihrer Fensternische verließ und ihr Zimmer aufsuchte, um sich für das festliche Essen am Abend bereit zu machen.

Das Aroma erlesener und exzellent zubereiteter Speisen erfüllte den Raum, während die Kerzen, welche auf einem massiven silbernen Kandelaber in der Mitte der Festtafel flackerten, die vollständig um sie versammelte Familie in ihr warmes, anheimelndes Licht tauchten.

Zur Feier der Rückkehr des Vaters durfte sogar der siebenjährige Frederik, der für gewöhnlich viel früher am Abend mit seinem Kindermädchen speiste, an dem Mahl teilnehmen. Trotz eines zusätzlichen Polsters auf der Sitzfläche ragte sein blonder Haarschopf kaum über die hohe, geschnitzte Lehne des Stuhles hinaus, doch seine Augen strahlten vor Stolz, heute unter die Erwachsenen gerechnet zu werden, und, dem besonderen Anlass entsprechend, verhielt er sich auch mustergültig still und feierlich. Nur seine weit über dem Boden heftig hin und her schwingenden Beine verrieten seine innere Unruhe. Am liebsten hätte er den Ehrenplatz neben dem Vater sofort wieder verlassen, um sich seinem neuesten Schatz zu widmen: dem Buddelschiff, das sein Vater ihm aus seiner Kieler Werft mitgebracht hatte.

Der deutsche Konstrukteur hatte dieses Modell der Viermastbark „Luise", die demnächst in Kiel gebaut werden sollte, angefertigt und Johan Kjeldsen als Geschenk überreicht, der es wiederum an seinen Sohn weitergegeben hatte.*

In seiner ganzen Pracht thronte dieses winzige, in einer Glasflasche eingeschlossene Schiff nun auf der Anrichte an der gegenüberliegenden Wand, und Frederik konnte es kaum erwarten, das kleine Kunstwerk erneut in die Hände zu nehmen, um es aus nächster Nähe zu betrachten. Er konnte sich nicht sattsehen an diesem vollkommen wirklichkeitsgetreuen Miniaturschiff, das unter vollen Segeln übers Wasser zu gleiten schien – wenngleich es ihm unbegreiflich war, wie in aller Welt es in diese Flasche geraten war!

Schlussendlich hielt Frederik es nicht länger aus. Während der letzte Gang des Festmahls, bestehend aus roter Grütze mit Sahne, die Frederik ansonsten für sein Leben gern aß, aufgetragen wurde, platzte er Mechthild, die ihren Vater mit einer Schilderung ihrer völlig nebensächlichen, unwichtigen und bis ins kleinste Detail ausgeführten Erlebnisse der letzten Wochen überschüttete, abrupt ins Wort: „Darf ich bitte aufstehen, Vater? Ich möchte mir mein Schiff noch einmal ansehen ..." Den Rest dieses Satzes, der aus „ehe ich zu Bett muss" bestanden hätte, verschluckte er wohlweislich im letzten Moment, um seine Mutter nicht auf diesen angesichts der fortgeschrittenen Stunde naheliegenden Gedanken zu bringen, stattdessen verzog er sein sommersprossiges Gesicht zu einem einschmeichelnden Lächeln.

---

* Eigentlich verbreitete sich der Bau von Flaschenschiffen erst nach 1850, als die ersten durchsichtigen Getränkeflaschen in den Handel kamen und somit für gewöhnliche Seeleute verfügbar waren, vereinzelte – von professionellen Schiffsbauern angefertigte – Modelle gab es aber schon Jahre vorher.

Johan Kjeldsen durchschaute das Manöver. Er zwinkerte ihm zu und verkündete: „Na gut, mein Großer, wenn du schon so großmütig auf deine *Rødgrød** verzichtest, darfst du dich noch für eine Weile mit dem Buddelschiff beschäftigen! Nur geh bitte behutsam damit um. Wir wollen schließlich noch möglichst lange Freude daran haben!"

Frederik sprang jubelnd auf und Mechthild fuhr ungeachtet der Unterbrechung fort: „Und dann haben wir diesen jungen Studenten gesehen – drüben bei der königlichen Akademie, weißt du, der trug doch wahrhaftig einen grünen Frack zu violetten Beinkleidern, kannst du dir das vorstellen?!"

Geduldig lauschte der Vater einer weiteren anschaulichen Schilderung, diesmal über Kleidung und Aussehen des besagten Studenten, doch als sein Blick zufällig auf Sophie fiel, war es um seine Aufmerksamkeit geschehen. Schon früher am Abend hatte er bemerkt, wie auffallend blass und still Sophie zwischen Fräulein Grevenstein, der deutschen Erzieherin, und seiner Tochter saß. Nun stocherte sie lustlos in der köstlichen Süßspeise auf ihrem Teller herum.

Wenn er es recht bedachte, war sie eigentlich bereits vor seiner Abreise schweigsamer und bedrückter gewesen als sonst. Forschend sah er sie an, und Sophie, die seinen Blick auffing, senkte den Kopf.

Irgendein geheimer Kummer musste an ihr nagen – anders konnte Johan sich diese Schweigsamkeit und die matten Gesichtszüge nicht erklären; und da er seine Pflegetochter im Laufe der Jahre immer mehr ins Herz geschlossen hatte, war es ihm unmöglich, sie mit ihrem Kummer allein zu lassen. Er beschloss, später unter vier Augen mit Sophie zu sprechen.

* rote Grütze

Die Gelegenheit dazu ergab sich fast wie von selbst, als Luise den lautstark, aber vergeblich protestierenden Frederik in Richtung des oberen Stockwerks geleitete und Fräulein Grevenstein und Mechthild sich in den Salon begaben, um den restlichen Abend vor dem gemütlichen Kaminfeuer zu verbringen.

„Komm doch mit mir in die Bibliothek, Sophie, dann kann ich dir endlich dein Geschenk überreichen – oder soll ich es am Ende etwa für mich behalten?!“, scherzte Johan.

Ein wenig widerstrebend folgte sie dem Hausherrn. Nach wie vor war sie wenig erpicht auf das angekündigte Geschenk, aber schließlich erforderte es schon die Höflichkeit und Dankbarkeit gegenüber ihrem Wohltäter, seiner Aufforderung Folge zu leisten.

Die Bibliothek maß sicherlich acht auf zehn Meter und etwa drei Meter in der Höhe und war vollständig ausgefüllt mit Bücherregalen, die bis unter die Decke reichten; zwischen den Regalen mit ihren zahlreichen kostbaren Büchern befanden sich mehrere bequeme Sessel beziehungsweise Sitzgruppen, und an der Stirnseite, exakt vor einem der Fenster, stand der dunkle, wuchtige Schreibtisch des Werftbesitzers.

Johan öffnete eines der oberen Schubfächer und holte ein hübsch geschliffenes Glasfläschchen hervor. Mit einer scherzhaft angedeuteten Verbeugung überreichte er es Sophie: „Ich dachte mir, für eine junge Dame wie dich wäre dies hier genau das Richtige!“

Als sie ihn nur sprachlos anstarrte, fügte er erklärend hinzu: „Das ist original Eau de Cologne, musst du wissen. Die Damen in Holstein lieben dieses Duftwasser geradezu!“

Zu seiner größten Bestürzung brach Sophie bei diesen Worten in Tränen aus. Er nahm sie beim Arm und führte sie zu einem samtbezogenen barocken Sofa, auf dem er sich neben ihr niederließ. Wortlos reichte er dem schluchzenden Mädchen sein Taschentuch, und ebenso wortlos wartete er ab, bis das Schluchzen versiegt war. „Willst du mir nicht sagen, was dich bedrückt, Sophie?“, fragte er schließlich mit sanftem Ton in der Stimme. „Allein der Anblick dieses Parfümfläschchens kann doch kaum der Grund für deinen Kummer sein – oder täusche ich mich da?“ Er legte väterlich die Hand unter ihr Kinn und hob es an, sodass sie ihm in die Augen sehen musste.

„Das ist es auch nicht, Onkel Johan!“, murmelte Sophie kaum vernehmbar, „es ist nur ...“ Sie stockte einen Moment, doch plötzlich brach es aus ihr heraus: „Ich bin keine junge Dame, und werde auch niemals eine Dame sein. Ich bin nur eine mittellose kleine Waise, die du damals aus Mitleid von der Straße aufgelesen hast! Ich will nicht undankbar sein ... Versteh mich nicht falsch, ich bin euch unendlich dankbar dafür, dass ihr mich hier aufgenommen habt. Aber wir wissen doch alle, dass ich eigentlich nicht hierher gehöre. Du bist genauso wenig mein Vater wie Mechthild meine Schwester, oder deine Frau meine Mutter ... in Wahrheit seid ihr ja nicht einmal Onkel und Tante für mich ... ich habe absolut niemanden auf dieser Welt. In letzter Zeit kann ich mich nicht einmal mehr richtig an meine verstorbene Mutter erinnern!“ Sophies Tränen begannen erneut zu fließen.

Johan musterte sie bekümmert. Er hatte befürchtet, dass dieses Thema eines Tages zur Sprache kommen würde – und dennoch insgeheim gehofft, dass die Liebe und Annahme, die Sophie in seiner Familie erfuhr, ausreichen würde, um sie vor diesen Fragen und dem unweigerlich dazugehörigen Herzeleid zu bewahren. Deshalb erwiderte er, während er sanft über ihren glatten dunklen Scheitel strich: „Aber wir lieben dich wie deine eigene Familie, Sophie, das weißt du doch!“

„Nein", wiederholte sie, während sie seine Hand beiseiteschob, „das könnt ihr gar nicht! Niemand liebt eine Fremde wie die eigene Familie ... und ich habe keine – weder Mutter noch Vater, noch irgendeinen anderen Verwandten!"

„Es tut mir wirklich leid, wenn du das so siehst, Sophie!", entgegnete Johan Kjeldsen hilflos, „aber ich versichere dir, wir haben dich lieb! Und für Mechthild bist du die Schwester, die sie niemals hätte, wenn es dich nicht gäbe!"

Mechthilds Schwestern, die in den Jahren nach Sophies Aufnahme in seinem Hause geboren worden waren, waren beide schon im Kleinkindalter verstorben, wie Sophie sehr wohl wusste.

Ihr Schluchzen verebbte allmählich, und Johan fuhr ermutigt fort: „Wenn es in meiner Macht stünde, dir deine eigene Familie wiederzugeben, dann ..." Mit einem Mal hielt er inne. Er dachte, zum ersten Mal seit vielen Jahren, an den Brief, den er in der Nacht, als Eleonore Becker ihm ihre Tochter Sophie anvertraute, in ihrem Kleid gefunden hatte. Offenbar war nun der Zeitpunkt gekommen, ihn dem Mädchen auszuhändigen. Entschlossen schritt er zu seinem Schreibtisch, nahm den leicht vergilbten, zerknitterten Umschlag aus dem Fach, in dem er so lange unbeachtet gelegen hatte, und reichte ihn Sophie.

Sie blickte ihn verwundert an, als er fortfuhr: „Es ist mir leider unmöglich, dir deine Familie wiederzugeben, aber mit diesem Brief kann ich dir wenigstens ein Stück Erinnerung an die Familie geben, die du früher einmal hattest. Dieser Umschlag hier befand sich in deinem Kleid, als du damals zu uns kamst, und enthält einen Brief von deiner Mutter, den sie vermutlich kurz vor ihrem Tod geschrieben hat. Ich habe ihn so lange verwahrt, bis du alt genug wärest, ihn zu lesen und zu verstehen, und ich denke, dieser Zeitpunkt ist nun gekommen!"

„Ein Brief meiner Mutter!“, brachte Sophie mit zitternden Lippen hervor und presste das kostbare Dokument an ihre Brust. „Ich ... ich möchte gern alleine sein, wenn ich ihn lese!“

Johan nickte verständnisvoll. „Nimm ihn mit auf dein Zimmer und lies ihn in aller Ruhe! Ich werde dafür sorgen, dass Mechthild dich heute Abend nicht mehr stört.“

Diesmal war es Sophie, die in unübersehbarer Hast die Treppen zum ersten Stock hinaufeilte.

Kapitel 8

Meine geliebte Tochter Sophie,

eines Tages wirst du alt genug sein, um diesen Brief deiner Mutter zu lesen, und ich bete von Herzen, dass du dann auch alt genug bist, zu verstehen, weshalb ich dich in die Obhut fremder Menschen geben musste. Ich kann dir jedenfalls versichern: Nichts ist mir jemals so schwer gefallen wie diese Trennung von dir!

Es ist mein größter Kummer, dass ich dir nicht die Möglichkeit geben kann, in einer eigenen, richtigen Familie aufzuwachsen, aber ich bin zu krank, um weiterhin für dich zu sorgen, und weitere Angehörige, die dafür infrage kämen, haben wir beide nicht mehr.

Deine Großeltern sind bereits tot, und dein Vater, mit dem ich nicht verheiratet war, hat uns schon vor deiner Geburt verlassen. Er hat wohl eine Ahnung davon, dass es dich gibt, aber er hat dich nie gesehen noch kümmert er sich um uns.

Bis zu dieser Stelle gelangte Sophie – dank Mechthilds Mutter, die darauf bestanden hatte, die beiden Mädchen in beiden Sprachen, Deutsch und Dänisch, zu erziehen, hatte sie keine Probleme, den Inhalt dieser deutschen Worte zu erfassen –, dann schleuderte sie das vergilbte Stück Papier entsetzt von sich. Es landete am Ende ihres Bettes, auf dem sie sich zum Lesen niedergelassen hatte.

So war das also: Sie war nicht nur eine arme Waise, sondern obendrein ein erbärmliches, uneheliches Balg. Erst vor wenigen Tagen hatte sie gehört, wie die Köchin voller Empörung das Kind einer unverheirateten Frau so genannt hatte!

Die Tränen der Rührung, die sie bei der Anrede „Meine geliebte Tochter" vergossen hatte, und das Mitgefühl mit ihrer kranken Mutter wandelten sich in heißen Zorn – und in Scham. Allein der Gedanke, dass Johan und Luise Kjeldsen den Inhalt dieses Briefes möglicherweise kannten, trieb ihr brennende Schamesröte ins Gesicht. Wahrscheinlich würde sie ihrer Pflegefamilie niemals wieder unbefangen in die Augen sehen können!

Sie wünschte, sie hätte diesen Brief niemals in die Hände bekommen – und doch konnte sie nicht anders, als ihn wieder aufzuheben und weiterzulesen.

Sophie, ehe du diesen Brief jetzt empört weglegst und uns, deine Eltern, wegen unseres Verhaltens verurteilst oder dich unserer schämst, bitte ich dich um eines: Gib mir die Möglichkeit, dir alles zu erklären. Es ist mir wirklich wichtig, dass du weißt, wer deine Eltern waren und dass ich dich mehr liebe als alles andere in meinem Leben!

Mit wachsender Neugier las Sophie den folgenden Abschnitt, der einen kurzen Abriss über Eleonores Kindheit, ihre Freundschaft mit Julius Schwartz, ihren Umzug und die ersten Jahre in Norddeutschland enthielt. Schließlich kam sie zu ihrer Verbindung mit Hans-Albrecht (von seinem Familiennamen war nirgends die Rede), die vor allem aufgrund seiner verblüffenden äußeren Ähnlichkeit mit ihrem Jugendfreund Julius entstanden war. Dieser Abschnitt des Briefes endete mit den Worten:

Es war also mein Fehler, deinem Vater in meiner blinden Liebe alles zu geben, was er unrechterweise von mir verlangte – aber glaube mir, trotz allem war er kein schlechter Mensch! Er war nur ein wenig jungenhaft leichtsinnig, leichtlebig eben, und noch nicht reif genug, die Verantwortung für sein Handeln zu übernehmen. Deshalb machte er sich aus dem Staub, als er von deiner bevorstehenden Geburt erfuhr, statt mich zu heiraten, wie er es versprochen hatte. Aber ich bin ihm nicht mehr böse deswegen, sondern habe ihm alles vergeben. Genauso wie Gott mir diese meine Sünde vergeben hat – und schließlich hat Gott mir durch diese Ereignisse das Schönste und Beste zuteilwerden lassen, was ich mir vorstellen kann: dich!

Die fünf Jahre, die ich mit dir, meiner geliebten Sophie, verbracht habe, waren trotz aller äußeren Not die schönsten meines ganzen Lebens! Und da ich nun keinen anderen Ausweg mehr sehe, als mich von dir zu verabschieden, bitte ich dich: Vergib mir – und vergib auch deinem Vater! Ich wünsche dir so sehr, dass du ein unbeschwertes Leben, frei von allem Groll auf deinen Vater oder mich und frei von aller Unzufriedenheit mit deinem Schicksal, führen kannst. Ich weiß, dass dies möglich ist, wenn du nämlich in allem auf Gott vertraust. Ich selbst habe dies erst in letzter Zeit erlebt, als ich mich mit all meinen Sorgen und Problemen Gottes Liebe anvertraut habe, aber du kannst es schon viel früher in deinem Leben erfahren, indem du dich an die Worte des Liedes hältst, das ich hier für dich aufgeschrieben habe. Bitte betrachte dieses Lied als mein Vermächtnis an dich, lass es in deinem Leben Wahrheit werden!

Befiehl du deine Wege und was dein Herze kränkt, der allertreusten Pflege des, der den Himmel lenkt! Der Wolken, Luft und Winden gibt Wege, Lauf und Bahn, der wird auch Wege finden, da dein Fuß gehen kann.

Dem Herren musst du trauen, wenn dir's soll wohlergehn; auf sein Werk musst du schauen, wenn dein Werk soll bestehn! Mit Sorgen und mit Grämen und mit selbsteigner Pein lässt Gott sich gar nichts nehmen: Es muss erbeten sein!

Dein ew'ge Treu und Gnade, o Vater, weiß und sieht, was gut sei oder schade, dem sterblichen Geblüt; und was du dann erlesen, das treibst du, starker Held, und bringst zum Stand und Wesen, was deinem Rat gefällt.

Weg hast du allerwegen, an Mitteln fehlt's dir nicht; dein Tun ist lauter Segen, dein Gang ist lauter Licht. Dein Werk kann niemand hindern, dein Arbeit darf nicht ruhn, wenn du, was deinen Kindern ersprießlich ist, willst tun.

Auf, auf, gib deinem Schmerze und Sorgen gute Nacht! Lass fahren, was das Herze betrübt und traurig macht! Bist du doch nicht Regente, der alles führen soll! Gott sitzt im Regimente und führet alles wohl!

Ihn, ihn lass tun und walten, er ist ein weiser Fürst und wird sich so verhalten, dass du dich wundern wirst, wenn er, wie ihm gebühret, mit wunderbarem Rat die Sach hinausgeführet, die dich bekümmert hat.

Mach End, o Herr, mach Ende mit aller unsrer Not; stärk unsre Füß und Hände und lass bis in den Tod uns allzeit deiner Pflege und Treu befohlen sein, so gehen unsre Wege gewiss zum Himmel ein. *

Gott segne dich, mein geliebtes Kind! Er wird mit dir sein, er will dich führen und leiten, wo ich es nicht mehr kann!

Deine dich liebende Mutter Eleonore Becker

---

* von Paul Gerhardt, 1607–1676

Um Sophies mühsam gewahrte Fassung war es nun endgültig geschehen: Sie vergrub das Gesicht in den Kissen ihres Bettes und ließ den Tränen freien Lauf.

Die zärtlichen, einfühlsamen Worte ihrer Mutter hatten sie alle Scham vergessen lassen und ein Bild in ihr heraufbeschworen, das lange Jahre in ihrem tiefsten Innern geschlummert hatte: In aller Deutlichkeit sah sie das schmale, von dunklem Haar umrahmte Gesicht der Mutter vor sich, die braunen Augen zärtlich auf die kleine Tochter in ihrem Schoß gerichtet, während sie mit leiser, unsicherer Stimme und immer wieder unterbrochen von heftigen Hustenanfällen, die Worte des alten Liedes von Paul Gerhardt sang. Beinahe glaubte Sophie, die warmen, lebendigen Arme der Mutter, die sie so aufopferungsvoll geliebt hatte, um ihre Schultern zu spüren – ein Gefühl, das sie am liebsten für immer festgehalten hätte.

Natürlich war das ein Ding der Unmöglichkeit, aber die Erinnerung an diese Szene aus ihrer frühesten Kindheit und die Worte des Liedes würde sie in Zukunft hüten als den kostbarsten aller Schätze.

Als Sophie sich schließlich erhob, um ihr erhitztes, verweintes Gesicht zu kühlen, fiel ihr Blick auf ihr etwas undeutliches Abbild, das von dem kleinen runden Spiegel über dem Waschtisch wiedergegeben wurde.

Für gewöhnlich empfand sie beim Blick in einen Spiegel lediglich ein dumpfes Gefühl der Unzulänglichkeit: Ihr langes Haar war trotz aller Versuche, es der Mode entsprechend in kunstvolle Locken zu wickeln, glatt. Außerdem war es braun (nicht kastanien-, dunkel- oder hellbraun, sondern schlicht und einfach braun), ebenso ihre Augen, was sie in dem schmalen Gesicht noch größer wirken ließ, als sie es ohnehin schon waren, und ihr zwar gleichmäßiger, aber nicht eben heller Teint war bestenfalls als gewöhnlich zu bezeichnen.

Neben Mechthild mit ihren strahlend blauen Augen, der Fülle natürlicher, honigblonder Locken und der vornehm hellen, meist rosig überhauchten Hautfarbe empfand Sophie sich selbst manchmal als ein winziges, unscheinbares Blümchen neben einer wunderschönen, duftenden Rose. An diesem Abend aber entdeckte sie zum ersten Mal etwas anderes in sich: Sie sah die Ähnlichkeit mit ihrer Mutter. Sie hatte das Haar, die Augen und die Gesichtszüge der Mutter, die sie vor wenigen Minuten in ihrer Erinnerung vor sich gesehen hatte. Von ihrem Vater hatte sie rein äußerlich offenbar nicht das Geringste geerbt.

Und das ist auch gut so, sagte sich Sophie, mit einem solchen Mann will ich nichts zu tun haben! Hätte er Mutter damals nicht im Stich gelassen, wäre sie gewiss nicht so entsetzlich krank geworden, dass sie sterben musste, und ich stünde heute nicht ganz alleine da! Wie Mutter ihm das vergeben konnte, begreife ich nicht ... Ich kann es jedenfalls nicht! Er ist schuld an unserem ganzen Unglück! Schuld daran, dass ich ohne jeglichen Verwandten und ohne wirkliche Erinnerung an meine Herkunft aufwachsen muss!

Unglücklich rollte sie sich auf ihrem Bett zusammen und murmelte leise vor sich hin: „Und wenn ich hundert Jahre alt werde – ich werde ihm nie verzeihen!“

Der Groll gegenüber ihrem Vater und gegenüber der ganzen Misere ihrer Herkunft, ihrer Kindheit, vor dem Eleonore sie mit ihren Worten gerne bewahrt hätte, hatte bereits in ihrem Innern Fuß gefasst.

Kapitel 9

Die eisenbeschlagenen Räder des alten Einspänners, der Dr. Schwartz seit vielen Jahren treu und zuverlässig zu seinen Patienten beförderte, ratterten lautstark durch die vom Regen ausgewaschenen und tief in den steinigen Straßenbelag eingegrabenen Schlaglöcher der Küstenstraße. Auch jetzt regnete es leicht, zudem blies von der See her ein kräftiger Wind, der das harte, kräftige Gras und die belaubten Büsche, die beidseits der Straße wucherten, in seinem Luftstrom wiegte. Nichtsdestotrotz hatten die beiden Wageninsassen das Verdeck ein Stück zurückgeschlagen, um in den vollen Genuss des (leicht verhangenen) Ostseepanoramas zu gelangen.

Obwohl sie bereits seit Jahren an der Küste Holsteins lebten, konnten sie sich an dem weiten Ausblick noch immer nicht sattsehen – zumal sie selten Muße dazu fanden, ihn miteinander und in aller Ruhe zu genießen. Die heutige Fahrt nach Kiel bot Vater Julius und Sohn Matthias daher einen willkommenen Anlass zu einem ausgiebigen Rundblick, verbunden mit einem ebenso ausgiebigen, ernsthaften Gespräch.

Sie hatten ihr Heim in dem verschlafenen kleinen Fischerdorf noch nicht lange hinter sich gelassen, als Matthias ein wenig wehmütig das Wort ergriff: „Ich kann es kaum glauben, dass ich ab dem heutigen Tag nicht mehr hier in

Steinkirchen zu Hause sein werde – jedenfalls nicht mehr so ganz. Nur in den Semesterferien werde ich noch zu Besuch nach Hause kommen, ansonsten wird Kiel nun meine Heimat sein. Dabei …" – er legte eine gedankenvolle Pause ein – „kommt es mir beinahe so vor, als wären wir gerade gestern zum ersten Mal diese holperige Dorfstraße entlanggefahren und hätten uns gefragt, weshalb in aller Welt die Bewohner dieses winzigen Nestes hier unbedingt einen eigenen Arzt haben wollten!"

Sein Vater lachte kurz auf: „Ja, genau so war es! Aber dass du dich nach all den Jahren noch so genau daran erinnern kannst … Immerhin warst du damals ein kleiner, gerade einmal achtjähriger Knirps!"

„Nun ja, manche Dinge vergisst man eben nie!", konstatierte der mittlerweile fast neunzehnjährige angehende Student. „Und in genau diese Kategorie gehört bei mir das Entsetzen, das dir in der damaligen Situation so deutlich ins Gesicht geschrieben stand! Du hast es zwar nicht ausgesprochen, aber ich konnte dir deine Sorgen, ob du uns in Anbetracht dieser armseligen Umstände überhaupt ernähren könntest, deutlich abspüren!"

„Das hat man nun davon, dass man einen derart klugen, einfühlsamen Sohn großzieht!" In gespielter Verzweiflung raufte Julius sich die Haare, deren aschblonder Farbton in letzter Zeit kaum merklich ins Graue überging. „Schon als kleiner Lausejunge warst du in der Lage, meine geheimsten Gedanken zu lesen!"

„Aber", fuhr er, plötzlich wieder vollkommen ernst, fort, „es war eine schwere Zeit, die unsere Familie durchmachte, ehe wir hier ankamen – und auch danach! Kein Wunder, dass du früher reif und erwachsen wurdest als andere Jungen in deinem Alter. Und ohne deine tatkräftige Hilfe und Unterstützung … Ich weiß nicht, wo wir da heute ständen!" Er hielt inne, um über seine eigenen Worte nachzudenken.

Seit der Brandstiftung vor nunmehr zehn Jahren, durch die seine Familie fast ihr gesamtes Hab und Gut verloren hatte, war Matthias ihm in der Tat eine unschätzbare Stütze gewesen.

Die rege, verständnisvolle Anteilnahme an der Entscheidung seines Vaters, Neu-Ulm zu verlassen, um in einem anderen Land des Deutschen Bundes ganz neu als Arzt zu beginnen, sowie an allen weiteren Entscheidungen, die sie letztendlich ins Herzogtum Holstein geführt hatten, hatte Julius mehr als einmal ermutigt und weitergeholfen. Vom heutigen Standpunkt aus betrachtet, schien es ihm beinahe so, als hätte Gott manchmal seinen Sohn Matthias dazu gebraucht, um ihm Wegweisung zu geben. Auf jeden Fall hatte Julius – und mit ihm seine ganze Familie – in diesen vergangenen Jahren gelernt, nach Gottes Willen für sein Leben zu fragen und ihm und seiner Führung zu vertrauen. Das war nicht immer leicht gewesen ...

Bei ihrer Ankunft in Steinkirchen, dessen Bewohner lange vergeblich nach einem Arzt gesucht hatten, der bereit war, den einfachen und oft etwas ungehobelten Fischern seine medizinischen Kenntnisse zur Verfügung zu stellen, wurden sie freudig und mit offenen Armen empfangen. Julius' Einkünfte reichten aus, um die Familie zu ernähren, die beiden Jungen konnten die öffentliche Schule in einem größeren Nachbarort besuchen, und im Grunde ließ sich alles besser an als erwartet.

Bis eines Tages Charlotte erkrankte. Sie war schwanger und aus irgendeinem Grunde machte ihr diese Schwangerschaft wesentlich mehr zu schaffen als die vorhergehenden. Innerhalb weniger Wochen verlor sie acht Kilogramm Gewicht, sie konnte weder essen noch trinken oder die Flüssigkeit bei sich behalten und war bald nur noch ein Schatten der gesunden, schlanken Frau und Mutter aus früheren Zeiten. Als sie zu schwach wurde, um das Bett zu verlassen, wechselten sich Julius und Matthias, der deswegen von der Schule abging, in ihrer Pflege ab, doch Charlotte verfiel zusehends.

Zum Zeitpunkt der Entbindung war sie so geschwächt, dass Julius sich entschloss, das Kind per Kaiserschnitt zu holen, und obwohl sein ärztlich objektiver Sachverstand dabei weder der Mutter noch dem Kind große Überlebenschancen einräumte, hoffte und betete er von ganzem Herzen für Gelingen.

Das Kind, ein weiterer kleiner Sohn, wurde tot geboren, doch es gelang ihm, Charlottes Leben zu retten. Julius war unendlich dankbar. Er wusste nur zu gut, dass er diese Rettung in keinster Weise seinem eigenen Können, sondern allein Gottes Gnade und Hilfe zu verdanken hatte. In diesem Wissen wuchs sein Vertrauen auf Gott und wurde mit jedem Tag mehr zum wichtigsten Bestandteil seines Lebens.

Allerdings gewann Charlotte ihre frühere Kraft nie wieder in vollem Maß zurück, sodass Matthias es sich trotz ihres anfänglichen Widerspruchs nicht nehmen lassen wollte, weiterhin tagsüber bei ihr zu bleiben, um sie zu unterstützen. Demzufolge beendete er seine Schulbildung zu Hause unter der Anleitung seines Vaters und bestand mit einer geringen zeitlichen Verzögerung gegenüber seinen Altersgenossen auch die Aufnahmeprüfung an der Kieler Universität. Für ihn stand es außer Frage, dass er in die Fußstapfen seines Vaters treten und Medizin studieren würde, um seinen Mitmenschen nach bestem Vermögen zu helfen, so wie er es bis zu diesem Tage bei seiner Mutter getan hatte.

Julius musterte seinen Sohn mit einem kurzen Seitenblick. Rein äußerlich war dieser das verjüngte Abbild seiner selbst – hochgewachsen und schmal, wie er es war, mit seinen grauen Augen, dem blonden Haar und der hohen Stirn –, aber manchmal hatte Julius den Eindruck, Matthias'

Herz sei noch ein gutes Stück weicher und mitfühlender als sein eigenes.

Gerade in diesem Augenblick spiegelte sein Gesichtsausdruck nur zu deutlich wider, wie sehr der Abschied von zu Hause und vor allem von seiner kränklichen Mutter ihn bekümmerte. Vermutlich plagten ihn sogar Zweifel darüber, ob seine Entscheidung, zum Studium fortzugehen und sie zurückzulassen, nicht zu eigennützig und selbstsüchtig von ihm war.

„Glaube mir, Matthias, es ist richtig, was du tust!", setzte er das Gespräch deshalb ungeachtet der minutenlangen Pause fort. „Du hast schon viel zu lange deine persönlichen Belange hintangestellt, um für deine Familie da zu sein. Jetzt ist es Zeit für dich, an deine eigene Zukunft zu denken. Du bist ein Mann, der seinen eigenen Weg finden muss!"

Matthias nickte halbherzig. „Das ist mir durchaus bewusst! Trotzdem kann ich nicht aufhören, mir Sorgen zu machen ..."

„Um deine Mutter, ich weiß. Aber bei all deiner Fürsorge scheinst du vergessen zu haben, dass ich auch noch da bin!" Halb scherzend, halb ernst fuhr Julius fort: „Ich bin ihr Ehemann – falls dir das entfallen sein sollte –, und liebe sie mindestens ebenso wie du, deshalb werde ich trotz aller Arbeit Zeit finden, mich um sie zu kümmern! Außerdem ist dein Bruder Cornelius auch nicht mehr der unbesonnene kleine Schelm von einst, der die Zöpfe seiner Schulkameradinnen in Tintenfässer tauchte und seinen Lehrer mit unzähligen Streichen zur Verzweiflung brachte. Er ist mittlerweile ebenfalls ein verantwortungsbewusster junger Mann, der seiner Mutter manche Arbeit abnehmen kann!"

„Du hast natürlich recht!" Matthias seufzte. „Ich sollte besser aufhören, mir Gedanken über das Unabänderliche zu machen, und stattdessen meine ganze Kraft auf das Studium konzentrieren."

„Das ist gut. Richte deinen Blick nach vorne! Ich bin sicher, unser Vater im Himmel hält bereits neue Aufgaben und Herausforderungen für dich bereit. Aufgaben, die du mit seiner Hilfe auch meistern wirst!“

Mittlerweile hatte sich der leichte Nieselregen zu einem handfesten Regenguss ausgewachsen, und Dr. Schwartz beugte sich nach vorne, um das schützende Wagenverdeck über ihren Köpfen zu schließen. Dennoch wurde es im Wageninnern zunehmend kühl und ungemütlich und sie legten den Rest der Fahrt zur Universitätsstadt größtenteils über Belangloses sprechend oder schweigend zurück.

Beide waren erleichtert, als sich am späten Nachmittag die ersten Ausläufer der Stadt Kiel aus dem Regenschleier vor ihnen erhoben.

Die Suche nach einer Unterkunft, die in einem angemessenen Verhältnis zu der schmalen Geldbörse des vorwiegend mit Naturalien bezahlten Landarztes stand, erwies sich als schwierige, zeitraubende Angelegenheit, da die Mehrheit der Studenten ihre Zimmer bereits weit im Voraus angemietet hatte und in unmittelbarer Umgebung der Universität praktisch kein Millimeter freier (und bezahlbarer) Wohnraum mehr vorhanden war.

Julius und Matthias verbrachten zwei Nächte in einem Gasthaus, ehe sie am dritten Tag ihrer Suche endlich etwas Passendes fanden. Das Haus gehörte einer älteren Dame, einer Professorenwitwe, die es sich zur Lebensaufgabe gemacht hatte, weniger bemittelte, aber strebsame Studenten zu unterstützen, indem sie ihnen kostengünstig Unterkunft und Verpflegung bot. Sie fand auf Anhieb Gefallen an dem schmalen jungen Mann, der gemeinsam mit seinem Vater an ihre Tür klopfte und mit einem Ausdruck mühsam unterdrückter Hoffnung in seinen offenen grauen Augen fragte, ob sie ihm für das kommende Studienjahr eine Bleibe bieten könnte; und obgleich ihre Kapazitäten eigentlich erschöpft waren, brachte sie es nicht fertig, seine Bitte abzuschlagen. Matthias durfte eine zwar nur spärlich möblierte, aber zumindest saubere, leer stehende Dachkammer beziehen, die in früheren Zeiten einen Dienstboten beherbergt hatte.

Nachdem sie mit vereinten Kräften die schwere hölzerne Truhe, die Matthias' Bücher, Kleidungsstücke und sonstigen persönlichen Besitztümer enthielt, von der Gastwirtschaft in das neue Zimmer befördert hatten, war die Stunde des Abschieds für Vater und Sohn gekommen.

Julius reichte seinem Sohn beide Hände. „Jetzt ist es also so weit, mein Junge – dein neues Leben als Student kann endlich beginnen! Ich wünsche dir viel Freude und Erfolg bei deinen Studien und dass du unter den Kommilitonen ein paar gute Kameraden findest, die dir zur Seite stehen! Und falls du einmal wirklich in Not geraten solltest oder ernsthafte Probleme hast – du weißt ja immer, wo du uns finden kannst. Wenn du dir ein Reitpferd mietest, kannst du in wenigen Stunden zu Hause sein!"

„Ich weiß", unterbrach Matthias den Redefluss seines besorgten Vaters, „ihr werdet immer für mich da sein, und dafür danke ich dir von Herzen – aber ich werde es schon schaffen!" Er sah Julius entschlossen in die Augen und drückte seine Hände so fest er es vermochte, doch plötzlich warf er alle männlichen Hemmungen beiseite und fiel seinem Vater um den Hals, wie er es als kleiner Junge getan hatte. „Auf Wiedersehen, Vater!", flüsterte er.

„Auf Wiedersehen, mein Sohn, und Gott befohlen!", erwiderte Julius gerührt, ehe er sich ruckartig umwandte, um den Raum zu verlassen. An der Tür hielt er noch einmal inne und warf Matthias einen letzten, liebevollen Blick zu.

Mit einem leisen Schnappen fiel die Tür endgültig hinter ihm ins Schloss.

Beunruhigt ließ Matthias seine Blicke über die bunte Menschenmasse gleiten, die sich eilig und anscheinend äußerst selbstbewusst und zielstrebig über das Gelände der Christian-Albrechts-Universität und durch die langen, hohen Gänge bewegte. Er konnte sich nicht daran erinnern, jemals so viele Menschen auf so engem Raum gesehen zu haben – aber in Anbetracht der Tatsache, dass er die letzten Jahre seines Lebens in der ländlichen Abgeschiedenheit eines winzigen Fischerdorfes verbracht hatte, war das nicht weiter verwunderlich.

Die Menge der scherzenden, sich lautstark begrüßenden und quer über den Platz rufenden jungen Männer flößte ihm gewaltigen Respekt, um nicht zu sagen, eine leise Furcht ein. Im Augenblick zumindest fühlte er sich vollkommen deplatziert an diesem lärmerfüllten, geschäftigen Ort.

Er wechselte seine schwarze Büchertasche unbehaglich von einer Hand in die andere und überlegte ernsthaft, wieder kehrtzumachen, als unvermittelt ein lauter, unmelodischer Gong durch das Gebäude dröhnte. Für einen kurzen Moment steigerte sich die Geschäftigkeit um ihn herum zu einer beinahe hektischen Aktivität, dann verhallten die Schritte der zum Unterrichtsbeginn eilenden Studenten und es wurde wohltuend still.

Matthias atmete erleichtert auf. Zwar war er nicht erpicht darauf, bereits am ersten Tag zu spät zur Vorlesung zu erscheinen, aber nun hatte er wenigstens einen besseren Überblick, um den Weg zu seinem Hörsaal zu finden.

Suchend drehte er sich einmal um die eigene Achse und musterte die verschiedenen von der Halle abzweigenden

Gänge. Durch einen von ihnen näherte sich ihm ein anderer Student, der es allerdings nicht sonderlich eilig zu haben schien. Ein fröhliches Lied vor sich hin pfeifend, schlenderte er gemächlich dahin. Als er Matthias erblickte, stieß er einen letzten kurzen Pfiff aus und blieb stehen: „Du bist neu hier, was?", und ohne eine Antwort abzuwarten fuhr er fort: „Und ich wette, du hast keine Ahnung, wo du genau bist oder wo du hinmusst!" Seine Worte klangen etwas schadenfroh, aber auf dem gebräunten Gesicht mit den blitzenden grünen Augen unter einem lichtbraunen Haarschopf lag ein freundliches, kameradschaftliches Lächeln.

„Tja, so ist es wohl!", antwortete Matthias höflich. „Vielleicht wären Sie so freundlich, mir zu –"

„Halt, halt, nicht so eilig!", unterbrach der andere. „Zunächst mal hörst du bitte mit dieser formvollendeten Höflichkeit auf! Ich bin Philipp – Philipp von Rixtorf!" Er streckte Matthias seine Rechte entgegen.

„Matthias Schwartz!" Er drückte die dargebotene Hand.

„Also gut, Matthias Schwartz, wenn du mir jetzt noch verrätst, an welcher Fakultät du deinen Intellekt sowie Geist und Seele formen lassen willst, werde ich dich sogar persönlich zu der dafür vorgesehenen Halle der Gelehrsamkeit geleiten!"

Die salbungsvollen Worte entlockten Matthias ein leises Lächeln, während er einwarf: „Werden Sie ... Ich wollte sagen, wirst du dann nicht selbst zu spät zu deiner Vorlesung kommen?"

Philipp winkte ab. „Darüber mach dir mal keine Gedanken! Meine Professoren sind längst daran gewöhnt, dass ich niemals pünktlich zum Unterricht erscheine. Sollte ich es doch einmal tun, werden sie vermutlich aus allen Wolken fallen – und dieses Risiko kann ich unmöglich eingehen!"

Das unbekümmerte, ansteckende Grinsen seines Kommilitonen begleitete Matthias durch den gesamten ersten Tag seines Studentenlebens.

Kapitel 10

Vereinzelte Tropfen fielen aus den Baumkronen über ihren Köpfen und ließen das Wasser der Pfützen, die der Regen der letzten Stunden zurückgelassen hatte, zu ihren Füßen sachte aufspritzen, während die beiden Mädchen gemächlich den ungepflasterten Weg entlangschritten.

Jedes Mal, wenn einer der Wasserspritzer ihre wogenden, volantbesetzten Rocksäume traf, lachte Mechthild amüsiert auf, was Fräulein Grevenstein, die sich wenige Schritte hinter den beiden befand, zu einem missbilligenden Räuspern veranlasste – das wiederum von Mechthild großzügig ignoriert wurde.

Die Damen befanden sich auf einem ihrer Spaziergänge, die gemäß Johan Kjeldsens Grundsatz „junge Menschen brauchen regelmäßige Bewegung an der frischen Luft" – mit dem er seiner Zeit weit voraus war – tagein, tagaus, bei Sonnenschein ebenso wie bei Wolken oder Regen durchgeführt wurden. An diesem Nachmittag führte ihr Weg sie durch den wunderschönen, kunstvoll angelegten und für die Öffentlichkeit zugänglichen Park des Schlosses Rosenborg.

Fräulein Grevensteins Gesichtsausdruck spiegelte jedoch deutlich wider, wie wenig sie einem Spaziergang in dieser Nässe abgewinnen konnte. Obwohl der Regen bereits seit geraumer Zeit aufgehört hatte, streckte sie ihren aufgespannten Schirm gen Himmel wie einen Schutzschild gegen jegliche Unbill des dänischen Frühlingswetters.

Sophie trug nach dem vergangenen Abend noch immer eine nachdenkliche Miene. Die gefürchtete Begegnung mit ihren Pflegeeltern heute Morgen war zu ihrer Erleichterung recht glimpflich verlaufen. Die beiden hatten keine Fragen gestellt, sondern sie nur mitfühlend und ein wenig prüfend angesehen, als wollten sie in Sophies Gesicht ablesen, ob sie den Brief ihrer Mutter und vor allem das Wissen um deren Vergangenheit ertragen würde. Ihre Blicke hatten keinen Zweifel daran gelassen, dass Luise und Johan Kjeldsen von Anfang an klar gewesen war, wen sie da eigentlich in ihr Haus aufnahmen, nämlich das Kind einer unverheirateten, von der Gesellschaft mehr oder weniger verstoßenen Mutter.

Dennoch hatten sie Sophie ähnlich liebevoll umsorgt wie ihre eigenen Kinder. Diese schlichte Erkenntnis half ihr dabei, einen guten Teil ihrer Scham und ihrer Befangenheit zu überwinden. Trotzdem hatte auch sie den Inhalt des Briefes nicht angesprochen, sondern sich, zurückhaltend wie meistens, in den gewohnten Tagesablauf eingefügt. Allmählich begann sie sogar, wieder so etwas wie Vergnügen an den Eskapaden ihrer Freundin Mechthild zu finden.

Diese hob genau in diesem Augenblick ihre Röcke ein Stückchen an, um mit ihren zierlichen flachen Schuhen mitten in eine Pfütze zu hüpfen, sodass das Wasser hoch aufspritzte.

„Aber, Fräulein Mechthild!“, rief die Erzieherin mit vor Empörung bebender Stimme. „Das ist doch kein Benehmen für eine junge Dame!“

„Wieso?“, erwiderte Mechthild arglos. „Es ist schließlich nur Wasser – und ich spritze mich ja auch beim Waschen manchmal ein wenig nass!“

Fräulein Grevenstein schnaubte konsterniert und beugte sich über Mechthilds feuchte Schuhe, um diese mit ihrem blütenweißen Taschentuch wenigstens notdürftig zu trocknen, während sie leise, aber doch verständlich schalt: „Eine tüchtige Erkältung werden Sie sich mit diesen nassen Füßen einhandeln, das garantiere ich Ihnen, Fräulein Mechthild! Es wundert mich ohnehin, dass wir alle nicht schon längst von einer entsetzlichen Krankheit heimgesucht wurden. Wer sich bei einem solchen Wetter ins Freie wagt, fordert das Schicksal ja geradezu heraus. Den Tod könnte man sich holen dabei!"

Über den Kopf der Erzieherin hinweg sahen Mechthild und Sophie einander an und brachen in übermütiges, nicht enden wollendes Gekicher aus. Fräulein Grevensteins Abneigung gegen Spaziergänge im Freien und ihr wahrscheinlich angeborener Hang zur Dramatik nahmen manchmal wahrhaft amüsante Formen an!

Nachdem sie endlich so weit waren, ihren Weg fortzusetzen, vernahmen sie plötzlich eilige Schritte hinter sich sowie eine laute Männerstimme, die rief: „Entschuldigen Sie bitte, die Damen, aber Sie haben etwas verloren!"

Etwas unwillig blieb Fräulein Grevenstein stehen und wandte sich um.

„Ich glaube, dies hier ist Ihr Eigentum, Gnädigste!", sagte der junge Mann, der sie mittlerweile eingeholt hatte, und überreichte der Erzieherin ihr reichlich mitgenommenes, durchnässtes Spitzentüchlein mit einem höflichen, formvollendeten Diener.

Mechthild stupste Sophie verstohlen mit dem Ellenbogen in die Seite und flüsterte: „Sieh mal, das ist er!"

Sophie blickte verständnislos von dem Unbekannten zu ihrer Freundin.

„Der junge Mann mit den violetten Hosen!", erklärte Mechthild und Sophie verstand.

Zwar trug der junge Mann heute einen hellgrauen Überzieher statt des grünen Fracks, doch seine violetten Hosen und die schwarzen, tief in die Stirn gekämmten Locken wiesen ihn zweifellos als denselben Studenten aus, den Mechthild vor einigen Tagen auf dem Platz vor der Königlichen Akademie bemerkt hatte.

Auch jetzt musterte sie ganz ungeniert das glatt rasierte, gut geschnittene Gesicht unter dem grauen Hut und dem schwarzen Haar.

Der junge Mann bemerkte ihren Blick und lächelte verhalten, während er auch in Richtung der Mädchen eine knappe Verbeugung andeutete und höflich grüßte: „Guten Tag, die Damen!"

Unterdessen hatte die Erzieherin ihm mit spitzen Fingern das verlorene Taschentuch abgenommen. Ihre Miene hellte sich sichtlich auf, als sie ihm in holperigem Dänisch für seine Mühe dankte und er charmant erwiderte: „Aber gerne doch. Stets zu Ihren Diensten, meine Damen!" Damit tippte er Abschied nehmend an seinen Hut und machte sich wieder auf den Weg – in dieselbe Richtung, in der Fräulein Grevenstein und ihre beiden Schützlinge unterwegs waren.

Als er an den Mädchen, die immer noch an Ort und Stelle verharrten, vorüberging, raunte er so leise, dass nur die beiden es hören konnten: „Ich wünsche Ihnen beiden noch viel Freude auf Ihrem Spaziergang durch diesen wunderschönen Park mit seinen herrlichen ..." – er zwinkerte ihnen verschwörerisch zu – „... Wasserpfützen!"

Sophie errötete bis unter die Haarwurzeln bei dem Gedanken daran, dass der gut aussehende junge Student sie beobachtet hatte, und rückte ihren geblümten Schutenhut weiter ins Gesicht.

Mechthild hingegen begann erneut, ausgelassen zu kichern. Doch sobald er sich außer Hörweite befand, flüsterte sie Sophie aufgeregt zu: „Er hat uns tatsächlich bemerkt! Stell dir nur vor – ein Student der Kunstakademie hat uns beide bemerkt!"

„Stellt sich nur die Frage, ob er uns im positiven oder eher im negativen Sinne ‚bemerkt' hat!", erwiderte Sophie trocken, „ich vermute, nach unserem kindischen Benehmen hält er uns für ein paar ziemlich alberne kleine Mädchen!"

„Ach was!", entgegnete Mechthild unbekümmert, „ich finde, er hat uns wie echte Damen behandelt und nicht wie Kinder!"

„Und wie gut er aussieht!", fügte sie hinzu und wandte schwärmerisch ihre Augen himmelwärts. „Er ist einfach so ..."

„Ganz entzückend, meinst du", vollendete Sophie den Satz mit dem Lieblingsausdruck ihrer begeistert nickenden Freundin. Trotz ihres spöttischen Untertones konnte sie dabei nicht verbergen, dass sie im Grunde derselben Meinung war. Wenn sie es auch niemals laut ausgesprochen hätte – ihr gefiel der extravagante junge Mann ebenfalls ausgesprochen gut!

Während der folgenden Tage erkannte Fräulein Grevenstein ihre beiden Schülerinnen im Unterricht kaum wieder. Die lebhafte Mechthild saß stundenlang regungslos auf ihrem Platz, den Blick beständig aus dem Fenster, das auf den Kongens Nytorv hinausging, gerichtet, und Sophie, die üblicherweise die Aufmerksamkeit und Gewissenhaftigkeit in Person war, starrte träumerisch in ihre Bücher, ohne auch nur einen einzigen Buchstaben zu erkennen. Nicht einmal die faszinierende Figur des Karl Moor aus Schillers Werk „Die Räuber", das sie während der Literaturstunde gemeinsam lasen, vermochte sie mehr zu fesseln.

Zunächst vermutete die Erzieherin hinter dem ungewöhnlichen Verhalten der beiden tatsächlich eine Krankheit, die sie sich auf dem Spaziergang in der Nässe zugezogen hatten, doch auf ihre dahingehende Nachfrage erntete sie lediglich einstimmiges Kopfschütteln. In ihrer Ratlosigkeit fasste sie schließlich den Entschluss, Mechthilds Mutter von dem rätselhaften Benehmen zu unterrichten. Ehe es jedoch dazu kam, stieß sie durch Zufall auf die Lösung des Rätsels.

Wegen einer dringlichen Angelegenheit hatte sie das Studierzimmer kurz verlassen; bei ihrer Rückkehr fand sie die Mädchen Seite an Seite in der Fensternische stehend vor. Da Mechthild und Sophie ihr den Rücken zudrehten, gelang es ihr, unbemerkt hinter sie zu treten, um gleichfalls durch die leicht zurückgeschobene Gardine auf den Kongens Nytorv hinunterzublicken.

Wie immer um diese späte Vormittagsstunde herrschte reges Treiben auf dem Platz – für die Bewohner des Hauses längst ein vertrauter Anblick – und doch hielten die Freundinnen ganz offensichtlich nach irgendetwas – oder irgendjemand – Bestimmtem Ausschau!

Mit einem Mal stieß Sophie einen tiefen Seufzer aus und deutete auf eine Person in der Menge der Passanten. Als Fräulein Grevensteins Blick ihrem ausgestreckten Zeigefinger folgte, sah sie einen jungen Mann, der ihr entfernt bekannt vorkam, obwohl sie ihn momentan nicht recht einordnen konnte. Zudem ließ Mechthild ihr keine Zeit für weitere Überlegungen. Sobald der junge Mann den Platz überquert hatte und etwa auf der Höhe ihres Hauses angelangt war, klopfte sie heftig gegen die Fensterscheibe, um ihn auf sich aufmerksam zu machen.

Entsetzt stieß Sophie hervor: „Hör auf, Mechthild, das gehört sich nicht!“, und versuchte, ihre Freundin vom Fenster wegzuzerren.

Vergeblich. Mechthild klopfte noch einmal gegen die Scheibe, und diesmal hob der Student tatsächlich den Kopf, um die Hausfront, von der das Klopfen ausgegangen war, zu mustern. Erfreut zog Mechthild die Gardinen vollends beiseite, und ehe Sophie oder Fräulein Grevenstein sie daran hindern konnten, winkte sie strahlend nach unten.

Der diesmal mit herkömmlichen hellen Beinkleidern und einem schwarzen Mantel bekleidete Jüngling trat einen Schritt zurück, um einen besseren Blick auf die Fenster des ersten Stockwerks zu haben, und plötzlich erhellte ein amüsiertes Lächeln sein Gesicht. Zweifellos hatte er die beiden Mädchen aus dem Park erkannt. Mit einer ausladenden Bewegung hob er seinen Hut und schwenkte ihn in ihre Richtung.

Zu Mechthilds Leidwesen schob die Erzieherin gerade in diesem Augenblick die Vorhänge in ihre ursprüngliche Position zurück, fasste ihre Schülerinnen resolut beim Arm und zog sie in den schützenden Hintergrund des Raumes zurück.

Vollkommen außer sich fuhr sie Mechthild an: „Wie konnten Sie nur, Fräulein Mechthild?! Einem jungen Mann – noch dazu einem völlig fremden – zuzuwinken ist ganz und gar unschicklich. Es ist das Benehmen einer ... also, da fehlen mir in der Tat die Worte! Das war regelrecht anstößig von einer jungen Dame, wie Sie es sind!“

„Und von Ihnen, Fräulein Sophie“, wandte sie sich an diese, „hätte ich auch etwas anderes erwartet. Sie sind doch sonst so vernünftig – und nun halten Sie tatsächlich nach jungen Männern Ausschau! Ich bin wirklich sehr enttäuscht von Ihnen beiden!“

Sophie senkte errötend den Kopf. Sie schämte sich. Obwohl ihr Mechthilds aufdringliches Verhalten am Ende peinlich gewesen war – zu Beginn hatte sie selbst sich nicht anders benommen. Genau wie Mechthild hatte sie während der letzten Tage nahezu ununterbrochen von einem Wiedersehen mit dem hübschen Studenten geträumt und nach ihm Ausschau gehalten. Er hatte ihre Gedanken derart gefangen genommen, dass alle vorherigen Probleme einschließlich des Briefes ihrer Mutter vollkommen in den Hintergrund gerückt waren.

Als ob irgendein vornehmer junger Herr sich jemals für mich interessieren könnte, schalt sie sich nun insgeheim. Mittellos und gewöhnlich, wie ich bin, sollte ich diese Hoffnung lieber von vornherein begraben! Bei Mechthild dagegen wird es nicht mehr lange dauern, bis sie ein paar Verehrer gefunden hat – zumindest, wenn sie mal etwas erwachsener und vernünftiger geworden ist!

Ein wenig eifersüchtig sah sie zu ihrer hübschen Freundin hinüber, die trotz Fräulein Grevensteins tadelnder Worte ihr typisches unbekümmertes Lächeln auf den Lippen trug. Dieses Mädchen war wirklich beneidenswert – es hatte alles, was ein junger Mann sich nur wünschen konnte: ein aufgeschlossenes, heiteres Wesen, Schönheit und Geld!

Mechthild bemerkte Sophies Blick und grinste ihr aufmunternd zu, während Sophie sich Mühe gab, ihren aufwallenden Neid zu verbergen und außerdem den jungen Mann für immer aus ihren Gedanken zu verbannen.

Er hieß Henrik Sorenby, war neunzehn Jahre alt und hatte vor Kurzem an der Königlichen Akademie sein Architekturstudium begonnen. Sein Vater Christian Sorenby bekleidete ein höheres Amt bei der Schleswig-Holstein-Lauenburgischen Kanzlei, die ihren Sitz in Kopenhagen hatte und für die Verwaltung dieser zum Deutschen Bund gehörenden Herzogtümer verantwortlich war. Die Familie Sorenby würde sich sehr geehrt fühlen, wenn sie „Familie Kjeldsen am kommenden Sonntag zu einer Teegesellschaft zum Zwecke des gegenseitigen Kennenlernens begrüßen dürfte, vor allem da Herr Henrik Sorenby bereits das Vergnügen hatte, kurze Bekanntschaft mit den jüngeren Damen des Hauses zu schließen“.

Johan Kjeldsen ließ die auf kostbarem Büttenpapier gedruckte Einladung langsam sinken und sah seine Familie fragend an. Obwohl er durch die Erzieherin von den Ereignissen im Park und am Fenster des Studierzimmers unterrichtet war, konnte er sein Erstaunen über diese Einladung, die ihm vor wenigen Minuten durch einen Boten überreicht worden war, kaum verhehlen. Was ihn vor allem verwunderte, war die Tatsache, dass die beiden jungen Mädchen, die in seinen Augen den Kinderschuhen noch längst nicht entwachsen waren, offenbar einen bleibenden Eindruck auf den Studenten gemacht hatten. „Nun, meine jungen Damen", wandte er sich an die beiden, nachdem er seine Stimme wiedergefunden hatte, „was sagt ihr zu der Einladung?"

„Sie ist ... es ist einfach wundervoll! Er möchte uns wiedersehen!", rief Mechthild überschwänglich. „Wir werden diese Einladung doch nicht ausschlagen, Vater, nicht wahr?!"

„Ich fürchte, genau das sollte ich tun, Mechthild. Ihr beide seid noch viel zu jung für Herrenbekanntschaften – welcher Art auch immer die sein mögen!"

„Aber, Vater", widersprach Mechthild, indem sie den ovalen Esstisch, um den die Familie sich zusammengefunden hatte, mit wenigen Sätzen umrundete, „die Einladung geht doch von seinem Vater aus, und der ist ein einflussreicher Mann, zudem gilt sie unserer ganzen Familie! Da musst du allein schon der Höflichkeit wegen annehmen!" Sie hatte den Stuhl ihres Vaters erreicht und schlang von hinten ihre Arme um seinen Hals. „Bitte, mein liebster Vater!", flüsterte sie schmeichelnd in sein Ohr. „Lass uns zu den Sorenbys gehen!"

Da er immer noch zögerte, fügte sie mit einem Blick auf ihre Mutter und Sophie hinzu: „Bitte, Mutter! Und Sophie, du bist doch auch meiner Meinung, nicht?"

Sophie nickte stumm. Bislang hatte sie der Unterhaltung nur mit angehaltenem Atem und klopfendem Herzen gelauscht. Sich vorzustellen, dass sie den jungen Mann tatsächlich wiedersehen sollte, nachdem sie tagelang vergeblich versucht hatte, ihn aus ihren Träumen und Gedanken zu reißen, war fast zu schön, um wahr zu sein!

Endlich, nach einem intensiven, nach dem Empfinden der Mädchen unendlich lange andauernden Blickwechsel mit seiner Gattin, nickte Johan sein Einverständnis.

Mechthild zog ihren Vater jubelnd auf die Beine, um mit ihm gemeinsam über das spiegelnde Parkett des Speisezimmers zu tanzen.

Kapitel 11

„Stallmeister!“ Die Stimme des achten Grafen von Rixtorf, Graf Gerhard Leopold von Rixtorf, dröhnte über den gepflasterten Vorplatz und wurde als Echo von den steinernen Wänden der Pferdeställe zurückgeworfen.

Noch ehe das Echo vollständig verhallt war, erschien ein drahtiger, kleiner Mann aus dem Inneren des Stalles. Seine leicht o-förmig ausgestellten Beine und die ansonsten kerzengerade Körperhaltung identifizierten ihn eindeutig als langjährigen Reiter. In bester militärischer Manier schlug er die Hacken seiner abgewetzten Schaftstiefel zusammen. „Euer Hochwohlgeboren wünschen?“ Die vergangenen vierzig Jahre, während derer Maximilian Winterhalder unter dem strengen Regiment des Grafen von Rixtorf die Pferdeställe samt ihren Bewohnern beaufsichtigt hatte, hatten ihn gelehrt, die wechselhaften Launen seines Herrn peinlich genau zu beobachten, um sich stets angemessen zu verhalten; und die unüberhörbare Gereiztheit in dessen Stimme veranlasste ihn dazu, sich diesmal so höflich und untertänig wie möglich auszudrücken. Deshalb gebrauchte er die dem Grafen zustehende förmliche Anrede, auf welche Graf von Rixtorf bei entsprechend guter Laune nicht unbedingt bestanden hätte.

„Sattle mir Zeus!“, fuhr dieser, nicht im Geringsten besänftigt, fort. „Ich will ausreiten, und zwar allein!“

Maximilian warf einen vielsagenden Blick auf das arthritische Knie des betagten Grafen, doch er wagte nicht zu widersprechen. Einem Untergebenen stand es nicht zu, seinen Herrn oder dessen Handlungen offen zu kritisieren, nicht einmal, wenn es um dessen Wohlergehen oder Gesundheit ging.

Wortlos begab er sich zurück in das dämmrige Gewölbe des Stalles, um seinem Befehl nachzukommen.

Wenig später trieb Graf Gerhard den kräftigen, braunen Wallach fast aus dem Stand in einen raschen Galopp und donnerte vom Hof, während Maximilian ihm mit besorgtem Kopfschütteln nachblickte.

„Alter Hitzkopf!", murmelte er leise. „Ein unschuldiges, gutes Tier zuschanden zu reiten, wird deine Laune auch nicht entscheidend bessern!"

Der jüngste Stallbursche, der seinem Herrn den Steigbügel gehalten und ihm in den Sattel geholfen hatte, sah den Stallmeister verwundert an, doch dieser war noch längst nicht am Ende. „Da spricht man immer von der Weisheit des Alters … Pah, was für 'n ausgemachter Blödsinn! Unser Herr wird mit jedem Tag seines Alters launenhafter und jähzorniger. Die Herrin und der gesamte Haushalt leiden schon darunter! Möchte nur wissen, welche Laus ihm heute wieder über die Leber gelaufen ist!" Als er dem erstaunten Blick des Burschen begegnete, fügte er brummend hinzu: „Ist doch die Wahrheit, Jungchen! Und jetzt hör auf zu gaffen und mach dich wieder an deine Arbeit. Ich glaub nämlich nicht, dass es dir dran mangelt!"

Achselzuckend wandte sich der zurechtgewiesene Stalljunge ab, während Maximilian den Gutsherrn mit seinem Blick verfolgte, bis dieser um eine Wegbiegung und somit aus seiner Sichtweite verschwunden war. Entgegen seiner zur Schau gestellten Bärbeißigkeit lag ihm nämlich sehr viel an dem Wohlbefinden des Grafen, und dessen übereilter Aufbruch bereitete ihm nicht nur wegen des Pferdes ausgesprochenes Unbehagen.

Der selten benutzte Reitpfad, auf den Graf von Rixtorf seinen Braunen nun lenkte, führte zunächst zwischen Feldern, auf welchen soeben die ersten Spitzen der Getreidehalme den fruchtbaren dunklen Erdboden durchbrachen, und langsam grünenden Wiesen hindurch, um sodann einen Bogen um einen Ausläufer des ausgedehnten Gutsforstes und die dahinter liegende Ortschaft zu schlagen und schließlich unmittelbar auf einer steil zum Meer hin abfallenden Klippe zu enden.

Fast hatte es den Anschein, als beabsichtigte der alte Graf, dieses natürliche Hindernis in einem gewaltigen, lebensgefährlichen Sprung zu nehmen, doch im letzten Augenblick zügelte er sein Reittier. Heftig schnaubend und mit schaumbedeckten, bebenden Flanken kam Zeus, nur Zentimeter vom Abgrund entfernt, zum Stehen.

Dagegen schien sich das erhitzte Gemüt seines Herrn durch den rücksichtslosen Ritt ein wenig abgekühlt zu haben. Mit dem weit in die Ferne schweifenden Blick, der einem Flachlandbewohner oder höchstens noch einem Seefahrer zu eigen ist, musterte er seine Umgebung.

Die blaugraue, unruhige Fläche der Ostsee beachtete er dabei kaum; sein Hauptaugenmerk galt dem ihn umgebenden Land. Seit jeher hatte der Anblick der im lauen Frühlingsregen erwachenden Natur eine besänftigende Wirkung auf ihn, bereitete ihm eine spezielle Art von stillem, zufriedenem Vergnügen, unter das sich auch eine gehörige Portion Stolz mischte: Dieser gesamte Landstrich, von dem steinigen Strand unter ihm über die Wiesen und ertragreichen Felder bis hin zu den Dörfern in seinem Rücken, war sein Eigentum. Alles, was hier im Laufe des Frühlings und

Sommers wachsen und gedeihen würde, gehörte – abgesehen von dem geringen Anteil, der seinen Bauern, den übrigen Dörflern und dem Gesinde zufiel – dem Grafen von Rixtorf samt seiner Familie. Ganz so, wie es seit mehr als dreihundert Jahren gewesen war, als ein tapferer Soldat namens Leopold Rixtorf dem regierenden Herzog während einer Schlacht das Leben gerettet hatte und aufgrund dieses Verdienstes in den Adelsstand erhoben und zum Lehnsherrn des gesamten Landstriches ernannt worden war.

Durch alle nachfolgenden Generationen von Rixtorfs hindurch hatte der Wohlstand der Familie beständig zugenommen, nicht einmal die gesetzliche Aufhebung der bäuerlichen Leibeigenschaft vor etwas mehr als zwanzig Jahren hatte etwas daran ändern können; und es hatte niemals an männlichen Nachkommen beziehungsweise künftigen Gutsherren gemangelt. Bis zu diesem Tag.

Unwillig schob Graf Gerhard seinen Unterkiefer nach vorne und knirschte hörbar mit den Zähnen, denn dieser Gedanke brachte ihn wieder genau zum Ausgangspunkt seines heutigen Ärgers zurück: seinem Enkel Philipp.

Philipp war der einzige Sohn seines – Graf Gerhards – einzigen Sohnes Leopold, der 1813 bei der Schlacht zu Leipzig gefallen war. Außer ihm gab es nur einen weiteren männlichen Enkel, der jedoch in Kopenhagen lebte und aus der nicht ganz standesgemäßen Ehe seiner jüngsten Tochter mit einem dänischen Schiffsbauer stammte. Als Erbe des Titels und des Gutes kam deshalb lediglich Philipp infrage.

Aber Philipp zeigte nicht das geringste Zeichen von Interesse daran – weder am Besitz des riesigen Landgutes noch an der Landwirtschaft im Allgemeinen. Dieser Umstand alleine war zwar kein Hinderungsgrund, sich Gutsherr zu nennen, da sämtliche Arbeiten ohnehin von den Untergebenen erledigt wurden, doch seinem Benehmen nach zu urteilen, fehlte dem Zwanzigjährigen darüber hinaus auch jegliches Bewusstsein für die Pflichten und Privilegien des herrschenden Standes. Statt sich nach dem Abschluss der Schulbildung seiner Laufbahn als künftiger Gutsherr und Erhalter der Familiendynastie zu widmen, indem er sich beispielsweise nach einer passenden Gattin umsah, oder zumindest seinen alternden Großeltern und seiner verwitweten Mutter Gesellschaft zu leisten, hatte er darauf bestanden, die Universität in der Landeshauptstadt zu besuchen, um Rechtswissenschaft zu studieren. Obwohl sie bereits bald zwei Jahre zurücklag, erinnerte sich Graf Gerhard noch immer mit äußerstem Unbehagen an die Unterhaltung, die letzten Endes zu Philipps überstürztem Aufbruch von der Heimat geführt hatte.

„Ich will mir nur mal ein wenig frischen Wind um die Nase wehen lassen, ehe ich mich für den Rest meines Lebens in das Joch unserer Gutsherrschaft hier einspannen lasse!“, hatte er gesagt, und allein seine saloppe Redeweise hatte den Großvater alarmiert auffahren lassen. „Überdies kann es nicht schaden, ein wenig Ahnung von Recht und Gesetz in unserem Land zu besitzen, wenn ich später einmal die Verantwortung für zahlreiche Untergebene tragen soll!“, hatte der junge Mann weiter erklärt.

„Unsinn!“, hatte Graf Gerhard scharf entgegnet. „Deine Vorväter und ich haben unser ganzes Leben lang über die hiesigen Landbewohner Recht gesprochen, allein mithilfe unseres gesunden Menschenverstandes. Und meines Wissens gab es keinen, der sich beklagt hätte!“*

„Das heißt aber nicht, dass man es mithilfe eines Jurastudiums nicht noch besser machen könnte!“, widersetzte sich Philipp, ehe sein Großvater ihm mit einer herrischen

* Anm.: In vielen Gutsbezirken war der Gutsbesitzer automatisch Richter über die ihm untergebenen Einwohner.

Handbewegung das Wort abgeschnitten und damit das Gespräch beendet hatte.

Erzürnt über die gebieterische Art des älteren Mannes und seine Voreingenommenheit, die keine andere Meinung als die eigene gelten ließ, war Philipp aus dem Raum gestürmt und hatte noch am selben Tag das Gut verlassen. Ein sporadischer, eher von Pflichtgefühl denn von Herzlichkeit geprägter Briefwechsel war seitdem die einzige Art von Kontakt, welcher zwischen den beiden stattgefunden hatte. Nicht einmal zu besonderen feierlichen Anlässen wie Weihnachten oder dem Geburtstag seiner Mutter hatte Philipp seine Familie mit seiner Anwesenheit beehrt.

Damals wie heute war der alte Graf überzeugt davon, dass seinem Enkel vor allem daran gelegen war, ein Leben frei von aller großväterlichen Zucht und allen gesellschaftlichen Pflichten zu führen – und Philipps letzter Brief, der in seiner Rocktasche steckte, bestätigte ihn in seiner Überzeugung. Zum wiederholten Mal ignorierte Philipp darin die Aufforderung, nach Hause zurückzukehren, um endlich das Gut zu übernehmen, und berichtete stattdessen begeistert von seinem Geschichtsprofessor, der seine Studenten offenbar mit neuartigen politischen Ideen verseuchte. So zumindest hatte Graf Gerhard die Worte seines Enkels verstanden, und soweit ihm bekannt war, vertraten diese Gelehrten oft die abstrusesten und revolutionärsten Ansichten bezüglich politischer Fragen. Wer wollte ihm da das Recht verwehren, sich gehörig aufzuregen?!

Während er versuchte, seinen erneut aufwallenden Zorn hinunterzuschlucken, wendete er den mittlerweile wieder ruhiger atmenden Zeus und machte sich kurz entschlossen auf den Weg zum Haus seines Wildhüters, um die bevorstehende Jagd zu besprechen. Mit seinen einundsiebzig Jahren wurde er zwar allmählich zu alt, um aktiv daran teilzunehmen, doch das Gespräch würde ihn zumindest auf andere, erfreulichere Gedanken bringen.

Das bescheidene Heim des Alten Karl, wie der Wildhüter allgemein genannt wurde, war jenseits des Dorfes unmittelbar am Waldrand gelegen. Linker Hand wurde das unter einem weit herabgezogenen Reetdach geduckte Häuschen durch einen sorgfältig abgezäunten Gemüsegarten begrenzt, zur Rechten erstreckte sich eine ausgedehnte Wiese mit einem Fischteich, in dem sich – an sonnigeren Tagen als diesem – die Buchen, Kiefern und Föhren des dahinterliegenden Mischwaldes spiegelten. Ein kleiner Bach, der sich vorher kilometerweit durch Felder und Wiesen geschlängelt hatte, speiste den Teich mit frischem Wasser.

An diesem Apriltag jedoch war von dem munter gurgelnden Bach nichts zu sehen. Statt seiner wälzte sich eine schlammfarbene, aufgewühlte Brühe durch das Bachbett, an einigen Stellen war sie über die Ufer getreten und überschwemmte die Wiese. Auch von der Brücke, die üblicherweise den Weg zu Karls Haus markierte, fehlte jede Spur. Augenscheinlich hatte der durch den starken Regen der vergangenen Tage angeschwollene Bach die simple selbst gezimmerte Brückenkonstruktion komplett mit sich gerissen.

Graf Gerhard hielt überlegend inne, während der Wallach ihn sein Unbehagen beim Anblick des rauschenden Wassers deutlich spüren ließ. Er warf sich gegen die Zügel, nahm den Kopf hoch, schnaubte und tänzelte aufgebracht auf der Stelle.

Jagdpferde wie Zeus hatten in der Regel ein gutes Gespür für gefährliche Situationen, insofern wäre es das Sicherste gewesen, sich auf diesen Instinkt des Tieres zu verlassen und kehrtzumachen. Doch der alte Graf hasste es, einen einmal gefassten Plan durchkreuzt zu sehen, und sei es nur von einem Pferd. Mit fester Hand zwang er deshalb den Braunen einige Schritte zurück, um Anlauf zu nehmen. Zeus' galoppierende Hufe verursachten ein dumpfes, schmatzendes Geräusch auf der durchnässten Wiese, und als er zum Sprung ansetzte, spritzten Wassertropfen von seinen Eisen. Trotz seines anfänglichen Widerwillens gab das Pferd sein Bestes, den Bach zu überwinden, aber der vollgesaugte Boden ermöglichte ihm nicht denselben kraftvoll-federnden Absprung wie üblich – er sprang zu kurz.

Der Aufprall auf der sprudelnden Wasserfläche schleuderte Graf Gerhard aus dem Sattel. Eisiges Wasser schlug über seinem Kopf zusammen und ließ seinen Herzschlag aussetzen. Als er wieder einsetzte, geschah es mit einer dringlichen, schmerzhaften Heftigkeit. Krampfhaft ruderte der alte Mann mit Armen und Beinen, um Halt zu finden und nicht vom strömenden Wasser fortgerissen zu werden. Nachdem es ihm endlich gelungen war, sich wenigstens mit seinem Kopf an die Oberfläche zu arbeiten, rang er keuchend nach Atem.

Plötzlich durchzuckte ein scharfer, stechender Schmerz seinen Körper. Sein steifes Knie hatte sich unter einem schweren Gegenstand verkeilt, vermutlich einem Teil der zertrümmerten Brücke. Unter Beanspruchung all seiner Willenskraft versuchte Graf von Rixtorf, sein rechtes Bein zu befreien – vergeblich. Er saß fest, und je mehr er sich dagegen wehrte, desto intensiver wurden seine Schmerzen und desto geringer seine Kräfte.

Verzweifelt rief er um Hilfe, doch in dem zunehmenden Prasseln eines erneuten Regenschauers ging sein Hilferuf ungehört unter.

Während die Kälte allmählich seinen ganzen Körper lähmte, schloss er resigniert die Augen. Er war der Gewalt des Wassers und der Willkür des Schicksals hilflos ausgeliefert.

Als Maximilian Winterhalder, alarmiert durch den reiterlos heimgekehrten Wallach, seinen Herrn geraume Zeit später endlich entdeckte und aus dem eisigen Wasser befreite, befand er sich in äußerst bedenklicher Verfassung.

Kapitel 12

Das zartgrüne Blattwerk der ausladenden alten Kastanie, die er auf seinem täglichen Weg zur Universität – und später wieder in umgekehrter Richtung – passierte, war übersät mit hellen, aufrecht stehenden Blütenkerzen, die jetzt, bei Anbruch der Abenddämmerung, einen angenehm süßen Duft verströmten.

Beinahe erstaunt hob Matthias den Kopf, um dieses Anzeichen des nahenden Sommers in Augenschein zu nehmen. Hunderterlei verschiedene neue Eindrücke und das Medizinstudium mit all seinen Anforderungen hatten während der vergangenen Wochen seine ungeteilte Aufmerksamkeit erfordert, sodass ihm kaum bewusst geworden war, wie schnell die Zeit fortschritt.

Ursprünglich hatte er gehofft, in Zukunft – wenn er die anstrengende Eingewöhnungsphase einmal hinter sich gebracht haben würde – wieder mehr Zeit für sich selbst zu finden, aber diese Hoffnung hatte sich mehr und mehr zerschlagen.

Obwohl er durch die Mithilfe in der Praxis seines Vaters bereits viele wertvolle Erfahrungen gesammelt hatte, schien sich der theoretische Lehrstoff schon zu Beginn des Studiums wie ein unüberwindliches Gebirge vor ihm aufzutürmen, und er verbrachte jede Minute damit, sich so viel wie möglich davon anzueignen.

Sobald er nachmittags oder abends aus der Universität zurückgekehrt war und hastig eine dürftige Mahlzeit hinuntergeschlungen hatte, setzte er sich erneut vor seine Bücher und lernte, bis ihm vor Müdigkeit die Augen zufielen.

Trotz allem schien er keine wesentlichen Fortschritte zu machen; der zu bewältigende Berg an Lernmaterial schien nicht einen Millimeter abzunehmen. Dabei war es dank seiner raschen, geübten Auffassungsgabe weniger das Lernen an sich, das ihm Probleme bereitete, als vielmehr der Inhalt des Stoffes.

Am stärksten widerstrebte ihm alles, was der Sparte der menschlichen Anatomie zuzuordnen war. Der Dozent dieses Fachbereichs hatte seine neuen Studenten bereits im Laufe der ersten Unterrichtsstunden – gewissermaßen als Einstimmung – einer von älteren Semestern durchgeführten Sektion als Zuschauer beiwohnen lassen. Die Art und Weise, wie die angehenden Mediziner diese Leiche Stück für Stück auseinandergenommen, begutachtet und damit den Neulingen ihr Können demonstriert hatten, erschien Matthias äußerst unsensibel und geradezu respektlos dem Toten gegenüber. Einen kranken Menschen aufzuschneiden und zu operieren, um ihm damit wieder zu Leben und Gesundheit zu verhelfen, war eine Sache, die ihm keinerlei Probleme bereitete, aber einen Toten zu sezieren war etwas vollkommen anderes.

Obwohl sein Verstand ihm vorhielt, dass dieses Vorgehen durchaus üblich und für den medizinischen Fortschritt de facto unumgänglich war, sträubte sein empfindsames Herz sich mit aller Kraft dagegen. Wie eine unsichtbare und dennoch real vorhandene Blockade hemmte dieses innere Widerstreben seine Bereitschaft, Anatomie zu lernen, und erstreckte sich bald auch auf alle weiteren Bereiche. Sowie er seine Bücher öffnete oder den Lehrsaal betrat, sah er das starre, wächserne Gesicht des „Sektionsobjektes“ vor sich. Er fragte sich, wie es wohl wenige Tage vorher ausgesehen haben mochte, als noch Leben in der nun leblosen Körperhülle gesteckt hatte – Geist und Seele eines denkenden, fühlenden, Freude, Hoffnung und Schmerz empfindenden menschlichen Wesens.

Er spürte, dass er niemals in der Lage sein würde, einen toten Menschen wie ein bloßes Stück Fleisch zu behandeln – weder zu medizinischen noch zu wissenschaftlichen Zwecken. Stets würde ihm die Frage nach der Seele, nach der Persönlichkeit dieses Menschen vor Augen stehen, und im Vergleich zu dieser Frage erschien ihm die der körperlichen Gesundheit plötzlich zweitrangig. Körperliches Wohlbefinden, Gesundheit, der Körper des Menschen an sich waren der Vergänglichkeit unterworfen, das wurde ihm so deutlich wie nie zuvor. Ihm fiel ein, was er einmal im Propheten Jesaja gelesen hatte: „Alles Fleisch ist Gras, und all seine Anmut wie die Blume des Feldes. Das Gras ist verdorrt, die Blume verwelkt, denn der Hauch des Herrn hat sie angeweht. Fürwahr, das Volk ist Gras. ... Aber das Wort unseres Gottes besteht in Ewigkeit."*

Diese Erkenntnis ließ ihm die Frage, ob ein Mensch zu seinen Lebzeiten mit Gott gewandelt war und deshalb seine Ewigkeit bei ihm verbringen würde, mit einem Mal ungleich wichtiger und bedeutungsvoller werden als alles andere; und im selben Maße, in dem dieses Thema für ihn an Bedeutung gewann, wuchsen auch die Zweifel an seiner Berufswahl sowie sein Widerstand gegen alles, was er eigentlich lernen sollte.

Ein Ausdruck hilfloser Ratlosigkeit überzog sein Gesicht, während er es in dem hochstehenden Kragen seines leichten Überziehers vergrub und seinen Weg schließlich mit mutlos herabhängenden Schultern fortsetzte.

---

* Jesaja 40,6–8

Nach wenigen Metern mündete sein Weg in eine andere, belebtere Straße, in welcher mehrere Gasthäuser und Kneipen ihren Sitz hatten. Aus einer derselben drang lautes Gezeter auf die Straße, unflätige Schimpfworte und deftige Beleidigungen flogen hin und her.

Matthias hielt unwillkürlich inne. Soweit ihm bekannt war, war diese Kneipe ein beliebter Treffpunkt einiger Studenten der älteren Semester. Über einem oder mehreren Krügen Bier wurden hier die hitzigsten politischen Wortgefechte ausgetragen und, wie er gehört hatte, endeten diese nicht selten auch mit Handgreiflichkeiten. Während er sich noch nach der Ursache der heutigen Auseinandersetzung fragte, vernahm er von drinnen lautes Krachen und Splittern, gleich darauf flog die Tür zur Straße auf und ein Knäuel verbissen miteinander ringender junger Männer taumelte auf das Straßenpflaster.

Instinktiv wich Matthias einen Schritt zurück, um nicht mit zu Boden gerissen zu werden, doch es war zu spät: Der ursprünglich für einen anderen bestimmte Schlag eines Unbekannten traf ihn mit voller Wucht in der Magengrube, sodass er nach Atem ringend zu Boden sackte, wo er sich, mit einem letzten Rest von Geistesgegenwart zur Seite und somit aus der Kampflinie rollte. Dadurch bekam er vom Rest des Handgemenges glücklicherweise nicht mehr viel zu spüren.

Als er sich von dem stechenden Schmerz in seinem Magen weit genug erholt hatte, um sich wieder aufzurichten, war von den Kampfhähnen nicht mehr viel zu sehen, da der Schankwirt sie mit einem Eimer eiskalten Wassers wirkungsvoll getrennt und in die Flucht geschlagen hatte. Ein Einziger war übrig geblieben; mit dem Gesicht nach unten lag er bewegungslos in der trüben Wasserpfütze, die sich in der Gosse gebildet hatte. Durch das dunkelblaue Tuch seiner Beinkleider sickerte ein dünner, aber nicht abreißender Faden hellroten Blutes.

Dieser Anblick ließ Matthias die eigenen Schmerzen auf der Stelle vergessen. Er beugte sich dicht über den Verletzten und drehte behutsam dessen Kopf zur Seite, um festzustellen, ob er zumindest bei Bewusstsein war. Obgleich seine Augen geschlossen waren und die linke Gesichtshälfte bereits eine Schwellung aufwies, die vermutlich noch monströse Ausmaße annehmen würde, erkannte Matthias den bewusstlosen Kommilitonen auf Anhieb: Es handelte sich um keinen Geringeren als Philipp von Rixtorf.

Abgesehen von einigen zufälligen Begegnungen auf dem Universitätsgelände, während derer Philipp stets von einer Schar ausgelassen lärmender Freunde umgeben war, hatte Matthias ihn nach ihrem ersten Zusammentreffen nicht mehr gesehen, aber sein kameradschaftliches Verhalten war ihm in bester Erinnerung geblieben. Er würde die Gelegenheit, sich angemessen dafür zu revanchieren, nicht ungenutzt verstreichen lassen.

Stöhnend schlug Philipp die Augen auf und musterte seine Umgebung. Ganz allmählich entwickelte sich aus den verschwommenen Konturen, die sich ihm zunächst darboten, ein schärferes Bild. Ihm direkt gegenüber befand sich ein massiver, dunkler Kleiderschrank, daneben eine kleinere Kommode, auf der eine Waschschüssel mit Krug und ein winziger Spiegel standen, in der weiß getünchten Wand ein niedriges, einflügeliges Fenster und davor ein unordentlicher, papierübersäter Tisch. Der einzige im Raum vorhandene Stuhl stand dicht neben dem schmalen Eisenbett, in dem er selbst momentan lag. Außerdem diente er als Ablage für mehrere Döschen und kleine Flaschen, die eindeutig für medizinische Maßnahmen vorgesehen waren.

Noch ehe er die Gedanken in seinem schmerzenden Kopf weit genug geordnet hatte, um zu ergründen, wie er in diese vollkommen unbekannte Umgebung gelangt war, öffnete sich die Zimmertür und ein junger Mann mit angespanntem Gesichtsausdruck eilte an sein Lager.

„Gott sei Dank, du bist endlich wach!“, stieß er nach einem prüfenden Blick in Philipps Gesicht erleichtert hervor. Er schob die Medikamentenfläschchen auf dem Stuhl zur Seite, um für sich selbst Platz zu schaffen, ergriff Philipps Handgelenk und fühlte fachmännisch dessen Pulsschlag. „Schon besser!“, murmelte er dabei an sich selbst gerichtet.

Verwundert ließ Philipp ihn gewähren. Er erinnerte sich, den etwa gleichaltrigen jungen Mann schon einmal gesehen zu haben, und doch konnte er sich beim besten Willen nicht daran erinnern, wie er hierher in dessen Obhut gelangt war.

„Verzeih bitte, aber ich weiß nicht ...“, setzte er an, um im nächsten Moment aufstöhnend an seine linke Wange zu greifen. Sie fühlte sich an, als hätte man ihm von innen her einen faustgroßen Ball daruntergesteckt, und bei jeder Bewegung seines Mundes sandte sie wahre Wellen brennend scharfer Schmerzen über das gesamte Gesicht.

Behutsam zog der andere seine Hand zurück und legte stattdessen einen angenehm kühlenden feuchten Umschlag auf seine Wange. „Das Sprechen solltest du vorläufig noch unterlassen!“, meinte er mitfühlend. „Du hast dir da nämlich ein paar saftige Backpfeifen eingefangen! Kannst von Glück sagen, dass sie dir nicht den Kiefer gebrochen haben. Aber vermutlich wirst du dich daran gar nicht mehr erinnern!“

Philipp schüttelte stumm den Kopf und sein Gegenüber fuhr fort: „Es war gestern Abend vor dieser Schenke – ‚Blauer Krug‘ oder so ähnlich. Ich kam gerade dort vorbei, als du dir mit ein paar Kommilitonen eine handfeste Auseinandersetzung geliefert hast, und wie es scheint, hast du wohl die meisten Blessuren davongetragen. Jedenfalls waren alle anderen in der Lage, den Ort des Geschehens auf ihren eigenen Füßen zu verlassen. Nur du kamst alleine nicht mehr hoch, deshalb schleppte ich dich sozusagen an Händen und Füßen hierher in mein Zimmer, um dich zu verarzten."

Dass er während des Handgemenges selbst einen völlig ungerechtfertigten Schlag abbekommen hatte, verschwieg Matthias, stattdessen fügte er mit einem leicht verlegenen Lächeln hinzu: „Ich bin natürlich noch kein fertig ausgebildeter Arzt, aber wegen deiner Bewusstlosigkeit und der blutenden Beinwunde schien es mir doch wichtig, dich so schnell wie möglich zu versorgen. Außerdem habe ich schon ein wenig Erfahrung mit Verletzungen, die durch derartige Schlägereien entstehen. Aber nachdem du jetzt endlich aufgewacht bist, kann ich dich selbstverständlich zu einem richtigen Doktor bringen, wenn du es wünschst!"

Benommen winkte Philipp ab. Je weniger Aufsehen der Zwischenfall in und vor der Schenke, dessen er sich mittlerweile wieder in höchst unliebsamer Deutlichkeit erinnern konnte, erregte, desto besser. Es war ausgesprochenes Glück für ihn, dass dieser Matthias mit seinem ernsten Gesichtsausdruck (auch ihn hatte er unterdessen wiedererkannt) ihn mitgenommen und verarztet hatte. Er durfte sich nicht einmal ausmalen, was geschehen wäre, wenn man ihn zu einem ortsansässigen Arzt gebracht hätte. Eine kleine Skandalgeschichte über den reichen jungen Grafen wäre ein gefundenes Fressen für die Klatschmäuler der Kieler Gesellschaft und würde mit Sicherheit bis zu seinem Großvater auf Gut Rixtorf durchdringen ...

Seine unerfreulichen Gedanken mussten ihm im Gesicht gestanden haben, denn Matthias fragte besorgt: „Dröhnt dein Kopf noch sehr? Du hast vermutlich eine leichte Gehirnerschütterung, da wäre das nicht weiter verwunderlich.

Oder ist es die Wunde am Bein, die dir Schmerzen bereitet?“

Anstelle einer Antwort deutete Philipp mit der rechten Hand zum Kopf und schloss in vorgetäuschter Erschöpfung die Augen. Matthias' offenkundige Sorge um sein körperliches Wohl tat ihm zwar gut, doch im Augenblick wünschte er nichts anderes, als schlicht und einfach in Ruhe gelassen zu werden. Später, wenn er erst einmal wieder Ordnung in seine eigenen, beunruhigenden Gedanken gebracht hatte – und wenn sein Kiefer sich nicht mehr anfühlte wie ein glühender Ball –, würde er seinem Wohltäter vielleicht erklären, wie es zu der folgenschweren Schlägerei gekommen war.

Die Gelegenheit dazu ergab sich am folgenden Morgen. Dank Matthias' Behandlung waren die Schwellung in seinem Gesicht und die Schmerzen im Kiefer so weit zurückgegangen, dass Philipp sich wieder zu sprechen imstande fühlte.

Mit leiser, aber halbwegs verständlicher Stimme wandte er sich an Matthias, der seinetwegen bereits das zweite Mal am blanken Fußboden übernachtet hatte. „Ich glaube, ich habe mich noch gar nicht bei dir bedankt. Du hast mich da aus einer wahrlich heiklen Situation gerettet, nimmst mich bei dir auf und pflegst mich wie einen Schwerverletzten, und ich ...“ – er grinste leicht verlegen, doch gleich darauf zog er schmerzhaft den linken Mundwinkel nach unten – „ich nehme hier einfach dein Bett und deine ganze Zeit in Anspruch, ohne mich auch nur mit einer Silbe zu bedanken!“

„Nicht der Rede wert“, entgegnete Matthias. „Ich bin sicher, du würdest dasselbe tun, wenn du damit einem Kameraden aus der Klemme helfen könntest! Und falls du es vergessen haben solltest: Du hast mir sogar schon einmal geholfen, als ich den Weg zu meinem Lehrsaal nicht finden konnte.“

„Stimmt. Aber das war bei Weitem nicht vergleichbar mit dem, was du für mich tust. Ich musste damals nämlich weder am Fußboden schlafen noch einen bewusstlosen Kerl mit einer hässlich blutenden Wunde am Bein verarzten. Ganz zu schweigen davon, dass du den Anblick eines Gesichtes ertragen musst, das mittlerweile vermutlich in allen Regenbogenfarben schillert!“

„Das tut es in der Tat! Außerdem hatte es zwischenzeitlich ungefähr die Form und Ausmaße eines überreifen und zudem völlig ungleichmäßig wuchernden Kürbisses!“ Mit diesen Worten nahm er den Spiegel von der Wand und hielt ihn seinem Patienten vor die Augen.

Philipp musterte sein malträtiertes Gesicht mit einem – notgedrungen recht einseitigen – Grinsen, doch plötzlich wurde er wieder vollkommen ernst. „Nur gut, dass niemand von meiner Familie mich jetzt sehen kann! Mein Großvater wäre nicht gerade erbaut über meinen Anblick. Vor allem, wenn er wüsste, dass diese Prügelei sozusagen auf mein eigenes Konto ging!“

„Was ... um was ging es eigentlich bei eurer Auseinandersetzung?“, fragte Matthias vorsichtig.

„Tja, das ist nicht ganz leicht zu erklären, geschweige denn zu verstehen! Zumindest für jemanden, der Professor Dahlmann nicht kennt!“

„Aber ich kenne ihn! Er unterrichtet Geschichte, nicht wahr? Und soweit ich informiert bin, vertritt er ziemlich – nun ja –, sagen wir einmal, ausgeprägte politische Ansichten!“*

* Anm.: Friedrich Christoph Dahlmann, 1785 – 1860, Staatsmann und Historiker, war von 1812 bis 1829 als außerordentlicher Professor für Geschichte an der Christian-Albrecht-Universität in Kiel tätig; in späteren Jahren (1848) spielte er eine wichtige Rolle in der nationalen deutschen Bewegung.

Philipp warf seinem Gegenüber einen erstaunten Blick zu. Hinter diesem stillen, jungen Mann mit seiner unauffälligen äußeren Erscheinung schien mehr zu stecken, als er vermutet hatte. Anders war die Tatsache, dass er bereits nach wenigen Wochen an der Universität über die politischen Aktivitäten des Professors Bescheid wusste, nicht zu erklären.

Neben seiner Lehrtätigkeit an der Universität und seinen historischen Schriften hatte Professor Friedrich Dahlmann auch einige politische Denkschriften verfasst, in denen er für eine eigene, gemeinsame Verfassung Schleswig-Holsteins eintrat, die letztendlich zu einem eigenständischen schleswig-holsteinischen Staat innerhalb Deutschlands führen sollte. Ein ziemlich revolutionäres Ansinnen, wenn man bedachte, dass das Herzogtum Schleswig zum dänischen Königreich gehörte und das Herzogtum Holstein, obgleich es seit 1815 dem Deutschen Bund angehörte, dem dänischen König als Landesherrn unterstand.

Demzufolge riefen Dahlmanns Schriften auch unter seinen Studenten, zu denen eine Anzahl dänischer Austauschstudenten gehörte, geteilte Meinungen hervor. Bei einigen fielen seine wohldurchdachten und historisch begründeten Argumentationen auf fruchtbaren Boden, während sie bei anderen auf vehemente Ablehnung stießen.

Als national gesinnter Angehöriger des deutschen Adels zählte Philipp von Rixtorf sich zu der ersteren der beiden Gruppen und, entsprechend seines unbekümmerten, freimütigen Charakters, machte er auch in der Öffentlichkeit keinen Hehl aus seiner diesbezüglichen Meinung.

Er war an dem betreffenden Abend nicht zum ersten Mal der Dreh- und Angelpunkt einer heftigen Debatte über dieses Thema gewesen.

„Aber im Gegensatz zu unseren früheren Diskussionen geriet an diesem Abend alles ein wenig aus den Fugen!“, schilderte er Matthias freimütig. „Ich hatte kurz zuvor ziemlich unerfreuliche Nachrichten aus der Heimat erhalten und deshalb zu viel getrunken. Da ging mein loses Mundwerk einfach mit mir durch, verstehst du?"

Auf Matthias' wenig überzeugendes Nicken hin erklärte er: „Wenn du mich ein wenig besser kennen würdest, wüsstest du, wovon ich spreche! Milde ausgedrückt könnte man vielleicht sagen, dass ich nicht gerade der geborene Diplomat bin, und ... na ja, ich habe jedenfalls allen, die nicht dieselbe Auffassung vertraten wie ich, gründlich die Meinung gesagt. Soweit ich mich erinnern kann, gehörten ‚hirnloser Drückeberger' und ‚feiger Vaterlandsverräter' noch zu den gemäßigteren Ausdrücken, die ich gebrauchte!"

Matthias sog hörbar die Luft ein. „In diesem Fall kannst du dich beinahe glücklich schätzen, nur mit einer Prügelei davongekommen zu sein. Ebenso gut hätte einer der anderen dich zum Duell fordern können!"

„Ich weiß! Aus diesem Grund möchte ich dich auch bitten, Stillschweigen über den Inhalt unseres Gesprächs zu wahren! Wenn diese Geschichte allgemein bekannt wird, könnte das sehr unangenehme Folgen für mich und meine Familie haben. Mein Großvater, Graf Gerhard von Rixtorf, ist ein untadeliger und allseits geachteter Gutsbesitzer und mein unbedachtes Verhalten würde sozusagen einen hässlichen dunklen Fleck auf seiner reinen Weste hinterlassen!"

„Ich verstehe! Aber denkst du nicht, deine Kontrahenten werden eventuell darüber sprechen?"

„Wohl kaum. Zu acht über einen Einzelnen herzufallen ist ja auch nicht unbedingt ehrenhaft. Ich denke, die werden genauso wenig davon erzählen wie ich."

„Nun gut, von mir wird niemand etwas erfahren. Ich werde schweigen. Aber ..." Matthias presste unschlüssig die Lippen aufeinander. Er war nur ein Student aus nicht eben wohlhabenden, bürgerlichen Verhältnissen und kannte den jungen Grafen kaum. Mit welchem Recht wollte er ihm vorschreiben, was er zu tun oder zu lassen hatte? Bedächtig wählte er seine Worte: „Meiner Ansicht nach haben solche Geschichten die widrige Eigenschaft, früher oder später doch ans Licht zu kommen, und deshalb ..." Er zögerte erneut, aber schließlich platzte er heraus: „Ich denke, du solltest deiner Familie selbst alles berichten. Es wird wesentlich leichter für sie sein, es aus deinem Munde zu erfahren als über Dritte. Außerdem werden sie dann statt einer aufgebauschten, sensationslüsternen Version der Geschichte hören, wie es sich wirklich zugetragen hat!"

Philipp schwieg. Über Matthias' Qualitäten als angehender Arzt konnte er sich nicht beklagen, aber als Ratgeber gab er seiner Ansicht nach eine geradezu lächerliche Figur ab. Es war vollkommen undenkbar für ihn, vor seinen Großvater, der vor Kurzem durch einen Sturz vom Pferd schwer verletzt worden und deshalb vermutlich noch unleidlicher als üblich war, zu treten und ihm sein Fehlverhalten zu bekennen. Nein, das Ganze war schlichtweg undurchführbar – nichts weiter als die völlig abwegige, groteske Idee eines Kommilitonen, der den ehrenwerten, gestrengen Grafen von Rixtorf nicht kannte.

Kapitel 13

Versonnen lächelte Sophie ihrem Spiegelbild zu, während sie etwa zum hundertsten Mal mit der Bürste durch ihr langes, offenes Haar fuhr. Seit sie die Hoffnung, ihr Haar jemals in schöne Locken zu legen, aufgegeben hatte, legte sie großen Wert darauf, dass es wenigstens durch seinen gepflegten Glanz auffiel.

Auf dem Waschtischchen lagen die Schildpattkämme, die bis vor wenigen Minuten noch ihre Hochsteckfrisur in Form gehalten hatten, und über der Rückenlehne des Stuhles hing ein leicht zerknittertes, an Ausschnitt und Ärmeln mit zarten Streublümchen versehenes roséfarbenes Taftkleid. Es war für die derzeitigen Modeverhältnisse recht einfach geschnitten – die weit gebauschten Puffärmel reichten bis über den Ellenbogen, die Taille wurde nicht, wie sonst üblich, über die Maßen betont und der Ausschnitt ließ lediglich erahnen, was sich unter dem Kleid verbarg.

Sophie hatte den Verdacht, dass Luise Kjeldsen gerade dieses Kleid für den heutigen Anlass ausgewählt hatte, weil es die Mädchenhaftigkeit der Trägerin betonte und damit jedes eventuelle männliche Interesse an ihr verhindern sollte; und dennoch hatte sie sich nie zuvor hübscher und weiblicher gefühlt als bei der Teegesellschaft, die gerade hinter ihr lag.

Mechthild, die übrigens ein völlig identisch geschnittenes Kleid in Himmelblau statt in Rosé getragen hatte, war es zweifellos ähnlich ergangen, denn abgesehen von einem einzigen Kicheranfall hatte sie sich ausgesprochen sittsam und damenhaft verhalten. Das Kind, das noch vor wenigen Tagen voll Vergnügen in eine Wasserpfütze gehüpft war, hatte sie offensichtlich zu Hause zurückgelassen, sodass die Einladung bei Sorenbys ein voller Erfolg gewesen war. Die Erinnerung daran zauberte noch jetzt eine zarte Röte auf Sophies Wangen.

Henrik, wie Mechthild und sie den jungen Studenten ab sofort nennen durften, hatte ihnen gegenüber an der mit süßen Köstlichkeiten geradezu überhäuften Teetafel gesessen und in äußerst erwachsener, weltmännischer Manier an der Konversation seiner Eltern mit dem Ehepaar Kjeldsen teilgenommen. Damit hatte er sich die grenzenlose Bewunderung der beiden Mädchen endgültig gesichert.

Den kleinen Zwischenfall mit der Regenpfütze bei ihrer ersten Begegnung im Park erwähnte er mit keiner Silbe, auch nicht, als er seine Aufmerksamkeit später auf Mechthild und Sophie richtete. Stattdessen unterhielt er sie mit amüsanten Geschichten aus seiner Zeit in der Lateinschule und seinem jetzigen Studentendasein an der Königlichen Akademie und die Mädchen lauschten mit angehaltenem Atem.

Sie selbst kannten nichts anderes als den Privatunterricht bei Fräulein Grevenstein, Henriks humorvolle Schilderung des Lebens und Treibens an einer öffentlichen Einrichtung schien ihnen deshalb wie ein flüchtiger Einblick in eine fremde, vollkommen anders geartete Welt; und so wortgewandt Mechthild sonst zu sein pflegte, im Wettstreit mit Henriks geistreichen Bemerkungen brachte sie nicht viel mehr hervor als ein gelegentlich eingeflochtenes „Nein, tatsächlich?“ oder „Wie bezaubernd!“

Sophie hatte nichts dagegen einzuwenden, während der Unterhaltung eine passive Rolle zu spielen. Dadurch bekam sie zumindest die Gelegenheit, den jungen Mann unauffällig, aber eingehend zu betrachten.

In seiner heute ausgesprochen konventionellen Kleidung, bestehend aus langer grauer Hose, weißem Hemd und dezent gestreifter Seidenweste, ähnelte er eher einem Geschäftsmann als einem Studenten, doch seine graublauen, immer wieder jungenhaft schelmisch aufblitzenden Augen und die Art, wie er seine schwarze, in die Stirn fallende Haartolle stets mit einer schwungvollen Bewegung an den ihr zustehenden Platz zurückwarf, übten eine unwiderstehliche Anziehungskraft auf sie aus.

Als Johan und Luise Kjeldsen sich – für Sophies Begriff viel zu früh – von ihren Gastgebern, die von Beginn an einen höchst sympathischen Eindruck auf sie gemacht hatten, verabschiedeten, geschah dies mit dem Versprechen einer baldigen Gegeneinladung. Sophies Herz klopfte beinahe zum Zerspringen, wenn sie sich eine erneute Begegnung mit Henrik ausmalte!

In der Tat war sie viel zu erregt, um sich bereits zur Ruhe zu begeben. Ihr Blick fiel auf das Tischchen neben ihrem Bett. Neben der flackernden Kerze lag eine kleine deutsche Bibel, die sie von der Erzieherin ausgeliehen hatte in der Absicht, so lange darin zu lesen, bis sie herausfand, was genau ihre Mutter zu dem grenzenlosen Vertrauen auf Gott veranlasst hatte, das in ihrem Brief zum Ausdruck kam. Ihr war durchaus bewusst, dass sich hinter diesem Gottvertrauen mehr verbergen musste als die seichte, oberflächliche Beziehung, die sie selbst zu Gott hatte – sofern man dabei überhaupt von Beziehung sprechen konnte –, und sie war fest entschlossen, diesem Geheimnis auf die Spur zu kommen.

Nichtsdestoweniger hatten die Gedanken an den eleganten Studenten sie in den letzten Tagen viel zu sehr in

Beschlag genommen, um ihren Vorsatz in die Tat umzusetzen, und momentan fühlte sie sich noch weniger in der Verfassung, über dieses ernste Thema nachzudenken. Ein vertrauliches Gespräch über Henrik und seine vielen herausragenden Eigenschaften und Vorzüge erschien ihr da wesentlich reizvoller.

Sophie legte ihren Kopf zur Seite und lauschte in Richtung des Ankleidezimmers, das Mechthilds Räumlichkeiten mit ihrem Zimmer verband.

Als ob die Freundin ihre Gedanken gelesen hätte, ertönte in diesem Augenblick ihre fragende Stimme: „Schläfst du schon, Sophie, oder hast du Lust, noch ein wenig zu plaudern?"

Nachdem Sophie mehr als eine Stunde später aus Mechthilds Zimmer in ihr eigenes zurückgekehrt war, strich sie ein letztes Mal beinahe zärtlich über den schimmernden, roséfarbenen Taft ihres Kleides. Vor ihrem inneren Auge erschien Henrik, der das Kleid und vor allem sie selbst mit bewundernden Blicken bedachte, ehe er einen zarten Kuss auf die Hand hauchte, die sie ihm huldvoll entgegenstreckte.

Nachdem Johan Kjeldsen behutsam die Tür hinter sich geschlossen hatte, senkte Sophie verlegen ihren Blick und musterte die in Rot, Grün und Gold gehaltenen Ornamente des Teppichs, als hätte sie nie zuvor etwas derart Faszinierendes gesehen.

Zum ersten Mal befand sie sich mit Henrik alleine in einem Raum – wenn man von der Gegenwart Fräulein Grevensteins, die sich als Anstandsdame diskret im Hintergrund zu halten hatte, absah.

Während der vergangenen Wochen hatten mehrere Treffen der beiden Familien stattgefunden und sowohl die

Erwachsenen als auch die „Kinder" waren sich im Verlauf dieser Begegnungen nähergekommen.

Henriks Verhalten gegenüber Mechthild und Sophie war stets so höflich und korrekt geblieben, wie es sich für einen jungen Mann seines Standes ziemte, zudem hatte er niemals den Anschein erweckt, als gäbe er einer der jungen Damen den Vorzug, sodass die Eltern ihre anfänglichen Vorbehalte gegen diesen Umgang bald aufgaben.

Die Überraschung, als Henrik dann eines Tages den Wunsch geäußert hatte, Sophie „näher kennenzulernen", war dementsprechend groß. Da es aber außer Sophies jugendlichem Alter keinen triftigen Grund gab, diesen Wunsch abzulehnen, stimmte ihr Pflegevater schließlich zu – allerdings unter der Voraussetzung, dass es vorläufig beim bloßen Kennenlernen und einer unverbindlichen freundschaftlichen Beziehung – in der ständigen Anwesenheit einer Anstandsdame – zwischen den beiden bleiben würde.

Sophie war nahezu außer sich vor Glück, als sie von diesem Arrangement erfuhr, und hatte seitdem einige Nächte eher mit Wachträumen als mit Schlafen verbracht; doch nun, da der ersehnte Zeitpunkt von Henriks Besuch gekommen war, saß sie stumm in ihrem Sessel, studierte das Teppichmuster und wünschte nichts sehnlicher, als dass Mechthild neben ihr säße. An der Seite ihrer selbstsicheren, einfallsreichen Freundin, die um ein passendes Gesprächsthema niemals verlegen war, würde sie sich erheblich wohler fühlen. Andererseits hatte Henrik ja ausdrücklich darum gebeten, Sophie alleine sprechen zu dürfen ...

Von dem Teppichmuster aus wanderte ihr Blick höher bis zu dem Gemälde, das die Wand hinter dem Sessel zierte, in dem Henrik Platz genommen hatte. Ohne wirklich etwas davon wahrzunehmen, glitt ihr Blick über jede Einzelheit des in zarten Ölfarben gehaltenen Kunstwerks, während sie es tunlichst vermied, den jungen Mann darunter in irgendeiner Weise anzusehen.

Zu ihrer Erleichterung schien er sich an ihrer unübersehbaren Befangenheit nicht zu stören, stattdessen ergriff er wie selbstverständlich das Wort: „Ich bin außerordentlich erfreut darüber, dich einmal ganz alleine zu sehen, Sophie! Wenn Mechthild dabei ist – tja, ich will nicht schlecht über sie reden, denn ich finde sie auf ihre Art ganz passabel – aber sie hat nun mal dieselbe schlechte Angewohnheit wie ich selbst!" Er stieß ein etwas verlegenes Lachen aus, an dem Sophie erkannte, dass auch er sich seiner momentan nicht ganz sicher war, und fuhr fort: „Was ich damit sagen wollte: Sie neigt dazu, jedes Gespräche vollkommen an sich zu reißen, ebenso wie ich das tue! Dadurch bist du bislang nie so recht zu Wort gekommen, und es gibt so vieles, was ich gerne über dich und von dir erfahren möchte!"

Jetzt endlich wagte Sophie, ihren Blick von dem Ölgemälde zu nehmen und auf Henriks Person zu richten. Ehrlich erstaunt fragte sie: „Tatsächlich?" Als ein Mensch, der sich selbst immer als viel zu gewöhnlich und langweilig empfunden hatte, konnte sie sich das kaum vorstellen.

„Aber ja, weshalb denn nicht?", lächelte Henrik und strich mit dieser unnachahmlichen Bewegung die schwarze Haarlocke aus seiner Stirn. „Bis jetzt weiß ich so gut wie gar nichts von dir, abgesehen von der Tatsache, dass du bald sechzehn Jahre alt bist, den größten Teil deiner Kindheit und Jugend im Haus deines Onkels Johan verbracht hast und" – er grinste spitzbübisch – „eine gewisse Vorliebe für Spaziergänge im Regen und durch die entsprechenden Wasserpfützen hast!"

Sophie warf einen verlegenen Blick in Fräulein Grevensteins Richtung, die sich jedoch nicht anmerken ließ, ob sie dem Gespräch folgte, sondern sich geflissentlich über die

Stickarbeit in ihren Händen beugte, dann lächelte auch sie. Henriks Scherz ermöglichte es ihr, die innere Anspannung in zunehmendem Maße zu überwinden. Ohne auf seinen Irrtum bezüglich „ihres Onkels Johan" einzugehen, antwortete sie deshalb genauso scherzhaft: „Nachdem du diese äußerst bedenkliche Vorliebe nun schon kennst, habe ich wohl nichts mehr zu verbergen!"

Henrik warf ihr einen erstaunten Blick zu. Sophies zurückhaltendes, sanftes Wesen, das neben Mechthilds (und seiner) ungestümen Art besonders hervorstach, hatte ihm von Anfang an besonders gut gefallen. Seiner Ansicht nach war ein derartiger Charakterzug eine der wichtigsten Eigenschaften einer guten Ehefrau ... aber plötzlich musste er sich eingestehen, dass dieses schelmische und gar nicht mehr so sanfte Aufblitzen ihrer braunen Augen ihm ebenso gut gefiel!

Er lachte laut auf, und Sophie fiel, trotz Fräulein Grevensteins nun deutlich missbilligender Blicke, mit ein. Damit war das Eis endgültig gebrochen und ihre Unterhaltung plätscherte unverfänglich vor sich hin. Henriks unverhohlenes Interesse an ihren Gefühlen und Gedanken – in der Hauptsache jedoch an ihr selbst als Frau – vermittelten Sophie ein nie gekanntes Glücksgefühl.

Es war fast, als hätte sie ihr ganzes bisheriges Leben in einer Art von Halbschlaf verbracht, in dem die wirklich wesentlichen Ereignisse wie Bilder an ihr vorübergezogen waren, ohne sie tatsächlich zu berühren.

Nach dieser ersten und den folgenden Begegnungen mit Henrik bekam jedenfalls vieles eine andere, tiefere Bedeutung und ihr gesamtes Dasein schien ihr wie von einem neuen Glanz umgeben. Der wohlgehütete Kummer, den sie wegen ihrer Herkunft und der früh verstorbenen Mutter empfunden hatte, schien plötzlich jegliche Bedeutung verloren zu haben.

Johan und Luise Kjeldsen beobachteten erfreut, wenn auch mit einer Spur von Besorgnis, wie der vorher leicht melancholische Ausdruck ihrer Augen fast über Nacht einem zuversichtlichen, beinhahe selbstsicheren Strahlen wich. Auch Mechthild konnte die Veränderung ihrer Freundin nicht übersehen. Sophies erstes „Stelldichein“ mit Henrik beobachtete sie noch voller Eifersucht – schließlich war sie es gewesen, die den jungen Studenten gewissermaßen entdeckt und seine Aufmerksamkeit erregt hatte! Im Laufe der Zeit gewann jedoch ihr großzügiges Naturell, mit dem sie schon als Kleinkind bereitwillig alles mit Sophie geteilt hatte, die Oberhand, und statt jeden ihrer Schritte mit Argusaugen zu verfolgen, begann sie, sich mit ihr zu freuen und sie als künftige Ehefrau Henriks, Frau Sophie Sorenby, anzusprechen, um sie aufzuziehen.

Kapitel 14

Mit leichter Beklemmung registrierte Matthias, wie die geschlossene Kutsche von der Landstraße in eine gepflegte, von hochgewachsenen Platanen gesäumte Allee abbog. Ein sanfter Wind spielte im sattgrünen Laub der Bäume, und die sich dem westlichen Horizont nähernde Sonne warf deren lange, schlanke Schatten auf die vor ihnen liegende Straße.

„Die Zufahrtsstraße zum Herrenhaus!“, hatte Philipp kurz zuvor mit knappen Worten erklärt.

Nachdem er Matthias zu Beginn ihrer gemeinsamen Fahrt mit einigen amüsanten Geschichten aus seinem Studentendasein, das er sichtlich auf die leichte Schulter nahm, unterhalten hatte, war er während der letzten halben Stunde immer einsilbiger geworden; ehe sie das erste der zu Gut Rixtorf gehörigen Dörfer passierten, hatte er die Mietkutsche sogar anhalten lassen, um das Verdeck zu schließen. Offenbar legte er Wert darauf, von keinem der Dorfbewohner vorzeitig erkannt zu werden.

Matthias warf einen verstohlenen Seitenblick auf seinen Reisekameraden. Es hatte ihn große Mühe gekostet, Philipp von der Notwendigkeit dieses Vorhabens – einem klärenden, versöhnlichen Gespräch mit seinem kranken Großvater – zu überzeugen, aber jetzt wünschte er fast, er hätte sich weniger Mühe gegeben.

Philipps für gewöhnlich leicht gebräunte Gesichtsfarbe war einer ungesunden Blässe gewichen, welche das noch immer sichtbare Hämatom seiner linken Wange umso deutlicher hervortreten ließ, und die dunklen Ringe unter seinen Augen sowie seine fest aufeinandergepressten Lippen verrieten eine kaum zu unterdrückende innere Anspannung. Die bevorstehende Begegnung mit dem gestrengen alten Grafen schien ihm wirklich zuzusetzen.

Vielleicht wäre es besser gewesen abzuwarten, bis er seine Verletzungen vollständig auskuriert hatte, statt ihn bereits jetzt den Strapazen der Reise nach Gut Rixtorf auszuliefern ...

Philipp fing Matthias' sorgenvollen Blick auf. Er lächelte kläglich: „Mach dir keine Sorgen um mich, es geht mir gut!"

„Sieht aber nicht danach aus!", entgegnete Matthias trocken. „Ich fürchte, es war ein Fehler von mir, dich zu dieser Reise zu überreden."

Philipp winkte ab. „War es nicht – das weißt du, und auch ich wusste es im Grunde seit Langem. Früher oder später musste ich das Gespräch mit meiner Familie suchen, ich habe es nur ständig vor mir hergeschoben, so wie ich es schon immer getan habe, wenn ich etwas Unangenehmes zu erledigen hatte! Weshalb sonst, denkst du, hätte ich mich bis heute erfolgreich vor jeder Prüfung gedrückt, obwohl ich schon einige Semester lang studiert habe! Aber ... nun ja, nach dem Unfall des Grafen und deinem ständigen Nörgeln und Drängen, heimzukehren und alles zu beichten, bleibt mir wohl keine andere Wahl mehr!"

Bei diesen Worten war eine Spur des scherzhaften Untertones, mit dem er seine ganze Umgebung, einschließlich seiner eigenen Person, auf den Arm zu nehmen pflegte, zurückgekehrt.

Matthias atmete erleichtert auf.

„Überdies", fuhr der junge Graf fort und versetzte dem anderen einen kameradschaftlichen Schlag auf die Schulter, „ist es mir ja gelungen, dich in mein Schlepptau zu nehmen, und es wird meinen Großvater schwer beeindrucken, wenn ich ihm einen strebsamen jungen Mediziner als meinen Freund vorstelle. Er wird mit Sicherheit davon ausgehen, dass dein guter Einfluss mich irgendwann auf den Pfad der Tugend zurückbringen wird, und das sollte ihn mir, seinem unnützen Taugenichts von Enkel, gegenüber bedeutend milder stimmen!"

Matthias lachte auf. Die beiden ungleichen jungen Männer waren im Laufe der vergangenen Woche, die sie gemeinsam in dem beengten Zimmer verbracht hatten, und während der Philipp sich unter Matthias' aufopferungsvoller Pflege von den Folgen der Prügelei erholt hatte, tatsächlich gute Freunde geworden.

Philipp bewunderte Matthias' sanfte Geduld und die ernsthafte, konzentrierte Strebsamkeit, mit welcher er auf ein einmal gestecktes Ziel hinarbeitete, und Matthias schätzte den humorvollen und unvoreingenommenen, für einen Mann seines Standes wahrhaft außergewöhnlichen Umgangston des Kommilitonen. In einem Punkt allerdings stand er ganz und gar nicht im Einklang mit Philipps Ansichten: Philipp tat Gott und den Glauben an ihn ebenso leichtfertig ab wie die üblichen Regeln der Gesellschaft. Für Matthias, der durch das Vorbild seines irdischen Vaters schon früh gelernt hatte, Gott als seinem Vater im Himmel zu vertrauen, war das nur schwer verständlich. Als er Philipp einmal auf diesen Punkt hin angesprochen hatte, hatte der nur lächelnd abgewinkt. „Na ja, sicher glaube ich an Gott", hatte er gesagt. „Irgendjemand muss ja schließlich für alles verantwortlich sein, für die Schönheit unserer Natur und so weiter. Aber darüber hinaus … ich denke nicht, dass Gott sich sonderlich für das Tun der Menschen hier auf der Erde interessiert, solange sie sich nur bemühen, das Richtige zu tun. Und falls er das doch tun sollte, dann zumindest nicht für mich, einen unbedeutenden, kleinen Fisch in dem riesigen Meer der Menschheit! Deshalb denke ich eigentlich gar nicht großartig über dieses Thema, das dir so wichtig zu sein scheint, nach!“ Damit hatte er ihre Unterhaltung beendet, und Matthias hatte beschlossen, fortan für seinen neuen Freund zu beten sowie ihn praktisch zu unterstützen, falls das weiterhin nötig sein sollte. Dies war auch der Grund, weshalb er sich dazu bereit erklärt hatte, Philipp für einige Tage nach Gut Rixtorf zu begleiten und ihm die für das Gespräch mit seinem Großvater nötige moralische Unterstützung zu bieten.

Und deshalb fragte er nun, ernsthaft auf Philipps Bemerkung eingehend: „Denkt dein Großvater denn wirklich so schlecht von dir?“

„Eigentlich haben wir uns noch nie besonders gut verstanden – und dass ich meine Großeltern das letzte Mal im Zorn verließ, hat seine skeptische, negative Haltung mir gegenüber natürlich noch verstärkt. Ich habe dir ja bereits erzählt, was sich damals zugetragen hat.“

Matthias nickte. „Wenn du dich erst mit ihm ausgesprochen und alle Missverständnisse aus der Welt geschafft hast, wird sich eure Beziehung sicher bessern. Auf jeden Fall finde ich es enorm wichtig, dass du den Anfang dabei machst, denn du bist derjenige, der Abbitte zu leisten hat. Für dein früheres Verhalten ebenso wie für die Ereignisse in der Schenke!“

„Tja, bald werden wir es genauer wissen!“ Mit einem steifen Kopfnicken wies Philipp nach draußen, wo der Landauer soeben einen weiten Bogen um ein mit blühenden Blumen und sorgsam in Form geschnittenen Buchsgehölzen bepflanztes Rondell fuhr, um schließlich am Fuß einer breiten Freitreppe anzuhalten. Am oberen Ende derselben stand ein livrierter Diener und, schwer gestützt auf dessen untersetzte Gestalt sowie einen Gehstock mit ziseliertem silbernem Griff, ein alter Herr.

Der hohe schwarze Zylinder auf seinem Haupt und ein schwarzer Frack bildeten einen starken Kontrast zu seinen starren, wie in blassen Carrara-Marmor gehauenen Gesichtszügen.

Die Nachricht von der Ankunft seines Enkels hatte Graf von Rixtorf dazu bewogen, sich zum ersten Mal, seit ihn der schwere Unfall vor einigen Wochen auf sein Lager geworfen hatte, wieder zu erheben. Er war fest entschlossen, bei diesem Zusammentreffen mit seinem Erben, der ersten Begegnung nach eineinhalb Jahren, keine Schwäche zu zeigen.

Das Wiedersehen lief exakt so ab, wie Philipp es insgeheim befürchtet und vor Matthias scherzhaft angedeutet hatte: Sein Großvater reichte ihm zwar die Hand zum Gruß, doch geschah dies eher der Form halber, und seine kühlen, knapp gehaltenen Begrüßungsworte offenbarten ebenso wenig Gefühl wie seine unbewegliche Miene und die stahlgrauen Augen unter dem schütteren weißen Haar. Erst als Philipp den von ihm geladenen Gast, seinen Freund und angehenden Arzt Matthias Schwartz vorstellte, erhellte der Anflug eines Lächelns sein Gesicht und Graf Gerhard ließ sich zu einigen höflichen, wohlwollenden Worten herab.

So herzlich die ihm anerzogene steife Art es zuließ, hieß er Matthias in seinem Haus willkommen. Er veranlasste eines der Hausmädchen, ihn auf das beste der zahlreichen Gästezimmer zu bringen, während Philipp unbehaglich von einem Fuß auf den anderen trat, ehe er sich ein Herz fasste und seinen Großvater um ein Gespräch unter vier Augen bat.

Wie einem Fremden wies der alte Graf ihm den Weg zum offiziellen Empfangsraum des Herrenhauses, dem sogenannten Saal, dessen Einrichtung mit dem mehr als einhundert Jahre alten, dunklen Mobiliar und den schweren eisernen Rüstungen vergangener Generationen der Grafen von Rixtorf eine ausgesprochen düstere, einschüchternde Atmosphäre verbreitete.

In den Jahren seiner Kindheit war Philipp stets mit einem leisen Schaudern und so unauffällig wie möglich an der Flügeltür des Saales vorbeigehuscht. Er hatte in der Tat befürchtet, eine der Rüstungen könnte plötzlich zum Leben erwachen, zu ihren Waffen greifen und sich aus ihrer unheimlichen, düsteren Ecke heraus auf ihn stürzen.

Auch jetzt, als er seinem Großvater gegenüber auf einem der unbequemen, geradlehnigen Stühle Platz genommen hatte, konnte er sich eines gewissen Unbehagens nicht erwehren. Die kleine Rede, die er sich vorher sorgfältigst zurechtgelegt hatte, um sein Geständnis einzuleiten, war gleichsam ausradiert. Wie eine unüberwindliche Mauer stand das Schweigen zwischen ihnen. Das Schweigen zweier Menschen, die sich von Natur aus eigentlich sehr nahestanden, sich aber wegen ihrer Eigensinnigkeit und Sturheit voneinander entfremdet hatten und nun den Weg zueinander nicht mehr finden konnten.

Graf Gerhard scharrte ungeduldig mit seinem Gehstock über den Parkettboden und Philipp schreckte auf. Er dachte an die Worte, die Matthias ihm noch kurz zuvor in der Kutsche gesagt hatte: „Es ist wichtig, dass du den Anfang machst, denn du bist derjenige, der Abbitte zu leisten hat!"

Entschlossen hob Philipp den Kopf und sah seinem Großvater in die Augen: „Ich bin gekommen, um dir etwas zu gestehen ... und um dich um Verzeihung zu bitten!"

Falls Graf Gerhard von diesen Worten überrascht war, verstand er es glänzend, seine Überraschung zu verbergen.

Vollkommen ungerührt und ohne ein einziges Blinzeln erwiderte er Philipps Blick, der daraufhin unsicher fortfuhr: „Kurz nachdem ich die Nachricht von deinem ..., äh, von diesem Unfall erhalten hatte, erlebte ich ..."

„Die Nachricht von meinem Unfall? Ich kann mich nicht erinnern, dir diesbezüglich eine Nachricht gesandt zu haben!" Die stahlblauen Augen blitzten zornig.

„Das ist richtig. Die Nachricht stammte von Großmutter, die sich solche Sorgen um dich machte, dass sie mir schrieb, obwohl du es ihr ausdrücklich untersagt hattest! Aber wie dem auch sei, nachdem die Nachricht mich erreichte ..."

„... hattest du nichts Besseres zu tun als genau das, was ich eigentlich vermeiden wollte. Du machtest dich auf den Weg nach Hause, um deinem lästigen alten Großvater beim Sterben zuzusehen. Solange es mir noch gut ging, hast du Gut Rixtorf gemieden wie die Pest, aber kaum besteht die Aussicht, mich und meine wohlmeinenden Absichten mit dir, meinem einzigen Erben, loszuwerden, stehst du vor der Tür! Kommst hierher zurück, um dein Leben nach deinen eigenen Vorstellungen zu genießen und –"

Diese erbittert hervorgestoßenen Unterstellungen ließen Philipp erregt aufspringen. „Das ist nicht wahr – nicht das Geringste daran ist wahr!" Mit wenigen Schritten eilte er zur Tür, um, wie bei früheren Streitgesprächen mit dem alten Grafen, die Flucht zu ergreifen. Die Erinnerung an Matthias' eindringliche, mahnende Worte ließ ihn jedoch noch innehalten. Dieses Mal würde er nicht gehen, ehe er sich mit seinem Großvater ausgesprochen hatte.

Mit äußerster Anstrengung kämpfte er seinen Ärger nieder und wandte sich erneut seinem Großvater zu. „Es tut mir leid, Großvater, dass ich dir Anlass gegeben habe, so niedrig von mir zu denken! Ich weiß, mein Verhalten dir gegenüber war in der Vergangenheit nicht immer richtig, vor allem, als ich Großmutter, Mutter und dich damals voller

Zorn verließ! Falls du trotzdem noch ein wenig Zuneigung zu mir aufbringen kannst, bitte ich dich um eines: Höre dir an, was ich dir zu sagen habe – was der wahre Grund ist, aus dem ich jetzt und hier vor dir stehe –, und gib mir die Gelegenheit, meine Fehler wiedergutzumachen!"

Graf Gerhard musterte seinen Enkel prüfend. Sein unbekümmertes, jungenhaftes Grinsen, vom Großvater stets als ein Ausdruck unangemessener Gleichgültigkeit gegenüber seinen Verpflichtungen gedeutet, war einer vorher nicht da gewesenen Entschiedenheit und Ernsthaftigkeit gewichen. Der Inhalt dieses Gespräches schien ihm immens wichtig zu sein ... und immerhin bestand die Möglichkeit, dass er tatsächlich aus den richtigen Motiven nach Hause zurückgekehrt war ... „Gut, dann sprich!", befahl er mit der für ihn charakteristischen gebieterischen Handbewegung, die allerdings kaum darüber hinwegtäuschen konnte, dass seine anfangs beinahe feindselige Einstellung Philipp gegenüber bereits ins Wanken geriet.

Gischt spritzte auf, als die Hufe ihrer Pferde mit den Wellen der heranrollenden Flut in Berührung kamen. Es war früh am Morgen. Die ersten Strahlen der Junisonne brachen sich an den hinter ihnen aufragenden Felsklippen und hatten noch keine Gelegenheit gefunden, Sand und Wasser gebührend zu erwärmen, sodass die sonst so gutmütige Stute unter Matthias' Schenkeln einen erschreckten Satz zur Seite machte, der ihren ungeübten Reiter beinahe aus dem Sattel schleuderte.

Philipp warf einen Blick nach hinten und lachte amüsiert auf, als er beobachtete, wie Matthias mühsam darum kämpfte, wieder eine stabile Position auf dem Rücken der Stute einzunehmen, während diese unbeirrt weitergaloppierte, um den Anschluss an den führenden Wallach Zeus nicht zu verlieren. Endlich hatte er ein Einsehen und zügelte seinen Braunen zu einem gemäßigten Schritttempo, welchem die Stute sich augenblicklich anpasste.

„Lach du nur über meine Reitkünste!“, beschwerte Matthias sich gutmütig, nachdem er wieder Halt gefunden hatte. „Du bist praktisch auf einem solch grässlich schaukelnden Pferderücken aufgewachsen – ich dagegen habe mich bis jetzt meistens damit begnügt, diese Biester vor einen Wagen zu spannen, um mich gemütlich durch die Gegend kutschieren zu lassen! Und jetzt erinnere ich mich auch wieder, weshalb!“ Er hob sich ein Stück weit aus dem Sattel und wies mit einer unmissverständlichen Geste auf sein schmerzendes Hinterteil.

Philipp lachte erneut und Matthias fiel mit ein. Es freute ihn ungemein, seinen Freund wieder so gelöst und unbekümmert zu sehen wie zu Beginn ihrer Bekanntschaft. Ohne Zweifel war ihm nach dem Gespräch, das er am vorhergehenden Tag mit seinem Großvater geführt hatte, eine drückende Last von der Seele gefallen – aber bis zu diesem Zeitpunkt hatte er sich noch mit keiner Silbe dazu geäußert.

Während der Abendmahlzeit, die aus Rücksicht auf den gesundheitlichen Zustand Graf Rixtorfs ohne diesen stattgefunden hatte, hatten die beiden Freunde sich hauptsächlich mit den Damen des Hauses unterhalten, selbst aber nur wenige Worte miteinander gewechselt und sich bald darauf in ihre Zimmer zurückgezogen.

Behutsam fühlte Matthias vor: „Ich brauche dich wohl nicht zu fragen, wie deine Aussprache mit Graf von Rixtorf gestern Abend verlaufen ist!?“

„In Anbetracht meiner glänzenden Laune heute Morgen ist das unschwer zu erraten, nicht?! Obwohl es zunächst gar nicht gut aussah, weil Großvater mich mit schwerwiegenden Vorwürfen empfing und ich gleich wieder versucht war, die Flinte ins Korn zu werfen. Aber eingedenk deiner mahnenden Worte bestand ich darauf, ihm alles zu beichten und ihn um Verzeihung zu bitten, und – was soll ich sagen, ich kann es ja selbst noch kaum glauben – wir haben uns wahrhaftig versöhnt! Zum ersten Mal waren wir in der Lage, miteinander zu sprechen wie zwei vernünftige, erwachsene Männer, und konnten sogar die Meinung des jeweils anderen gelten lassen, als wir über die Zukunft sprachen. Ich fühle mich unsagbar erleichtert und so glücklich wie schon seit Langem nicht mehr!"

„Ich freue mich für dich!", strahlte Matthias. „Und dein Großvater ist gewiss außer sich vor Glück, wenn du nun bereit bist, dein Erbe anzutreten!"

Philipp ließ sich Zeit mit seiner Antwort, während seine Blicke über die altvertraute Umgebung wanderten. Zu seiner rechten Hand erstreckte sich die im rötlichen Schein der Morgensonne glitzernde und funkelnde Ostsee, zur Linken und unmittelbar vor ihm ein schmaler Streifen Sandes, dahinter die steilen Felsklippen, auf deren landeinwärts gelegener Oberfläche die fruchtbaren Felder und Weiden des Gutes gediehen, und im Rücken der beiden Reiter wiesen die im weichen Sand abgebildeten Hufspuren direkt in Richtung des Herrenhauses von Gut Rixtorf. Das Herrenhaus mit seinem großzügig angelegten Park, seinem Stall voll edler Pferde, den angrenzenden Waldungen und fruchtbaren Feldern ...

Sein Herzschlag beschleunigte sich: Dies hier war seine Heimat – sogar sein Eigentum, wenn er wollte – und bis zum gestrigen Tag, zu seiner lange hinausgezögerten Rückkehr, hatte er nicht gewusst, wie sehr er sie liebte und vermisst hatte. Und dennoch ...

Philipp straffte seinen Rücken und richtete seine Augen wieder auf den Freund: „Ich werde das Erbe des Gutes nicht antreten – noch nicht. Zuerst, und natürlich unter der Voraussetzung, Großvater und der Verwalter kommen so lange noch ohne mich zurecht, werde ich an die Universität zurückkehren, um zumindest dieses Semester ordnungsgemäß zu beenden!"

Auf Matthias' erstaunte Reaktion hin fuhr er fort: „Anscheinend ist ein kleiner Funke deines Ehrgeizes schon auf mich übergesprungen, denn ich spüre zum ersten Mal in meinem Leben den Wunsch, etwas zu einem vernünftigen, ordentlichen Ende zu bringen!"

„Ich persönlich finde das großartig! Aber was wird Graf Rixtorf sagen –"

„Darum brauchst du dir keine Gedanken mehr zu machen!", fiel Philipp ihm beinahe übermütig ins Wort. „Es ist mir gelungen, ihm meine Gründe für diese Entscheidung plausibel zu machen, sodass er zugestimmt hat, mich noch einmal gehen zu lassen."

„Dann ist in deinem Leben jetzt sozusagen alles in bester Ordnung."

„Sozusagen, ja. Und ich weiß auch, wem ich all das zu verdanken habe." Er blickte den anderen bedeutungsvoll an. „Wenn du mich nicht vor der Schenke aufgesammelt, medizinisch versorgt und mir anschließend so beharrlich ins Gewissen geredet hättest, wäre ich heute mit Sicherheit nicht hier und alles wäre noch beim Alten."

Bescheiden winkte Matthias ab, Philipp jedoch bestand auf seiner Behauptung: „Oh doch, genau so ist es! Auf deine sanfte, aber durchaus nachdrückliche Art hast du mich dazu gebracht, meinen inneren Schweinehund zu überwinden und das Richtige zu tun. Du bist ein guter Seelendoktor – wofür ich persönlich als Paradebeispiel gelten könnte!" Grinsend über seinen Scherz versetzte er Zeus mit einem leichten Schenkeldruck in Galopp und trieb auch Matthias' Stute mit einem auffordernden „Lauf, Artemis!" an.

Da er den Anschluss an den jungen Grafen nicht verlieren wollte, blieb Matthias nichts anderes übrig, als den Sturm der Gedanken, die diese scherzhafte Bemerkung ausgelöst hatte, für einen späteren Zeitpunkt zu bewahren und sich stattdessen auf sein unberechenbares Reittier zu konzentrieren.

Kapitel 15

Es war der Abend vor Sophies sechzehntem Geburtstag. Im Hause Kjeldsen war es üblich, jeden Geburtstag – also auch den des Pflegekindes Sophie – gebührend zu feiern. Nicht unbedingt im großen Rahmen, sondern hauptsächlich dadurch, dass die Familie einen gemeinsamen Tag verbrachte, was in Anbetracht von Johan Kjeldsens Arbeitszeiten durchaus keine Selbstverständlichkeit darstellte.

Mechthilds vierzehnten Geburtstag im vergangenen Sommer hatte Familie Kjeldsen im Dyrehavsbakken, einem am Stadtrand von Kopenhagen gelegenen Tier- und Vergnügungspark verbracht, Frederiks siebten Geburtstag an Bord eines kleinen Schoners, mit dem sie unter dem Kommando von „Kapitän Frederik" die Küste entlanggesegelt waren.

Für den morgigen Tag jedoch hatte Sophie sich nichts weiter gewünscht als ein gemeinsames Essen, zu dem auch Henrik und seine Familie eingeladen wurden.

Falls das bis dahin ausgesprochen milde und trockene Novemberwetter anhielt, würde das festliche Essen eventuell kurzfristig zu einem Picknick umgewandelt werden, aber im Grunde fand sie einen solchen Aufwand völlig überflüssig. Viel lieber hätte sie diesen besonderen Tag in aller Stille verbracht – in keiner anderen Gesellschaft als derjenigen von Henrik.

Henrik ... Allein der Name entlockte ihr mittlerweile ein träumerisches Lächeln. Bei seinem letzten Besuch hatte er, trotz der gestrengen Aufsicht ihrer allgegenwärtigen Anstandsdame, zum Abschied ihre beiden Hände zärtlich in die seinen genommen und ihr tief in die Augen gesehen – so tief, dass Sophies Herz zu rasen begann und sie wieder einmal bis unter die Haarwurzeln errötete. Seine Lippen bewegten sich, als wollte er etwas sagen, aber mit einem kurzen Seitenblick in Fräulein Grevensteins Richtung hatte er es dann doch unterlassen.

Sophie seufzte. Sie war sicher, was auch immer er gesagt hätte, es hätte ihr Herz vor Freude und Liebe zu ihm zum Überfließen gebracht. Denn eines spürte sie schon seit geraumer Zeit: Sie liebte Henrik! Sie liebte sein höfliches Auftreten, seine geistreichen Bemerkungen, seine jungenhaft neckenden Scherze, sein manchmal etwas geckenhaftes, extravagantes Äußeres ... und sie konnte sich nicht mehr vorstellen, ohne ihn zu sein. Sie wollte jede einzelne Minute, jede Sekunde ihres restlichen Lebens gemeinsam mit Henrik verbringen – und all dies trotz Onkel Johans Ansicht, sie sei noch viel zu jung, um an so etwas wie Liebe oder eine dauerhafte Bindung zu denken.

Plötzlich durchzuckte ein ungebetener Gedanke ihre Träume: Ob das, was sie für Henrik empfand, dasselbe war, was ihre Mutter vor vielen Jahren für ihren Vater empfunden hatte? Hatte ihre Mutter auch geglaubt, ihre Liebe würde für immer bestehen und alle Schwierigkeiten, die später im Leben einmal auftreten könnten, überdauern?

Abrupt erhob Sophie sich noch einmal aus ihrem Bett und eilte zu der Wäschekommode, in deren Tiefen sie den Brief ihrer Mutter vor allen neugierigen Blicken verbarg, seitdem sie ihn das erste Mal gelesen hatte.

Die Ereignisse der letzten Wochen und Monate hatten sie den Brief fast vollständig vergessen lassen, doch dieser

Gedanke an die Liebesgeschichte ihrer Eltern ließ sie nicht mehr zur Ruhe kommen. Sie musste sich auf der Stelle Gewissheit verschaffen, dass ihre Gefühle für Henrik mit denen ihrer Mutter für ihren Vater, die letztlich zu einem so tragischen Ende geführt hatten, nichts gemeinsam hatten.

Ihre Finger zitterten, als sie das fleckige Papier in den Händen hielt und ihre Augen den Text überflogen, immer auf der Suche nach einem Hinweis auf die Art der Beziehung, die zwischen ihren Eltern bestanden hatte. Irgendetwas musste doch von Anfang an darauf hingedeutet haben, dass ihre Liebe keinen Bestand haben würde ... irgendetwas zwischen ihnen musste von Anfang an schiefgelaufen sein! Doch sooft Sophie die Worte ihrer Mutter las, sie konnte nichts Auffallendes daran entdecken. Es deutete alles darauf hin, dass ihre Eltern einander ehrlich und aufrichtig geliebt hatten – und dennoch hatte ihr Vater Eleonore im Stich gelassen, als sie ihn am nötigsten gebraucht hätte.

Verstört schob sie den zusammengefalteten Brief zwischen die Seiten des Buches auf ihrem Nachttisch und lehnte sich im Bett zurück. Vermutlich würde sie nie völlig begreifen, wie es zu diesem Drama gekommen war. Aber, sagte sie sich entschlossen, letztendlich braucht mich das auch nicht mehr zu bekümmern, denn Henrik wäre niemals imstande, derart ehr- und gewissenlos zu handeln wie mein Vater es tat.

Vor ihrem inneren Auge erschien Henriks offenes, fröhliches Lächeln, seine graublauen Augen, die sie nachdrücklich und sanft ansahen, und sie schüttelte unwillkürlich den Kopf. Henrik war ein Ehrenmann durch und durch. Er würde niemals etwas tun, was nicht recht oder ehrenhaft war, geschweige denn von ihr verlangen, dergleichen zu tun.

Damit gelang es Sophie schließlich, ihre Gedanken wieder zur Ruhe zu bringen. Durch die Charakterlosigkeit ihres Vaters mochte ihre Mutter, wie sie selbst es ausdrückte, einen steinigen, schweren Weg gegangen sein, den sie nur mit Gottes Hilfe bewältigen konnte, aber vor ihr lag das Leben augenblicklich so ruhig und übersichtlich wie eine breite, sonnenbeschienene Allee.

Nur wenige Kilometer vom Stadtrand Kopenhagens entfernt an der Küste lag eine tief eingeschnittene und daher weitgehend windgeschützte kleine Bucht. Von der Straße aus war sie kaum zu sehen, und wer zu ihr gelangen wollte, musste notgedrungen den schmalen, beschwerlichen Fußpfad durch die Dünen in Kauf nehmen. Das war vermutlich der Grund, weshalb hier fast niemals jemand anzutreffen war – zumindest waren die Kjeldsens an ihrem bevorzugten und dementsprechend häufig aufgesuchten Picknickplatz bislang niemals durch andere Besucher gestört worden.

An diesem nahezu windstillen, milden Herbsttag, Sophies Geburtstag, zeigte sich die Bucht vor der Picknickgesellschaft von ihrer besten Seite. Die weite, von vereinzelten flachen Uferfelsen und Dünengras durchsetzte Sandfläche erstreckte sich bis zur Flutlinie und reflektierte, genau wie die für diese Jahreszeit ausgesprochen glatte Meeresoberfläche selbst, jeden einzelnen Sonnenstrahl, sodass eine angenehme, schon beinahe sommerlich zu nennende Temperatur herrschte.

Frau Sorenby und Fräulein Grevenstein ließen sich, nachdem sie die ungewohnte Anstrengung des Fußmarsches durch die Dünen mit deutlichem Widerwillen hinter sich gebracht hatten, erleichtert aufseufzend auf den Decken nieder, die Johan Kjeldsen im warmen Sand ausgebreitet hatte. Mechthilds Mutter und die beiden Mädchen kümmerten sich unterdessen um das Anrichten der bereits vorbereiteten Speisen.

Für gewöhnlich hatten Mechthild und Sophie ihren Spaß daran, beim Familienpicknick ausnahmsweise die Arbeit der zu Hause zurückgelassenen Dienstmädchen zu übernehmen, an diesem Tag jedoch war Sophie nicht recht bei der Sache. Immer wieder glitten ihre Blicke hinüber zum männlichen Anteil der Gesellschaft, der sich weiter vorn am Strand zusammengefunden hatte.

Die Erwachsenen waren in eine kontroverse, doch immer noch freundschaftlich geführte politische Diskussion über die Interessenkonflikte zwischen den Herzogtümern Schleswig und Holstein und dem dänischen Königreich vertieft, welche durch die – Christian Sorenbys Meinung nach – verqueren Ansichten eines jungen Amtskollegen namens Lornsen* noch verstärkt wurden.

Henrik vermied es offenbar, sich in diese Debatte einzumischen, und widmete sich stattdessen dem jüngeren Frederik, indem er mit ihm gemeinsam flache Steine übers Wasser springen ließ. Es schien sich um einen Wettkampf zwischen den beiden zu handeln, denn jedes Mal, wenn sein Stein öfter als Henriks aufgesprungen war, lachte Frederik freudig triumphierend auf.

Henrik nahm diesen Triumph gutmütig hin. Sophie hatte sogar den Eindruck, dass er in seiner rücksichtsvollen Art den Jüngeren absichtlich gewinnen ließ. Bestimmt würde er einmal einen liebevollen, fürsorglichen Vater abgeben.

Als sie sich bei diesem Gedanken ertappte, schlug sie erschrocken die Augen nieder und konzentrierte sich darauf, die restlichen Damastservietten, Gabeln, Messer und Löffel auf die einzelnen Gedecke zu verteilen.

---

* Anm.: Gemeint ist Uwe Jens Lornsen, der später zum öffentlichen Verfechter der Forderung einer gemeinsamen schleswig-holsteinischen Verfassung wurde.

Nach Beendigung der gemeinsamen Mahlzeit begann die Picknickgesellschaft, sich in kleine Grüppchen zu zerstreuen: Frederik komplimentierte seinen Vater wegen irgendeines geheimnisvollen Vorhabens, das nur in der Fantasie eines Siebenjährigen seinen Ursprung haben konnte, hinter die Dünen, und die älteren Damen äußerten den Wunsch nach einer kurzen Mittagsruhe, sodass neben Mechthild und Sophie schließlich nur die beiden Herren Sorenby übrig blieben.

„Wollen wir nicht eine kleine Strandwanderung unternehmen?!", schlug Henrik vor. „Ich fürchte nämlich, wenn ich jetzt untätig sitzen bleibe, ergeht es mir ebenso wie unseren Damen hier!" Mit einer bezeichnenden Kopfbewegung wies er auf die unter ihren Sonnenschirmen eingenickten Damen und bot, ohne eine Antwort abzuwarten, den beiden Mädchen galant jeweils einen Arm. Sein Vater schloss sich dem Dreiergespann an, und plaudernd begannen sie ihren Spaziergang entlang der blaugrünen, in der Sonne glitzernden Wellen.

Am östlichen Ende der Bucht versperrte eine hohe Felsklippe ihren Weg, doch ein schmaler, für nur zwei Personen gleichzeitig begehbarer Pfad führte um den Fuß der Klippe herum. Mit einem kaum sichtbaren Blinzeln in Sophies Richtung ließ Mechthild Henriks Arm los und ergriff stattdessen den seines Vaters, um gemeinsam mit ihm voranzugehen.

Unwillkürlich verlangsamten Henrik und Sophie ihre Schritte, sodass es nicht lange dauerte, bis Herr Sorenby und Mechthild, die ihren Begleiter offenbar in ein fesselndes Gespräch verwickelt hatte, um die nächste Wegbiegung verschwunden waren.

Zum ersten Mal war das verliebte Paar gänzlich ungestört, unbehelligt von den wachsamen Augen und Ohren der Anstandsdame. In ihrem Rücken erhob sich die Felsklippe, die sie vor den Blicken aller anderen Anwesenden verbarg, und zu ihren Füßen erstreckte sich die unendliche Weite der See. Der Wind hatte unmerklich ein wenig aufgefrischt und versah die mit der Flut heranrollenden Wogen mit kleinen, weißen Schaumkronen, die im Sand des sanft ansteigenden Strandes langsam und leise glucksend versickerten, ehe die nächste Woge den Strand emporkletterte und das ganze Schauspiel von vorne begann.

„Wunderschön, nicht wahr?", fragte Sophie verträumt, aber Henrik war fest entschlossen, diese kostbaren Minuten des Alleinseins nicht ungenutzt verstreichen zu lassen oder mit Betrachtungen über die Schönheit der Natur zu verschwenden. Eine solche Gelegenheit, Sophie seine Gefühle zu offenbaren, würde er sicherlich so bald nicht wieder erhalten!

Er zog sie mit sich in den Schatten des leicht überhängenden Felsens und legte seine Hände auf ihre Schultern, während er sich ihr bis auf wenige Zentimeter näherte und seine intensiven grauen Augen sich tief in die ihren versenkten.

Das bekannte Flattern in Sophies Magengegend steigerte sich ins Unermessliche, und sie spürte, wie die Röte in ihre Wangen stieg. Dennoch wich sie unbehaglich einen Schritt zurück. „Ich ... ich denke, Henrik, wir sollten nicht –"

„Ich weiß", entgegnete er zärtlich, „es entspricht nicht der Abmachung deines Onkels mit meinen Eltern, dass wir einander näher kommen, Sophie, aber ich kann nicht anders! Ich fühle mich so unwahrscheinlich zu dir hingezogen, dass ich am liebsten unentwegt in deiner Nähe wäre! Ich glaube" – er schluckte einen unsichtbaren Kloß in seinem Hals hinunter und verstärkte den Druck seiner Hände auf ihren Schultern – „ich habe mich in dich verliebt, Sophie! Und zwar schon damals im Park, als wir uns das erste Mal begegnet sind. Du bist für mich das hübscheste, sanfteste, reizendste und anziehendste weibliche Wesen, das es nur geben kann – und ich hoffe und glaube, dass ich dir auch nicht ganz gleichgültig bin! Oder sollte ich mich da getäuscht haben?" Bittend, beinahe schon flehend sah er Sophie an.

Sie schüttelte stumm den Kopf. Henriks offene Worte übertrafen ihre kühnsten Träume und machten es ihr andererseits ganz und gar unmöglich, etwas zu entgegnen. Für die Gefühle, die sie in diesem Augenblick übermannten, gab es keine Worte, und selbst wenn es welche gegeben hätte, wären sie nicht vonnöten gewesen.

Henrik deutete ihre Sprachlosigkeit, ihre leuchtenden Augen und bebenden Hände in der richtigen Weise. Ohne seine Blicke von ihren Augen zu nehmen hob er ihre rechte Hand an seinen Mund, um diese kurz mit seinen Lippen zu berühren und dann fest gegen sein pochendes Herz zu drücken.

Ihr Atem stockte, während er, mit ihrer Hand an seinem Herzen, fortfuhr: „Ich wusste es, Sophie, und glaube mir, mit deiner Liebe machst du mich heute zum glücklichsten Mann im gesamten dänischen Königreich!"

Für einen Augenblick standen die beiden jungen Menschen regungslos, völlig ineinander und in ihre Gefühle füreinander versunken. Die Welt um sie herum hatte aufgehört zu existieren. Es gab nur noch sie beide – Henrik und Sophie, die mit dem unsichtbaren, aber festen Band ihrer Liebe miteinander verbunden waren.

Ein lauter Ruf beförderte sie jäh zurück in die Realität. „Sophie!"

Erschrocken entzog Sophie dem jungen Mann ihre Hand. „Onkel Johan!", murmelte sie. „Er darf uns keinesfalls so sehen!"

„Früher oder später wirst du deinem Onkel aber alles erzählen müssen!"

„Möglicherweise – aber nicht heute!“

Eilig setzte sie sich in Bewegung, um zum Rest der Gesellschaft zurückzukehren.

„Hast du Angst davor, dass er ärgerlich auf dich werden könnte?“

„Ein wenig, ja.“ In einer für sie völlig fremden Weise, die man bei jedem anderen als rebellisch bezeichnet hätte, zuckte sie die Schultern. „Aber im Grunde ist es vollkommen gleichgültig, was er von uns beiden hält, denn er ist weder mein richtiger Onkel noch mein Vormund oder dergleichen! Er hat mir eigentlich gar nichts zu sagen!“

Zwei Schritte hinter ihr blieb Henrik abrupt stehen. „Nicht dein Onkel, sagst du?“, echote er. „Was meinst du damit? Du sprichst doch stets von ihm als von Onkel Johan!“

„Richtig, ich nenne ihn so, weil er mich schon als Kind in sein Haus aufnahm und wie ein Vater oder Onkel für mich sorgte. Aber in Wahrheit sind wir nicht im Geringsten miteinander verwandt!“ Als Sophie registrierte, dass Henrik ihr nicht mehr folgte, wandte sie sich zu ihm um. Deutliche Bestürzung spiegelte sich auf seinen Zügen, sodass sie erklärend hinzufügte: „Ich bin ein Waisenkind ohne jegliche lebenden Verwandten, verstehst du? Ein andermal werde ich dir gerne meine ganze Geschichte erzählen – wie ich in Johan Kjeldsens Haus kam und all das, aber jetzt sollten wir besser zu den anderen zurückkehren, ehe sie Verdacht schöpfen!“ Damit eilte sie auf Mechthild, Herrn Sorenby und Onkel Johan, die mittlerweile aufeinandergetroffen waren und ihnen entgegenkamen, zu, ohne noch einmal zurückzublicken.

Es war ein sehr stiller, nachdenklicher Henrik, der da hinter ihr lief, wie Sophie sehr wohl spürte. Für den Rest dieses Nachmittags wollte sich keine rechte Unterhaltung mehr zwischen ihnen entwickeln.

Sie wünschte sehnlichst, ihre Worte über ihre Familienverhältnisse wieder zurücknehmen zu können, aber dafür war es nun zu spät. Zu gegebener Zeit hätte er ohnehin erfahren, dass sie nur eine mittellose Waise war. Und Henrik war schließlich kein Mann, für den solche Äußerlichkeiten eine Rolle spielten. Für ihn zählte, ebenso wie für sie, lediglich die Zuneigung und Liebe, die sie zueinander hegten! Sobald er den ersten Schreck über ihre Offenbarung überwunden haben würde und sie ihm ihre ganze Geschichte in Ruhe erzählen konnte, würde er ihr wieder genauso zuvorkommend und liebevoll begegnen wie bisher – dessen war Sophie sich vollkommen sicher.

Johan Kjeldsen starrte bekümmert auf die knapp formulierte, augenscheinlich in aller Eile niedergekritzelte Nachricht in seinen Händen. Als er diese Handschrift das letzte Mal gesehen hatte – auf kostbarem Büttenpapier statt auf einem minderwertigen Notizblatt –, hatte sie seiner Familie eine Einladung zu einer Teegesellschaft beschert, diesmal jedoch ...

Seufzend ließ er das Notizblatt sinken und richtete seine Blicke durch das Fenster seines Kontors nach draußen. Zwei Tage waren seit Sophies Geburtstagspicknick verstrichen und das Wetter hatte sich grundlegend gewandelt. Ein böiger Wind rüttelte an dem Fahnenmast vor der Werkstatthalle und wühlte das Wasser des Kanals, an dem seine Werft gelegen war, kräftig auf, während der Regen wie eine Sturzflut herniederprasselte.

Vermutlich würde die Nachricht, die er in seinen Händen hielt, bei seiner Familie oder doch zumindest bei Sophie eine vergleichbare Sturzflut auslösen. Falls er sich nicht allzu sehr täuschte, war aus ihrer anfänglichen Freundschaft mit Henrik nämlich bereits wesentlich mehr entstanden.

Die Art und Weise, wie Sophie während der regelmäßigen Besuche des jungen Sorenby aufgeblüht war, deutete ohne Zweifel auf eine erste, zarte Liebe hin, und obgleich er diese wegen ihrer Jugend nicht unbedingt gutheißen konnte, hatte er sie, mehr oder weniger aus Furcht, Sophie ihr neu gefundenes Selbstbewusstsein zu rauben, stillschweigend geduldet. Ein unverzeihlicher, folgenschwerer Fehler, wie sich nun herausstellte!

Verzweifelt raufte er sein schütteres Haar, als seine Augen erneut die kurz angebundenen Zeilen von Sorenbys Nachricht überflogen.

„Aufgrund unserer äußerst unterschiedlich gelagerten Einstellung im Blick auf die Schleswig-Holstein-Politik und einige weitere Angelegenheiten sehe ich mich gezwungen, den Kontakt unserer beiden Familien ein für alle Mal zu beenden. Meine Familie betrachtet es in der Tat als völlig unangemessen, freundschaftlichen Umgang mit einer Familie wie der Ihren zu pflegen, die ihre liberalen Ansichten über alle Werte unserer Gesellschaft und unseres Monarchen zu stellen bereit ist, indem sie unter anderem ihre revolutionären Ansichten öffentlich vertritt und zusätzlich nicht standesgemäße Personen wie Familienmitglieder in ihrem Hause beherbergt und …"

Es folgten noch einige weitere Belanglosigkeiten, doch der wahre Grund für diese Aufkündigung ihrer Beziehungen war trotz des kurzen Hinweises auf die gegensätzlichen politischen Ansichten, welche bei ihrem letzten Treffen diskutiert worden waren, für Johan ganz offensichtlich: Sophie.

Der ältere Sorenby hatte gehofft, in unmittelbarer Zukunft über seinen Sohn in eine alteingesessene, reiche Familie einzuheiraten, um auf diese Weise sein persönliches gesellschaftliches Ansehen und seinen Einfluss in der Stadt zu vermehren, und sah seine Hoffnungen durch das ehrliche Geständnis Sophies, sie sei ein mittelloses Waisenkind, plötzlich gescheitert; und der junge Sorenby besaß, sollte er überhaupt jemals etwas für sie empfunden haben, nicht den Mumm, sich seinem Vater zu widersetzen.

Der Gedanke, dass er jetzt nach Hause gehen und seiner Pflegetochter diese Nachricht überbringen musste, ließ Johan unwillkürlich erschaudern. Auch wenn ein Außenstehender wie dieser Sorenby das offenbar nicht nachvollziehen konnte – ihm war Sophie genauso wertvoll wie seine eigenen Kinder, und die Vorstellung, wie das empfindsame Mädchen unter dieser Zurückweisung leiden würde, erweckte sein tiefstes Mitgefühl. Mit bleischwerem Herzen machte er sich schließlich auf den Heimweg.

Hinter den halb zur Seite geschobenen Gardinen ihres Schlafzimmerfensters herrschte die triste Leere einer sternlosen, dunklen Novembernacht – dieselbe triste Leere, die sich während der letzten Stunden auch in Sophie selbst ausgebreitet hatte.

Seit Onkel Johan ihr am vorangegangenen Tag die schriftliche Botschaft von Henriks Vater überbracht hatte, war sie von den unterschiedlichsten Gefühlen heimgesucht worden. Ihre erste ungläubige Fassungslosigkeit war schnell der Hoffnung gewichen, dass sich alles nur um einen fatalen Irrtum von Herrn Sorenby handelte, der durch eine persönliche, ausführliche Unterhaltung mit Henrik aufgeklärt werden konnte. Henrik verehrte und liebte sie, und unter dieser Voraussetzung musste sich doch jedes noch so große Missverständnis, jeglicher Irrtum klären lassen!

Sie sandte ihm eine kurze Nachricht, in der sie ihn inständig um ein Gespräch bat, doch er lehnte jedes weitere Treffen mit ihr strikt ab.

Diese Zurückweisung, von Henriks eigener Hand geschrieben, war mehr, als sie ertragen konnte. Dass sein Verhalten, diese plötzliche Sinneswandlung, ihm wahrscheinlich von seinem Vater aufgezwungen worden war, spielte dabei nur eine untergeordnete Rolle: Sophie stürzte in bodenlose Verzweiflung.

Ihre aus tiefstem Herzen stammende Überzeugung, dass nichts sich jemals zwischen Henrik und sie stellen könnte, dass nichts und niemand in der Lage sei, ihre Liebe zueinander zu zerstören, war zusammengestürzt wie ein Kartenhaus. Die bloße Tatsache ihrer unstandesgemäßen, armseligen Herkunft hatte es offenbar vermocht, die Flamme der Liebe, die Henrik ihr noch vor wenigen Tagen mit glühenden Worten und Schmeicheleien beteuert hatte, mehr oder minder zum Erlöschen zu bringen. Wäre dies nicht der Fall, hätte er trotz seines Vaters Gebot Mittel und Wege gefunden, sie wiederzusehen!

Ihre Vergangenheit – für die sie selbst in keinster Weise verantwortlich zu machen war – hatte sie eingeholt und ihre Zukunft unwiederbringlich beeinflusst und zerstört.

Sophie weinte, bis sie keine Tränen mehr hatte und in ihrem Inneren nichts anderes mehr verspürte als diese ausufernde, alle Empfindungen und Gefühle in sich hineinsaugende Leere.

Sicherlich werde ich nie mehr in meinem Leben irgendetwas empfinden können, dachte sie. *Niemals mehr werde ich Freude spüren ... oder Schmerz ... oder Zuneigung. Ich werde niemals mehr jemanden gern haben oder gar lieben können!* Ihr künftiges Leben, das im Vergleich mit dem ihrer Mutter und mit ihrer eigenen Vergangenheit vor wenigen Tagen noch voll Licht und Verheißung vor ihr gelegen hatte, hatte plötzlich jeglichen Glanz verloren.

Trotz allem erhielt der Gedanke an ihre Mutter in der jetzigen Situation eine völlig neue Dimension. Obwohl

Eleonore Becker unvergleichlich größeres, tieferes Leid widerfahren war als ihr selbst, war sie daran nicht zerbrochen, sondern hatte ihr weiteres Schicksal und das ihrer Tochter Sophie in die Hände Gottes legen können.

Hastig griff Sophie nach dem Buch, zwischen dessen Seiten sie Eleonores Abschiedsbrief gesteckt hatte, nachdem sie ihn das letzte Mal gelesen hatte – die von Fräulein Grevenstein entliehene Bibel –, und öffnete diese an der entsprechenden Stelle. Als ihr Blick die Worte der aufgeschlagenen Bibelseite erfasste, hielt sie abrupt inne.

„Befiehl dem Herrn deinen Weg und vertraue auf ihn, so wird er handeln und wird deine Gerechtigkeit aufgehen lassen wie das Licht und dein Recht wie den Mittag. Sei still dem Herrn und harre auf ihn! ... Lass ab vom Zorn und lass den Grimm! Entrüste dich nicht! ... Denn die Übeltäter werden ausgerottet, aber die auf den Herrn hoffen, die werden das Land besitzen ...!"* Dieses Bibelwort, das sie ihres Wissens nie zuvor gelesen hatte ... es drückte fast dasselbe aus wie das Lied, das ihrer Mutter damals geholfen und das sie deshalb auch ihr als Vermächtnis ans Herz gelegt hatte.

Mit bebenden Fingern fuhr sie über die vergilbten Seiten mit den Worten ihrer Mutter, bis sie bei dem Liedtext angelangt war, und noch während sie die einzelnen Strophen von der ersten bis zur letzten laut vor sich hin sprach, durchdrangen diese die dumpfe Leere ihres Herzens. Lag in diesen Versen – in dem Vertrauen auf einen liebenden Gott, der nur die besten Absichten mit ihr hatte – der Schlüssel dafür, wie sie trotz des Leides der Vergangenheit und allen momentanen Kummers ein erfülltes, zufriedenes Leben führen konnte?! War dies das Geheimnis, das verborgene Vermächtnis ihrer Mutter?

---

* Psalm 37,5–7

Ein erster zarter Hoffnungsschimmer ging in der Sechzehnjährigen auf, während sie sich zum ersten Mal mit stockenden Worten im Gebet an Gott wandte.

Kapitel 16

Den vorlesungsfreien Sommer verbrachte Matthias zum Teil bei seinem Freund auf Gut Rixtorf und zum Teil zu Hause bei seiner eigenen Familie.

Zu seiner größten Freude war dieses zweite Zuhause, als welches er Gut Rixtorf bald bezeichnete, mit Pferd und Wagen nicht weiter als eine gute Wegstunde von seinem Heimatort Steinkirchen entfernt, sodass er tageweise zwischen seiner Familie und seinem Freund hin- und herpendeln konnte. Die beiden so unterschiedlichen jungen Männer verband bereits nach kurzer Zeit eine tiefere Freundschaft, als die bloße Zugehörigkeit zur selben Gesellschaftsschicht oder eine Ähnlichkeit der Charaktere jemals hervorbringen konnte. Nicht einmal Philipps Neckereien bezüglich Matthias' festen Gottvertrauens taten ihrer Freundschaft einen Abbruch. Im Gegenteil: Die immer wieder aufbrechenden Diskussionen verdeutlichten Matthias erst, wie viel Gott ihm tatsächlich bedeutete. Er konnte sich nicht vorstellen, wie Philipp einfach in den Tag hineinzuleben, ohne sich von Gottes Vaterliebe beschützt und getragen zu wissen.

Körperlich gestärkt und mit neuem Mut war er schließlich zu seinem zweiten Semester an die Christian-Albrecht-Universität zurückgekehrt. Er war fest entschlossen, diesmal alle Zweifel bezüglich der Richtigkeit seiner Berufswahl zu unterdrücken und sich mit ganzem Einsatz auf sein Studienfach zu konzentrieren: die Medizin. Doch sobald er in den Lehrsaal und zu seinen Büchern zurückgekehrt war, ertappte er sich dabei, wie seine Gedanken wieder in das frühere Muster verfielen. Es war ihm unmöglich, seinen Fokus auf die Erkenntnisse der Medizin und auf Methoden der Heilung des (vergänglichen) menschlichen Körpers zu richten, während ihm gleichzeitig die Frage nach der unvergänglichen Seele des Menschen viel heißer auf dem Herzen brannte.

Hinzu kamen die Erlebnisse des vergangenen Sommers, die zahllosen Diskussionen über seinen Glauben, die Versöhnung Philipps mit seinem Großvater und die Rolle, welche er in diesem Zusammenhang gespielt hatte: Ohne dass er etwas Heroisches oder auf irgendeine andere Art Außergewöhnliches getan hatte – indem er schlichtweg nur er selbst gewesen war –, hatte er zur Versöhnung dieser Familie und zur beginnenden Heilung ihrer Beziehungen beigetragen; und Philipps scherzhafte Bezeichnung „Seelendoktor" hatte ihn seither nicht mehr losgelassen.

Hinter diesem Wort steckte mehr, als er sagen konnte ... eine Bedeutung ... eine Ahnung, die er selbst noch nicht einordnen konnte und die ihn dennoch überallhin begleitete. Je stärker er versuchte, diese Gedanken zu ignorieren, desto vehementer überfielen sie ihn und lähmten seinen Willen, das Medizinstudium fortzusetzen. Aus reinem Pflichtgefühl – dem Gefühl, es seinem Vorsatz und hauptsächlich seinem Vater Dr. Julius Schwartz schuldig zu sein – schleppte er sich jeden Tag zu den Vorlesungen und später zurück auf sein Zimmer, um sich dort voller Widerwillen und Unlust über seine Bücher zu setzen. Nicht einmal die gelegentlichen Treffen mit seinem Freund Philipp, der mit Einwilligung des alten Grafen für ein weiteres Semester an die Christian-Albrecht-Universität zurückgekehrt war, brachten es fertig, seine gedrückte Stimmung ein wenig aufzumuntern. Matthias wurde zunehmend verschlossen und einsilbig, seine Briefe an die Eltern seltener und kürzer, da er nichts Positives über das Studium zu berichten hatte und die Dinge, die sein Innerstes bewegten, schlecht in Worte fassen konnte.

An einem Novemberabend, der die Stadt Kiel mit stürmischen Windböen und immer wiederkehrenden, sintflutartigen Regenschauern heimsuchte, kehrte Matthias erst spät vom Universitätsgelände nach Hause zurück. Einer der Dozenten, der sich Sorgen um die stetig abnehmenden Leistungen seines Studenten machte, hatte ihn zum Gespräch zurückbehalten, aber Matthias hatte diese Gelegenheit, sich alles von der Seele zu reden, ungenutzt verstreichen lassen.

Während er mit der linken Hand versuchte, den von einer unerwarteten Bö erfassten Regenschirm noch halbwegs über seinem Kopf zu halten, fischte er mit der rechten in seiner Manteltasche nach dem Schlüssel zum Haustor, als er plötzlich erschrocken zusammenfuhr.

Eine große, bis zum Kinn in einen dunklen Regenumhang gehüllte Gestalt mit tief in die Stirn gezogenem Hut löste sich aus der Nische neben dem Tor und trat ihm mit ausgestreckter Hand entgegen.

Unwillkürlich sprang Matthias einen Schritt zurück und hob einen schützenden Arm vors Gesicht. Seit dem Zwischenfall vor der Kneipe war er mit derart unvorhergesehenen Begegnungen bedeutend vorsichtiger geworden.

„Ein wenig herzlicher hätte ich mir diese Begrüßung aber schon ausgemalt!“, stellte die tiefe Stimme seines vermeintlichen Angreifers fest.

„Vater!“, entfuhr es Matthias heiser.

„Deine Mutter und ich machen uns Sorgen um dich, mein Junge!“, erklärte Julius, als die beiden in Matthias’ Zimmer Platz genommen hatten. „Deine Briefe in letzter Zeit ... nun, sie klangen ziemlich trübsinnig – fast schon deprimiert, würde ich sagen! Jedenfalls schien es Mutter und mir wichtig, persönlich nachzusehen, ob bei dir alles in Ordnung ist.“ Prüfend musterte er das Gesicht seines Sohnes, der daraufhin den Blick zu Boden senkte und sich in Schweigen hüllte.

Seine abweisende Haltung war Julius aus früheren Tagen nur allzu gut bekannt. Sie hatte stets auf ein schlechtes Gewissen hingedeutet. „Willst du mir nicht sagen, was dich bedrückt, Matthias? Selbst auf die Gefahr hin, dass ich jetzt klinge wie ein Vater, der mit seinem kleinen fünfjährigen Sohn spricht: Hast du irgendetwas angestellt? Gibt es irgendetwas, das du uns verschweigst?“

„Das ist es nicht, nein“, erwiderte Matthias zögernd. „Aber möglicherweise bin ich gerade im Begriff, etwas anzustellen!“ Es musste sichtlich kämpfen weiterzusprechen, doch schließlich platzte er heraus: „Ich werde ... ich breche mein Medizinstudium ab!“

Julius war wie vor den Kopf gestoßen. „Du willst abbrechen? Es war doch immer dein innigster Wunsch, Arzt zu werden …“

„Ja, Vater, es war. Aber die Dinge haben sich geändert – oder vielleicht bin ich es, der sich verändert hat ...“

Nachdem er diesen Entschluss, zu dem der innere Konflikt der vergangenen Monate ihn geführt hatte, erst einmal in Worte gefasst und laut ausgesprochen hatte, war es Matthias, als wäre in seinem Inneren ein Deich gebrochen, und so ergossen sich seine Gedanken und Gefühle jetzt in wahren Sturzfluten über seinen schweigend lauschenden Vater. „Verstehst du jetzt“, endete er nach mehreren Minuten, „dass ich unter diesen Bedingungen nicht mehr weitermachen kann? Meine Gefühle machen es mir schlicht unmöglich!“

„Ich glaube, ich verstehe, was du meinst, mein Sohn. Doch selbst wenn mich diese deine Entscheidung in gewisser Weise schmerzt, will mir nach allem, was du berichtet hast, scheinen, als hätte Gott einen anderen Weg für dich vorgesehen!“

„Einen anderen Weg vorgesehen? Was meinst du damit?“

„Ich meine, Gott möchte dich auf einen anderen Weg führen als den, welchen du bis jetzt eingeschlagen hattest! Er hat vielleicht etwas vollkommen anderes mit deinem Leben vor.“

„Aber was sollte das sein? Wie kann ich es erkennen?“

„Wenn wir mit dieser ehrlichen Frage im Gebet zu ihm kommen, dann findet Gott schon Möglichkeiten, uns seinen Weg zu zeigen. Du kennst doch das Lied, das ich bei solchen Gelegenheiten – wenn sie unsere Familie betrafen – immer zitierte: Befiehl du deine Wege und was dein Herze kränkt ... Dein ew'ge Treu und Gnade, o Vater, weiß und sieht, was gut sei oder schade dem sterblichen Geblüt; und was du dann erlesen, das treibst du starker Held, und bringst zum Stand und Wesen, was deinem Rat gefällt. Weg hast du allerwegen, an Mitteln fehlt's dir nicht ...“

Er hielt einen Moment inne. Dann fuhr er fort: „An einem der wichtigsten Scheidepunkte meines Lebens war es der Inhalt dieses Liedes, oder vielmehr die geistliche Wahrheit, die dahintersteckt, die mein geschätzter Freund und Ratgeber Pfarrer Menzinger mir vor Augen hielt und die mir entscheidend weiterhalf!“

„Ich weiß! Das war, als wir unser Haus in Neu-Ulm verloren und nach Holstein umsiedelten!“

„Richtig. Und wie Gott Mittel fand, mir seinen Weg zu weisen, so kann er es auch bei dir tun!“

Matthias nickte gedankenvoll. „Wenn ich es so betrachte, frage ich mich, ob er nicht bereits damit begonnen hat.“

„Wovon sprichst du?“

„Von meinem Erlebnis mit Philipp und dem alten Grafen von Rixtorf, von dem ich dir gerade eben berichtet habe. Es hat irgendetwas in mir ausgelöst – ein Verlangen, meinen Mitmenschen auf eine andere Art zu helfen, ihnen Versöhnung zu bringen, seelische, geistliche Heilung statt körperliche, weißt du?“

Julius' Schweigen dehnte sich ins Unendliche. Er dachte an Pfarrer Menzinger, der mit seinem ganzen Herzen und im wahrsten Sinne des Wortes „Seel-Sorger“ gewesen war und sich mit aller Kraft dafür eingesetzt hatte, Menschen auf den Schöpfer ihres Lebens hinzuweisen und sie mit ihm zu versöhnen. Sein Wunsch war es gewesen, dass Julius in seine Fußstapfen treten würde – konnte es sein, dass statt ihm nun sein Sohn von Gott dazu berufen wurde?

Seine Stimme klang belegt, als er schließlich erwiderte: „Ich bin sicher, Gott wird dich weiterhin in diese Richtung führen, falls er dich dazu gebrauchen möchte, Matthias!“

Der Herbststurm, der über Nacht drastisch zulegte und damit eine sofortige Heimfahrt vereitelte, ermöglichte es Matthias, seine Professoren und Kommilitonen über den Abbruch seines Studiums zu informieren und sich – nicht ohne leichte Wehmut – von ihnen zu verabschieden. Zwei Tage später, sobald der Sturm vorüber war, packte er seine spärlichen Habseligkeiten und machte sich gemeinsam mit seinem Vater auf den Heimweg.

Er kam gerade rechtzeitig nach Hause, um seine Mutter, deren Zustand sich seit Beginn seines Studiums sichtlich verschlechtert hatte, während ihrer letzten Lebensmonate zu begleiten.

An ihrem Krankenbett, in den durchwachten Nächten und den tiefen Gesprächen mit seiner Mutter, die viele Dinge bereits vom Licht der Ewigkeit her beurteilte, und nicht zuletzt durch ihre Gebete, fand er zu seinem inneren Frieden zurück. Er erkannte, dass Gott ihn mit seinem ganzen Leben in seine unmittelbare Nachfolge rief.

Charlotte Schwartz starb in der Gewissheit, dass ihr Erstgeborener von Gott dazu berufen war, ihm als Verkündiger seines Wortes und als Seelsorger zu dienen.

Teil 3

1831

Auf, auf, gib deinem Schmerze
und Sorgen gute Nacht!
Lass fahren, was das Herze
betrübt und traurig macht!
Bist du doch nicht Regente,
der alles führen soll!
Gott sitzt im Regimente
und führet alles wohl.

Ihn, ihn lass tun und walten,
er ist ein weiser Fürst
und wird sich so verhalten,
dass du dich wundern wirst,
wenn er, wie ihm gebühret,
mit wunderbarem Rat
die Sach' hinausgeführet,
die dich bekümmert hat.

Kapitel 17

Stolz glitten Johan Kjeldsens Blicke über die *SS Danmarks Styrke**, das erste in seiner Kopenhagener Werft gebaute und vor wenigen Tagen vom Stapel gelassene Dampfschiff. Die beiden mittschiffs angebrachten, hölzernen Schaufelräder mit ihrem Durchmesser von gut acht Metern, die zusätzlich vorhandene Besegelung und der hoch in den Himmel ragende Kamin waren nur die äußerlich sichtbaren Kennzeichen, welche für die beträchtliche Höchstgeschwindigkeit von nahezu acht Knoten verantwortlich waren, die Maschinerie selbst sowie die Berge von Kohle und die zahlreichen Heizer, Kohlentrimmer und der Maschinist, die für deren Befeuerung und Bedienung benötigt wurden, entzogen sich dem Auge des oberflächlichen Betrachters.

Seit jenem Tag im Jahr 1819, als der in einer englischen Werft gebaute Schaufelraddampfer Caledonia zum ersten Mal die Strecke Kopenhagen–Kiel zurückgelegt hatte, hatte Johan Kjeldsen davon geträumt, diese Strecke mit einem eigenen, in seiner Schiffwerkstatt gefertigten Dampfschiff zu befahren; aber um ein dampfgetriebenes Schiff zu bauen, bedurfte es einer Menge Fachwissen und Kenntnisse, die er und seine Konstrukteure damals nicht besessen hatten – von

* Dänemarks Stärke

den enormen Summen, die man in dieses Vorhaben investieren musste, einmal ganz abgesehen.

Doch nun, nach zwölf Jahren intensivster und nur auf dieses eine Ziel ausgerichteter Arbeit, war der Zeitpunkt gekommen und die *SS Danmarks Styrke* bereit zu ihrer Jungfernfahrt. Sämtliche Werftarbeiter, zahlreiche Hafenangestellte und Schaulustige hatten sich auf den Kais versammelt und erwarteten mit Spannung die Abfahrt des Schiffes. Unter ihnen befanden sich auch einige offizielle Abgesandte des Königshauses, die diesem Anlass – dem Auslaufen des ersten in Dänemark erbauten Dampfschiffes – mit ihren prächtigen Uniformen den gebührenden Glanz verliehen.* Lautstarker Beifall brandete auf, als der Werftbesitzer seinen Platz unmittelbar neben dem Kapitän einnahm und das Kommando zur Abfahrt ertönte.

Mit freudiger Erregung legte Johan seine Hände auf die Schultern seines Sohnes Frederik, der es sich in seiner grenzenlosen Begeisterung für die Seefahrt nicht nehmen lassen wollte, diese erste Fahrt des Dampfers ebenfalls mitzuerleben; und gemeinsam spürten Vater und Sohn, wie ein dumpfes Zittern und Beben den Schiffsrumpf durchlief, als die erforderliche Dampfmenge und somit der notwendige Druck in den Kesseln erreicht war und die *Danmarks Styrke* sich langsam und majestätisch in Bewegung setzte. Unter dem anhaltenden Jubel der versammelten Menschenmenge manövrierte sie vorsichtig durch den engen Kanal, bis sie schließlich die offene See erreichte. Hier ließ der Kapitän die Segel setzen, der Kamin spie Wolken von Dampf gegen den strahlend blauen Sommerhimmel, die mächtigen

* Anm.: Die Fahrt der Caledonia ist eine historische Tatsache, wogegen die Ereignisse rund um die Danmarks Styrke – ebenso wie die Existenz des Schiffes selbst – frei erfunden sind.

Schaufelräder gruben sich Blatt für Blatt in die Tiefe des grünlich-grauen Wassers und Wind und Dampfkraft schoben den breiten Schiffsrumpf unaufhaltsam vorwärts, seinem Ziel entgegen.

Der zehnjährige Frederik reckte dem Fahrtwind das Gesicht entgegen, schloss genießerisch die Augen und berauschte sich an der ungewohnten, immer noch zunehmenden Geschwindigkeit, während sein Vater ihn amüsiert beobachtete. Ehrlicherweise musste er jedoch zugeben, dass seine eigene Begeisterung der seines Sohnes in nichts nachstand ...

Wenngleich die Ankunft der *SS Danmarks Styrke* in Kiel weniger aufsehenerregend verlief als die Abfahrt in Kopenhagen, war sie – zumindest aus Sicht der Besatzung – von entscheidender Bedeutung. Der für die meisten noch ungewohnte Umgang mit der komplizierten Maschinerie hatte keine größeren Probleme verursacht, sondern alles war vollkommen reibungslos abgelaufen. Man hatte die Überfahrt sogar in neuer Rekordzeit bewältigt, und die Angehörigen der Kieler Niederlassung von *F &J Kjeldsen* empfingen die Besatzungsmitglieder mit einer triumphalen, ausufernden Feier dieses Streckenrekords.

Es war nicht weiter verwunderlich, dass einige der meist hart an ihrer Belastungsgrenze arbeitenden Seeleute bei dieser Gelegenheit etwas zu tief ins Glas blickten – und bei einem von ihnen zog dieses Verhalten fatale Folgen nach sich.

Georg Cocker hatte einst auf einem der ersten englischen Postdampfer als Kohlentrimmer angeheuert und sich dank seiner Unermüdlichkeit und Muskelkraft, mit der er unzählige Tonnen von Steinkohle aus den Kohlebunkern bis vor die Heizkessel geliefert hatte, rasch bis zur Position des Schiffsheizers emporgearbeitet. Auch hier zeichnete er sich durch Eifer und Gewissenhaftigkeit aus, wohl wissend, dass er mitverantwortlich war für das einwandfreie Funktionieren einer Maschine, die durchaus ihre Tücken haben konnte.

Als er jedoch nach dieser durchzechten Nacht an Bord des neuen dänischen Dampfers zurückkehrte, um seine Wache zu übernehmen und die Heizkessel auf das baldige Auslaufen vorzubereiten, konnte er kaum mehr klar denken. Ohne – wie es sonst seine Gewohnheit (und Pflicht) war – zuerst den Wasserstand in den mittlerweile ausgekühlten Flammrohren des ersten Kessels zu überprüfen, entfachte er das Feuer und begann, Schaufel um Schaufel an Kohle in den schier unersättlichen Schlund der Feuerbüchse zu befördern. Sechs Stunden später, zum Ende seiner Wache, brannte das Feuer in allen vier Kesseln in gewohnter Stärke, im Kesselraum herrschte die übliche Temperatur von etwa 30 Grad Celsius und Georg Cocker konnte die Verantwortung an den ihn ablösenden Heizer weitergeben. Schweißgebadet und völlig gerädert zog er sich in das Mannschaftslogis zurück, um endlich auszuruhen.

Während das Schiff Kurs auf seinen Heimathafen nahm, schlief er tief und fest. Erst als jemand ihn unsanft an den Schultern rüttelte, um ihn auf Befehl des Maschinisten in den Kesselraum zu schicken, erwachte er.

Mehrere Heizer und der Maschinist hatten sich vor dem ersten Kessel zusammengefunden und musterten diesen mit prüfenden, besorgten Blicken, doch ihre Frage, ob Georg während seiner Wache irgendetwas Besonderes daran aufgefallen war, konnte er nur mit einem Kopfschütteln beantworten. Er erinnerte sich selbst nur noch verschwommen daran, wie er an Bord zurückgekommen war und seine Wache im Zustand geistiger Benommenheit mehr schlecht als recht hinter sich gebracht hatte. Die Tatsache, dass die Außenhaut von Kessel Nummer eins in der Zwischenzeit ungewöhnlich heiß geworden war, obwohl man die

Kohlezufuhr bereits heruntergefahren hatte, konnte er sich ebenso wenig erklären wie jeder andere Anwesende.

Auf den Rat des Maschinisten hin erließ Kapitän Hansson schließlich den Befehl, die Fahrtgeschwindigkeit zu drosseln, um die Dampfmaschine keiner unnötigen Gefahr auszusetzen. Die Sicherheit des Schiffes und seiner Mannschaft schien ihm auf jeden Fall wichtiger zu sein als seine Schnelligkeit.

Doch der Wasserstand im Inneren des ersten Kessels, den Georg Cocker bei der üblichen Kontrolle vergessen hatte, war bereits zu tief gesunken, die Feuerbüchse durch die viel zu starke Hitze beschädigt: Als die *Danmarks Styrke* sich der dänischen Küste bis auf wenige Seemeilen genähert hatte, explodierte der Kessel.

Die Männer, die sich zu dieser Zeit im Kesselraum aufhielten, hatten nicht die geringste Möglichkeit, sich vor dieser plötzlich hereinbrechenden Katastrophe zu retten – sie waren auf der Stelle tot. Zudem riss die immense Druckwelle den gesamten Kessel aus seiner Verankerung und schleuderte ihn mit brachialer Gewalt quer durch den Raum und gegen die Bordwand des Schiffes. Exakt hinter dem Steuerbord-Schaufelrad durchbrach er den Schiffskörper. Während der Kessel, eine zischende weiße Dampfwolke hinter sich zurücklassend, in den Tiefen der Ostsee versank, blieb der Besatzung keine andere Wahl, als sich aus dem sinkenden Schiff ins Beiboot zu retten.

Schockiert und vollkommen sprachlos beobachteten die Seeleute, wie ihr stolzer Raddampfer durch den sekündlich weiter auseinanderklaffenden Riss in der Bordwand tonnenweise Wasser schluckte, bis er schließlich in zwei Teile zerbarst und in den Fluten versank: Die *SS Danmarks Styrke* war Geschichte.

Im Heck des Rettungsbootes, neben dem Kapitän, der schützend seine Arme um ihn gelegt hatte, kauerte Frederik und suchte mit seinen Blicken verzweifelt die Menge der Bootsinsassen nach der vertrauten Gestalt des Vaters ab. Blankes Entsetzen über das Geschehene stand in seinen Augen geschrieben, doch als ihm endlich dämmerte, dass sein Vater hier – unter den Geretteten – nicht zu finden war, wich alle Farbe aus seinen Wangen und seine Züge erstarrten. Er verbarg sein Gesicht in den Händen, doch keine einzige Träne löste sich aus den weit aufgerissenen blauen Augen.

Johan Kjeldsen hatte sich zum Zeitpunkt der Kesselexplosion im Maschinenraum befunden, um gemeinsam mit dem Maschinisten nach einer Lösung für das Problem des überhitzten Kessels zu suchen.

Während alle Insassen des Rettungsbootes – einschließlich Georg Cocker, der durch seine Nachlässigkeit den Wassermangel und damit das Unglück heraufbeschworen hatte – bereits wenige Stunden nach dem Unglück von einem anderen Schiff aufgenommen und unversehrt an Land gebracht wurden, gab es für ihn keine Rettung mehr. Frederiks Vater hatte in den Tiefen der Ostsee sein Grab gefunden.

Schweigen erfüllte das luxuriöse Palais am Kongens Nytorv, ein aus tiefstem Entsetzen geborenes, fassungsloses, drückendes Schweigen, wie es dem vollkommen unerwarteten Verlust eines geliebten Menschen zu folgen pflegt. Seit Frederik vor wenigen Tagen in Begleitung von Kapitän Hansson nach Hause zurückgekehrt war, hatte er kein Wort mehr von sich gegeben, und nachdem der Kapitän den Unglückshergang noch einmal geschildert und der Familie sein Beileid ausgesprochen hatte, legte sich dieses Schweigen über den gesamten Haushalt.

Luise Kjeldsen, die ihren Gatten von Herzen geliebt hatte, zog sich vollkommen in sich selbst zurück und verließ nur noch selten ihr Zimmer, Mechthild brach bei jeder Gelegenheit in Tränen aus und selbst die im Flüsterton geführten Unterhaltungen der Dienstboten drückten die stille Trauer um ihren Herrn aus.

Einzig Sophie bewahrte sich, bei allem Schmerz über den Verlust des Mannes, der im Laufe der Jahre zu einem echten Vater für sie geworden war, noch einen Rest von Zuversicht in ihrem Herzen. Ihre Erlebnisse mit Henrik Sorenby, die mittlerweile drei Jahre zurücklagen, hatten sie gelehrt, sich mit all ihrem Schmerz und Kummer an Gott zu wenden, statt ihn in stillem Leid oder gar mit Auflehnung zu ertragen.

Als der geliebte junge Mann sich damals so abrupt und aus einem derart selbstsüchtigen Motiv heraus von ihr getrennt und sie in größter Verzweiflung zurückgelassen hatte, hatte sie ein kleines Stückchen davon begriffen, was es hieß, trotz allen Leids und Kummers auf ihren himmlischen Vater zu vertrauen, der sie in seiner grenzenlosen Liebe den richtigen, den besten Lebensweg führen würde.

Das Lied – das Vermächtnis ihrer Mutter – hatte sich tief in ihren Sinn gegraben, während sie Tag für Tag neu ihren großen Kummer vor Gott hingelegt und damit praktiziert hatte, was in „ihrem“ Lied geschrieben stand: Auf, auf, gib deinem Schmerze, den Sorgen gute Nacht! Lass fahren, was das Herze betrübt und traurig macht! Bist du doch nicht Regente, der alles führen soll! Gott sitzt im Regimente und führet alles wohl!

Deshalb war sie auch in der jetzigen Situation – obwohl sie die Tatsache von Johan Kjeldsens plötzlichem und so sinnlosem Tod weder begreifen noch richtig einordnen konnte – im tiefsten Inneren überzeugt davon, dass Gott trotz allem noch die Fäden in der Hand hielt. Sie wünschte nur, sie hätte etwas von dieser stillen Zuversicht auch an die restlichen Hausbewohner weitergeben können. Vor allem an ihren „kleinen Bruder" Frederik, dessen vor dem Unglück meist kindlich-vergnügter Gesichtsausdruck nun einem gequälten Ausdruck mühsam unterdrückten Schmerzes gewichen war, der so gar nicht mehr zu einem Kind passen wollte. Es wirkte, als wäre er beinahe über Nacht zu einem verbitterten älteren Mann geworden.

Etwa eine Woche nach seiner Rückkehr ertappte Sophie ihn am späten Abend, als er eigentlich längst im Bett liegen sollte, dabei, wie er vor der Vitrine im Speisezimmer stand, hinter deren Glastüren das kleine Flaschenschiff aufbewahrt wurde, das sein Vater ihm vor Jahren von einer Reise mitgebracht hatte. Mit einem fast hasserfüllten Blick starrte er minutenlang auf das kleine Kunstwerk, das ihn früher so fasziniert hatte, während Sophie, deren Anwesenheit er gar nicht zu bemerken schien, ihn von der Seite beobachtete.

Plötzlich kam wieder Leben in die kleine Gestalt: Ruckartig öffnete Frederik die verglasten Türen der Vitrine und griff mit beiden Händen nach dem Flaschenschiff. Einen Moment lang hielt er es dicht vor seine Augen, dann hob er es über seinen Kopf und schleuderte es mit aller Kraft zu Boden, wo es in tausend Scherben zersplitterte. „Ich hasse dich!", rief er dabei. „Ich hasse dich, hasse dich, hasse dich!" Voller Wut stampfte er mit den Absätzen seiner Stiefel auf den Scherbenhaufen, womit er die noch vorhandenen Reste des Miniatursegelschiffes vollends zermalmte.

Sophie hielt erschrocken den Atem an. Alles Mögliche hatte sie hinter der versteinerten Maske von Frederiks Gesicht und seinem beharrlichen Schweigen vermutet, aber niemals solch einen Zorn. Vorsichtig trat sie näher und legte von hinten eine Hand auf Frederiks Schultern, um sich bemerkbar zu machen.

Er fuhr herum wie ein Wirbelwind, und der Blick, mit dem er Sophie bedachte, erinnerte sie unwillkürlich an ein gehetztes und in die Falle gegangenes Wild. Mitfühlend nahm sie den bebenden Körper des Jungen in ihre Arme und wiegte ihn sanft hin und her. „Ist ja gut!", flüsterte sie immer wieder, bis Frederik sich endlich entspannte und in haltloses Schluchzen ausbrach.

„Ich hasse Schiffe – jedes einzelne von ihnen!", murmelte er noch einmal, während er seinen Kopf an Sophies tröstender Schulter barg. „Sein Leben lang hat Vater Schiffe gebaut – und alles nur, damit er am Ende von einem von ihnen getötet wird!" Seine übrigen Worte wurden von erneutem Schluchzen übertönt, das jedoch immer leiser wurde, bis es schlussendlich ganz verebbte. Verlegen, als ob er sich für seinen Ausbruch schämte, löste er sich aus Sophies Armen und wischte mit dem Hemdsärmel die restlichen Tränen aus seinem verweinten Gesicht.

Als Frederik die junge Frau ansah, ähnelte er viel eher einem trauernden kleinen Jungen als noch vor wenigen Minuten. Das Miniaturschiff hatte ihm ein Ventil geboten, durch das sein aufgestauter Zorn über das geschehene Unheil entweichen konnte, und Sophies offene Arme waren ihm eine Zufluchtsstätte gewesen, in der er seinem Schmerz freien Lauf lassen konnte.

Obwohl er noch immer diese dumpfe Leere spürte, wo vorher sein Herz voll Bewunderung und Liebe für den Vater geschlagen hatte, fühlte er sich nun entschieden besser. Er schenkte Sophie ein zaghaftes Lächeln.

Sie erwiderte es. „Wie wäre es", schlug sie vor, „wenn wir die Köchin noch um einen kleinen nächtlichen Imbiss zur Aufmunterung bitten?"

Frederik nickte zustimmend und folgte Sophie in Richtung der Küche.

„Wie Sie meinen bisherigen Ausführungen wohl bereits selbst entnommen haben, Frau Kjeldsen", schloss Johan Kjeldsens Rechtsanwalt gewichtig, „ist von dem einstigen Vermögen Ihres Gatten nicht mehr viel übrig!"

Luise Kjeldsen nahm diese Worte ohne irgendeine sichtbare Gefühlsregung zur Kenntnis. Die zarte weibliche Gestalt in dem schwarzseidenen Trauergewand wirkte alt und verhärmt und ihre Augen waren weit in die Ferne gerichtet – es schien, als blickte sie durch diesen Mann, der in der Bibliothek hinter dem Schreibtisch ihres Mannes Platz genommen hatte, um der Witwe ihre gegenwärtige finanzielle Situation klarzumachen, schlicht hindurch.

Nachdem der Anwalt sich noch einmal nachdrücklich geräuspert hatte, sah er Luise eindringlich an in der Hoffnung, endlich ihre ungeteilte Aufmerksamkeit zu erlangen, doch seine Mühe blieb vergeblich: Luise ließ in keinster Weise erkennen, ob sie überhaupt zuhörte.

Resigniert wandte der Jurist sich an ihre Pflegetochter Sophie, die auf Luises ausdrücklichen Wunsch hin an diesem Gespräch teilnahm. Diese war seinen Worten bislang aufmerksam gefolgt, sodass er den Eindruck hatte, sie verstünde trotz ihrer Jugend den Ernst der prekären Situation besser als ihre Pflegemutter, die sich in ihrer Trauer offensichtlich vollkommen von ihrer Umwelt abgekapselt hatte.

„So leid es mir tut, gnädiges Fräulein – und Sie müssen mir glauben, dass es sich in der Tat so verhält, denn ich habe Ihren Pflegevater sehr geschätzt –, ich fürchte, der Familie Kjeldsen bleibt nicht sehr viel mehr Geld, als zum täglichen Leben nötig sein wird. In dem verunglückten Dampfschiff steckten nämlich nicht nur sämtliche Geldreserven der beiden Werften, sondern auch Johans gesamtes Privatvermögen. Er hoffte, mit dem Schiff in wenigen Jahren alle Ausgaben wieder hereinzuholen, aber nun, da seine Pläne vereitelt wurden ...! Im Grunde genommen kann Frau

Kjeldsen noch von Glück reden, dass ihr Gatte nicht auch dieses wunderschöne Haus hier belastet hat!" Mit einer vielsagenden Geste deutete er auf die kostspielige Einrichtung der Bibliothek.

„Das ... das Haus wird uns also bleiben?", stammelte Sophie. Der Schock über die neuerlich schlechten Nachrichten saß ihr in allen Gliedern, sodass sie sich kaum zu sprechen imstande fühlte.

„Rein rechtlich gesehen, ja. Aber ...!"

Der Rechtsanwalt zögerte fortzufahren, aber Sophie drängte: „Bitte schenken Sie uns reinen Wein ein, Herr Rechtsanwalt! Wir müssen wissen, woran wir sind!"

„Nun gut! Ich vermute, die Einkünfte, welche Frau Kjeldsen in nächster Zeit – also bis zur Volljährigkeit des Erben, ihres Sohnes Frederik – aus der Werft beziehen kann, werden geringer sein als zu Lebzeiten ihres Mannes, und deshalb möglicherweise ..." – erneut suchte er nach den richtigen Worten – „möglicherweise nicht ausreichen, um dieses große Haus in der gewohnten Weise und mit all seinen Bediensteten weiterhin zu unterhalten!"

„Und wenn Frau Kjeldsen nun einige Bedienstete entließe?" Flehend blickte Sophie den älteren Herrn an.

„Das wird vermutlich nicht ausreichen, Fräulein Sophie!", gab er mitfühlend zurück.

Mit einem hilflosen Seitenblick auf Luise, welche nach wie vor eine völlig unbeteiligte Miene trug, sank Sophie wie ein Häufchen Elend in sich zusammen. Ihre Familie hatte nicht nur den Gatten, Vater und Ernährer verloren, sondern stand im Begriff, auch noch ihr Zuhause verlassen zu müssen; und falls ihre Pflegemutter weiterhin in ihrem gegenwärtigen Zustand völliger Gleichgültigkeit verharrte, ruhte die ganze Last der Verantwortung für eine äußerst ungewisse Zukunft auf ihren Schultern. Schließlich konnte und wollte sie nicht tatenlos zusehen, wie die Familie alles verlor, was ihr lieb und teuer war. Doch wie sollte ausgerechnet sie – eine schüchterne, gerade einmal neunzehn Jahre zählende junge Frau ohne den Beistand eines anderen Erwachsenen – mit dieser Situation zurechtkommen?

Von Kummer und Sorge überwältigt schloss sie die Augen, um gleich hier an Ort und Stelle zu beten.

Nach reiflicher Überlegung beschloss Sophie, sich in dieser verzweifelten Lage an Luise Kjeldsens Vater zu wenden und ihn um Unterstützung zu bitten. Ob diese nun finanzieller oder anderer Art sein würde, war für sie zweitrangig, solange sie nur eine zweite (und hoffentlich erfahrenere) Person fand, mit der sie die Last der Verantwortung teilen konnte.

Sie selbst kannte den alten Grafen von Rixtorf nicht wirklich, denn während der vergangenen Jahre, als sein Gesundheitszustand lange Reisen nicht mehr zuließ, war er nur höchst selten in Kopenhagen zu Besuch gewesen, und Johan Kjeldsens chronischer Zeitmangel hatte es nicht zugelassen, dass er mit seiner Familie zu den Angehörigen nach Holstein reiste. Sophies Erinnerungen an ihn beschränkten sich deshalb auf das Bild eines arroganten, eigenwilligen und recht griesgrämigen alten Mannes, der im Umgang mit seinen kleinen Enkeln niemals viel Geduld bewiesen hatte, aber sie war überzeugt davon, dass er seiner Tochter unter die Arme greifen würde, sobald er von deren pekuniärem Notstand erfuhr.

Mehrere Male versuchte sie, ihre Pflegemutter selbst dazu zu bewegen, ihren Vater über den Stand der Dinge in Kenntnis zu setzen, stieß dabei jedoch auf taube Ohren. In ihrem großen Kummer schien Luise noch immer außerstande, irgendeinen klaren Gedanken zu fassen, und wenn Sophie sich nicht gründlich irrte, hatte sie Graf Gerhard nicht einmal vom Tod ihres Gatten unterrichtet. Letztlich blieb ihr keine andere Wahl, als selbst die Initiative zu ergreifen.

Sie vertraute Mechthild den Inhalt ihrer Unterredung mit dem Nachlassverwalter an und gemeinsam verfassten sie einen Brief an Graf Gerhard Leopold von Rixtorf, in dem sie zunächst das Schiffsunglück schilderten und dann mit einigen wohlbedachten Worten andeuteten, in welche Verlegenheit der Tod des Vaters sie gebracht hatte.

Sophie brachte den Brief eigenhändig zum Postamt, um ihn, begleitet von ihren innigen Gebeten um Hilfe, auf den Weg nach Gut Rixtorf zu schicken.

Kapitel 18

„Gnädiges Fräulein?"

Leicht unwillig über die Störung legte Sophie die Bücher beiseite und blickte den Hausdiener an. Sie war eben im Begriff, mit Frederiks Unterricht zu beginnen, den sie, um die Kosten für einen Privatlehrer zu sparen, vor Kurzem selbst übernommen hatte.

Acht Wochen waren seit dem Tod des Vaters vergangen, das bedeutete gleichzeitig sechs Wochen seit dem Abschicken des Briefes an Graf Gerhard von Rixtorf, und da bisher keinerlei Hilfe oder Antwort auf diesen Brief eingegangen war, sah Sophie sich gezwungen, in dem üppigen Haushalt einige Einsparungen vorzunehmen, unter anderem eben die Entlassung von Frederiks Privatlehrer.

Die Mehrheit der Hausangestellten hatte sich mittlerweile daran gewöhnt, dass Sophie mehr und mehr die Pflichten und Aufgaben der Hausherrin übernahm, da ihre eigentliche Herrin nur äußerst selten am alltäglichen Geschehen teilnahm und ansonsten nicht gestört werden durfte, und wandten sich deshalb mit allen anliegenden Entscheidungen an Sophie.

„Unten im Empfangszimmer wartet ein Besucher auf Sie, Fräulein Sophie!", fuhr der Butler fort. „Der Herr spricht Deutsch, und da ich ihn leider kaum verstehen konnte, dachte ich, es wäre besser, Sie von seinem Besuch zu verständigen."

Während Sophie die Treppen hinunter ins Empfangszimmer eilte, begann ihr Herz rascher zu schlagen. Bedeutete dieser Besuch, dass nun endlich die lang ersehnte Hilfe aus Deutschland eintreffen würde?

Erwartungsvoll und erheblich stürmischer, als es sonst ihre Art war, öffnete sie die Tür, um gleich darauf erschrocken innezuhalten. Entgegen aller Wahrscheinlichkeit hatte sie gehofft, Graf Gerhard persönlich hier vorzufinden, doch bei dem Mann, der ihr gegenüberstand, konnte es sich unmöglich um Mechthilds Großvater handeln.

Er trug einen ausgesprochen modern geschnittenen dunklen Anzug, der lange, zweireihige Mantel hing lose über seinem Arm und den hohen Zylinder hielt er in seinen bloßen Händen (woraus Sophie schloss, dass der Butler es versäumt hatte, ihm seine Garderobe abzunehmen), und vor allem war er sichtlich jünger, als ein Großvater es sein dürfte. Bestenfalls fünf Jahre älter als sie selbst, schätzte Sophie, ehe sie befangen die Augen senkte und sich anschickte, den Besucher förmlich zu begrüßen und nach dem Anlass seines Kommens zu fragen.

Nachdem der junge Mann, der neben einem der großen Flügelfenster stand und die Passanten auf dem Kongens Nytorv beobachtete, sich bei ihrem Eintreten umgewandt hatte, hielt er plötzlich mitten in der Bewegung inne. Sophies Anblick schien ihn in gleicher Weise zu verwirren wie sie der seine.

Nur zögernd erwiderte er ihren Gruß und fuhr fort: „Mein Name ist Philipp von Rixtorf, gnädiges Fräulein. Ich hoffte eigentlich, in diesem Hause meine Tante, Frau Luise Kjeldsen, anzutreffen, aber – verzeihen Sie bitte, wenn ich das in so unverblümter Weise äußere – ich glaube kaum, dass Sie die Gesuchte sind!“ Sein Blick glitt über die anmutige jugendliche Gestalt in dem schlichten grauen Kleid, das Sophie während der Unterrichtsstunden mit Frederik zu tragen pflegte, bis hinauf zu ihrem zarten Gesicht und dem hochgesteckten, glänzend braunen Haar. Als sie ihre verlegen niedergeschlagenen Augenlider wieder hob, erhaschte er einen kurzen Blick in ein Paar sanfte, tiefbraune Augen, in denen, wenn man genauer hinsah, einige bernsteinfarbene Lichtreflexe spielten.

Unsicher zupfte Sophie eine nicht vorhandene Fluse aus dem weichen Musselin ihres Kleides, während sie überlegte, wie sie diesem jungen Mann begegnen sollte. Wenngleich sie seit dem Fortgang der deutschen Erzieherin vor etwa zwei Jahren kaum mehr Deutsch gesprochen und deshalb etwas Mühe gehabt hatte, jedes einzelne seiner Worte zu verstehen, hatte sie doch begriffen, dass es sich bei ihm um Luise Kjeldsens Neffen, den Sohn ihrer älteren Schwägerin und somit vermutlich um einen Abgesandten des alten Grafen handeln musste.

„Nein!“, stammelte sie schließlich, wobei sie jedes ihrer Worte äußerst sorgsam wählte, um sich mit ihren lange brachgelegenen deutschen Sprachkenntnissen nicht zu blamieren, „die bin ich wahrhaftig nicht, Herr, äh, Graf von Rixtorf. Ihre Tante fühlt sich derzeit nicht besonders wohl, deshalb vertrete ich sie gewissermaßen! Ich bin –“

„Aber natürlich!“, unterbrach Philipp sie impulsiv. „Jetzt endlich fällt bei mir der Groschen! Sie sind eine der Verfasserinnen des Briefes, dessentwegen mein Großvater mich hierher sandte. Sie sind – warten Sie einen Moment, es fällt mir gleich wieder ein – entweder meine Base Mechthild oder aber Sophie, meine ‚Sozusagen-Base‘, da Sie ‚sozusagen‘ auch eine Tochter der Familie sind!“

„Ja, ich bin Sophie!“, entgegnete sie einsilbig.

Philipp strich mit einer schwungvollen Handbewegung eine lange Strähne seines hellbraunen Haares, das ihm vorwitzig in die Stirn fiel, beiseite und ergriff ihre Hand. „Ich freue mich ungemein, dich kennenzulernen, Sophie – ich darf dich doch so nennen, da wir quasi miteinander verwandt sind?!"

Seine spontane Herzlichkeit überwältigte Sophie. Vielleicht war es auch das heitere Aufblitzen seiner grünen Augen oder die Art, wie er seine Haare aus der Stirn strich (genau wie Henrik es stets getan hatte), jedenfalls spürte sie, wie ihre Knie weich wurden, während seine kräftigen Finger sich erstaunlich sanft um ihre Hand schlossen.

Reglos, stumm stand sie da und nickte, bis Philipp ihre Hand, nicht aber ihren Blick, wieder losließ, da er sich offenbar auf den ernsten Anlass seines Besuches besann.

„Ich bin gekommen, um der Familie Kjeldsen meines Großvaters und selbstverständlich auch mein und meiner Mutter tiefstes Beileid auszusprechen über den Verlust, der euch getroffen hat. Großvater selbst war es aus gesundheitlichen Gründen leider nicht möglich, sich auf die lange Reise nach Kopenhagen zu machen, deshalb sandte er mich, um euch unsere Hilfe in dieser notvollen Situation anzubieten."

„Das ist wirklich sehr gütig von Graf Rixtorf!"

Philipp nickte. „Er machte sich große Sorgen um seine Tochter, nachdem sämtliche holsteinischen Zeitungen über das Unglück, das die Kjeldsen Werft betraf, berichteten und er keinerlei Nachrichten von ihr erhielt. Als dein Brief dann eintraf, war er beinahe erleichtert, endlich Gewissheit zu haben und etwas tun zu können, um ihr zu helfen; und er lässt Mechthild und dir seinen herzlichsten Dank dafür ausrichten!"

„Es war das Naheliegendste, ihn zu benachrichtigen, nachdem Tante Luise – Ihre Tante, meine ich ..." Sie zuckte hilflos die Schultern, ohne diesen Satz zu vollenden.

„Ich verstehe. Geht es ihr denn jetzt etwas besser?", erkundigte er sich teilnahmsvoll, woraufhin sie abermals ratlos die Schultern hob.

„Denkst du, ich könnte sie eventuell einmal persönlich sprechen, oder würde sie das zu sehr mitnehmen?"

In Anbetracht der ehrlichen Besorgnis in seiner Stimme gelang es Sophie, ihre Zurückhaltung gegenüber dem sympathischen Fremden beiseitezuschieben und zum ersten Mal offen seinen Blick zu erwidern. „Ich weiß es wirklich nicht, Graf von Rixtorf", entgegnete sie freimütig. „Aber da Sie schon einmal die weite Reise gemacht haben, sollten wir es auf einen Versuch ankommen lassen, meine ich. Vielleicht ... vielleicht gibt ihr das Gespräch mit Ihnen wieder etwas neuen Lebensmut!"

„Ich denke, exakt dies wäre auch im Sinne meines Großvaters!"

„Gut!", entschied Sophie. „Dann wollen wir keine Zeit mehr verlieren. Ich werde sie unverzüglich aufsuchen, um sie auf Ihren Besuch vorzubereiten, falls es Ihnen nichts ausmacht, in der Zwischenzeit hier zu warten. Später, nachdem Sie sich in aller Ruhe mit ihr unterhalten und alles Notwendige besprochen haben, werden Sie dann auch die Gelegenheit haben, Mechthild und Frederik kennenzulernen!"

„Einverstanden!", erklärte Philipp. „Allerdings muss ich dich vorher noch auf etwas Wesentliches hinweisen."

Auf halbem Weg zur Tür hielt Sophie inne und fragte verwirrt: „Und das wäre?"

„Wenn ich dich schon Sophie nennen darf, könntest du mir doch den Gefallen tun und mich schlicht und einfach Philipp nennen statt ‚Graf von Rixtorf'. Sobald nämlich jemand diesen Namen ausspricht, sehe ich mich ganz automatisch nach meinem Großvater um, musst du wissen!" Mit einem verschmitzten Grinsen imitierte er den Ausdruck echter Verzweiflung und blickte über seine Schulter zurück, als ob sich tatsächlich jemand hinter ihm befände.

Ein Lächeln legte sich auf ihr Gesicht, während sie zustimmend nickte, die Tür hinter sich verschloss und sich in den ersten Stock zu Luises Räumen begab.

Sie fühlte sich so leicht und unbeschwert wie seit Langem nicht mehr. Die Ankunft des jungen Grafen, seine Heiterkeit und das Versprechen auf konkrete Hilfe, das er mit sich brachte, hatten ihr einen guten Teil der schweren Sorgenlast, die wochenlang auf ihren Schultern geruht hatte, abgenommen. Und genau dies war auch der Grund für ihre vor Aufregung geröteten Wangen und das angedeutete Lächeln, das seither nicht mehr von ihren Lippen weichen wollte, sagte sich Sophie. Mit Philipps Person, dem hellen Haar, das ihm stets in das gebräunte Gesicht fiel, dem schelmischen Funkeln seiner Augen und seinen einnehmenden Umgangsformen hatte es nicht das Geringste zu tun.

Mit einem Seufzer der Erleichterung ließ Philipp sich in den Sessel am Fenster fallen, nachdem ein Hausmädchen ihn auf eines der luxuriösen Gastzimmer des Hauses am Kongens Nytorv gebracht hatte.

Dieser Tag war weit besser und angenehmer verlaufen, als er erwartet hatte. Wenn er es recht bedachte, ließ sich das sogar von der ganzen Reise sagen, die er auf Geheiß seines Großvaters, allerdings zunächst nur widerwillig, angetreten hatte.

Als die Nachrichten von der Kesselexplosion und dem Untergang des Raddampfers *Danmarks Styrke* vor einigen Wochen in Form von Zeitungsartikeln Gut Rixtorf erreichten, war er eben von einer Reise nach England zurückgekehrt, im Gepäck einen neuen Zuchthengst, ein edles englisches Vollblut, mit dessen Hilfe er seine Pferdezucht auf einen höheren Standard zu bringen gedachte. Von einem solchen Pferd hatte er geträumt, seit er vor zwei

Jahren die Leitung des Gutes übernommen und sich zum Ziel gesetzt hatte, neben der ertragreichen Landwirtschaft einen Zuchtstamm von rassigen, schnellen Vollblütern aufzubauen, und es behagte ihm nicht im Geringsten, jetzt, da das edle Tier endlich in seinem Stall stand, von seinem Vorhaben abgelenkt zu werden. Zumal er diese Verwandten aus Dänemark, die offensichtlich von dem Schiffsunglück betroffen waren, bislang nur vom Hörensagen kannte, ohne ihnen jemals begegnet zu sein.

Nachdem er jedoch spürte, wie sehr der Gedanke an seine Tochter Luise den betagten Grafen beunruhigte, und jener Brief eingetroffen war, der Johan Kjeldsens Tod bestätigte und gewissermaßen einen Hilferuf der beiden jungen Damen enthielt, gab er dem Drängen des Großvaters nach und erklärte sich dazu bereit, nach Kopenhagen zu reisen. Graf Gerhard Leopold hatte ihm nebst einem vertraulichen Brief an seine Tochter genaueste Anweisungen mit auf den Weg gegeben für den Fall, dass sich die Familie Kjeldsen tatsächlich (wie in Sophies Brief angedeutet) in finanzieller Not befand.

Und genau diese Anweisungen waren es gewesen, die ihm während der Reise am meisten Kopfzerbrechen bereitet hatten. Er konnte sich nicht vorstellen, dass es ihm gelingen würde, seine Tante, die sich seit dem Unglück anscheinend vollkommen aus dem Leben zurückgezogen hatte, zu einem Umzug nach Holstein zu bewegen, so wie Großvater sich das vorstellte. Durch diesen Umzug würde sie, gemäß der Argumentation ihres Vaters, sämtliche Kosten für ihre eigene Haushaltsführung einsparen und wäre später eventuell in der Lage, mit dem Ersparten ihren Kindern ein angemessenes, komfortables Leben zu ermöglichen.

Dem herrischen, befehlsgewohnten Grafen wäre es sicher auch mit Leichtigkeit gelungen, den im großen Stil geführten Haushalt mit den zahlreichen Dienstboten aufzulösen oder zumindest so lange stillzulegen, bis Frederik alt genug und in der Lage wäre, sein Erbe anzutreten, und eine ganze Familie davon zu überzeugen, dass es in ihrem eigenen finanziellen Interesse das Beste für sie sei, ihre bisherige Heimat aufzugeben um in einem (für alle außer Luise selbst) unbekannten Land unter großteils unbekannten Menschen zu leben. Aber er war nun einmal nicht wie Großvater. Es widerstrebte ihm zutiefst, andern Menschen seinen Willen aufzuzwingen, solange sie nicht selbst von der Notwendigkeit des Vorhabens überzeugt waren ...

Diese und ähnlich geartete Gedanken hatten ihn unterwegs nur selten zur Ruhe kommen lassen, doch seit er seine Schritte in dieses Haus gesetzt hatte und Sophie begegnet war, war ihm wesentlich leichter ums Herz.

Die schlichte äußere Erscheinung und etwas scheue, zurückhaltende Art seiner „Sozusagen-Base", wie er selbst sie bezeichnet hatte, entsprach ganz und gar nicht dem aufgeputzten, oberflächlichen Typus von Frau, die er aus seinem gesellschaftlichen Umfeld gewohnt war, dennoch hatte er einen ausgesprochen positiven Eindruck von ihr gewonnen – der nicht ausschließlich auf ihre wunderschönen Augen zurückzuführen war.

Spätestens bei seiner Unterredung mit Tante Luise hatte er festgestellt, dass sie mit dem ihr eigenen, sanften Wesen einen erheblichen Einfluss auf seine Tante ausübte. Nicht nur, dass diese darauf bestanden hatte, Sophie während des Gespräches mit ihrem Neffen an ihrer Seite zu haben, sie hatte genau registriert, wie gelassen und einsichtig ihre Pflegetochter auf den Vorschlag des Grafen, nach Gut Rixtorf in Holstein umzusiedeln, reagiert hatte; und obwohl sie selbst sich noch nicht dazu geäußert hatte, war Philipp sicher, dass er sie mit Sophies Hilfe von der Richtigkeit dieser Entscheidung überzeugen konnte.

Was den Rest der Familie, also Mechthild und Frederik, anbetraf, schien der Fall ähnlich gelagert zu sein, wie er während des Abendessens festgestellt hatte. Seine bildhübsche siebzehnjährige Cousine Mechthild trug ganz offensichtlich ihr Herz auf der Zunge, weshalb sie ihm sehr viel unbefangener und wesentlich wortgewandter entgegentrat als Sophie, richtete sich aber dennoch in ihrem Verhalten nach demjenigen ihrer älteren Pflegeschwester; Frederik wiederum hing in einer für einen Zehnjährigen nicht unbedingt charakteristischen Weise an ihr.

Selbst wenn diese Anhänglichkeit ihren Ursprung in den hinter ihm liegenden schockierenden Ereignissen und der Verschlossenheit seiner Mutter hatte und sich mit der Zeit wieder legen würde, momentan würde der Junge wohl überall dorthin gehen, wo Sophie hinging.

Entspannt lehnte Philipp sich in seinem Sessel zurück. Solange Sophie ihre bisherige sachlich-nüchterne Haltung gegenüber den Plänen des Großvaters beibehielt und keine Einwände mehr vorbrachte, konnte diesen Plänen eigentlich gar nichts anderes als Erfolg beschieden sein.

Die Vorstellung, wie Sophie und er gemeinsam alle praktischen Angelegenheiten regeln und die Familie Kjeldsen nach Gut Rixtorf bringen würden, entlockte ihm unwillkürlich ein Lächeln.

Wehen Herzens suchte Sophie mit ihrem Blick den Horizont ab, um noch einen letzten Blick auf die Insel zu erhaschen, die während der letzten vierzehn Jahre ihre Heimat gewesen war, doch es handelte sich um eine unabänderliche Tatsache: *Sjaelland**, Kopenhagen, das Palais am Kongens

* Seeland

Nytorv, ihr nahezu ganzes bisheriges Leben waren ihren Blicken endgültig entschwunden. Sie gehörten nunmehr der Vergangenheit an.

Sie selbst hingegen befand sich mit Luise Kjeldsen und ihren beiden Kindern auf dem Weg in die Zukunft, die für sie irgendwo auf einem großen Gut in Holstein lag.

Das Wasser des Öresund war ziemlich aufgewühlt, die schaumgekrönten Wogen türmten sich hoch auf und würden sich laut Philipps Aussage erst ein wenig beruhigen, wenn der Segler seinen Kurs auf Südwest, Richtung Kiel, ändern würde, außerdem wehte hier oben an Deck ein beträchtlicher Wind. Doch keiner dieser Umstände vermochte Sophie von ihrem stillen Abschied von Dänemark abzuhalten.

An ihrer rechten Seite befand sich eine ausnahmsweise schweigende Mechthild und Frederik drückte sich verängstigt gegen ihre linke Körperseite, während Philipp versuchte, ihn mit ungezählten unverfänglichen Bemerkungen über die Seefahrt und Schiffe im Allgemeinen von seinen Ängsten abzulenken. Es hatte Sophie all ihre Überredungskünste gekostet, den Jungen nach allem, was er beim Untergang der *Danmarks Styrke* miterlebt hatte, dazu zu bewegen, überhaupt wieder an Bord eines Schiffes zu gehen, und ohne die Unterstützung Philipps wäre es möglicherweise überhaupt nicht gelungen.

Philipp verstand es, Frederik das Leben auf dem Gut ihres gemeinsamen Großvaters in solch schillernden Farben darzustellen, dass die Aussicht auf diese lockenden Vergnügungen schließlich stärker wurde als seine Abneigung gegen Schiffe und er seinen Widerstand aufgab. Trotzdem wich er, seit die kleine Reisegesellschaft den schwankenden Plankenboden betreten hatte, kaum mehr von Sophies Seite.

Sophie hatte nichts dagegen einzuwenden. Sie hatte sich daran gewöhnt, seit Frederiks Gefühlsausbruch beim

Anblick des Flaschenschiffes gewissermaßen als seine Ersatzmutter zu fungieren, überdies half seine ständige Nähe und das Wissen, gebraucht zu werden, ihr über den eigenen Schmerz hinweg.

Damals, an dem Tag, als der junge Graf nach Kopenhagen gekommen und den nachdrücklichen Wunsch seines Großvaters überbracht hatte, die Familie Kjeldsen möge zu ihm nach Gut Rixtorf umsiedeln, hatte sie keinen Gedanken daran verschwendet, was es bedeutete, eine vertraute, lieb gewordene Umgebung zu verlassen, aber heute ...

Sie seufzte. Philipps Argumente und Pläne, die im Grunde natürlich nicht seine eigenen, sondern die des alten Grafen waren, hatten so vernünftig geklungen, so wohldurchdacht und plausibel, zudem beinhalteten sie genau die Art von praktischer, tatkräftiger Hilfe, um die Sophie Graf Gerhard gebeten hatte. Philipps Erscheinen war die konkrete, sichtbare Antwort auf ihre Gebete gewesen, und dementsprechend unterstützte sie sein Vorhaben, soweit es ihr möglich war.

Sie überzeugte Luise, Mechthild und Frederik von der Notwendigkeit dieses Umzuges, machte Philipp mit dem Anwalt der Familie bekannt, damit die beiden Männer sich um die erforderlichen juristischen und geschäftlichen Belange kümmerten, sorgte weitestgehend dafür, dass die Hausangestellten neue, passende Dienststellen fanden, und kümmerte sich um das Verpacken der persönlichen Habseligkeiten ihrer Familie. Über dieser beinahe hektischen Betriebsamkeit blieb ihr keine Zeit, darüber nachzudenken, welche Veränderungen der Umzug für sie selbst mit sich bringen würde.

Erst als die ganze Familie sprichwörtlich auf ihren gepackten Koffern und Truhen saß, um auf die Abfahrt des Schiffes zu warten, kam sie zur Besinnung. Sie machte einen letzten Rundgang durch das Haus, das sie als zutiefst verstörte, trauernde Fünfjährige das erste Mal betreten hatte und das ihr viele Jahre lang ein sehr behütetes, komfortables Dasein geboten hatte. Im ehemaligen Spielzimmer, in dem sie mit Mechthild viele glückliche Stunden ihrer Kindheit verbracht hatte, hielt sie einen Moment wehmütig inne, ebenso in dem Salon, in welchem ihr erstes Treffen mit Henrik Sorenby stattgefunden hatte.

Am längsten verweilte sie jedoch in ihrem Schlafzimmer. Sämtliche Möbel waren zum Schutz vor dem Staub, der unweigerlich von dem Haus Besitz ergreifen würde, sobald seine Bewohner es verlassen hatten, mit weißen Leintüchern bedeckt und verliehen dem Raum eine unpersönliche Note, und doch war dieser Raum Zeuge der persönlichsten und oft auch unglücklichsten Augenblicke ihres bisherigen Lebens gewesen. Hier hatte sie über dem Brief ihrer Mutter Eleonore geweint, und hier hatte sie Henrik, der sie durch seinen schmählichen Treuebruch so erniedrigt hatte, nachgetrauert, bis sie begann, ihren Kummer in Gottes Hände zu legen und seiner Führung zu vertrauen.

Bei dem Gedanken, all dies für immer hinter sich zu lassen, erfasste sie ein Gefühl der Trauer und des Verlustes, das auch durch die Hoffnung auf eine Zukunft in Holstein, ihrem ursprünglichen Heimatland und dem ihrer leiblichen Mutter, nicht gemildert werden konnte.

Auch Mechthild schien trotz aller Reiselust und Vorfreude auf ihr neues Leben, die gelegentlich durchbrachen, ähnliche Gefühle zu hegen, denn während das Schiff aus dem Hafen manövrierte und die Küste Sjaellands immer kleiner wurde, hielt sie Sophies Hand fest umklammert und eine einsame Träne rollte über ihre Wange.

Schließlich beschloss Philipp, dem bedrückenden Schweigen ein Ende zu bereiten. „Wie wär's, meine Damen" – mit einem Schmunzeln in Frederiks Richtung ergänzte er – „und Herren, wenn wir es eurer Mutter gleichtun und uns langsam ins Innere unseres Reisedomizils begeben? Ich habe nicht die Absicht, nach Hause zurückzukehren und Großvater ein paar windzerzauste und vor eisiger Kälte erstarrte menschliche Wesen als seine sehnsüchtig erwarteten Enkel zu präsentieren, und das müsste ich, wenn wir noch lange hier draußen bleiben!"

Bei dieser absurden Vorstellung lachte Mechthild hell auf. „Recht hast du!", stimmte sie zu und hakte sich mit größter Selbstverständlichkeit bei ihrem gut aussehenden Vetter unter. „Mir ist in der Tat reichlich kühl! Komm, Sophie, lass uns gehen!"

Während Frederik sich Philipp und Mechthild bereitwillig anschloss, folgte Sophie den dreien bedächtig.

Obgleich sie in den vergangenen Wochen, bedingt durch ihre gemeinsamen Aufgaben, viel Zeit mit Philipp verbracht und ihn dabei auf eine durchaus angenehme Art und Weise kennengelernt hatte, hatte sie ihre Befangenheit in seiner Gegenwart nie ganz verloren. Sein weltoffener, unvoreingenommener Charakter und sein oftmals trockener Humor eroberten ihre Zuneigung, und unter seinem Blick, der hin und wieder nachdenklich auf ihr ruhte, verspürte sie ein ungutes, flatterndes Gefühl in der Magengegend, das sie nach ihren schmerzhaften Erfahrungen mit dem jungen Sorenby eigentlich für immer aus ihrem Leben zu verbannen gedacht hatte.

Manches Mal hatte sie das Gefühl, als existierte neben allem Vertrauen in Gottes Führung irgendwo in ihrer Seele noch immer die Hoffnung auf ein Wiederaufleben dieser ehemaligen Beziehung.

Kapitel 19

Es war spät in der Nacht, als die beiden Kutschen – ein geschlossener Landauer und ein etwas kleinerer Einspänner, der lediglich mit ledernen Koffern und Truhen beladen war – am Fuß der Freitreppe zum Stehen kamen.

Das imposante Herrenhaus, welches sich gewöhnlich zu dieser fortgeschrittenen Stunde bereits im tiefsten Schlaf befand, war hell erleuchtet. Der junge Graf von Rixtorf hatte in weiser Voraussicht sofort nach dem Anlegen des Schiffes in Kiel einen berittenen Boten losgeschickt, der die Bewohner des Gutes über die bevorstehende Ankunft der Reisegesellschaft informieren sollte, sodass sich nun alles in hellster Aufregung befand.

Sobald der gemietete Landauer die letzte Drehung seiner Räder vollendet und der Kutscher die Handbremse angezogen hatte, öffnete sich die schwere, zweiflügelige Eingangstür, und mehrere Gestalten traten in den Schein der Lampen, die nicht nur im Inneren des Hauses, sondern auch auf dem von einem Balkon überdachten Platz am oberen Ende der Freitreppe entzündet worden waren. Selbst das von dem geschwungenen Auffahrtsweg umgebene Rondell aus Blumen und Büschen war von zahlreichen flackernden, über die gesamte Fläche verteilten Fackeln beschienen.

Luise Kjeldsen, die während des größten Teils der Reise keinerlei Gefühlsregungen gezeigt hatte, beugte sich gespannt nach vorne, um die kleine Menschenansammlung durch die vom Kutscher geöffnete Tür zu mustern.

„Vater!“, murmelte sie plötzlich, und ihre Miene erhellte sich, „und Magdalena!“

Ohne auf die Hand zu achten, die sich ihr entgegenstreckte, um ihr beim Aussteigen behilflich zu sein, verließ sie die Kutsche und eilte die steinerne Treppe empor.

Ihre ältere Schwägerin schloss sie wortlos in die Arme. Die harten, von Sorge gezeichneten Gesichtszüge des alten Grafen wurden sichtlich weicher, als er die beiden Frauen, Luise und Philipps Mutter Magdalena, beobachtete, und nachdem sich eine weitere gebeugte Gestalt, seine Frau und Luises Mutter, die sich bisher im Inneren des Hauses um die Zubereitung eines Festmahls gekümmert hatte, der Umarmung angeschlossen hatte, nahm er Luises Hand und brachte heiser hervor: „Willkommen zu Hause, mein Kind. Ich freue mich, dich und deine Kinder auf Gut Rixtorf begrüßen zu dürfen!“

Sophie, die diese Begrüßungsszene wie gebannt beobachtet hatte, lehnte sich erleichtert in ihrem Sitz zurück. Während Mechthild und Frederik ebenfalls ausstiegen, um von ihren deutschen Verwandten liebevoll in die Arme geschlossen zu werden, konnte sie nur eines denken: Sie hatte das Richtige getan! Ihre Entscheidung, sich mit der Bitte um Hilfe an Graf Gerhard zu wenden, war richtig gewesen, und es war richtig gewesen, die Familie Kjeldsen zu diesem Umzug nach Holstein zu bewegen. Hier, unter ihren Verwandten und in einer völlig anderen Umgebung, würde Luise das Trauma, das durch den Verlust ihres Mannes entstanden war, überwinden, und die Kinder könnten ihr unbeschwertes, sorgenfreies Leben wieder aufnehmen. Alle Bedenken und Zweifel an der Richtigkeit dieses Vorhabens, die ihr im Laufe der Vorbereitungen und der Reise selbst unterschwellig im Kopf herumgespukt hatten, waren verflogen.

„Nun?“, unterbrach Philipp ihre Gedanken, indem er seinen Kopf noch einmal in den Wagen steckte, den er bereits verlassen hatte. „Willst du dich nicht auch langsam zu uns gesellen und deine neue Familie begrüßen?“ Mit festem Griff half er ihr aus der Kutsche, und als sähe er ihr die Unsicherheit gegenüber diesen Fremden an, legte er ihre Hand auf seinen Arm und geleitete sie sicher zur Haustür.

Der Rest dieses Abends verschwamm in Sophies Erinnerung zu einem verwirrenden, heillosen Chaos aus unbekannten Gesichtern und fremden, samt und sonders Deutsch sprechenden Stimmen, einem hohen, mit zahllosen Kandelabern und Wandlampen erleuchteten Speisesaal, ungewohnten Gerüchen und Speisen und – endlich – einem weichen Bett in einem geräumigen, stillen Zimmer, in dessen Kissen sie sich schließlich mit dankbarem Herzen sinken ließ, um auf der Stelle in tiefen Schlaf zu fallen.

Ein unbehagliches, aber nicht näher zu bestimmendes Gefühl erweckte Sophie sehr früh am Morgen. Irgendetwas schien nicht in Ordnung zu sein. Sie hob lauschend den Kopf, doch alles blieb still. Vollkommen still. Und mit einem Mal erkannte sie, dass es exakt diese Stille war, die sie aufgestört hatte.

Kein Hufgetrappel auf dem Kopfsteinpflaster des belebten Platzes tief unter ihrem Fenster, keine Schritte oder rufenden Stimmen, die von der frischen Morgenluft bis nach oben zu ihrem Schlafzimmer im zweiten Stock getragen wurden, lediglich das gedämpfte Zwitschern und Trillern einiger Vogelstimmen drang durch das dämmrige Zimmer bis zu ihrem Bett.

Verwirrt rieb Sophie sich den restlichen Schlaf aus den Augen, um das fremde Zimmer in Augenschein zu nehmen, bis der Anblick des Reisekostüms, das sie in ihrer Müdigkeit in der vergangenen Nacht achtlos über einen Stuhl geworfen hatte, ihr die Geschehnisse des gestrigen Tages wieder ins Gedächtnis rief.

Kein Wunder, dass die gewohnten frühmorgendlichen Geräusche der großen Stadt hier, auf dem abseits gelegenen, idyllisch zwischen grüne Wiesen und Wälder eingebetteten Gut ausblieben, sagte sie sich, während sie sich langsam im Bett aufrichtete.

Im fahlen Licht des Morgens, das dem Sonnenaufgang vorauszugehen pflegt, erkannte Sophie die gedrechselten Pfosten des hohen Himmelbettes, in dem sie die Nacht verbracht hatte, und die Umrisse geschmackvoller Möbel aus dunkel poliertem Eichenholz, mit denen das geräumige und ihrem früheren Schlafzimmer an Bequemlichkeit und Luxus in nichts nachstehende Gemach ausgestattet war.

Die unbekannten Räumlichkeiten und das unüberhörbare Frohlocken der Vögel – das sich in erfreulicher Weise von dem eintönigen Gurren der Tauben vor ihrem ehemaligen Schlafzimmerfenster abhob – weckten eine noch nie da gewesene Neugier und Entdeckerlust in ihr. Spontan beschloss sie, die neue Umgebung, die ihr auf unbestimmte Zeit so etwas wie eine Heimat sein sollte, zu erkunden, ehe die übrigen Hausbewohner auf den Beinen waren.

Möglichst rasch und geräuschlos kleidete sie sich an, wusch sich mit der dezent parfümierten Seife auf dem Waschtisch Gesicht und Hände, nahm ihre Schuhe unter den Arm und öffnete die Tür zum Gang, um nach draußen zu spähen. Da aus keinem der anderen Räume auch nur der geringste Laut zu vernehmen war, schlich sie auf Zehenspitzen hinunter ins Erdgeschoss und durch die glücklicherweise unverschlossene Haustür nach draußen.

Endlich im Freien angekommen, schöpfte Sophie tief Atem, den sie vor Spannung unwillkürlich angehalten hatte, und lächelte breit. Sie fühlte sich so frei, sorglos und unbeschwert, fast wie ein Kind, das sich heimlich aus der Gegenwart seiner gestrengen Erzieherin gestohlen hatte und nun endlich die lang ersehnte Freiheit genießen durfte, einmal genau das zu tun, was es selbst begehrte.

Mit wachen Sinnen nahm sie die unvergleichliche Stimmung dieses frühen Hochsommertages in sich auf: den kaum spürbaren Wind, der einen leichten Salzgeschmack mit sich führte und die unmittelbare Nähe der See erahnen ließ ... die ersten Strahlen der aufgehenden Sonne, welche jeden einzelnen Tautropfen auf den noch geschlossenen Blütenköpfen der Blumen aufleuchten ließen wie den strahlendsten Diamanten und Sophies Körper in ihre wohlige Wärme hüllten ... das sommerliche Sattgrün der weitläufigen, leicht abfallenden Rasenflächen und der hohen alten Bäume des Parks ...

Ohne sich dessen bewusst zu sein entfernte sie sich Stück für Stück weiter vom Gutshaus und nahm schließlich Platz auf einer steinernen Bank, die sich rund um den rissigen Stamm eines Baumes zog. Seine weit ausladenden Äste über ihrem Kopf trugen dunkelgrüne und, von unten betrachtet, mit zwei silbernen Streifen versehene Nadeln, wie Sophie sie in Dänemark niemals gesehen hatte.

Umrahmt von den herabhängenden Nadelzweigen bot sich ihr von hier aus ein vortrefflicher Ausblick auf einen mit zartrosa blühenden Kletterrosen bewachsenen Pavillon, der sich inmitten einer kreisförmig gehaltenen Rasenfläche erhob, und das dahinter liegende, allmählich zum Leben erwachende Herrenhaus.

Eine Tür schlug, eines der niederen, im Untergeschoss des rechten Seitenflügels liegenden Fenster wurde geöffnet, das Klappern von Kochtöpfen und Frauenstimmen drangen heraus, und Sophie entschied, dass es an der Zeit war weiterzugehen, ehe einer der Dienstboten sie hier entdeckte.

Einen weiten Bogen um die Stall- und Wirtschaftsgebäude schlagend, da zwischen denselben bereits reges Leben herrschte, wandte sie sich nach rechts in der Hoffnung, auf diesem Wege niemandem zu begegnen. Sie gedachte, die sie umgebende Schönheit und ihr unverhofftes Alleinsein so lange wie möglich auszukosten.

Als der Weg vor ihr ganz unmittelbar in eine mit Strandhafer bewachsene, sandige Dünenlandschaft überging, zog Sophie kurz entschlossen Schuhe und Strümpfe aus, hob ihre Rocksäume und begann zu laufen. Sie konnte sich nicht daran erinnern, jemals ein derart ursprüngliches, kindliches Vergnügen empfunden zu haben wie in diesen Minuten, als ihre bloßen Füße sich in den weichen, noch kühlen Sand gruben, der Seewind ihr Haar zerzauste und sie sich im Laufschritt auf das vor ihr liegende Wasser zubewegte.

Vollkommen erschöpft und gleichzeitig vollkommen erfüllt von einem überströmenden Glücksgefühl, erreichte sie ihr Ziel, wo sie, nach Atem ringend, stehen blieb und sich ausruhte. Den Reiter, der sich ihr aus der dem Gutshaus entgegenliegenden Richtung in vollem Galopp näherte, bemerkte sie zunächst nicht; dieser hingegen erkannte sie auf Anhieb.

Nach seiner wochenlangen Abwesenheit vom Gut hatte Philipp es kaum erwarten können, endlich den neuen Hengst zu reiten, und war deshalb lange vor Sonnenaufgang aufgestanden, um Sir Lancelot – wie er das Tier, seine Herkunft würdigend, genannt hatte – zu satteln und sich auf den Weg zu machen. Unterdessen hatten die beiden bereits einen weiten Ritt hinter sich gebracht, und Philipp wollte den Hengst auf der langen, flachen Strecke entlang des Strandes ein letztes Mal richtig laufen lassen. Der unerwartete Anblick des einsamen Mädchens jedoch veranlasste ihn dazu, Sir Lancelot ungeachtet seines unwilligen Schnaubens in eine langsamere Gangart zu zwingen.

Als er sich ihr in leichtem Trab näherte und Sophie, durch das Geräusch der Pferdehufe aufgeschreckt, sich zu ihm umwandte, hielt er sichtlich erstaunt inne: Irgendetwas an Sophie hatte sich verändert.

Ihr dunkles Haar, für gewöhnlich sorgsam frisiert und aufgesteckt, war heute offen; in weichen Wellen fiel es auf ihre schmalen Schultern, bis ein plötzlicher Windstoß hineinfuhr und einige Strähnen ungestüm um ihre erhitzten, geröteten Wangen und in die Stirn blies. Und wo noch am Vortag Abschiedsschmerz, Wehmut und Sorge ihre Augen verdunkelt hatten, leuchteten heute diese faszinierenden Punkte auf, die im Sonnenlicht eine goldene Färbung annahmen und ihn vollkommen in ihren Bann zogen.

Ein erschrockener kleiner Ausruf entrang sich Sophies Lippen, nachdem sie in dem nahenden Reiter den jungen Gutsherrn erkannt hatte: Von den zahlreichen Gutsbewohnern musste ausgerechnet er es sein, dem sie am einsamen morgendlichen Strand begegnete – aufgrund ihrer vorherigen Eile nur äußerst nachlässig frisiert, mit hochroten Wangen und zu allem Überfluss barfüßig!

Die Tagträume, in die die unbeschreibliche Stimmung des hereinbrechenden Sommermorgens sie versetzt hatte, wurden buchstäblich vom Wind davongeblasen, während sie in aller Eile ihre Kleidersäume über die bloßen Waden und Füße herabließ und versuchte, die Schuhe möglichst unauffällig ebenfalls unter dem langen Rock verschwinden zu lassen, ehe Philipp diese äußeren Anzeichen ihres unschicklichen Benehmens bemerkte.

Offenbar war ihr kleines Manöver auch gelungen, denn der junge Mann ließ sich kaum anmerken, dass Sophies Anblick ihn erstaunte, als er unmittelbar neben ihr seinen Hengst zügelte.

„Guten Morgen, Sophie!“, grüßte er gewohnt herzlich. „Ich muss gestehen, ich hatte nicht damit gerechnet, zu dieser frühen Stunde und an diesem Ort jemandem zu begegnen! Ich dachte, bis auf meine Wenigkeit lägen alle Gutsbewohner noch in ihrem wohlverdienten, seligen Schlummer!"

„Da erging es mir, ehrlich gesagt, nicht anders!", entgegnete sie trocken und bemühte sich vergebens, eine lose Haarsträhne hinter ihrem Ohr festzustecken.

Philipp starrte sie verblüfft an. Dieses Mädchen versetzte ihn immer wieder in Erstaunen: Zuerst hatte er festgestellt, dass sich hinter ihrem unauffälligen, fast schon unscheinbaren und etwas wortkargen Äußeren ein äußerst entschlossener, gefestigter Charakter verbarg, und nun überraschte sie ihn mit dieser unvermuteten Schlagfertigkeit!

Sophie versuchte indes krampfhaft, ihre bloßen Füße und ihre Schuhe unter den nassen Rocksäumen zu verbergen, wie Philipp sehr wohl bemerkt hatte, doch er hatte es sich verboten, die betreffende Stelle weiter zu betrachten ... „Schön ist es hier, nicht wahr? Wie hast du denn den Weg zum Strand gefunden?", fragte er, um sich von diesen Gedanken abzulenken. „Du bist doch noch gar nicht vertraut mit den örtlichen Gegebenheiten?!"

„Oh, es war nur Zufall, dass ich hier an den Strand gelangte, indem ich einfach irgendeinem der Wege folgte!"

„Dann wäre es wohl besser, wir gehen gemeinsam nach Hause zurück, ehe du dich eventuell verirrst!"

Peinlich berührt blickte Sophie zu Boden. Solange sie sich nicht vom Fleck rührte, konnte sie ihren Zustand vor Philipp zwar verbergen, sobald sie sich jedoch bewegen musste, wäre es damit unweigerlich vorbei!

Philipp folgte ihrem Blick und schlug mit einem schalkhaften Aufblitzen seiner Augen, aber möglichst unbefangenem Tonfall vor: „Ich drehe mich einfach einen Moment lang um, und sobald du deine Schuhe wieder angezogen hast, brechen wir auf!"

Einen Augenblick lang wallte in Sophie der Ärger auf, in einer solch misslichen Lage ertappt worden zu sein, aber bereits im nächsten Moment gewann ihr Sinn für Humor die Oberhand, und sie begann über sich selbst zu lachen. Sicherlich bot sie in ihrem Bemühen, keinesfalls einen ihrer nackten Füße zu zeigen, einen absolut komischen Anblick.

Philipp stimmte in ihr Lachen ein, und nachdem er aus dem Sattel gestiegen war, um Sir Lancelot am Zügel zu führen, und sie ihre Schuhe wieder an den Füßen trug, begaben sie sich gemeinsam auf den Weg.

Mechthild und Frederik, die wie Sophie den größten Teil ihres Lebens in der Großstadt verbracht hatten, begrüßten ihr neues Leben auf dem weitläufigen Landgut mit wahrer Begeisterung.

Unter Philipps Führung, oder falls dieser verhindert war, der ihres Großvaters erkundeten sie jeden Zentimeter des schlossähnlichen Herrenhauses, der Ställe (obwohl Mechthild ihr Naserümpfen über den Geruch derselben kaum unterdrücken konnte) und Wirtschaftsgebäude sowie den Strand, und von der vorüberfahrenden offenen Kutsche aus auch die gutszugehörigen Dörfer und Wälder.

Die zahlreichen Gänge und Fahrten mit seinen Enkeln ließen Graf Gerhard sichtlich aufleben. Entgegen seiner früheren Gepflogenheiten mit den eigenen Kindern, zeigte er immer häufiger offen seine Zuneigung zu ihnen. Dabei war es ganz offensichtlich Mechthild, die dank des strahlenden Lächelns in ihrem rosigen, hübschen Gesicht sein Herz als Erste erobert hatte.

Sophie stand dem alten Herrn eher skeptisch gegenüber. Obwohl es ihre Idee gewesen war, den Grafen um Hilfe zu bitten, und sie ihm von Herzen dankbar für sein Eingreifen war, hegte sie insgeheim eine unüberwindbare Scheu vor ihm. In seiner Gegenwart fühlte sie sich schlichtweg fehl am Platze. Als gehörte sie nicht zur Familie – ein Gedanke, der sie seit Jahren nicht mehr heimgesucht hatte, da ihre Pflegeeltern sie beinahe von Beginn an wie eines ihrer eigenen, leiblichen Kinder behandelt hatten. Auch Philipps Mutter und Großmutter, die ihr dieselbe herzliche, uneingeschränkte Annahme entgegenbrachten wie Philipp selbst, konnten dieses ungute Gefühl, das sie unter dem Blick der eisgrauen Augen des Grafen stets befiel, nicht wiedergutmachen.

Seine Vorbehalte, um nicht zu sagen seine Abneigung gegen ihre Person, waren für Sophie fast körperlich spürbar. Allem Anschein nach war sie für ihn nicht mehr als ein zwar geduldetes, aber nicht eben erwünschtes Anhängsel seiner Enkel. Nicht mehr als deren Dienstmädchen, denn genau so behandelte er sie: herablassend, bisweilen schroff und herrschsüchtig, wie er es im Übrigen mit all seinen Dienstboten handhabte.

Aus diesem Grund versuchte sie, dem alten Herrn so weit wie möglich aus dem Weg zu gehen: Statt sich an den gemeinsamen Ausflügen zu beteiligen, unternahm sie meist lange, ausgiebige Spaziergänge in keiner anderen Gesellschaft als ihrer eigenen.

Nichtsdestoweniger kam es etwa zwei Wochen nach ihrer Ankunft auf Gut Rixtorf zu einem unerwarteten Gespräch zwischen ihr und dem Grafen.

Frederik hatte sich, wie es während der vergangenen Tage immer häufiger geschah, an Philipps Fersen geheftet und erhielt seine ersten Lektionen im Reiten, während Mechthild und Sophie den Saal aufgesucht hatten.

Dieser riesige, hohe Raum mit seinem rußgeschwärzten Kamin, in dessen Öffnung ein erwachsener Mann aufrecht stehen konnte, den Wänden, die im Gegenteil zum übrigen Haus nicht mit Stofftapeten überzogen, sondern lediglich weiß gekalkt und von rohen Holzbalken durchzogen waren, und der langen, hölzernen Tafel in der Mitte hatte es Mechthild angetan, seit sie ihn das erste Mal betreten hatte. „In diesem Saal fühle ich mich wie im Märchen. Wie ein Burgfräulein, das nur darauf wartet, einen ihrer edlen Freier in diese Rüstungen schlüpfen zu sehen, um in einem heldenhaften Kampf ihre Gunst und ihre Liebe zu gewinnen!", schwärmte sie beim Anblick der alten Kampfrüstungen und der zahlreichen ausgestellten Waffen, welche die gekalkten Wände zierten. „Und nach seinem ruhmreichen Sieg gewähre ich ihm einen Blick hinter den Schleier, der mein Gesicht verbirgt, und strecke ihm huldvoll meine Hand zum Kuss entgegen! Kannst du dir das vorstellen, Sophie?"

Ohne jedoch eine Antwort abzuwarten fuhr sie fort: „Natürlich müsste mein romantischer Freier auch dementsprechend gut aussehen – mindestens so gut wie Philipp. Oder noch besser – wie dieser da!" Damit trat sie vor eines der Ölgemälde ihrer Vorfahren, die von den Wänden auf die beiden Mädchen herabzublicken schienen.

Mechthilds Auserwählter war als Reiter dargestellt. In äußerst kühner, heldenhafter Pose saß er auf einem gut gebauten Rappen, welcher nur auf der Hinterhand stand, sein Brust- und Beinpanzer sowie das Schwert an seiner Hüfte schimmerten prunkvoll, während ein ganzer Schwall langer schwarzer Locken seinen unbedeckten Kopf zierte und sein glatt rasiertes Gesicht mit den blauen Augen unverkennbar männlich-markante Stärke und Überlegenheit ausstrahlte.

„Nicht zu glauben, dass solch ein Mann zu meinen Vorfahren gehörte!" Mechthild wandte ihren Blick kaum von dem Bild. „Wenn der mir heute begegnen würde, ich würde mich Hals über Kopf in ihn verlieben, glaube ich!"

„Tja, leider lebst du dafür ..." – Sophie beugte sich über Mechthilds Schulter, um die Jahreszahl in einer Ecke des Gemäldes zu entziffern – „... zweihundert Jahre zu spät!

Dieses Bild hier stammt aus dem Jahr 1628! Vielleicht ist dieser Mann sogar dein Ururgroßvater Leopold!"

„Mag sein! Ich könnte mir sogar vorstellen, dass mein Großvater ihm früher, als er noch jung war, ziemlich ähnlich sah! Zumindest von der Statur und den Gesichtszügen her kann ich eine gewisse Ähnlichkeit erkennen!"

„In der Tat!", stimmte Sophie zu und bemühte sich, ihrer Stimme einen möglichst neutralen Tonfall zu verleihen. Mechthild verehrte ihren Großvater so sehr, dass sie sich keinesfalls anmerken lassen wollte, wie wenig sie selbst der herrschaftlichen Arroganz abgewinnen konnte, die sich im Antlitz des Gemäldes ebenso offenbarte wie in dem des Großvaters.

Ein lautes Räuspern in ihrem Rücken ließ die beiden Mädchen aus ihren Träumen hochfahren.

„Bei dem hier Abgebildeten handelt es sich tatsächlich um deinen Urahn Leopold, den ersten Grafen von Rixtorf, meine Liebe!", erklärte Graf Gerhard seiner Enkelin. „Du kannst wahrlich stolz darauf sein, zu einer Familie zu gehören, deren männliche Mitglieder sich in erheblichem Maße um das Wohl ihres Vaterlandes verdient machten, und dies über viele Generationen hinweg!"

Sophie machte bereits Anstalten, sich unbemerkt davonzustehlen, um die beiden bei ihrem Gespräch nicht zu stören, als eine eindeutige Handbewegung des Grafen sie zurückhielt.

„Bitte bleiben Sie, Sophie. Ich habe etwas mit Ihnen zu besprechen! Mechthild, meine Liebe, würdest du uns bitte für einen Moment alleine lassen?"

Diese Aufforderung war eher Befehl als Bitte, sodass Mechthild sich widerspruchslos umwandte und den Raum verließ. Sophie dagegen blieb regungslos an Ort und Stelle und harrte der Dinge, die da kommen würden. Sie konnte ihr Unbehagen kaum verbergen.

Mit einer weit ausholenden Geste deutete Graf Gerhard auf die Einrichtung des Saales. „All dies ist, wie Sie wissen, Eigentum meiner Familie, der Grafen von Rixtorf, und somit auch Eigentum meiner Enkel Mechthild und Frederik. Selbst wenn die beiden sich später dafür entscheiden sollten, zurück nach Dänemark zu gehen, werde ich sie in das Erbe mit einbeziehen, denn sie sind meine direkten leiblichen Nachkommen." Sein Blick, der bislang quer durch den Raum geglitten war, fixierte nun Sophie. „Bei Ihnen, Sophie, verhalten sich die Dinge allerdings anders. Ich betrachte Sie, nun, sagen wir, als eine Art Gast in meinem Hause. Es ist beileibe nicht so, dass ich Ihnen nicht dankbar wäre. Im Gegenteil, ich weiß es sehr zu schätzen, was Sie für die Familie Kjeldsen getan haben, nachdem mein Schwiegersohn verunglückt ist. Philipp gab mir eine eindrückliche Schilderung davon, auf welch bewundernswerte Weise Sie meiner Tochter und meinen Enkeln Halt und Trost gegeben haben, außerdem waren Sie so einsichtig, mich um Hilfe zu bitten – und in meiner Dankbarkeit hierfür werde ich Ihnen gestatten, unter meinem Dach zu wohnen, solange Sie das wünschen. Als Gast, wie gesagt, nicht als das Familienmitglied, das alle anderen in Ihnen zu sehen scheinen. Ich wünsche, dass Sie diese Tatsache zur Kenntnis nehmen. Und falls Sie eines Tages die Absicht hegen sollten, sich auf eigene Füße zu stellen, oder falls Ihnen ein Ihrer Herkunftsfamilie angemessener Heiratsantrag gemacht werden sollte, werde ich Sie selbstverständlich finanziell unterstützen, das bin ich Ihnen schuldig!"

Sophie nickte stumm. Unterton und Inhalt dieser kleinen Ansprache hatten ihr, obwohl sie nicht explizit als unfreundlich, sondern eher als sachlich-distanziert zu bezeichnen waren, momentan die Sprache verschlagen. *Und doch*, dachte sie, während sie immer noch schweigend und mit hängenden Schultern den Raum verließ, *jetzt herrschen wenigstens klare Fronten. Ich weiß, woran ich bei ihm bin, und kann mir dementsprechend Gedanken über meine weitere Zukunft machen.*

Auf Gut Rixtorf, dessen Schönheit ihr mit jedem Tag mehr ans Herz wuchs, würde sie jedenfalls nicht länger bleiben als nötig, dafür saß die Verletzung, welche die gönnerhaften Worte des alten Grafen geweckt hatten, zu tief.

Als sie wieder ins Freie trat, hatte der strahlende Augusttag einen beträchtlichen Teil seines Glanzes eingebüßt.

Kapitel 20

Der Nebel, der Dr. Schwartz an diesem Morgen beim Blick aus dem Fenster begrüßt hatte, hatte sich längst verflüchtigt und seine Herrschaft den wohltuend milden Strahlen der Sonne überlassen.

Und doch lag bereits der Hauch des Herbstes in der Luft, sinnierte Julius, während er langsam seinen Weg durch die Reihen der gepflegten Gräber suchte. Ein Spinnennetz spannte sich zwischen zwei Büschen längs des Weges, die kunstvoll gewobenen filigranen Fäden bebten im leichten Luftzug und gaben dabei feinste Perlen der noch an ihnen haftenden morgendlichen Feuchtigkeit an ihre Umgebung ab, und ein einzelnes Laubblatt, dessen herbstliche Färbung nicht unbedingt zu sehen, aber zumindest zu erahnen war, tanzte vor Julius' Füßen.

Gedankenverloren folgte er dem Weg, den das im Wind tanzende Blatt ihm wies, und gelangte auf diese Weise unbemerkt in einen etwas abseits gelegenen Teil des Friedhofs. Eine alte Föhre streckte ihre Zweige Schatten spendend über die verwitterten Grabsteine und bedeckte die weniger gepflegten Grabstätten mit ihren herabfallenden Nadeln und Zapfen.

Ohne weiter darauf zu achten suchte Julius sich eine von der Sonne beschienene Stelle dicht neben einer Grabplatte und setzte sich.

Es war nicht das erste Mal, dass er die friedliche Stille eines Gottesackers* aufsuchte, um seine Gedanken zu ordnen, zur Ruhe zu kommen und zu beten. Eigentlich tat er das fast regelmäßig, seit seine Frau vor knapp drei Jahren gestorben war und er dadurch diese besondere Art, mit sich und seinen Gedanken ins Reine zu kommen, entdeckt hatte. An diesem Tag jedoch hatte er einen speziellen Anlass dazu: Er hatte sich vor wenigen Minuten von seinen beiden Söhnen verabschiedet, um nun in sein Heim zurückzukehren, das ihm ohne die Anwesenheit eines weiteren Familienmitgliedes entsetzlich leer und kalt erscheinen würde.

Nachdem Charlotte damals von ihm gegangen und Matthias zur Universität zurückgekehrt war, um sein Theologiestudium aufzunehmen, war immerhin der sechzehnjährige Cornelius noch an seiner Seite geblieben. Cornelius war nach Vollendung seiner Laufbahn an der einfachen Dorfschule in die einstigen Fußstapfen seines älteren Bruders getreten und hatte sich unter der Anleitung seines Vaters die Voraussetzungen für das Medizinstudium erarbeitet, und zwar sowohl theoretisch als auch praktisch, indem er seinem Vater des Öfteren assistierte.

Dabei hatte Julius Wert darauf gelegt, seinen Sohn hinsichtlich der seelischen Belastung, welcher er als Arzt unweigerlich ausgesetzt sein würde, besser vorzubereiten, als er es vormals bei Matthias getan hatte. Erst als er fest davon überzeugt war, dass Cornelius allen Anforderungen gewachsen war und seinen Beruf einmal ebenso ausfüllen würde wie Matthias seine Berufung zum Geistlichen, hatten sie gemeinsam die Anmeldung an der Universität vorgenommen, die letztlich zu dieser Stunde des Abschieds geführt hatte.

---

* alte Bezeichnung für Friedhof

Am morgigen Tag würde Cornelius sein Medizinstudium an der Christian-Albrechts-Universität aufnehmen, während Matthias sich auf das Theologische Examen vorbereitete, ehe er seine erste Stelle als Vikar antreten und später ordiniert werden konnte.

Obwohl Julius im Grunde seines Herzens dankbar für diese positive und – dessen war er absolut sicher – gottgewollte Entwicklung im Leben seiner beiden Söhne war, verspürte er bei der Aussicht auf sein weiteres Leben in einem leeren, einsamen Haus eine tiefe Niedergeschlagenheit.

Statt sich sofort auf die Heimreise zu begeben, hatte er deshalb seine Schritte zu diesem Friedhof gelenkt, der nicht weit entfernt von der Unterkunft seiner Söhne gelegen war.

Mit einer unwilligen Handbewegung wischte er über die Grabplatte neben ihm, als könnte er zugleich mit den alten Föhrennadeln und -zapfen auch sämtliche ungebetenen Gedanken beiseiteschieben. Seine sensiblen Arztfinger ertasteten die Konturen eines in die Steinplatte gemeißelten Kreuzes, das sich bislang unter den Nadeln verborgen hatte.

Interessiert und ohne auf den feuchten Schmutz zu achten, der sich dabei unter seinen Fingernägeln festsetzte, legte er das große Kreuz vollständig frei, ebenso die Inschrift der am Boden liegenden Platte, die das vernachlässigte Grab bedeckte. Hässlicher Dreck füllte sämtliche Vertiefungen der kunstvoll eingemeißelten und im Laufe der Jahre verwitterten Buchstaben, die dennoch deutlich zu erkennen waren:

HIER RUHT ELEONORE BECKER 1790–1818
DER HERR IST MEIN HIRTE

Julius stutzte. „Eleonore Becker“, flüsterte er. Als ob es gestern gewesen wäre, sah er eine zierliche Mädchengestalt mit hüftlangem dunkelbraunem Haar und ebenso tiefbraunen Augen vor sich ... die Eleonore Becker, die er einst gekannt hatte!

Die Trennung von diesem Mädchen war ihm damals, als Zwölfjährigem, genauso schwergefallen wie dieser heutige Abschied von seinen Söhnen. Seltsam, dass ihm dieser Name, den er seit vielen Jahren nicht mehr gehört hatte, gerade in der jetzigen Abschiedsstunde begegnete.

Wie um sich zu vergewissern, dass er sich nicht täuschte, las er die Inschrift noch einmal und stutzte abermals. Auch „seine“ Eleonore Becker war 1790 geboren – handelte es sich hier um eine zufällige Übereinstimmung, oder ...?

Abrupt sprang Julius auf seine Füße. Falls es tatsächlich kein Zufall war, sondern dieses Grab wirklich das seiner Jugendfreundin war – was in Anbetracht der Tatsache, dass Eleonores Familie damals an die Ostsee gezogen war, rein theoretisch zutreffen könnte –, würde das bedeuten, dass sie vor dreizehn Jahren hier in Kiel verstorben war! Dieses Mädchen, das er mit der ganzen Inbrunst seiner Jugend geliebt hatte, war nicht einmal 30 Jahre alt geworden?!

Obwohl er nach seiner Heirat mit Charlotte nur äußerst selten an seine Jugendliebe zurückgedacht hatte, ließ der Gedanke daran, dass Eleonore, die ihm noch immer als fröhliche, lebenslustige Zehnjährige vor Augen stand, möglicherweise tot war, ihm keine Ruhe mehr. Aufgewühlt schritt Julius vor dem Grab auf und ab. Irgendwie musste er sich Gewissheit über diese Angelegenheit verschaffen. Er musste jemanden finden, der ihm Auskunft über das Schicksal der hier beerdigten Person geben konnte.

Sein Blick fiel auf das Kirchengebäude, dessen spitzer Turm sich im Hintergrund des ausgedehnten Friedhofs erhob. Möglicherweise war der Pfarrer in der Lage, ihm die gewünschten Informationen zu erteilen? Entschlossen machte Julius sich auf den Weg.

Auf sein leises Klopfen hin öffnete sich die Tür zur Sakristei. Der Anblick des Pastors, dessen fast kahler Kopf von einem schmalen Kranz grauen Haares umgeben war, versetzte Julius unwillkürlich um viele Jahre zurück in das Studierzimmer seines ehemaligen Gönners Pfarrer Menzinger, sodass er einen Augenblick lang beinahe überlegen musste, welcher Anlass ihn ursprünglich hierhergeführt hatte.

Nachdem er seine Worte endlich wiedergefunden und sich vorgestellt hatte, erklärte er umständlich, welche Fragen das alte Grab am hinteren Ende des Friedhofes in ihm aufgeworfen hatte.

Pastor Boneberger war ein aufmerksamer, geduldiger Gesprächspartner. Als Julius geendet hatte, stützte er seinen Kopf in die Hände, runzelte die Stirn und lauschte schweigend in sich hinein. Nach einigen Minuten, die Julius wie eine kleine Ewigkeit erschienen, antwortete er: „Ich denke, ich weiß von welchem Grab Sie sprechen. Die Beisetzung dieser Eleonore Becker damals war, nun, nicht unbedingt alltäglich, möchte ich sagen!"

„Inwiefern ‚nicht alltäglich'?", hakte Julius nach.

„Es war kein Mensch anwesend – bis auf den Totengräber und mich natürlich. Scheinbar hatte sie keinerlei Familie, Bekannte oder Freunde – oder aber, diese wussten nichts von ihrem Tod."

„Aber es musste doch jemanden geben, der diese Beerdigung veranlasst und bezahlt hat, Herr Pfarrer!"

„Selbstverständlich – und auch das war äußerst merkwürdig und vermutlich der Grund, weshalb ich mich bis heute daran erinnere. Eleonore Becker, die wenige Monate vor ihrem Tod regelmäßig in meinen Gottesdienst kam, war augenscheinlich sehr arm. Wenn ich mich nicht irre, war das, was sie auf dem Leibe trug, ihr gesamter irdischer

Besitz. Der Mann dagegen, der bei mir vorsprach und ihre Beerdigung veranlasste, war ohne Zweifel sehr wohlhabend. Er bestellte diesen damals ausgesprochen teuren Grabstein, bezahlte die Inschrift und bat mich, alles zu regeln, da er selbst dringend wieder abreisen müsse. Ehe ich richtig zur Besinnung kam oder ihn nach den näheren Umständen von Frau Beckers Tod fragen konnte, war er bereits fort – und seitdem habe ich ihn niemals wieder gesehen. Ich erfuhr nicht einmal, in welcher Beziehung er zu der Verstorbenen stand. Er stammte wohl nicht von hier, jedenfalls klang sein Akzent in meinen Ohren stark dänisch."

Julius schüttelte verzagt den Kopf. „Hat der Mann wenigstens irgendwelche näheren Angaben zu Eleonore Becker hinterlassen? Oder war sie Ihnen selbst näher bekannt? Mir liegt wirklich sehr viel daran, zu wissen, ob sie die von mir gesuchte Person war, verstehen Sie?"

„Leider muss ich diese Fragen beide mit ‚Nein' beantworten. Er hinterließ keinerlei weitere Informationen, und ich selbst kannte die Frau nur flüchtig. Sie huschte meistens im letzten Moment vor Beginn des Gottesdienstes in eine der hintersten Kirchenbänke und verschwand stets ebenso eilig. Ich glaube nicht, dass ich jemals ein persönliches Wort mit ihr gewechselt habe."

„Und ihr Aussehen, können Sie sich daran erinnern?"

„Soweit ich mich erinnere, hatte sie sehr langes, dunkles Haar und ebensolche Augen. Außerdem war sie sichtlich krank, ihr Körper war sehr zart, regelrecht ausgemergelt!"

Julius schloss gequält die Augen. Ohne Zweifel, es handelte sich um seine Eleonore, doch bei dem Gedanken, welches traurige Schicksal seine einstige Freundin getroffen haben musste, zog sich sein Innerstes schmerzhaft zusammen.

Pfarrer Boneberger murmelte mitfühlend: „Es tut mir leid, Ihnen keine besseren Nach... – aber halt!" Als ob er nicht fassen könnte, nicht schon früher daran gedacht zu haben, schlug er sich vor den Kopf: „Sie hatte ein Kind!"

„Ein Kind!?"

„Eine kleine Tochter, ihr selbst wie aus dem Gesicht geschnitten!"

„Aber sie trug ihren Mädchennamen – Becker!"

Der Pastor nickte bedächtig. „Das wäre zumindest eine Erklärung für das merkwürdige Verhalten des Ausländers!"

„Sie denken"– Julius schluckte – „... der Vater des Kindes?!"

„Möglicherweise! Dass ich das kleine Mädchen nach dem Tod seiner Mutter niemals wiedergesehen habe, wäre ein weiterer Anhaltspunkt dafür. Nachdem der Vater sein schlechtes Gewissen beruhigt hatte, indem er die Kosten für die Beerdigung übernahm, könnte er das Kind mit sich genommen haben!"

Während seiner gesamten Heimreise wanderten Julius' Gedanken zwischen seinen eigenen Söhnen und den glücklichen Jahren, die er gemeinsam mit seiner Familie verbracht hatte, und diesem anderen Kind – der offensichtlich unehelich geborenen Tochter seiner verstorbenen Jugendfreundin – hin und her.

Die Tatsache von Eleonores Tod machte ihn zutiefst betroffen, die Frage nach dem Schicksal des Kindes jedoch quälte ihn beinahe noch mehr. Traf die Vermutung des Pfarrers, der unbekannte Spender des Grabsteines sei ihr Vater und habe sie mit sich genommen, zu? Und falls nicht, was sonst mochte aus ihr geworden sein? War sie überhaupt noch am Leben?

Er wusste, es war absurd, sich nach all den Jahren, während derer er Eleonore vollständig aus den Augen verloren hatte, für dieses Mädchen verantwortlich zu fühlen, andererseits konnte und wollte er es nicht als bloßen Zufall abtun, dass er gerade zum jetzigen Zeitpunkt auf Eleonores und ihre Spur gestoßen war. Ausgerechnet an dem Tag, da er sich sozusagen von dem Lebensabschnitt, seine eigenen Kinder großzuziehen, verabschiedet hatte und sich fragte, wie sein Leben in Zukunft aussehen würde, trat dieser merkwürdige „Zufall" ein ...

Es wäre nicht das erste Mal, dass Gott auf eine derartige Weise zu ihm sprach! Oder waren diese verwirrenden Gefühle eher seiner momentanen Niedergeschlagenheit zuzuschreiben?

Betend erreichte Julius endlich das kleine Fischerdorf und sein einsames, kaltes Haus.

Die Schenke war brechend voll, sodass Matthias es fast bereute, seinen jüngeren Bruder hierher mitgenommen zu haben. Matthias selbst suchte diesen Ort nur äußerst selten auf, aber der heutige Abend sollte etwas Besonderes für Cornelius sein. Sein lebhafter, geselliger Bruder sollte den ersten Abend seines Studentendaseins nicht alleine oder lediglich im Beisein des eigenen Bruders auf dem gemeinsamen Zimmer verbringen.

Allerdings hatte Matthias nicht damit gerechnet, dass die Schenke so gut besucht sein würde! Mit Mühe gelang es den beiden Brüdern endlich, einen Platz am Ende einer der überfüllten, hölzernen Bänke zu ergattern.

Matthias sah sich um. Vor dem Eingang dieser Kneipe hatte einst seine denkwürdige Begegnung mit Philipp stattgefunden, und genau wie damals war sie an diesem Abend hauptsächlich erfüllt von dem Gelächter und den lebhaften, lärmenden Diskussionen zahlreicher Studenten.

Eine Gruppe tat sich dabei besonders hervor. Sie bevölkerten den der langen Theke am nächsten gelegenen Tisch, der gleichzeitig der größte im ganzen Raum war, und ihr selbstgefälliges, großspuriges Gehabe demonstrierte aufs Deutlichste, dass sie sich als die uneingeschränkten Herren dieser Lokalität fühlten.

Plötzlich stieß Cornelius, der sich bislang interessiert, aber schweigend umgesehen hatte, den Bruder in die Seite. „Sieh mal!", murmelte er und wies auf einen sich etwa in Matthias' Alter befindlichen Studenten am Rande der auffälligen Gruppe. „Was für ein eitler Fatzke!", grinste Cornelius vielsagend, und Matthias konnte nicht anders, als es ihm gleichzutun.

Der Anblick dieses Kommilitonen war wahrhaft sehenswert: Eine lange, schwarze Haartolle war kunstvoll exakt in die Mitte seiner hohen, weißen Stirn drapiert, während seine untere Gesichtshälfte von einem ebenso schwarzen, aufs Sorgsamste gezwirbelten Schnurrbart dominiert wurde. Dazu trug er ein dunkles Hemd mit einer grellen, gelb-grün gestreiften Seidenweste und einer Krawatte in denselben Farben, allerdings wies diese statt der Streifen großflächige Karos auf.

„Kennst du den?", raunte Cornelius.

Matthias schüttelte schweigend den Kopf. Er konnte sich nicht daran erinnern, dieses Gesicht vorher schon einmal gesehen zu haben.

Bis zu diesem Zeitpunkt hatte sich der dunkle Lockenkopf aus dem Gespräch der Umsitzenden, das sich wie so oft einem politischen Thema, nämlich der konfliktgeladenen Beziehung zwischen den Herzogtümern und dem dänischen Staat zugewandt hatte, herausgehalten, doch mit einem Mal wurde er lebendig. „Jeder, der in irgendeiner Weise mit dieser Flugschrift oder Lornsen sympathisiert, ist ein Idiot, genau wie Lornsen selbst einer ist!", erklärte er bestimmt. „Meiner Meinung nach hätten sie ihn schon viel früher verhaften müssen, am besten als er noch in Kopenhagen war!"

Obwohl Matthias vorher nicht weiter auf das Gespräch geachtet hatte, horchte er auf. Er wusste sehr wohl, von welcher Schrift hier nur die Rede sein konnte: Es handelte sich um ein von dem Sylter Landvogt Uwe Jens Lornsen verfasstes Schriftstück mit dem Titel „Über das Verfassungswerk in Schleswigholstein", das seit seinem Erscheinen im vergangenen November für einiges Aufsehen gesorgt hatte.

Ähnlich wie vor ihm der ehemalige Kieler Geschichtsprofessor C. F. Dahlmann, dessen Ansichten Philipp damals so stark beeindruckt hatten, dass er sich ihretwegen mit seinen Kommilitonen geprügelt hatte, trat Lornsen darin für eine gemeinsame, einheitliche Verfassung der beiden Herzogtümer ein, mit dem Ziel, einem vereinten „Schleswigholstein" eine neue Eigenständigkeit innerhalb des dänischen Königreiches zu sichern. Obwohl er dabei nicht einmal (wie Dahlmann) die vollständige Unabhängigkeit von Dänemark forderte – allein die Schreibweise „Schleswigholstein" in einem einzigen Wort, die den Wunsch nach Einheit ausdrückte – und die unterschwellige Kritik an dem absolutistisch regierten dänischen Staat war Grund genug, ihn Anfang 1831 zu Festungshaft zu verurteilen. Doch seine Schrift verursachte weiterhin Unruhe.

Besonders unter den Studenten der Kieler Christian-Albrechts-Universität (unter denen sich nicht wenige Freunde Lornsens befanden) sorgte sie für heißen Diskussionsstoff und höchst kontroverse Standpunkte.*

„Das klingt ja beinahe so, als hättest du Lornsen persönlich gekannt!", spottete sein Nebensitzer. Der Schwarzgelockte, dessen unüberhörbar dänischer Akzent ihn eindeutig als Austauschstudenten auswies, nickte lässig.

* Anm.: Uwe Jens Lornsen wurde später durch seinen Freitod im Jahr 1838 sozusagen zum Märtyrer der deutschen Schleswigholsteinbewegung.

„Ich kannte ihn in der Tat! Ehe er hierher kam, war er Beamter an der Schleswig-Holsteinischen Kanzlei in Kopenhagen und somit ein Kollege meines Vaters. Ich bin ihm dort weit mehr als einmal begegnet!"

„Und er vertrat damals bereits seine revolutionären Ideen?", vergewisserte sich der andere.

Der Austauschstudent nickte wiederum. „Ja, wenn auch nicht in der ausgeprägten Form, die seine Flugschrift vorweist! Deshalb sagte ich doch, man hätte ihn schon längst einsperren sollen, ehe seine Gedanken sich so weit ausbreiten konnten!"

„Jetzt hör aber auf, Henrik Sorenby! Man kann doch nicht jeden, der eine andere politische Ansicht vertritt als die Allgemeinheit, einfach ins Gefängnis sperren!", warf ein hagerer, bebrillter Student ein.

Henrik Sorenby verzog verächtlich sein Gesicht. Seit der Trennung von Sophie hatte er sich merklich verändert, und das nicht zu seinem Besten: Seine ebenmäßigen, bislang fast zu weichen Züge zeigten zunehmende Spuren von Härte, und sein charmantes, jungenhaftes Lächeln war einem Blick taxierender, kühler Berechnung gewichen, während er die unnachgiebig konservativen politischen und gesellschaftlichen Ansichten seines Vaters Stück für Stück übernommen hatte, ohne sie jemals zu hinterfragen. „Vielleicht sollte man das aber!", entgegnete er kalt.

Daraufhin entbrannte eine heftige Diskussion, welche Matthias und Cornelius von ihrem Platz aus wie gebannt verfolgten. Ein relativ geringer Anteil der Studenten stimmte dem Bebrillten zu, der wortgewandt für die Meinungsfreiheit und vor allem für mehr Mitbestimmung des einzelnen Bürgers in der Politik eintrat, während sich die Mehrheit auf Henriks Seite schlug und lautstark forderte, alle Kritiker so weit wie möglich mundtot zu machen, notfalls auch mit Gewalt.

„So wie bei diesem Rixtorf, wisst ihr noch?", erinnerte sich einer der jungen Männer. „Der gehörte auch zu diesen ewigen Nörglern, die alles ändern und die Regierung am liebsten selbst in die Hand nehmen wollten, wie Dahlmann es ihnen eingeredet hatte! Aber dem Kerl haben wir damals gezeigt, wo's langgeht!"

Mehrere Kommilitonen stimmten ihm lachend zu und erzählten Henrik von der „Lektion", die sie dem jungen Grafen mit ihren Prügeln erteilt hatten, während der Brillenträger und seine Anhänger sich schweigend erhoben und geschlossen die Schenke verließen.

Die beiden Brüder tauschten einen intensiven Blick aus. Die Richtung, die das Gespräch nahm, und vor allem die Art und Weise, in welcher hier über seinen Freund Philipp gesprochen wurde, behagte Matthias nicht im Geringsten.

Henrik indessen zeigte sich wenig beeindruckt. Herablassend erklärte er: „Ehrlich gesagt, halte ich ein solches Vorgehen nicht gerade für wirkungsvoll. So ein blaues Auge und ein paar Beulen sind viel zu schnell vergessen. Ich wette, der Mann hat seine Meinung dadurch auch nicht nachhaltig geändert!"

Betretenes Schweigen folgte diesen Worten. Von Rixtorf hatte, als er einige Wochen nach der Prügelei an die Universität zurückgekehrt war, tatsächlich deutlich gemacht, dass er noch immer Professor Dahlmanns Ansichten unterstützte.

Henrik, der das ihn umgebende Schweigen richtig deutete, fuhr großspurig fort: „Da muss man schon ganz andere Geschütze auffahren!"

„Als da wären?" Der sarkastische Unterton in der Stimme des Fragenden war nicht zu überhören.

„Zum Beispiel ..." – Henrik geriet ins Stocken – „nun ... irgendetwas, das den Betroffenen wirklich schmerzt! Und damit meine ich nicht ausschließlich körperlich, sondern seelisch!"

„Na, dann nenn uns doch mal ein Beispiel!" Der Sprecher blinzelte seinen Freunden verschwörerisch zu. Es bereitete ihm sichtlich Vergnügen, den arroganten Dänen in Verlegenheit zu bringen, um ihn auf diese Weise von seinem hohen Ross zu stoßen.

Ein wenig ratlos sah Henrik sich in der Runde um. Er spürte, wie das Wohlwollen, das seine neuen Kameraden ihm zuerst entgegengebracht hatten, schwand. „Da ich diesen von Rixtorf nicht kenne, ist es mir leider unmöglich, ein konkretes Beispiel zu formulieren, aber falls ich ihn einmal kennenlernen sollte, werde ich euch mit Sicherheit eines nennen können!"

Seine Bemerkung erntete höhnisches Gelächter.

„Große Worte und nichts dahinter!", konstatierte der vorherige Sprecher und wandte sich demonstrativ von Henrik ab.

Für den Rest dieses Abends wechselte niemand mehr ein einziges Wort mit Henrik, der das Lokal schließlich allein und kochend vor Zorn verließ. Die soeben erlittene Schmähung war mehr, als sein übersteigertes Ego ertragen konnte.

Ignoranten! Euch werde ich's zeigen!, schwor er sich zähneknirschend. Ich werde euch beweisen, dass ich keine leeren Worte mache ... und dann wird jeder Einzelne von euch darum betteln, sich als Freund Henrik Sorenbys bezeichnen zu dürfen!

Am folgenden Tag mietete der Austauschstudent einen Einspänner und verließ die Stadt.

Kapitel 21

Die steinerne Bank unter der Douglasie in der Mitte des Parks war während der vergangenen Wochen zu Sophies bevorzugtem Rückzugsort geworden. Die weit herabhängenden Zweige mit ihrem dichten Nadelwuchs verbargen sie vor eventuellen neugierigen Blicken und kamen so ihrem Bedürfnis nach Abgeschiedenheit, das die harschen Worte des alten Grafen in ihr geweckt hatten, entgegen.

Einige Male war Mechthild ihr hierher gefolgt, um durch ihre Fragen herauszufinden, was das Gespräch zwischen ihrer Freundin und dem Großvater erbracht hatte (und Sophie seitdem sichtbaren Kummer bereitete), doch ihre Mühe war vergeblich. Sophie wollte das ungetrübte Verhältnis Mechthilds zu ihrem Großvater nicht belasten, indem sie irgendetwas berichtete, was ein ungünstiges Licht auf ihn werfen könnte, und behielt deshalb ihre niederdrückenden, sorgenvollen Gedanken für sich.

Mit dem Rücken an die raue, dunkle Borke des Baumstammes gelehnt, grübelte sie stundenlang darüber nach, was aus ihrem Leben werden sollte, nachdem ihre Anwesenheit hier vonseiten des Gutsherrn nur erduldet, keinesfalls jedoch erwünscht war.

Noch vor wenigen Wochen war sie der festen Überzeugung gewesen, sie hätte mittlerweile gelernt, ihren eigenen Willen zurückzustellen und sich stattdessen in allen

Kümmernissen und offenen Fragen auf die Führung ihres himmlischen Vaters zu verlassen, doch jetzt, da sie erneut an einem Scheidepunkt ihres Lebens stand, geriet diese Überzeugung erheblich ins Wanken.

Ehrlicherweise musste sie sich eingestehen, dass sie nichts sehnlicher wünschte, als diesmal ihren eigenen Weg zu gehen, ihren eigenen Willen durchzusetzen: Sie wollte Gut Rixtorf nicht verlassen. Nie mehr. Ganz abgesehen davon, dass sie weder Angehörige hatte noch irgendeinen Ort, an dem sie nicht vollkommen fremd wäre und neu anfangen müsste, konnte sie sich nicht vorstellen, zum zweiten Mal innerhalb kürzester Zeit alles zurückzulassen, was ihr lieb und teuer war – diesmal einschließlich der Menschen, die bisher ihre Familie gewesen waren: Mechthild, Frederik und Tante Luise, ihre Pflegemutter. Und ihren „Sozusagen-Vetter" Philipp, dessen umgängliche Art einen so großen Unterschied zu der ablehnenden Haltung seines Großvaters darstellte ...

Seufzend gebot Sophie diesen Gedanken Einhalt und begann stattdessen zu beten, dass Gott ihr an dem Punkt, da ihre eigene Kraft versagte, seine Kraft verlieh, ihre eigenen Vorstellungen von der Zukunft hintanzustellen und sich ihm ganz und gar anzuvertrauen.

„Befiehl dem Herrn deinen Weg und vertraue auf ihn, so wird er handeln und wird deine Gerechtigkeit aufgehen lassen wie das Licht und dein Recht wie den Mittag. Sei still dem Herrn und harre auf ihn ...", zitierte sie leise mit geschlossenen Augen.

Plötzlich spürte sie, wie sich ein Schatten über ihr Gesicht legte. Sie schrak auf. Unmittelbar vor ihr stand Philipp. In seiner linken Hand hielt er noch die Zweige, die er beiseitegeschoben hatte, um sich ihr zu nähern, während er die rechte in einer bedauernden Geste hob. „Verzeihung, Sophie, ich wollte dich nicht erschrecken. Ich dachte, du hättest meine Schritte längst gehört!"

„Ist schon in Ordnung!“, murmelte sie und senkte verlegen den Kopf, weil nach ihrem inneren Kampf und ihrem Gebet vermutlich Tränenspuren auf ihren Wangen zu sehen waren.

Philipp nahm unaufgefordert neben ihr Platz. Er hatte beobachtet, wie Sophie sich im Laufe der Zeit zunehmend zurückgezogen hatte, und im Gegensatz zu Mechthild war ihm auch das Verhalten, das sein Großvater ihr gegenüber an den Tag legte, nicht entgangen. Philipp kannte den alten Mann gut genug, um seine eigenen Schlüsse daraus zu ziehen, und es tat ihm weh, Sophie derart leiden zu sehen. Die Unbeschwertheit jener morgendlichen Begegnung am Strand (die er in bester Erinnerung behalten hatte) war von ihr abgefallen wie die verwelkten Blätter von einer einst duftenden Rosenblüte, und er war fest entschlossen, der genauen Ursache dafür auf den Grund zu gehen. Allerdings war er sich nicht ganz im Klaren darüber, wie er das Gespräch auf diese Angelegenheit bringen sollte. Unbeholfen zerrieb er einige vom Baum abgeworfene Nadeln zwischen seinen Fingern und sog ihren fruchtig-aromatischen Duft tief ein.

„Ich würde mich freuen, wenn du uns heute Nachmittag auf unserer Ausfahrt begleiten würdest!“, setzte er zunächst mit einem unverfänglichen Thema an.

„Neulich habe ich Mechthild von einer ganz speziellen Stelle oben auf den Klippen erzählt, die ich bei meinen täglichen Ausritten aufsuche, weil man von da aus einen einmaligen Ausblick über unser Land und die ganze anschließende Küste hat, und nun hat sie mich dazu überredet, mit ihr und Frederik dort hinaus zu fahren.“

Nachdem Sophie schwieg, betonte er nachdrücklich: „Heute könnte unsere letzte Gelegenheit zu einem solchen Ausflug sein, denn laut Aussage unserer Landarbeiter wird das herrliche Spätsommerwetter bald ein Ende haben! Bitte schließe dich uns an – ich würde mich wirklich sehr darüber freuen!“

Das Angebot, die reine, milde Luft und den blauen Himmel, der sich wie eine unendliche Kuppel über eine sich allmählich in herbstlich-gedeckten Farben präsentierende Landschaft wölbte, bei einer Ausfahrt zu genießen, klang in der Tat verlockend; andererseits fürchtete sie, erneut den Unwillen des Grafen auf sich zu ziehen, indem sie an diesem Familienausflug teilnahm.

Sie zögerte einen Moment lang, ehe sie unbeabsichtigt herausplatzte: „Ich will mich dir und deiner Familie nicht aufdrängen!“

„Das ist es also!“ Philipp bedachte sie mit einem wissenden Blick. „Großvater hat versucht, dir einzureden, dass du nicht wirklich zu dieser Familie gehörst, nicht wahr?“

Ihr unbehagliches Schweigen sagte mehr als alle Worte.

„Weißt du“ – angestrengt suchte Philipp nach Worten, die dem niedergeschlagenen Mädchen an seiner Seite weiterhelfen könnten – „ich hatte auch so meine Probleme mit meinem Großvater, mit seiner Art und Weise im Umgang mit andern Menschen. Gelegentlich habe ich die auch heute noch, aber ... irgendwie, im Laufe der Zeit, habe ich gelernt, hinter die Fassade seiner Arroganz und seiner Eigensinnigkeit zu sehen. Vor einigen Jahren habe ich ihm und meiner Heimat nach einer handfesten Auseinandersetzung bezüglich meiner Zukunft gänzlich den Rücken zugekehrt, doch ein guter Freund bewog mich dazu, nach Hause zurückzukehren und mich mit Großvater zu versöhnen. Zu diesem Zeitpunkt wurde mir klar, dass hinter seinem zur Schau gestellten Hochmut und dem Verlangen, alle anderen herumzukommandieren und zu manipulieren, auch nur ein Mensch steht. Ein Mensch, der im Grunde ebenso verletzlich ist wie jeder andere, selbst wenn er es nicht zeigen kann. Deshalb bitte ich dich, Sophie: habe Nachsicht mit ihm. Er ... er meint es nicht wirklich unfreundlich, wenn er solche Dinge sagt!"

„Er hat mir deutlich gemacht, dass ich nur Gast in seinem Hause bin und mir am besten bald eine andere Bleibe suchen sollte!", entgegnete sie nahezu tonlos.

„Das hat er tatsächlich gesagt? Das geht eindeutig zu weit! Ich werde ..." Philipp sprang empört auf, um ins Haus zu eilen und Graf Gerhard die Meinung zu sagen, doch Sophie hielt ihn zurück.

„Lass es gut sein, Philipp. Er hat ja recht, außerdem bin ich erwachsen und sollte mein eigenes Leben leben!"

„Aber mit Sicherheit nicht auf diese Weise! Selbst wenn du nicht durch direkte Blutsverwandtschaft mit der Familie Kjeldsen verbunden bist, betrachten sie dich doch als zugehörig und haben dir unendlich viel zu verdanken. Das sollte Großvater eigentlich klar sein! Was, bitte schön, solltest du denn ohne sie tun, ganz auf dich selbst gestellt und ohne jegliche Angehörige?"

„Ich könnte mir beispielsweise eine Stellung als Erzieherin suchen! Schließlich habe ich auch Frederik für geraume Zeit unterrichtet!" Sophies Worte kamen stockend, als sei sie sich ihrer Sache selbst nicht sicher.

Philipp setzte sich erneut neben ihr nieder und betrachtete sie prüfend. „Verzeih bitte meine Indiskretion, aber im Moment scheint mir diese Frage doch angebracht: Deine leibliche Mutter ist nicht mehr am Leben, das weiß ich, aber wie steht es mit deinem Vater? Sollte nicht er ...?"

Heftig stieß Sophie hervor: „Johan Kjeldsen war der Vater, der sich um mich kümmerte, und einen anderen benötige ich auch nicht! Abgesehen davon kenne ich von meinem leiblichen Vater lediglich den Vornamen, weiter nichts! Nachforschungen nach ihm anzustellen wäre also vollkommen zwecklos, selbst wenn ich das wollte – was für mich keineswegs infrage –"

„Es tut mir leid, Sophie!“, unterbrach Philipp ihren Gefühlsausbruch. „Glaub mir, es lag nicht in meiner Absicht, dich aufzuregen oder dir noch mehr wehzutun. Ganz im Gegenteil!“ Er nahm ihre Hand in seine und strich sanft mit dem Daumen über ihren Handrücken. „Und da ohnehin ich derjenige bin, der in absehbarer Zukunft hier das Sagen haben wird, versichere ich dir: Gut Rixtorf wird dein Zuhause sein, solange du selbst es nur wünschst, und niemand wird dich jemals zwingen, es zu verlassen!“ Der neckende, für ihn so charakteristische Zug um den Mund wich einem tiefen Ernst, während er den Blickkontakt zu ihr suchte. Obwohl Sophie es vermied, ihm offen ins Gesicht zu sehen, und stattdessen einen dicht hinter ihm herabhängenden Zweig fixierte, erkannte er die vertrauten bernsteinfarbenen Pünktchen in ihren dunklen Augen. Unwillkürlich beschleunigte sich sein Herzschlag, und in einer plötzlichen Erkenntnis gestand er sich ein, dass er sich ein Leben ohne den täglichen Blick in diese sanften braunen Augen, ohne diese junge Frau mit ihrem zurückhaltenden und doch in sich ruhenden, innerlich gefestigten Wesen nicht mehr vorstellen konnte. Ohne es zu beabsichtigen oder zu bemerken hatte er sich in sie verliebt. Er würde alles in seiner Macht Stehende unternehmen, um ihre Abreise zu verhindern und sie wieder so unbeschwert und glücklich zu sehen wie an ihrem ersten Morgen auf Gut Rixtorf.

„Weißt du eigentlich, Sophie“, begann er leise und löste entschlossen ihren Zeigefinger aus der losen Haarsträhne, mit der sie in ihrer Nervosität gespielt hatte, um auch ihre andere Hand zwischen seine eigenen zu nehmen, „weißt du eigentlich, wie viel es mir bedeutet, dich täglich zu sehen, dich hier bei uns zu haben? Wenn du tatsächlich von uns fortgingst, ich wüsste nicht, wie ich ...“

Seine Stimme brach, sodass Sophie verwundert aufblickte. Die ungewohnte Wärme seiner Stimme, der zärtliche Druck seiner Hände und die Intensität seines Blickes, mit dem er den ihren suchte, verwirrten und erschreckten sie zutiefst. Unwillkürlich fühlte sie sich zurückversetzt in eine andere Zeit, an einen anderen Ort – und das Gesicht eines anderen erschien vor ihrem inneren Auge ...

Ruckartig entzog sie ihm ihre Hände. Sie sprang auf und floh ins Haus, während Philipp alleine und niedergeschlagen zurückblieb.

Matthias stöhnte leise. Der Pferderücken unter ihm wurde von Minute zu Minute härter und unbequemer, und die zwar gleichmäßigen, doch ungewohnten Bewegungen des galoppierenden Tieres machten ihn beinahe seekrank. Trotz allem konnte er es sich nicht leisten, eine Pause einzulegen; er musste Gut Rixtorf so schnell wie möglich erreichen.

Die Nachricht, die er seinem Freund Philipp zu überbringen hatte, duldete keinen Aufschub, wie Matthias sehr wohl bewusst war, obwohl er mit den übrigen Ereignissen, die damit zusammenhingen, nichts Konkretes anzufangen wusste.

Seit dem vergangenen Abend, als Cornelius aufs Äußerste erregt von der Universität zurückgekehrt war, beschäftigten sich seine Gedanken mit diesem Gespräch, das sein Bruder erlauscht hatte.

Cornelius war nach Vorlesungsende auf dem Universitätsgelände zufällig auf dieselbe Gruppe Studenten gestoßen, die sich zwei Wochen zuvor in der Kneipe zusammengefunden hatte, und konnte, da sie ihre Unterhaltung in seiner unmittelbaren Nähe abhielten, nicht umhin, sie mit anzuhören.

Wie damals in der Schenke war der Name des jungen Grafen Philipp von Rixtorf gefallen, diesmal vonseiten des dänischen Studenten Sorenby. Allem Anschein nach hatte dieser einige Tage in der Umgebung von Gut Rixtorf verbracht, um den Grafen zu beobachten und auf diese Weise herauszufinden, wie man ihn wegen seiner Sympathien für Rebellen wie Dahlmann oder Lornsen bestrafen konnte. Nun plante er, mit einem Kommilitonen, der als Zeuge fungieren sollte, dorthin zurückzukehren und allen anderen zu demonstrieren, wie man eine derartige Strafe gekonnt und wirkungsvoll ausführte. Die meisten der Umstehenden hatten sich daraufhin kopfschüttelnd abgewandt, einige jedoch fanden Gefallen an diesem Gedanken.

„Sie wollen sich noch heute gemeinsam auf den Weg dorthin machen und diese Sache durchziehen!", hatte Cornelius seinem älteren Bruder empört berichtet. „Ich denke, du solltest deinen Freund unbedingt vor ihnen warnen!"

„Aber das ist doch völliger Irrsinn! Diese ganze Geschichte mit Philipp liegt Jahre zurück. Ich weiß nicht einmal, ob er seine Meinung in dieser Sache nicht unterdessen geändert hat! Sie können jetzt nicht ..."

„Oh doch, sie können! Du hast diesen Aufschneider Sorenby nicht gesehen. Er ist regelrecht besessen von dem Gedanken! Ich glaube, sein übertriebenes Geltungsbedürfnis zwingt ihn dazu, den anderen auf diese Art zu beweisen, was für ein toller Kerl er ist – und diese anderen machen eben mit! Du weißt ja, manche Burschen sind einfach für jede Gemeinheit zu haben. Deshalb halte ich es wirklich für nötig, Philipp zu warnen!"

Matthias hatte dem Drängen seines Bruders schließlich nachgegeben. Selbst wenn die Pläne dieser jungen Männer sich letzten Endes lediglich als heiße Luft erweisen sollten, sollte Philipp zumindest so schnell wie möglich darüber informiert werden, um sich in nächster Zeit ein wenig vorsehen zu können.

Ein sofortiger Aufbruch nach Gut Rixtorf war aufgrund der hereinbrechenden Dunkelheit leider nicht mehr möglich gewesen, weshalb Matthias am nächsten Morgen kurzerhand ein Reitpferd gemietet hatte, um den Vorsprung, den Philipps Widersacher hatten, durch einen Querfeldeinritt wiedergutzumachen.

Er hatte diesen Weg quer über Wiesen und Felder, der die Strecke zwischen Kiel und Gut Rixtorf fast um ein Drittel verkürzte, bereits einmal – gemeinsam mit Philipp – zurückgelegt, doch an diesem Morgen schien er Matthias kein Ende zu haben. Nach wie vor hatte er nämlich keine besondere Vorliebe für Pferde oder das Reiten. Auch sein Reittier zeigte mit der Zeit Ermüdungserscheinungen. Aus dem anfänglichen Galopp ging es in einen gemächlichen Trab über, um schlussendlich in ein schneckengleiches Schritttempo zu verfallen. Obwohl Matthias im Grunde für diese wesentlich körperschonendere Gangart dankbar war, gab er sich alle Mühe, den Braunen wieder anzutreiben. Das Gefühl der Dringlichkeit seiner Warnung, das mit jeder verstreichenden Minute zuzunehmen schien, ließ ihm keine andere Wahl.

Trotz aller Eile war es bereits um die Mittagszeit, als er das Dorf, welches dem Herrenhaus am nächsten lag, passierte. In der Hoffnung, sein Pferd dadurch zu einer letzten Anstrengung zu motivieren, drückte er ihm die Fersen in die Flanken. Widerwillig setzte es sich noch einmal in Trab – um im nächsten Moment mit dem rechten Vorderhuf in einem Kaninchenbau stecken zu bleiben. Der leer stehende Bau war von einer dicken Grassode bedeckt, sodass weder das Pferd noch der Reiter ihn hatten sehen oder erahnen können.

Durch den plötzlichen Halt segelte Matthias in hohem Bogen vom Pferderücken, konnte sich jedoch umgehend wieder erheben. Abgesehen von einer leichten Prellung an seinem ohnehin schmerzenden verlängerten Rücken war ihm nichts zugestoßen. Das Pferd hingegen hatte sich verletzt: Es stand, mit schreckhaft geblähten Nüstern, nur noch auf drei Beinen. Offensichtlich konnte es das rechte Vorderbein nicht mehr belasten.

Matthias blieb nichts anderes übrig, als das verletzte Tier auf der Wiese zurückzulassen und den Rest seines Weges zu Fuß zurückzulegen, während er inständig hoffte und betete, dass er Philipp seine Warnung noch überbringen konnte, ehe es zu spät dafür war.

Mit einer erschöpften Handbewegung strich Henrik die nass geschwitzte schwarze Stirnlocke aus seinem erhitzten Gesicht: Die ungewohnte körperliche Betätigung mit der Säge und der Schlafmangel der letzten Nacht forderten ihren Tribut.

Am vergangenen Nachmittag, noch bevor Cornelius seinen Bruder von ihrem Vorhaben informiert hatte, hatten Henrik und drei seiner Kommilitonen eine Kutsche samt Fahrer gemietet und sich auf den Weg zu dem Landgut des jungen Grafen begeben. Gegen einen ansehnlichen Aufpreis aus Henriks Tasche hatte der Kutscher sich sogar bereit erklärt, die Nacht hindurch zu fahren, sodass sie schon vor Sonnenaufgang ihr Ziel erreicht hatten.

Der Däne hatte während der Fahrt ausreichend Zeit gehabt, seine „Zeugen" in sämtliche Einzelheiten des geplanten Vorhabens einzuweihen, und sich in ihren anerkennenden Bemerkungen zu sonnen. An Schlaf war natürlich nicht zu denken, aber allein diese vergnügten Stunden waren alle Kosten und Mühen, die er auf sich genommen hatte, um die Akzeptanz, wenn nicht sogar Freundschaft seiner neuen Kommilitonen zu gewinnen, wert.

Ehe er die Säge aus der Hand legte, begutachtete Henrik noch einmal die Holzbalken, auf denen die Brücke ruhte, und nickte zufrieden. Obwohl er nicht unbedingt ein erfahrener Handwerker war, war er davon überzeugt, dass die Tiefe der Kerben, mit welchen er die tragenden Balken der Brücke versehen hatte, ausreichte, um diese bei entsprechender Belastung zum Einsturz zu bringen. Bei der Belastung durch einen Reiter mit seinem Pferd beispielsweise.

Und aufgrund der Beobachtungen, die Henrik während der letzten beiden Wochen angestellt hatte, um herauszufinden, an welchem Punkt er den jungen Rixtorf am empfindlichsten treffen konnte, wusste er genau, welches Pferd und welcher Reiter diese Brücke in Kürze passieren würden: Der junge Graf pflegte tagtäglich um dieselbe Zeit und auf demselben, nämlich über diese Brücke führenden Weg, mit seinem Hengst auszureiten.

Laut Aussage eines Stalljungen des Gutes – den Henrik mit einer Handvoll Münzen dazu gebracht hatte, ihm sämtliche Fragen zu beantworten – handelte es sich bei diesem Hengst mit dem lächerlichen Namen „Sir Lancelot“ um das wertvollste Tier aus den gräflichen Stallungen und gleichzeitig um Philipp von Rixtorfs liebsten Besitz. Somit war das Pferd der perfekte Angriffspunkt.

Anfänglich hatte Henrik mit dem Gedanken gespielt, sich im Schutz der Nacht in die Stallungen zu schleichen und das Tier zu vergiften, doch in Anbetracht der unmittelbaren Nähe des Gesindehauses mit seinen zahlreichen Bewohnern hatte er diesen Plan bald wieder verworfen und stattdessen beschlossen, einen „Unfall“ zu inszenieren, wenn niemand sich in der Nähe befand.

In gebührender Entfernung war er Philipp bei seinen täglichen Ausritten gefolgt und dabei auf diese Brücke gestoßen, die weit entfernt vom Herrenhaus und außerdem etwas abseits der breiteren, befahrenen Küstenstraße und des Dorfes lag.

Ein kleiner Fluss, der in der Breite nicht viel mehr als drei Meter maß, hatte sich hier seinen Weg zur See gebahnt, indem er sich zwischen zwei sandigen, lose mit Büschen und Gras bewachsenen Abhängen hindurchschlängelte, die nicht weit von der Stelle, an welcher sich die Brücke über den Fluss spannte, steil zum Strand hin abfielen. Die Brücke selbst machte zwar einen stabilen Eindruck, doch ihre Verankerung im sandigen Untergrund barg durchaus ihre Tücken, sodass sich sicher niemand darüber wundern würde, wenn sie eines Tages plötzlich einstürzte.

Idealere Umstände für den geplanten Reitunfall des jungen Gutsherrn hätte Henrik kaum vorfinden können. Gleichgültig, ob dieser oder sein Pferd dabei lediglich Verletzungen davontrugen oder aber ums Leben kamen – kein Mensch würde auf die Idee kommen, hinter dem Unfall einen Sabotageakt zu vermuten.

Einzig Henrik und seine zu diesem Anlass herbeigeschafften Zeugen wüssten über die wahren Hintergründe des Unglücks Bescheid und könnten vor ihren Kameraden damit glänzen, auf welch drastische Weise sie dem jungen Adligen seine rebellischen Ansichten vergolten hatten.

Mit einem triumphierenden Lächeln hob Henrik nach vollbrachtem Werk die Hand mit der Säge und winkte seinen Begleitern, die sich in der Nähe der Brücke im Gebüsch versteckt hielten, zu, um ihnen zu bedeuten, dass er fertig war. Anschließend lief er ebenfalls zu dem Gebüsch hinüber, um sich dort zu verbergen, und wartete darauf, dass die Dinge ihren vorhergesehenen Lauf nahmen.

Kapitel 22

Schweigend nahm Sophie ihren Platz in der offenen Kutsche ein und lauschte den munteren Worten, die zwischen den übrigen Insassen des Wagens hin und her flogen.

Philipp teilte sich die Bank des Kutschers mit Frederik, der beinahe platzte vor Stolz darüber, die Zügel des Gespanns (mit) führen zu dürfen, während Mechthild, Sophie und Philipps Freund die Rückbank besetzten.

„Matthias Schwartz, angehender Pastor und Seelsorger, und trotzdem – oder vielleicht gerade deshalb – mein bester Freund!“, hatte Philipp scherzhaft den Gast vorgestellt, der während des Mittagsmahles gänzlich unerwartet auf Gut Rixtorf erschienen war.

Nachdem er den jungen Mann mit Sophie und seinen Verwandten aus Dänemark bekannt gemacht hatte, hatten die beiden Freunde sich mit einem entschuldigenden Blick in Richtung des Hausherrn zurückgezogen, um die dringende Angelegenheit zu besprechen, die Matthias unangemeldet hierher geführt hatte.

Die Anstrengung des langen Rittes und seines anschließenden Fußmarsches war Matthias ebenso deutlich anzusehen wie seine Besorgnis über die Botschaft, die er Philipp zu überbringen hatte, sodass die Freunde sich wenige Minuten später mit ernsten Mienen wieder zu den anderen gesellt hatten.

Während der angeregten Unterhaltung, die sich bei Tisch zwischen seinem Freund, seiner Mutter Luise Kjeldsen und Mechthild entspann, hatten sich Philipps Gesichtszüge jedoch bereits merklich geglättet, und sein Vorschlag, Matthias möge sie auf ihrem heutigen Ausflug zu den Klippen begleiten, stieß auf allgemeine Zustimmung. Selbst Sophie, auf deren Teilnahme Philipp nach ihrer Flucht vor ihm heute Morgen nicht mehr zu hoffen gewagt hatte, schien davon nicht abgeneigt zu sein. Als er später den Wagen vor das Eingangsportal gebracht hatte, hatte sie diesen jedenfalls gemeinsam mit Mechthild bestiegen, als hätte sie niemals etwas anderes vorgehabt.

Möglicherweise fühlte sie sich in der Gegenwart seines Freundes, dessen ernsthafter, besonnener Charakter dem ihren nicht ganz unähnlich war, ja wohler als in der seinen?! Ein ihm bis dahin unbekanntes Gefühl der Eifersucht wallte in Philipp auf. Er warf einen prüfenden Blick zur Seite. Mehr oder minder beruhigt stellte er fest, dass Sophie sich nicht anders verhielt als gewöhnlich. Von ihrem zwischen Mechthild und Matthias gelegenen Sitzplatz aus widmete sie der vorüberziehenden Herbstlandschaft offensichtlich mehr Aufmerksamkeit als dem Gespräch ihrer Nachbarn.

Philipp konnte das sehr gut nachvollziehen. Auch er liebte diese Herbsttage, an denen die geräuschvolle Geschäftigkeit des Hochsommers und der letzten emsigen Erntetage überging in diese gedämpfte, beruhigende Stille, in der das Rascheln jedes einzigartig gefärbten herabfallenden Laubblattes zu vernehmen war. Herbsttage, an denen Hunderte kleiner Insekten in dem goldenen Licht zwischen den Bäumen des Waldes einen nicht enden wollenden Tanz vollführten und an denen selbst das Rauschen der Wogen am Strand nicht viel mehr zu sein schien als das sanfte Plätschern eines Baches.

In diesem Augenblick bemerkte Sophie Philipps auf ihr ruhenden Blick und senkte verschämt den Blick auf ihre Schuhspitzen, die unter den volantbesetzten Säumen ihres Ausgehkleides hervorlugten. Dieses Kleid hatte sie am heutigen Morgen noch nicht getragen, wie Philipp sehr wohl registrierte. Und er kam auch nicht umhin festzustellen, dass es ihr aufgrund der warmen Rottöne des dezent eingewirkten Stoffmusters besser zu Gesicht stand als jedes andere Kleid, das er jemals an ihr gesehen hatte.

Um sie nicht weiter in Verlegenheit zu bringen, zwang sich Philipp, seine Konzentration wieder auf Frederik zu richten, der die zwischenzeitliche Unaufmerksamkeit des eigentlichen Kutschers dazu genutzt hatte, die Zügel ganz in seinen Griff zu bekommen und die Fahrt in zunehmend bedenklichen Schlangenlinien fortsetzte.

„Lass dir lieber helfen“, wandte er sich freundschaftlich an seinen jungen Vetter, „sonst landen wir dort vorne in dem Fuchsbau, noch ehe wir einen einzigen Hilfeschrei von uns geben können!“

Mit einem Blick auf den weitab der Straße gelegenen Fuchsbau lachte Frederik laut auf. Die übrigen Wageninsassen stimmten mit ein, doch nicht einmal ihr eigenes Lachen vermochte Sophies Herz, dessen schmerzhaftes Klopfen unter Philipps aufmerksamen Blicken und nach der seltsamen Andeutung am Morgen beständig zunahm, zur Ruhe zu bringen.

Nachdem der Wagen den schmalen Waldweg hinter sich gebracht hatte und – diesmal in den dafür vorgesehenen Spuren – auf den breiteren Feldweg entlang der Küste eingebogen war, schlug Philipp ein rascheres Tempo an. Er wollte den Rest dieses Wegstückes, das er für gewöhnlich auf Sir Lancelot zurücklegte, endlich hinter sich bringen, um so schnell wie möglich ihr Ziel, den Aussichtspunkt, zu erreichen. Dort, so hoffte er, würde sich ihm vielleicht noch einmal die Möglichkeit eines ungestörten Gespräches mit Sophie bieten.

Selbst auf die Gefahr hin, dass sie ihm eine Abfuhr erteilen oder erneut davonlaufen würde, konnte er es nicht zulassen, dass die so abrupt abgebrochene Unterhaltung dieses Morgens weiterhin zwischen ihnen stand und ein weiteres ungetrübtes Miteinander vereitelte.

Schwer atmend erklomm das Gespann den ersten der beiden Abhänge, zwischen denen sich der tiefer gelegene Erlenbach seinen Weg gebahnt hatte, um sich nur wenige Meter entfernt ins Meer zu ergießen. Dabei verlor die Kutsche ebenso rasch an Tempo, wie sie vorher zugelegt hatte. Als das hölzerne Bauwerk der Brücke vor den Wageninsassen sichtbar wurde, lehnte Frederik sich nach vorne. Erschrocken zeigte er darauf. „Ist das dort vorne die Brücke, vor der Großvater uns gewarnt hat? Und müssen wir da wirklich mit der Kutsche rüber?"

„So ist es, Frederik!", gab Philipp zurück. „Aber sei unbesorgt, uns wird nichts geschehen. Sir Lancelot und ich überqueren diese Brücke tagtäglich, ohne dass mir jemals etwas besonders Gefährliches an ihr aufgefallen wäre. Was Brücken angeht, ist Großvater lediglich ein wenig übervorsichtig, nachdem er vor einigen Jahren diesen Unfall wegen der weggespülten Brücke des Jagdhauses hatte, weißt du?"

Frederik nickte verstehend. „Weil die Brücke weggeschwemmt war, wollte er mit seinem Pferd über den Bach springen. Aber es sprang zu kurz, und deswegen fiel Großvater ins Wasser und wäre dabei fast gestorben. So hat er es uns erzählt, nicht wahr, Mechthild?"

Mechthild, die nur mit halbem Ohr zugehört hatte, nickte unbekümmert. Ihre Unterhaltung mit Matthias nahm sie so sehr in Anspruch, dass sie ihrem Bruder keine große Beachtung schenkte.

Sophie hingegen spürte die unterdrückten Ängste ihres Pflegebruders, welche durch die Bemerkung seines Großvaters neu geweckt worden waren. Obwohl er sich in jüngster Zeit zunehmend von ihr gelöst und stattdessen seinem älteren Vetter angeschlossen hatte, den er mit kindlichem Eifer verehrte und nachahmte, bestand noch immer diese besonders innige Verbindung zwischen ihnen.

Sie erklärte mit fester Stimme: „Philipp wird beim Befahren der Brücke sicherlich ganz besonders vorsichtig sein, Frederik!"

Der beschwörende Unterton in ihrer Stimme war nicht zu überhören, weshalb Philipp umgehend bekräftigte: „Das werde ich, Frederik, vertraue mir! Und sieh nur: Diese Brücke ist solide und stabil gebaut – ganz und gar nicht zu vergleichen mit dem windigen, selbst gezimmerten kleinen Brücklein des Jägers, das damals bei dem Hochwasser davongeschwemmt wurde." Er umfasste die Zügel ein wenig fester und steuerte sein verlässliches Gespann behutsam auf die hölzerne Brücke zu. Langsam und vorsichtig setzten die Pferde einen Huf vor den anderen, während der Wagen sacht hinter ihnen herschaukelte.

Frederik lehnte sich ein wenig zurück, doch seine Gesichtszüge blieben weiter angespannt. Er würde erst wieder aufatmen, wenn sie ihre Fahrt über die Brücke heil überstanden hatten.

Das unverwechselbare Rattern von Rädern auf steinigem Untergrund und das leichte Quietschen und Knarren einer gefederten Kutsche weckte Henrik aus seinem vorübergehenden Schlummer. Verwirrt schreckte er hoch und stellte fest, dass es seinen Freunden nicht besser ergangen war als ihm: Das Warten auf die Ankunft des jungen Grafen hatte sich länger hingezogen als gedacht und sie nach der durchwachten Nacht offenbar alle gemeinsam einschlafen lassen.

Mit einem kaum spürbaren Klaps auf die Schulter weckte Henrik seinen Nebenmann, der sich daraufhin aus seiner reichlich unbequemen Position inmitten des Gebüschs aufrichtete und verstört fragte: „Was gibt's, Sorenby?"

Wortlos, einen Finger bedeutsam über seine Lippen gelegt, deutete Henrik mit einer Kopfbewegung in Richtung des Weges, aus der nunmehr Stimmen zu hören waren. Beim ersten Blick auf den langsam sichtbar werdenden Wagen erstarrte er sichtlich, während der zweite seiner Begleiter verblüfft hervorstieß: „Aber ... das ist gar nicht dein einsamer Reiter, sondern ein ganzer Wagen voller Menschen!"

Zwischen zusammengebissenen Zähnen presste Henrik hervor: „Das sehe ich selbst!" Fieberhaft glitt sein Blick über die immer deutlicher erkennbaren Wageninsassen, bis er schließlich an Philipp hängen blieb. „Na also, da ist er doch!", murmelte er seinen Spießgesellen halblaut zu. „Das ist zwar nicht ganz so, wie ich es geplant hatte – aber ob wir ihn nun mit seinem wertvollen Pferd erwischen oder mit einer Kutsche, hat für uns doch im Grunde keinerlei Bedeutung!"

Die anderen nickten ihre Zustimmung. Und dennoch: Henriks Gewissen sprach eine andere Sprache. Es war sehr wohl von Bedeutung, einen Menschen ganz bewusst in Lebensgefahr zu bringen, um ihm durch einen Reitunfall einen Denkzettel zu verpassen – aber gemeinsam mit diesem noch vier weitere Menschenleben aufs Spiel zu setzen, übertraf diese Untat noch bei Weitem!

In seinem Zorn über die frühere Zurückweisung durch seine Kommilitonen und seinem ungestillten Bedürfnis nach ihrer Anerkennung hatte er sich da in eine Situation manövriert, die ihm momentan völlig aus den Händen glitt. Verzweifelt überlegte er, ob er sich die Blöße geben sollte, den jungen Rixtorf samt seinen Mitfahrern im letzten Augenblick, ehe sie die Brücke befuhren, noch zu warnen, aber es war bereits zu spät. Die Hufe der Pferde berührten soeben den Plankenboden der Brücke.

In selben Augenblick erkannte Henrik auch die beiden jungen Frauen auf der Rückbank des offenen Wagens.

Während der gesamten Zeit seiner Beobachtung Gut Rixtorfs und der Umgebung hatte er sich einzig und allein auf die Person Philipps fokussiert, sodass er den restlichen Bewohnern des Herrenhauses kaum mehr Beachtung geschenkt hatte als dem alten Jagdhund, der dort ein- und ausging. Die beiden jüngeren Damen, bei denen es sich entsprechend der Auskunft seines jungen Informanten um irgendwelche Verwandten handelte, hatte er allenfalls als eine erfreuliche Abwechslung für sein Auge empfunden, ohne sie jemals aufmerksamer oder aus der Nähe zu betrachten.

Wie hätte er auch ahnen können, dass es sich bei ihnen um alte Bekannte handelte? Um Mechthild Kjeldsen und Sophie, die er vor mehreren Jahren in Kopenhagen zum letzten Mal gesehen hatte? Sophie – die er einst wirklich verehrt und geliebt hatte ... bis sein Vater ihm empfohlen hatte, derart „weibische" Gefühle für immer aus seinem Leben zu verbannen und sich stattdessen an die Dinge und Personen zu halten, die seiner Karriere förderlich waren ... Von diesem Zeitpunkt an bis zum heutigen Tag hatte er sich an diesen Rat seines Vaters gehalten – und wohin hatte es ihn gebracht?

Im wahrsten Sinne des Wortes gelähmt vor Schrecken beobachtete er, wie der Wagen mit den beiden Mädchen an Bord sich unaufhaltsam vorwärtsbewegte. Es konnte sich höchstens noch um Sekunden handeln, bis die Brücke unter ihm nachgab und er mitsamt allen Insassen abstürzen würde.

Henrik überwand den Zustand seiner lähmenden, tatenlosen Ohnmacht.

„Nein!", rief er aus voller Kehle und stürzte vorwärts.

Als die Pferde die Brücke betraten, rückte Frederik unwillkürlich noch ein Stück näher an seinen älteren Vetter. Die Zügel hatte er Philipp längst vollständig überlassen, um sich mit aller Macht an der hölzernen Lehne hinter ihm festzuklammern. Die Angst vor der Brücke, vor der Überquerung des schmalen, harmlosen Gewässers unter ihm stand ihm nun deutlichst ins leichenblasse Gesicht geschrieben. Damals, bei dem Schiffsunglück, das seinen Vater das Leben gekostet hatte, hatte er im Voraus nicht das geringste bisschen Furcht verspürt, doch heute war da dieses unbeschreibliche Gefühl der Enge in seiner Kehle, als würde ihm jeden Augenblick die Luft ausgehen. Obwohl die Erwachsenen seine Sorge nicht zu teilen schienen, wusste er doch ganz genau, dass im nächsten Augenblick etwas Furchtbares geschehen würde. Und er konnte nicht einmal etwas sagen, nicht einmal schreien, weil seine Furcht ihm schlicht die Atemluft abdrückte.

Sophie streckte beruhigend eine Hand nach ihm aus. Sie wollte etwas sagen – irgendetwas, um seine Ängste zu beschwichtigen –, als plötzlich der hölzerne Untergrund der Brücke zu knacken begann. Das leise, zuerst kaum vernehmbare Knacken steigerte sich zu einem bedrohlichen Knirschen, dem auf der Stelle das laute Bersten eines Holzbalkens folgte. Wie aus einem Munde stießen Mechthild, Sophie und Matthias einen erschrockenen Schrei aus. Frederik blieb stumm, lediglich seine Hand fuhr an seine Kehle, wo sie zitternd liegen blieb.

Philipp ließ schreckensbleich die Zügel auf den Rücken seines Gespanns klatschen, das daraufhin einen riesigen, ruckartigen Satz nach vorne machte. Mit einem hastigen

Blick nach hinten registrierte er, wie der hölzerne Boden der etwa neun Meter langen Brücke langsam unter dem Wagen nachgab. Beginnend an dem Ende, das sie bereits hinter sich gebracht hatten, stürzte Bohle für Bohle nach unten ins Wasser des kleinen Baches beziehungsweise auf dessen sandiges Ufer, wo bereits die weggebrochene Hälfte eines ehemals tragenden Balkens der Brücke lag.

Die dunkel gekleidete Gestalt, die sich von der anderen Seite rufend und winkend auf ihren Wagen zubewegte, nahm er nur aus dem Augenwinkel heraus wahr.

Sophie und Matthias wandten ebenfalls die Köpfe. Der Anblick der hinter ihnen abstürzenden Bodenbretter, das Gefühl, dass ihr wortwörtlich der Boden unter den Füßen entzogen wurde, erschien Sophie wie ein entsetzlicher, sich in quälender Langsamkeit abspielender Albtraum, aus dem sie niemals wieder erwachen würde.

In Wahrheit waren es nur Sekundenbruchteile, bis die Pferde, von Philipp zur Höchstleistung angetrieben, den kleinen Teil, der von der Brücke noch übrig war, verließen und wieder festen Boden unter den Hufen hatten. Die rückwärtigen Räder des hinter ihnen schlingernden, zum Teil im Leeren schwebenden Wagens prallten hart gegen die schräg abfallende Kante des sandigen Abhangs, ehe sie erneut griffen und der Wagen offensichtlich unbeschädigt weiter vorwärtsrollte.

Sie waren gerettet! Sophie wollte bereits erleichtert aufatmen und beugte sich nach vorne, um den schreckensbleichen, keuchend nach Luft ringenden Frederik zu trösten, als sie bemerkte, dass Philipp den Wagen in keinster Weise mehr unter Kontrolle hatte. Das ganze Ereignis, spätestens jedoch der Aufprall, hatte die Zugtiere in eine wilde Panik versetzt.

In rasendem Galopp überwanden sie das Plateau, auf dem sich der Aussichtspunkt befand, und näherten sich seiner entgegengesetzten, der See zugewandten Seite. Voll verzweifelter Anstrengung kämpfte Philipp darum, die Tiere wieder unter seine Führung zu bringen, um sie schließlich, nur wenige Huftritte entfernt von der Stelle, an welcher das Plateau endete, zum Stehen zu bringen.

Wenngleich er auf diese Weise verhindern konnte, dass sein gesamtes Gefährt auf den tief unter ihnen liegenden Strand stürzte – eines konnte er nicht verhindern: Der abrupte, gewaltsame Halt hatte Frederik wie eine Feder aus dem vorderen Sitz gehoben. Über den Wagen und die Abbruchstelle des Plateaus hinweg wurde er nach unten geschleudert.

Mit einem Satz war Sophie, die gemeinsam mit Mechthild und Matthias äußerst unsanft auf dem Wagenboden gelandet war, wieder auf den Beinen, sprang aus der Kutsche, schlug einen weiten Bogen um die erregt stampfenden und schnaubenden Pferde und beugte sich tief über den Rand des Abgrunds. Voll der schlimmsten Befürchtungen suchte sie den Boden des Strandes weit unterhalb ihres Standpunktes nach Frederiks vermutlich zerschmettertem Körper ab, als plötzlich eine leise Stimme erklang.

„Hilf mir, Sophie!"

Zu ihrer grenzenlosen Erleichterung war Frederik nicht auf den Strand hinuntergestürzt. Er hatte, nur ein kurzes Stück unterhalb der Kante, an einem aus dem Abhang ragenden Wurzelstück Halt gefunden. Sein Atem ging schwer, stoßweise, seine furchtsam aufgerissenen Augen waren flehentlich auf Sophie gerichtet, während er sich mit all seiner Kraft an das hervorstehende Stück Holz klammerte, das sich allerdings jeden Moment zu lösen drohte.

Angesichts dieser Gefahr bedurfte es für Sophie keiner weiteren Überlegung mehr. Sie würde nicht tatenlos zusehen, wie ihr geliebter kleiner Pflegebruder möglicherweise zu Tode stürzte und Tante Luise, die noch immer damit zu kämpfen hatte, den Tod ihres Gatten zu verwinden, auch noch eines ihrer Kinder verlor!

Mit äußerster Entschlossenheit riss sie sich von Philipp, der mittlerweile neben ihr kniete und versuchte, sie zurückzuhalten, los und machte sich an den Abstieg.

Ungläubig starrte Philipp auf Sophie, die sich immer weiter von der Kante des steilen Abhangs entfernte, indem sie sich behutsam, einen winzigen Schritt nach dem anderen, mit den Füßen nach unten tastete und sich gleichzeitig an allem festhielt, was ihr in die Hände kam und dafür geeignet schien.

Selbst wenn sie es auf diese Weise bis zu Frederik schaffen sollte – wie wollte sie ihn denn mit nach oben bringen?! Vermutlich würde diese unüberlegte Tat nicht nur Frederik, sondern auch Sophie selbst das Leben kosten!

Plötzlich kam wieder Leben in seine reglose Gestalt. Er wandte sich an Matthias. Dieser stand stumm an seiner Seite, nur seine Lippen bewegten sich in lautlosem Gebet. Noch nie in seinem Leben war Philipp so dankbar für seinen gläubigen Freund gewesen: In ihrer jetzigen Situation hatten sie die Hilfe Gottes wahrlich nötig! Doch die Zeit drängte …

„Hilf mir, die Pferde von ihren Riemen loszumachen!“, befahl er deshalb hektisch und eilte zum Wagen zurück. „Ich werde sie mir um den Leib binden und hinunterklettern, um Frederik und Sophie zu holen. Du musst mich von hier oben sichern!“

In fieberhafter Eile machten die beiden sich an die Umsetzung dieses Planes, während Mechthild verstört an Ort und Stelle blieb, um Sophie und Frederik im Auge zu behalten.

Als die Riemen des Pferdegeschirrs endlich gelöst und zusammengeknotet waren, hatte Sophie sich Frederik bis auf wenige Zentimeter genähert.

Der Junge wimmerte leise vor sich hin und seine krampfhaft um die Wurzel geklammerten Hände zitterten vor Anstrengung. Sophie sprach ihm ermutigend zu.

Nur einen Moment, ehe sich die Wurzel aus der Wand löste und seinen bebenden Händen entglitt, war sie bei ihm und schlang ihren rechten Arm um seine Hüfte. Ihre linke Hand krallte sie dabei in den Abhang, ihre Füße stemmte sie gegen einen kleinen Vorsprung. Diese Position war alles andere als sicher, vor allem, da sie sie nicht mehr lange würde einhalten können!

„Eil dich, Philipp!“, drängte Mechthild ihren Vetter, der sich inzwischen Stück für Stück in Richtung der Unglücksstelle abseilte.

Dank Matthias' Sicherung war er hierbei wesentlich schneller als vorher Sophie.

„Ich hab dich, Frederik!“, verkündete er, sobald er den Jungen mit sich ans Seil geknotet hatte. „Du kannst Sophie jetzt loslassen!“

Nur widerwillig löste sich Frederik von Sophies Rockschößen, die er ergriffen hatte, als er den Wurzelstrang verlor, und ließ sich von Philipp nach oben bringen.

Vor seinem Aufstieg aber beugte sich Philipp zu Sophie, deren Gesicht zunehmend Anzeichen von Erschöpfung zeigte. „Bleib genau da, wo du bist, Sophie! Ich bin gleich wieder hier, um dich zu holen. Halt durch!“, bat er eindringlich.

Sie nickte stumm. Frederik festzuhalten, hatte sie in der Tat alle Kraft gekostet, sodass sie sich nun kaum mehr in der Lage fühlte, sich noch länger an Ort und Stelle zu halten, von einem selbstständigen Aufstieg ganz zu schweigen.

Matthias hatte unterdessen mit ähnlichen Schwierigkeiten zu kämpfen. Die Lederriemen des Pferdegeschirrs schnitten tief in seine Handflächen, nachdem er nun zusätzlich zu Philipps auch das Gewicht des Jungen halten musste, und Philipp, behindert durch Frederiks Körper, nicht mehr in der Lage war, sich selbst zu helfen und damit die Last der Riemen zu erleichtern.

Schweißtropfen perlten von Matthias' Gesicht und sein Atem ging immer schwerer, während er sich mit aller Macht seines hochgewachsenen schmalen Körpers in die Riemen hängte, um die schwere Last in die Höhe – in Sicherheit – zu hieven. Auch als Mechthild mit Hand anlegte, spürte er nur wenig von einer Verringerung des Zuges am Seil. Im Gegenteil, es schien ihm, als glitte ihm ein Millimeter des Riemens um den anderen durch die Hände.

Er schickte ein weiteres Stoßgebet gen Himmel.

Plötzlich erklang eine Stimme hinter ihm und Mechthild.

„Lasst mich euch helfen!" Ohne eine Antwort abzuwarten, ergriff Henrik das herabhängende Ende der Lederriemen und zog an.

„Sorenby!", entfuhr es Matthias verblüfft, während Mechthild zu gleicher Zeit ein entgeistertes „Henrik! Was tust du denn hier?" ausstieß.

„Später werde ich euch alles erklären!", erwiderte Henrik knapp. „Wenn wir alle in Sicherheit gebracht haben!"

Nachdem keiner der Kutscheninsassen auf sein vorheriges Rufen reagiert oder ihn gesehen hatte, war er so rasch er konnte zur Unglücksstelle geeilt – beseelt von der Hoffnung, durch seine Hilfe wenigstens einen Bruchteil seiner ungerechtfertigten Bosheit gegenüber Philipp, die ihm beim Anblick der Kutsche und vor allem Sophies bewusst geworden war, wiedergutzumachen. Dass seine Begleiter sich sofort nach dem Unglück aus dem Staub gemacht hatten, hatte Henrik gar nicht mehr zur Kenntnis genommen.

Mit seiner tatkräftigen Unterstützung gelang es Matthias endlich, Philipp und Frederik über die Kante des Plateaus emporzuheben. Sobald Mechthild ihren kleinen Bruder,

der schlaff und halb besinnungslos vor Furcht in den Armen seines Vetters lag, von den Riemen gelöst und liebevoll in ihren Schoß gebettet hatte, machte sich Philipp erneut an den Abstieg.

Von unten her beobachtete Sophie erleichtert, wie die kräftigen Beine in den schwarzen Stiefeln ihr langsam näher kamen. Frederik war in Sicherheit – und auch bei ihr würde es bald, noch ehe ihre schwindenden Kräfte ganz nachließen, so weit sein. Als sie sich vorher über den Hang zu Frederik hinabgelassen hatte, hatte sie die Möglichkeit, den Rückweg nicht alleine zu schaffen, nicht einmal in Betracht gezogen, aber nun ... Wie gut, dass Philipp da war! Er war ein Mann, auf den man sich in allen Situationen verlassen konnte. Er würde seine Familie oder seine Freunde niemals im Stich lassen, so wie sie bereits einmal schmählich im Stich gelassen worden war!

Völlig benommen vor Erschöpfung, aber dennoch zuversichtlich, schloss sie die Augen und wartete auf ihren Retter.

Als wenige Momente später jedoch der leicht aus dem Hang hervorstehende sandige Absatz, gegen den sie ihre Füße gestemmt hatte, nachzugeben begann, erwachte sie aus ihrem benommenen Zustand. Mit letzter Kraft griff sie nach Philipps Hand, die ihrer bereits ganz nahe war. Doch verfehlte sie sie knapp – sie stürzte in die Tiefe.

„Sophie!“

Philipps Ausruf des Entsetzens erreichte Sophies Ohr nicht mehr.

Kapitel 23

Im weichen Sand des Strandes kauernd, strich Philipp mit bebenden Fingern über Sophies ungewohnt blasse Stirn, Wangen und die fest geschlossenen Augenlider unter den langen dunklen Wimpern. „Sieh mich an, Sophie!“, murmelte er dabei unentwegt. „Ich bitte dich, wach auf und sieh mich an!“

Aber Sophies regloser Körper ließ nicht die geringste Reaktion auf seine eindringlichen, flehenden Worte erkennen. Lediglich ein schwaches Heben und Senken der Brust zeigte an, dass noch Leben in diesem Körper steckte, der nach dem Sturz in einer unnatürlich verdrehten Position am Grunde des Abhangs aufgeschlagen war. Sophies linkes Bein lag in einem seltsamem Winkel abgespreizt und dabei halb unter ihrem Rücken verborgen, der sich dadurch leicht nach oben krümmte. Ihre Arme waren weit ausgestreckt, als hätte sie versucht, ihren Fall mit diesen abzufangen. Die Hände und das nach oben gewandte Gesicht waren durch einige Kratzer und blutverschmierte Schürfwunden entstellt.

Genau so hatte Philipp sie vor wenigen Minuten vorgefunden, nachdem Matthias und Henrik ihn mithilfe der notdürftig aneinandergeflickten Riemen den Abhang ganz nach unten abgeseilt hatten. Möglicherweise waren seitdem auch Stunden vergangen; Philipp wusste es nicht mehr mit Bestimmtheit zu sagen. Der Schock, Sophie schätzungsweise sechs bis sieben Meter weit in die Tiefe stürzen zu sehen, obwohl ihre Rettung bereits greifbar gewesen war, und sie mit einem endgültigen, dumpfen Aufprall am Boden aufschlagen zu hören, hatte jegliches Zeitgefühl – überhaupt jegliches Gefühl außer seiner Sorge um ihr Leben und der Furcht vor dem Verlust desselben – ausradiert.

Wäre es nach seinen eigenen Wünschen gegangen, hätte er ihren geschundenen Körper, sobald er bei ihr angekommen war, in die Arme genommen und an sein Herz gepresst, als könnte er ihr damit sein eigenes Leben, den Atem und die Kraft, die durch seinen Körper strömte, einflößen, doch Matthias hatte ihn davon abgehalten.

Der Sohn des Arztes hatte sich als Erster von dem Schock erholt, der bei Sophies Sturz auch von den Beobachtern am oberen Rand des Plateaus Besitz ergriffen hatte, und von oben rufend die notwendigen Maßnahmen angeordnet. Die junge Frau zu bewegen würde, falls ihr Rückgrat verletzt war (und ihrer Körperlage nach war dies durchaus zu befürchten) nur zur Verschlimmerung ihres Zustandes beitragen und musste deshalb um jeden Preis vermieden werden. Sie hatten keine andere Wahl, als Sophie hier zurückzulassen und so rasch es irgend möglich war, einen Arzt zu ihr zu bringen, der ihre Verletzungen beurteilen und entsprechend zu handeln vermochte. Sich selbst traute der ehemalige Medizinstudent diese Erstversorgung nicht zu, vor allem, da er wusste, welch gravierende Konsequenzen die falsche Behandlung einer Rückenverletzung haben konnte.

Ohne lange zu überlegen hatte Matthias sich auf den Rücken eines der Gespannpferde geschwungen und sich auf den Weg zu seinem Vater gemacht. Von ihrem derzeitigen Standpunkt aus, der beinahe auf halbem Wege der Strecke zwischen Gut Rixtorf und seinem Heimatort Steinkirchen lag, bedeutete es nur geringfügig mehr Zeitaufwand, Dr. Schwartz zu holen, als den ihm unbekannten Hausarzt der Gutsbewohner – und bei seinem Vater wusste Matthias die Verletzte auf jeden Fall in den besten Händen.

Währenddessen hatte Henrik sich erboten, Mechthild und Frederik nach Hause zu geleiten und ihre Familie von dem Unglück zu unterrichten. Da die Kutsche mit nur einem Pferd nicht mehr zu gebrauchen war, setzte er den immer noch zitternden Frederik kurzerhand auf den Rücken des zweiten Gespannpferdes, Mechthild und er selbst würden den langen Weg wohl oder übel zu Fuß zurücklegen.

Philipp blieb nichts anderes übrig, als die beiden Geschwister dem Schutz des unbekannten jungen Mannes, der so unerwartet genau im richtigen Augenblick aufgetaucht war, anzuvertrauen – zum einen, da die Verständigung über den Rand des Plateaus hinweg nicht ganz einfach war und er das Geschehen oberhalb nur ganz am Rande registrierte, zum andern, da neben seiner Sorge um Sophie alles andere zweitrangig für ihn wurde.

Deren nach wie vor anhaltende Bewusstlosigkeit war mit Sicherheit kein gutes Zeichen! Er wünschte sehnlichst, sie würde endlich wieder zu sich kommen, damit er wenigstens mit ihr sprechen konnte! Nachfragen, was ihr am meisten Schmerzen bereitete, ihr ein wenig Linderung ihrer Schmerzen oder zumindest Erleichterung verschaffen ... Stattdessen war es ihm laut Matthias' sachkundiger Anordnung nicht einmal erlaubt, sie überhaupt zu bewegen!

Behutsam tupfte er mit seinem leinenen Taschentuch einige Blutspuren von der Schürfwunde unterhalb ihres linken Auges, ehe er mit beiden Händen zärtlich ihren Kopf umschloss und fortfuhr, mit leiser Stimme auf sie einzusprechen. „Ich hatte bis jetzt noch keine wirkliche Gelegenheit, es dir zu sagen, Sophie, aber du bedeutest mir sehr viel ... unendlich viel! Wenn ich morgens ins Speisezimmer komme und sehe, wie du deinen Morgenkaffee genießt, während deine Wangen vom Schlaf – oder möglicherweise von einem frühen Spaziergang – noch leicht gerötet und deine Haare zerzaust sind ... wenn ich dich so frei und unbeschwert antreffe wie an deinem allerersten Tag auf dem Gut und die goldenen Pünktchen in deinen einzigartigen dunklen Augen funkeln sehe ... wenn dein Anblick die Krönung eines vollkommenen, sonnig-stillen Herbsttages bildet, dann spüre ich, dass ich deine Gegenwart – dich – nie mehr missen möchte. Du darfst mich nicht einfach verlassen! Wenn du jetzt und hier von mir gehen würdest – ich könnte es nicht ertragen, ebenso wenig, wie wenn du dich entscheiden solltest, Gut Rixtorf tatsächlich zu verlassen. Ich möchte für immer an deiner Seite bleiben, Sophie, denn ich liebe dich!"

Der Blick aus seinen grünen Augen durchforschte ihr Gesicht nach irgendeinem Anzeichen, das ihm verraten würde, ob sie seine Worte wahrnahm, während er noch einmal, langsam und nachdrücklich, aussprach, was ihm erst im Laufe der letzten Tage klar geworden war, obwohl er es im Grunde schon seit Wochen unterschwellig verspürt hatte: „Ich liebe dich, Sophie Becker, hörst du!?"

Sophies Augenlider begannen zu flattern, kaum erkennbar zunächst, dann öffneten sie sich weit. Ein kurzer Blick voll Schmerz und Fassungslosigkeit streifte Philipp, ehe ihre Lider kraftlos wieder zufielen und Sophies Körper und Geist erneut in ihren Dämmerzustand versanken.

Nichtsdestotrotz hatte dieser kurze Augenblick ihrer Reaktion auf seine Worte (oder zumindest den Klang seiner Stimme) neue Hoffnung in Philipp geweckt. Eine Hoffnung, die ihn dazu veranlasste, seine Gedanken und Worte in ein Gebet zu verwandeln.

Bis zu dieser Stunde hatte er derartige „Verhandlungen" mit Gott, wie er das Gebet Matthias gegenüber immer bezeichnet hatte, stets seinem Freund überlassen, da dieser schon seines zukünftigen Amtes wegen eine Legitimation dafür hatte. Für geistreich und witzig hatte er diese Bemerkung gehalten, nun aber wurde ihm bewusst, dass sie nichts anderes als eine dumme, beschränkte Ausrede darstellte.

Letztendlich war es nämlich nichts anderes als Stolz – derselbe Stolz, den er bei seinem Großvater stets bemängelte – der ihn davon abhielt, die Herrschaft eines großen, allmächtigen Gottes in seinem Leben anzuerkennen. Sophies schrecklicher Unfall führte ihm deutlichst vor Augen, wie real die Ewigkeit war und wie kurz und unberechenbar das Leben …

Viel zu kurz jedenfalls, um wegen dummer Ausreden und unbegründetem Stolz an der Hauptsache – Gott, dem Schöpfer allen Lebens – vorbeizugehen. So kam es, dass er Gott nicht nur darum bat, Sophies Leben zu erhalten, sondern diesem gleichzeitig auch sein eigenes Leben und seine Zukunft anvertraute.

Als er sein Gebet beendete und seine Aufmerksamkeit von Sophie weg wieder auf die Umgebung richtete, neigte sich der kurze Herbstnachmittag bereits seinem Ende entgegen.

Vor dem Licht der untergehenden Sonne erkannte er die Umrisse eines Wagens, dessen Räder sich mühsam durch den tiefen Sand des Strandes kämpften. Auf dem Kutschbock saß Matthias mit Dr. Schwartz, seinem Vater, der Philipp von früheren Begegnungen her bereits bekannt war. Erleichterung machte sich in ihm breit, als er sich aus seiner kauernden Haltung erhob, um dem Arzt mit großen Schritten entgegenzueilen.

Sophie erwachte. Mit Befremden nahm sie die ihr unbekannte Umgebung wahr, während sie mit der rechten Hand vorsichtig nach ihrem schmerzenden Kopf tastete.

Verbandsstoff bedeckte ihre linke Schläfe, ebenso ihren Wangenknochen, und als sie ihre Hand wieder sinken ließ, durchzuckte ein stechender Schmerz ihren Oberkörper.

Sie fühlte sich, als hätte jemand sie in ein viel zu enges Korsett geschnürt, um ihr damit auf höchst schmerzhafte Weise sämtliche Luft zum Atmen zu nehmen. Doch der Schmerz breitete sich von ihrem Oberkörper noch weiter aus, bis er ihren linken Oberschenkel erfasste. Ihn zu bewegen war ihr vollkommen unmöglich. Ihr Bein steckte bis zu den Zehenspitzen in einem straff gezogenen, aus mehreren Lagen bestehenden Verband.

Plötzlich hörte sie eine Stimme dicht neben ihrem Bett. „Gott sei Dank, Sie sind endlich aufgewacht! Wie fühlen Sie sich, Fräulein Sophie?"

Sophie schrak auf. Sie hatte nicht bemerkt, dass sich außer ihr selbst noch eine weitere Person in dem unbekannten Zimmer aufhielt. Verwundert musterte sie den Sprecher. Zweifelsohne handelte es sich um Philipps Freund, den Theologiestudenten Matthias Schwartz. Doch was hatte er in ihrem Zimmer zu suchen – oder war sie es, die sich in seinem Raum aufhielt?

„Wo bin ich?", stammelte sie entgeistert, ohne auf seine Frage einzugehen, und richtete sich stöhnend auf. „Diese Verbände ... die Schmerzen ... Was hat das alles zu bedeuten? Ich kann mich überhaupt nicht erinnern!"

Mit sanftem Nachdruck bettete Matthias ihren Kopf wieder in die weichen Kissen. „Keine Sorge, Fräulein Sophie!", beruhigte er sie. „Ihre Erinnerung wird wiederkommen, spätestens dann, wenn es Ihrem Kopf wieder besser geht. Sie leiden an einer leichten Gehirnerschütterung, müssen Sie wissen!"

Sophie nickte langsam. Plötzlich war alles wieder da: der Einsturz der Brücke, die durchgehenden Pferde, Frederik, der über den Rand des Plateaus stürzte, Philipps Hand, die sich ihr entgegenstreckte, ihr eigener Sturz und die sich anschließende absolute Dunkelheit. Unwillkürlich stöhnte sie auf. „Ich glaube, ich erinnere mich. Nach dem Sturz verlor ich die Besinnung, nicht wahr?“

„Für ziemlich lange Zeit sogar!“, bestätigte Matthias. Die Sorgen, welche ihr Zustand und der – glücklicherweise ungerechtfertigte – Verdacht einer schweren Rückenverletzung ihm und vor allem Philipp bereitet hatte, verschwieg er Sophie.

„Was ist in dieser Zeit geschehen? Ich meine, wie kam ich hierher, und wo befinde ich mich überhaupt?“ Sophies Frage war kaum mehr als ein Flüstern. Bei jedem Wort, das sie sprach, pochte der Schmerz in ihrem Kopf und ihren geprellten Rippen, doch sie wollte um jeden Preis Klarheit über ihre momentane Situation bekommen.

„Sie befinden sich im Haus des Arztes, der Sie versorgt hat: Dr. Julius Schwartz, mein Vater. Ich denke, das rechtfertigt meine derzeitige Anwesenheit in Ihrem Zimmer gewissermaßen.“ Er lächelte entschuldigend. „Vater bat mich, an Ihrem Lager zu wachen, da er zwischenzeitlich zu einem anderen Kranken gerufen wurde. Da Sie nun aufgewacht sind, kann ich aber ebenso gut draußen vor Ihrer Tür Platz nehmen, falls Sie das wünschen!“

„Nein, bitte bleiben Sie! Ich ... bin froh darüber, nicht allein zu sein!“

Erschöpft schloss Sophie ihre Augen. Das Bedürfnis, zu schlafen und dabei alle Schmerzen zu vergessen, wurde übermächtig. Vorher aber fuhr sie noch einmal hoch: „Frederik! Was ist mit ihm geschehen? Ist er unverletzt?“

„Vollkommen unverletzt!“, beruhigte Matthias sie sanft. „Durch Ihren heldenhaften Einsatz haben Sie ihm das Leben gerettet, Fräulein Sophie! Mittlerweile befinden er und Fräulein Mechthild sich längst wieder bei Philipp auf Gut Rixtorf!“

Philipp ... der Klang dieses Namens löste eine vage Erinnerung in ihr aus. Die Erinnerung an ein Paar leuchtende grüne Augen unter einem dichten braunen Haarschopf, das sie auf eine vertraute und dennoch vollkommen neue Art anblickte ...

Aber sie war zu müde, sich genauer zu erinnern – später vielleicht, wenn sie sich wieder wohler fühlte ...

Behutsam zog Matthias die Decke über der Schlafenden glatt. Sein Vater würde sich freuen zu hören, dass sie wenigstens für kurze Zeit wach und bei klarem Bewusstsein gewesen war.

Die Behandlung des kranken Fischers und einiger weiterer Patienten hatte Julius länger aufgehalten, als er beabsichtigt hatte. Es dämmerte bereits, als er endlich wieder vor seinem eigenen Haus stand. Er hoffte inständig, dass bei der verletzten jungen Dame, die seit dem vergangenen Abend in seiner Obhut weilte, keine Komplikationen aufgetreten waren und Matthias mit der Krankenwache nicht überfordert war.

Wie in früheren Zeiten, wenn er von einem langen Arbeitstag ans Krankenlager seiner Frau zurückgekehrt war, stürmte er, mit seinen langen Beinen immer drei Stufen auf einmal nehmend, die Treppe empor, öffnete die Tür zum Krankenzimmer – und hielt bestürzt inne.

Beim Anblick der jungen Frau dort im Bett stockte ihm der Atem. Vergangene Nacht, als er sie behandelt und an ihrem Bett gewacht hatte, hatte er in der Hauptsache die Patientin gesehen, die aufgrund ihrer Bewusstlosigkeit und ihrer schweren Verletzungen – Bruch des linken Oberschenkelhalsknochens, Rippenprellung, mehrere Schürfwunden und eine leichte Gehirnerschütterung – seiner Hilfe bedurfte, doch nun, da sie ihm hellwach entgegenblickte, nahm er auch ihr Äußeres wahr: das zarte, blasse Gesicht, umrahmt von langem, dunklem Haar, auf den Lippen die Andeutung eines Lächelns, das sich über die Mundwinkel hinaus in einem kleinen Grübchen fortsetzte ... und diese samtbraunen Augen, die unverrückbar, unauslöschlich mit einem längst vergangenen Abschnitt seines Lebens verbunden waren.

„Eleonore Becker!", presste er mühsam hervor.

„Sophie, Vater!", verbesserte Matthias augenblicklich und erhob sich von dem Stuhl neben ihrem Lager, um seinem Vater Platz zu machen. „Ihr Name ist Sophie, Fräulein Sophie Becker!"

„Fräulein Sophie Becker!", wiederholte Julius. Sein Gesicht war aschfahl geworden. Ohne seinen Blick von Sophie zu nehmen, ließ er sich kraftlos auf den frei gewordenen Stuhl fallen.

Matthias musterte seinen sichtlich aus der Fassung geratenen Vater verwundert, während Sophie verwirrt die Augen niederschlug. Als sie vor wenigen Minuten zum zweiten Mal nach ihrem Unfall erwacht war, hatte sie sich bereits etwas besser und in der Lage gefühlt, sich mit Matthias zu unterhalten, aber Dr. Schwartz' Verhalten machte dieses Gefühl schnell wieder zunichte. Die Tatsache, dass er den Namen ihrer Mutter erwähnt hatte sowie der seltsam brennende Blick, mit dem er anscheinend ihr Innerstes erforschen wollte, flößte ihr eine leichte Furcht ein. Unwillkürlich erschauernd, zog sie ihre Decke hoch bis zum Kinn.

Diese Geste brachte den Arzt wieder zur Besinnung. „Bitte verzeihen Sie mein unangebrachtes Verhalten, Fräulein Becker. Es war unhöflich von mir, Sie derart anzustarren! Zu meiner Entschuldigung kann ich nur eines vorbringen: Sie erinnern mich an jemanden, den ich vor vielen Jahren einmal kannte, und diese Erinnerung hat mich wohl überwältigt ... Aber das tut hier nichts zur Sache! Als Ihr Arzt sollte ich mich jetzt besser darum kümmern, dass Sie so bald wie möglich wieder auf die Beine kommen, nicht wahr?"

Mit einem Kopfnicken wies er Matthias an, den Raum zu verlassen, und beugte sich über seine Patientin. „Wie fühlen Sie sich? Haben Ihre Kopfschmerzen etwas nachgelassen?"

Während er sprach und dabei rein mechanisch Sophies Pupillenreaktion testete, ihren Puls fühlte und ihre Verletzungen abtastete, versuchte er krampfhaft, seine sich überschlagenden Gedanken unter Kontrolle zu bringen. Er hatte nicht die Absicht, die junge Frau durch eine unbedachte Bemerkung noch mehr zu verunsichern, nichtsdestotrotz arbeitete sein Verstand fieberhaft.

In dem Moment, da er den Namen „Eleonore Becker" ausgesprochen und Matthias diesen in „Sophie Becker" korrigiert hatte, hatte ihn eine ungeheuerliche Ahnung erfasst, welche nun, nachdem er gedanklich alle Fakten sortiert hatte, zur fast hundertprozentigen Gewissheit wurde. Seine erst wenige Wochen zurückliegende Entdeckung von Eleonores Grab, die Worte des Kieler Pfarrers („Sie hatte eine Tochter, ihr selbst wie aus dem Gesicht geschnitten"), die seltsame innere Unruhe, die ihn seitdem erfasst hatte, und sein Bedürfnis, für diese unbekannte Tochter Eleonores zu beten – mit all diesen Kleinigkeiten hatte Gott ihn auf den heutigen Tag vorbereitet. Auf den Augenblick, in dem die Tochter seiner Jugendfreundin in sein Haus gebracht und seiner (ärztlichen) Obhut anvertraut wurde.

Erfüllt von Staunen und einer ungeheuren Dankbarkeit für Gottes weise Voraussicht, in welcher er diesen unvorhergesehenen Weg gebahnt hatte, erfüllte Julius. Darüber, ob und wann er mit Sophie über diese Zusammenhänge sprechen sollte, wagte er allerdings noch nicht weiter nachzudenken. Sicher wäre es am besten, damit zu warten, bis sie sich von dem Schock ihres Sturzes erholt hatte und wieder vollkommen genesen war.

Sophie ließ Dr. Schwartz' Untersuchung stumm über sich ergehen, einzig als er nach ihrem gebrochenen Oberschenkel tastete, stöhnte sie leise auf.

Julius Schwartz lächelte sie entschuldigend an. „Das tut weh, ich weiß. Ich werde Ihnen für diese Nacht noch einmal ein Schmerzmittel verabreichen, damit Sie ungestört schlafen können! Und morgen wird es Ihnen bereits wieder etwas besser gehen, das verspreche ich Ihnen, Fräulein Sophie!"

„Danke, Dr. Schwartz!", murmelte Sophie.

Julius ging zur Tür, um das angekündigte Medikament aus dem im unteren Stockwerk gelegenen Behandlungszimmer zu holen, doch Sophies Worte hielten ihn zurück.

„Sie sagten vorhin, ich würde Sie an jemanden erinnern. Und Sie nannten mich Eleonore Becker. So hieß meine verstorbene Mutter … Kannten Sie sie etwa?" Die Frage brannte ihr auf den Lippen, seit Dr. Schwartz den Namen ihrer Mutter ausgesprochen hatte, sie hatte jedoch vorher, unter dem direkten, durchdringenden Blick der grauen Augen des Arztes, nicht gewagt, sie zu stellen.

Mit bedächtigen Schritten kehrte Julius an Sophies Bett zurück und setzte sich. Scheinbar war der Zeitpunkt für das Gespräch mit Eleonores Tochter schneller gekommen, als er es geplant hatte.

Matthias sog die frische Nachtluft in tiefen Zügen ein. Wie stets in seinem Heimatort Steinkirchen war die Seeluft erfüllt von dem herben Geruch frisch gefangenen Fisches und dem penetranten, ranzigen Duft von Fischöl aus zahllosen in den Hinterhöfen aufgestellten Pökelfässern, doch nach dem langen Tag in einem engen Krankenzimmer empfand er sie als regelrecht wohltuend.

Nicht, dass er etwas dagegen gehabt hatte, anstelle seines Vaters am Bett der Verletzten zu wachen – im Gegenteil, er hatte es gerne getan. Die sanfte, stille junge Frau, die er erst wenige Stunden lang kannte, war ihm ausgesprochen sympathisch, und er hätte bereitwillig noch zusätzliche Mühen auf sich genommen, um ihre Schmerzen zu lindern.

Mit einem Mal löste sich ein Schatten aus der unbeleuchteten Gasse, die zum Haus des Arztes führte, und trat auf Matthias zu.

Matthias erkannte die dunkle Gestalt auf Anhieb. Voll Argwohn blickte er dem dänischen Studenten Sorenby entgegen. Nach allem, was geschehen war, und den Hintergrundinformationen, die er dank seines Bruders besaß, hegte er keinerlei Zweifel daran, dass die Schuld an dem Unglück allein bei Henrik Sorenby zu suchen war. Obwohl Matthias alles in seiner Macht Stehende getan hatte, um Philipp zu warnen, waren Henriks Rachepläne aufgegangen.

Auf eine andere Weise war der plötzliche Einsturz der Brücke unter ihrem Wagen und das gleichzeitige Auftauchen dieses jungen Mannes schlicht nicht zu erklären. Einzig die Tatsache, dass er den Verunglückten schließlich seine Hilfe angeboten hatte, statt sich nach getaner Arbeit aus dem Staub zu machen, passte nicht recht in dieses Bild.

„Entschuldigen Sie!“, wandte Henrik sich zu Matthias’ Erstaunen höflich an ihn. „Ich wollte mich nur nach dem Befinden von Fräulein Sophie erkundigen. Wie geht es ihr? Wird sie wieder völlig genesen?“

Entgegen seiner sonstigen einfühlsamen Art, erwiderte Matthias kalt: „Ich wüsste nicht, was das ausgerechnet Sie angehen sollte! Sind Sie immer noch nicht zufrieden mit dem, was Sie angerichtet haben, Sorenby? Denken Sie nicht, dass Sie Graf von Rixtorf mittlerweile genügend gestraft haben?“

„Woher wissen Sie ...?“, fuhr Henrik auf, doch gleich darauf sank er kleinlaut in sich zusammen. „Es ist wahr!“, gab er mit kaum hörbarer Stimme zu. „Woher Sie es erfahren haben, woher Sie mich überhaupt kennen, ist letztendlich auch gleichgültig – Tatsache ist, dass allein ich für diesen Unfall verantwortlich bin! Ich habe die Balken dieser Brücke angesägt, weil ...“ Er beendete den Satz nicht.

Im schwachen Licht der schmalen Mondsichel konnte Matthias den unglücklichen, reuevollen Ausdruck in den Gesichtszügen des andern erkennen. Während sein anfänglicher Zorn auf den Attentäter schwand, fasste er ihn am Arm und sagte mitfühlend: „Kommen Sie, wir gehen ins Haus! Dort können wir in Ruhe miteinander reden!“

Henrik folgte widerspruchslos. Er wusste selbst nicht, wie es geschah, dass aus seinem Bedürfnis, sich nach Sophies Wohlergehen zu erkundigen, plötzlich das Bedürfnis entstand, sich alles von der Seele zu reden. Irgendetwas hatte dieser Matthias mit seinen ernsten grauen Augen unter der hohen Denkerstirn an sich, das ihn seinen üblichen Stolz und sämtliche Wichtigtuerei hintanstellen ließ.

Im Haus angekommen, wo die beiden jungen Männer sich in die Wohnstube setzten, schilderte Henrik seine frühere Bekanntschaft mit Sophie und der Familie Kjeldsen sowie die Motive seiner gestrigen Tat bis hin zu dem Augenblick, da ihm beim Anblick der voll besetzten Kutsche und seiner früheren Bekannten, als es für einen Rückzieher bereits zu spät war, die Niederträchtigkeit seines Verhaltens bewusst geworden war.

Matthias hörte geduldig zu. Nachdem Henrik geendet hatte, bemerkte er nachdenklich: „Dann ist Ihre jetzige Reue also hauptsächlich darauf zurückzuführen, dass Fräulein Sophie durch Ihre Tat zu Schaden gekommen ist?“

„Ich würde eher sagen, ihretwegen tut es mir besonders leid!“, entgegnete Henrik bedächtig. „Und glauben Sie mir,

mir liegt sehr viel daran, mich persönlich bei ihr zu entschuldigen."

„Das halte ich für keine gute Idee – zumindest nicht zum gegenwärtigen Zeitpunkt. Ich fürchte, Fräulein Sophies Gesundheitszustand lässt die Aufregung, welche Ihr Geständnis und eine Entschuldigung unweigerlich hervorrufen würde, nicht zu. Und ich bin sicher, mein Vater, der Arzt, ist derselben Ansicht!" Matthias musterte seinen Gesprächspartner eindringlich. „Haben Sie stattdessen schon einmal daran gedacht, bei Philipp von Rixtorf, Mechthild und deren Familie um Verzeihung zu bitten?"

Henrik schwieg betroffen. Genau das hatte er um jeden Preis vermeiden wollen. Dem jungen Grafen, bei dem es sich laut Mechthilds bereitwilliger Information um ihren Vetter handelte, unter die Augen zu treten, sich zu der vorsätzlich geplanten Sabotage zu bekennen und um Entschuldigung zu bitten, erschien ihm ein Ding der Unmöglichkeit.

Am vergangenen Abend, als er die beiden Geschwister nach Gut Rixtorf gebracht hatte, hatte er nicht einmal Mechthild eine Erklärung für sein unerwartetes Erscheinen abgegeben, sondern sich so rasch wie möglich verabschiedet und die Rückfahrt nach Kiel angetreten. Die Ungewissheit um Sophies Zustand hatte ihm jedoch keine Ruhe mehr gelassen, sodass er auf halbem Wege wieder kehrtmachte. Er musste sich vergewissern, dass das Mädchen, das ihm einst – vor der Intervention durch seinen Vater – so viel bedeutet hatte, keinen bleibenden Schaden davontragen würde; und er musste sich bei ihr entschuldigen. Bei Sophie – und bei niemand anderem.

Unbehaglich wand er sich auf seinem Stuhl, während Matthias ihn von seinem Platz am entgegengesetzten Ende des Tisches in der bescheidenen kleinen Wohnstube nicht aus den Augen ließ. Sein Blick war weder ärgerlich noch verurteilend, er schien lediglich zu prüfen, was er von Henrik halten sollte.

„Das kann ich nicht!", antwortete Henrik nach einer langen Gesprächspause. „Graf von Rixtorf wäre imstande, mich für meine Tat mit Sicherheit ins Gefängnis werfen zu lassen!"

„Möglich wäre es. Deshalb steht es mir auch nicht zu, Ihnen diesen Rat zu geben – und ich selbst werde auch nichts gegen Sie unternehmen –, aber eines sollten Sie sich ernsthaft fragen, Henrik: Wollen Sie Ihr schlechtes Gewissen über das Unrecht, das Sie nicht nur an Sophie, sondern speziell an Philipp begangen haben, Ihr ganzes weiteres Leben lang mit sich herumtragen? Wäre es nicht besser, ihm an Ort und Stelle Erleichterung zu verschaffen?"

„Auf die Gefahr hin, dafür im Gefängnis zu landen – oder gar noch Schlimmeres?", zweifelte Henrik. „Tut mir leid, ein solches Risiko kann ich nicht eingehen!"

„Das können Sie sehr wohl, Henrik. Sie müssen bedenken: Äußerliche Freiheit ist lediglich die eine Seite der Münze, die andere ist geprägt durch die innere Freiheit eines reinen Gewissens – vor den Menschen und auch vor Gott, wenn Sie wollen. Bekennen und Bereuen sind auch bei Gott die Voraussetzungen für Vergebung und somit für Freiheit. Sie müssen eine Entscheidung treffen, welche Seite der Münze in Ihrem persönlichen Leben mehr Gewicht hat!"

Mitten in Henriks beharrliches Schweigen hinein fügte er hinzu: „Haben Sie etwas dagegen, wenn ich in meiner Eigenschaft als zukünftiger Pastor ein Gebet mit Ihnen spreche?"

Auf das zögerliche Nicken des anderen hin neigte Matthias seinen Kopf und begann zu beten. Er bat Gott, dem fremden jungen Mann die Einsicht und den Mut zu schenken, sein Unrecht einzugestehen und so weit wie möglich wiedergutzumachen.

Kapitel 24

Sophie öffnete ihren Mund zu einem herzhaften Gähnen und streckte ihre Glieder, soweit die Verbände um ihre Rippen und ihren Oberschenkel dies zuließen. Trotz der unterschwellig stets vorhandenen Schmerzen fühlte sie sich seit einigen Tagen fast wohler als vor ihrem Unfall.

Tief in Gedanken versunken blickte sie aus dem kleinen Sprossenfenster ihres Krankenzimmers. Dunkle Wolkenfetzen jagten, getrieben von einem starken Wind, über den herbstlichen Himmel. Nur gelegentlich ließen sie einen kleinen Sonnenstrahl zur Erde dringen, wesentlich häufiger jedoch entleerten sie sich in kurzen, kräftigen Regenschauern.

Unwillkürlich drängte sich Sophie die Parallele zu ihrem eigenen Leben auf, das in den letzten Monaten aus einem ebenso raschen und unvermittelten Wechsel von sonnigen, strahlenden Momenten und kalten, ungemütlichen Schauern geprägt war. Augenblicklich war – im übertragenen Sinne – wieder einmal die Sonne am Zuge. Überwältigt von Dankbarkeit schloss sie ihre Augen, während sie daran dachte, dass sie Dr. Julius Schwartz begegnet war, dem Jugendfreund ihrer Mutter Eleonore. Ihr mittlerweile drei Tage zurückliegender Unfall hatte sie auf direktem Weg ausgerechnet in das Haus dieses Mannes geführt, der ihrer Mutter so viel bedeutet hatte, dass er – im Gegensatz zu ihrem leiblichen Vater – in ihrem Abschiedsbrief sogar mit vollem Namen erwähnt wurde!

Zu Beginn, als Dr. Schwartz ihr mit äußerst bedachtsam gewählten, schonenden Worten eröffnet hatte, er habe Eleonore Becker gekannt (und geliebt), als sie beide noch Kinder waren, sie aber durch ihren Umzug nach Holstein vollständig aus den Augen verloren, hatte sie es kaum fassen können.

Für sie, die von ihrer Mutter bislang nichts weiter hatte als eine verschwommene Erinnerung an ihr Äußeres und die liebevollen, kostbaren Worte ihres Abschiedsbriefes, war die Begegnung mit diesem Mann, der Eleonore persönlich gekannt hatte, ein gänzlich unerwartetes, unverdientes Geschenk Gottes. Ein Wunder.

Offenkundig hatte Dr. Schwartz dies in ähnlicher Weise empfunden wie sie selbst. Nachdem er ausführlich geschildert hatte, auf welche Weise er erst vor Kurzem von Eleonores Tod und der Existenz einer Tochter – ihrer Existenz – erfahren und damit begonnen hatte, für die ihm unbekannte junge Frau zu beten, standen jedenfalls beiden gleichermaßen die Tränen in den Augen.

Im Laufe der vielen Stunden, die Julius seitdem an Sophies Krankenbett verbracht hatte, und während derer sie ihm aus ihrem bisherigen Leben erzählt hatte, war aus ihrer beider Verwunderung und aus Sophies anfänglich respektvoller Zurückhaltung vor dem älteren Arzt eine tiefe innere Verbundenheit entstanden.

Julius' weicher, melodischer Dialekt, der trotz all der Jahre, die er bereits an der Ostseeküste lebte, noch immer nach dem Süden Deutschlands und somit exakt wie der Tonfall ihrer Mutter klang, ertönte in Sophies Ohren wie ein vertrautes, aber lange Zeit in Vergessenheit geratenes Musikstück. Sie fühlte sich, als hätte sie nach langer Abwesenheit in der Fremde ein Stückchen Heimat gefunden.

Und was nach der Ablehnung durch den älteren Grafen von Rixtorf noch wesentlich mehr ins Gewicht fiel: Durch seine weit über das Medizinische hinausgehende Fürsorge und seine offene väterliche Zuneigung gab Julius Schwartz ihr das Gefühl, eine Familie – einen Vater – zu haben.

Ein Klopfen unterbrach ihre Gedanken. Die Tür öffnete sich und Matthias trat ein. Wie gewöhnlich lag ein Lächeln auf seinem kantigen Gesicht, während er an Sophies Bett trat, um sich nach ihrem Wohlergehen zu erkundigen.

Sophie erwiderte sein Lächeln strahlend. Matthias Schwartz mit seiner hochgewachsenen Gestalt, dem aschblonden Haar und dem einfühlsamen Blick war nicht nur rein äußerlich die verjüngte Ausgabe seines Vaters, sondern diesem auch in seinen Charaktereigenschaften sehr ähnlich. In seiner Gegenwart verspürte Sophie nicht die geringste Befangenheit, wie sie sie in Henriks und zuletzt auch in Philipps Anwesenheit stets empfunden hatte.

Matthias hatte sich, da sein Vater neben Sophie noch etliche weitere Patienten zu versogen hatte, während der letzten Tage freigenommen, um ihn bei der aufwendigen Pflege der Verletzten zu unterstützen, und während der gemeinsam verbrachten Zeit hatte Sophie festgestellt, dass sie sich mit ihm beinahe ebenso frei und geradeheraus unterhalten konnte wie mit ihrer besten Freundin.

Die Ankündigung, die er ihr nun übermittelte, brachte ihr Gesicht noch mehr zum Strahlen.

„In Anbetracht deiner gesundheitlichen Fortschritte hat Vater heute dem Drängen deiner Freundin Mechthild nachgegeben und ihr gestattet, dich zu besuchen, Sophie. Und sie steht auch bereits vor deiner Tür! Was sagst du dazu?“

„Was soll ich schon dazu sagen? Lass sie eintreten!“, erwiderte Sophie lachend. Bei Matthias kam ihr das vertraute

Du mittlerweile viel selbstverständlicher über die Lippen als bei dem jungen Grafen.

„Bitte schön – stets dein gehorsamer Diener!" Mit einer schwungvollen Bewegung öffnete Matthias die Tür des Krankenzimmers, um Mechthild und Frederik einzulassen.

Mechthild stürmte mit einem Freudenruf auf Sophies Krankenbett zu, während Frederik langsam und unsicher hinterhertrippelte. Er konnte kaum etwas sehen, denn sein Gesicht und nahezu sein ganzer Oberkörper waren hinter einem überdimensionalen Blumenstrauß verborgen.

„Hab ich alle selbst gepflückt!", verkündete er stolz, als er endlich bei Sophie angelangt war.

„O Frederik, das ist wirklich lieb von dir!" Sophie vergrub ihr Gesicht in der duftenden, bunten Mischung aus gelben und weißen Chrysanthemen, violetten Herbstastern, Dahlien, die in sämtlichen Regenbogenfarben leuchteten, und vereinzelten späten Rosen.

„Diese Blumen sind einfach herrlich – aber musstest du dafür nicht sämtliche Blumenrabatten des Gutes plündern?"

„Musste ich! Aber mach dir keine Sorgen darüber. Großvater hat mir seine ausdrückliche Erlaubnis gegeben. ‚Einer Dame, die unter Einsatz ihres eigenen Lebens deines gerettet hat, kannst du nie genügend Blumen schenken', sagte er, und da hab ich eben alle genommen, die ich tragen konnte!"

Sophie warf Mechthild einen überraschten, fragenden Blick zu, aber diese nickte unbekümmert. „Genau das waren Großvaters Worte!"

Frederiks große blaue Augen strahlten vor Stolz und Freude über das Geschenk, das er Sophie überbringen durfte.

Sie zauste liebevoll seinen strohblonden Haarschopf. „Danke schön, mein kleiner Rosenkavalier! Jetzt müsste

Matthias nur noch eine geeignete Vase für diese Blumenpracht hier finden – du kannst sie schließlich nicht den ganzen Nachmittag lang festhalten!"

„Schon erledigt!", tönte Matthias' Stimme aus dem Hintergrund. In seinen Händen hielt er einen sauberen Blecheimer, der für gewöhnlich dazu diente, Waschwasser von der Pumpe im Vorgarten in die Küche zu befördern. „Ein geeigneteres Gefäß konnte ich für Frederiks zierliches Blumensträußchen nicht auftreiben, fürchte ich!" Unter allgemeinem Gelächter nahm er Frederik die Blumen ab und arrangierte sie in dem Wassereimer.

Frederik trat währenddessen näher an Sophies Lager und flüsterte leise: „Ich ... ich hatte wirklich solche Angst, als ich an diesem Abhang dort hing, Sophie. Und ich werde nie, niemals in meinem ganzen Leben, vergessen, wie du mich gerettet hast. Danke!" Mit einem beinahe ehrfürchtigen Blick auf die Decke, die sich über Sophies gebrochenem und bandagiertem Bein wie ein Hügel aus weißem Leinen nach oben wölbte, fügte er hinzu: „Tut es noch sehr weh?"

„Ach nein, das Schlimmste habe ich schon überstanden, Fredi!", beruhigte Sophie den Jungen und schmunzelte. „Und hier bei Dr. Schwartz bin ich in den besten Händen, wie du dir vorstellen kannst. Ich brauche praktisch nur mit meinem kleinen Finger zu schnippen, und schon ist einer der beiden Herren Schwartz an meiner Seite und fragt nach meinen Wünschen!"

„Aber – du kommst doch wieder zu uns zurück?"

Frederik war noch immer nicht völlig zufriedengestellt. „Philipp meint auch, dass du auf jeden Fall nach Gut Rixtorf zurückkommen musst, wenn es dir endlich wieder gut geht!"

Sophie blickte nachdenklich in sein hoffnungsvolles Gesicht. Sie wollte Frederiks Erwartungen keinesfalls enttäuschen, aber was Philipp, seinen Großvater und ihre Zukunft auf Gut Rixtorf betraf ... Sie war sich ganz und gar nicht mehr sicher, welche Entscheidung sie in dieser Hinsicht treffen sollte.

Ihre Begegnung mit Julius und Matthias Schwartz hatte ihre Gefühle vollkommen durcheinandergewirbelt, sodass sie bald selbst nicht mehr in der Lage war, diese richtig einzuordnen oder sich Gedanken über ihre nicht mehr allzu ferne Zukunft zu machen.

Matthias, der ihren inneren Konflikt erkannte, rettete sie vor einer Antwort auf Frederiks Frage: „Ich denke, wir sollten Sophie erst einmal Zeit lassen, sich vollständig zu erholen, ehe wir Zukunftspläne schmieden!“, bemerkte er leichthin und lenkte das Gespräch auf ein unverfänglicheres Thema.

Sophies Gedanken jedoch ließen sich nicht mehr vollständig von der einmal angesprochenen Frage ablenken. Insbesondere, als etwa eine halbe Stunde später, nachdem Frederik und Mechthild den Raum verlassen hatten, auch Philipp und Graf Gerhard noch zu Besuch kamen.

„Großvater und ich wollten es uns nicht nehmen lassen, uns persönlich nach deinem Befinden zu erkundigen!“, erklärte Philipp nach der gewohnt förmlichen Begrüßung Sophies durch den älteren Herrn.

Sanft drückte er Sophies auf der Bettdecke ruhende Hand, während seine Augen forschend auf ihrem bleichen Gesicht ruhten, als suche er nach Anzeichen einer bevorstehenden Katastrophe – oder einer Verschlimmerung ihres Zustandes?!

Sie konnte sich keinen Reim auf seine offensichtlich übertriebene Sorge machen.

„Wie fühlst du dich?“, fragte er. Die Kummerfalten auf seiner Stirn waren nicht zu übersehen, ebenso wenig, wie der bangende Unterton seiner Stimme zu überhören war.

„Schon viel besser, danke!“, entgegnete sie einsilbig, während in ihrem Innern die Worte hallten, welche dieselbe Stimme wenige Tage zuvor ausgesprochen hatte – Worte, die sie in ihrem Dämmerzustand nach dem Unfall nur halb vernommen hatte und von denen sie deshalb nicht mehr wusste, ob sie nicht nur ihrer Einbildung entsprangen ... Unter diesen Umständen – und in der Gegenwart des hochmütigen alten Grafen, der unbegreiflicherweise selbst gekommen war, um sie zu besuchen – sah Sophie sich jedenfalls außerstande, irgendeine höfliche, oberflächliche Konversation zu führen. Die heitere Stimmung, die noch wenige Minuten zuvor das Krankenzimmer erfüllt hatte, machte einem ausufernden, unbehaglichen Schweigen Platz.

Schließlich war es Graf Gerhard selbst, der dasselbe brach: „Mein Enkel hat recht, Fräulein Sophie. Ich wollte mich mit eigenen Augen davon überzeugen, dass Sie sich auf dem Wege der Besserung befinden – und ich wollte mich bei Ihnen bedanken. Sie haben meinem Enkel Frederik zweifellos das Leben gerettet, und für diese großmütige Tat werde ich für immer in Ihrer Schuld stehen.“

Sophie wollte etwas einwenden, doch der alte Graf hob gebieterisch die Hand. „Bitte unterbrechen Sie mich nicht, ehe ich beende, was ich Ihnen zu sagen habe. Zugegebenermaßen fällt es mir nämlich nicht leicht, das auszusprechen: Ich habe Ihnen unrecht getan, Fräulein Sophie. Sie gehören zu unserer Familie, obwohl Sie durch keinerlei Blutsverwandtschaft mit uns verbunden sind. Ihre selbstlose, aus Liebe zu Frederik vollbrachte Rettungstat hat mir dies deutlicher vor Augen geführt als alles andere. Aus diesem Grunde möchte ich mich dafür entschuldigen, Sie bislang so herablassend behandelt zu haben, und ich bitte Sie um Folgendes: Betrachten Sie Gut Rixtorf, unseren Familiensitz, als Ihren Familiensitz, als Ihr eigenes Zuhause!“

Sophie war sprachlos. Eine Entschuldigung und ein derartiges Angebot aus dem Mund des betagten Aristokraten zu hören hätte sie niemals für möglich gehalten. Es musste ihn eine gehörige Portion seines Stolzes gekostet haben, auf diese Weise mit jemandem zu sprechen, der gesellschaftlich weit unter ihm stand, und diese Person sozusagen als Familienmitglied anzuerkennen. Zudem hatte er die körperlichen Strapazen der langen Kutschfahrt zum Haus des Arztes auf sich genommen, um ihr diese Botschaft höchstpersönlich zu überbringen! Anscheinend hatte Philipp mit seiner Beurteilung des alten Herrn doch eher ins Schwarze getroffen als sie selbst!

Nachdem sie ihre erste Überraschung überwunden hatte, stammelte sie: „Das ... das ist in der Tat überaus großzügig, Graf Gerhard, Euer Gnaden! Ich danke Ihnen von Herzen!"

„Nun gut, dann wäre das geklärt!" Graf Gerhard erhob sich. Die Erleichterung, diese Angelegenheit hinter sich gebracht zu haben, stand ihm ins Gesicht geschrieben. „Dann wollen wir Sie nicht weiter stören, mein Fräulein. Ich bin sicher, nach diesem Besuch bedürfen Sie nun erneut Ihrer Ruhe, um sich zu erholen, und schließlich werden wir Sie bald wieder auf Gut Rixtorf begrüßen können!" Er deutete eine leichte Verbeugung an und wandte sich zum Gehen. „Auf Wiedersehen, Fräulein Sophie! Komm, Philipp, wir fahren nach Hause!"

Philipp folgte seinem Großvater nur widerwillig. Der Blick, mit dem er sich von Sophie verabschiedete, verriet ihr deutlich, dass er lieber viel mehr Zeit mit ihr verbracht hätte, aber keine andere Wahl hatte, als seinen Großvater nach Hause zu begleiten.

Sowie Philipp verschwunden und die Tür hinter ihm ins Schloss gefallen war, vergrub Sophie ihren schmerzenden Kopf in den Kissen. Der Trubel, den der Besuch unweigerlich mit sich gebracht hatte, Philipps Blicke und die Erinnerung an seine Worte kurz nach ihrem Unfall, das Gespräch mit seinem Großvater und der damit verbundene Gedanke an ihre Zukunft war in der Tat zu viel für sie gewesen.

Zufrieden nickend erneuerte Julius den Verband um Sophies geprellte Rippen. Ihre körperliche Heilung nahm einen entschieden besseren Verlauf, als er anfangs zu hoffen gewagt hatte.

An ihren Schmerzen konnte es folglich kaum liegen, dass sie heute im Vergleich zu den vorangegangenen Tagen seltsam still und bedrückt erschien. Vermutlich stand ihre Stimmung eher mit dem gestrigen Besuch in Zusammenhang.

Fürsorglich deckte er Sophie nach vollendeter Behandlung wieder zu, strich ihre Decke glatt und musterte liebevoll ihr Gesicht. Innerhalb der wenigen Tage, die sie bislang unter seinem Dach verbracht hatte, hatte er sie bereits in sein Herz geschlossen, als wäre sie tatsächlich seine Tochter – anfangs hauptsächlich wegen der Ähnlichkeit mit ihrer Mutter, doch mit jedem Tag, den sie bei ihm verbrachte, lernte er sie um ihrer selbst willen zu schätzen und gern zu haben. Er konnte es nicht einfach wortlos hinnehmen, sie derart bedrückt zu sehen.

„Willst du mir nicht sagen, was dir auf dem Herzen liegt, Sophie?“, tastete er sich behutsam vor. „Du weißt, ich würde alles tun, was in meiner Macht steht, um dir zu helfen!“

„Ich weiß, Dr. Schwartz!“ Trotz aller Zuneigung konnte sie sich (noch) nicht dazu durchringen, ihn auf eine andere Art anzusprechen als bei seinem offiziellen Titel. „Sie sind so gut zu mir – weit mehr, als Ihre ärztliche Pflicht oder irgendetwas anderes es erfordern, aber ...“ Hilflos brach sie ab und zuckte mit den Schultern. „Ich fürchte, in diesem

Fall können auch Sie mir nicht beistehen! Ich ... ich weiß einfach nicht, was ich tun soll!"

„Du sprichst von deiner Zukunft, nicht wahr?", stellte Julius sachlich fest.

Sophie nickte. Nach allem, was sie ihm bereits über ihr Leben erzählt hatte, war sie nicht sonderlich überrascht, dass er ihre Gedanken zumindest zum Teil erraten hatte.

Eine ihrer Zukunftssorgen hatte Graf Gerhard ihr gestern zwar von den Schultern genommen, indem er ihr Gut Rixtorf sozusagen als Zuhause auf Lebenszeit anbot, aber die Hauptsorge, von der auch Julius Schwartz nichts ahnen konnte, war geblieben: ihre verwirrenden Gefühle in Bezug auf Philipp und all die Andeutungen, die er ihr gegenüber in letzter Zeit gemacht hatte, in Bezug auf Matthias, dessen einfühlsame Art von Beginn an ihre Sympathien gewonnen hatte, und ihre Bedenken gegenüber Beziehungen im Allgemeinen, welche seit Henriks Verlust in ihr gewachsen waren. Ehe sie nicht endgültig Klarheit bezüglich dieses Gefühlschaos erlangt hatte, war eine Rückkehr auf das Gut gänzlich ausgeschlossen.

Ein tiefer, von Herzen kommender Seufzer entrang sich ihren Lippen, während sie verzweifelt nach Worten suchte, welche Julius an ihrem inneren Kampf teilhaben ließen, ohne zu verraten, um welche konkrete Frage es sich dabei handelte.

„Es ist nicht so, dass ich kein Gottvertrauen hätte, was meine Zukunft anbelangt, müssen Sie wissen", erklärte sie schließlich. „Im Gegenteil, mir ist sehr wohl bewusst, dass meine ganze Zukunft in Gottes Händen ruht, und ich bemühe mich auch seit Langem darum, meinen Lebensweg ganz seiner Führung anzuvertrauen, aber ... momentan bin ich an einem Punkt angelangt, an dem ich davon, also von seiner Führung, absolut nichts erkenne! Es gibt so viele verschiedene Gedanken und Gefühle, die auf mich einstürmen und mich vollkommen verwirren, dass ich allmählich nicht mehr weiß, was richtig ist!"

„Ich verstehe", entgegnete Julius bedächtig. „Du bist in deinem Leben gewissermaßen an einer Weggabelung angelangt und erkennst nicht, welcher Weg nun der richtige für dich ist!"

„So ist es! Eigentlich kann ich nicht einmal genau sagen, ob Gott überhaupt einen dieser Wege für mich im Sinn hat oder einen völlig anderen – ich bin schlicht und einfach nur noch verwirrt!"

„Auch ich stand schon des Öfteren an einer solchen Wegkreuzung, Sophie, und aus meiner Erfahrung heraus kann ich nur eines sagen: Gib nicht auf! Hör nicht auf, mit deinen Gedanken und all deiner Verwirrung zu Gott zu kommen, dann wirst du zu gegebener Zeit auch erleben, wie er eingreift! Und eines solltest du überdies wissen, Sophie: Selbst wenn alle anderen Zukunftspläne und -hoffnungen sich zerschlagen, bei mir wirst du immer ein Zuhause haben. Ich werde immer für dich da sein – falls das auch deinen Wünschen entspricht, meine ich selbstverständlich." Gedankenverloren zupfte er mit der rechten Hand an seinem ergrauenden Kinnbart und fuhr, eher an sich selbst als an Sophie gewandt, fort: „Möglicherweise hältst du mich für einen sentimentalen Greis, wenn ich das ausspreche, was ich empfinde, aber dieses Risiko nehme ich auf mich: Deine Mutter Eleonore habe ich einst aus den Augen verloren, und ich möchte nicht, dass dasselbe auch mit dir geschieht! Es ist beinahe, als hätte Gott mir in dir ein Stück von dem zurückgegeben, was ich vor langer Zeit verlor … als hätte er mir eine Tochter, ihre Tochter, geschenkt!"

„Wenn man diese Empfindung als sentimental bezeichnet, dann bin ich es ebenso, Dr. Schwartz, denn ich fühle genau dasselbe!", gab Sophie mit brüchiger Stimme zurück.

„Und ich könnte mir keinen besseren Vater vorstellen!“ Diese letzten, schüchternen Worte kamen so leise, dass Julius sich große Mühe geben musste, sie zu verstehen.

Kapitel 25

Unbehaglich musterte Matthias den Brief in seinen Händen. Unter dem Namen des Absenders Henrik Sorenby war eine ihm unbekannte Kopenhagener Anschrift angegeben. Demnach war der dänische Austauschstudent also in der Zwischenzeit in seine Heimat zurückgekehrt.

Zuvor aber hatte er, soweit es ihm möglich war, sein schändliches Fehlverhalten gegenüber Philipp von Rixtorf wiedergutgemacht.

Ein dankbares Lächeln lag auf Matthias' Lippen, als er sich an sein nächtliches Gespräch mit Henrik erinnerte, das mittlerweile gut drei Wochen zurücklag. Nach dem Gebet, das er für ihn gesprochen hatte, hatte sich Henrik nachdenklich und einsilbig auf das Zimmer zurückgezogen, das Matthias ihm für diese Nacht angeboten hatte, um ihm den Ritt zurück zum Gasthof zu ersparen.

Den ruhelosen Schritten nach zu urteilen, die Matthias während dieser Nacht aus dem neben seinem eigenen Schlafzimmer gelegenen Raum gehört hatte, hatte Henriks Gewissen ihn kaum mehr zur Ruhe kommen lassen, bis er sich endlich dazu durchgerungen hatte, Matthias' Rat zu befolgen.

Obwohl es ihm sichtlich schwergefallen war, seine Schuld einzugestehen und Philipp um Verzeihung zu bitten, hatte er sich am folgenden Morgen in Matthias' Begleitung auf den Weg nach Gut Rixtorf gemacht, um genau dies zu tun. Zu seiner Erleichterung hatte der junge Graf so reagiert, wie Matthias es erhofft hatte: Er hatte Henrik Sorenby, nachdem er seine anfängliche und vollkommen gerechtfertigte Entrüstung über dessen Anschlag überwunden hatte, seiner Wege ziehen lassen. Allerdings unter der ausdrücklichen Bedingung, dass Henrik umgehend nach Kiel reisen und niemals wieder nach Gut Rixtorf zurückkehren würde.

Seitdem hatte man nichts mehr von dem Dänen gehört – bis vor wenigen Minuten dieser an Sophie adressierte Brief eingetroffen war.

Allerdings gab es da ein Problem, das Matthias davon abhielt, Sophie den Brief auszuhändigen: Sie wusste nicht das Geringste über die Rolle, die Henrik in dem Drama rund um ihren Unfall gespielt hatte! Zu dem Zeitpunkt, da er in das Geschehen eingegriffen hatte, war sie bereits zu benommen gewesen, um seine Gegenwart wahrzunehmen, und um ihr möglichst jede Aufregung zu ersparen, hatte man ihr bis jetzt nichts davon erzählt. Eine Maßnahme, auf der vor allem Philipp bestand, nachdem Mechthild ihn über die Hintergründe der früheren Bekanntschaft ihrer Familien und im Besonderen über Henriks Beziehung zu Sophie, welche für diese damals ein so schmerzhaftes Ende genommen hatte, unterrichtet hatte.

Matthias konnte seinen Freund gut verstehen. Auch ihm lag es am Herzen, Sophie vor dem Kummer zu bewahren, der aus einer Begegnung zwischen ihr und Henrik unweigerlich erwachsen würde. Andererseits war dies hier lediglich ein Brief, ein beschriebenes Stück Papier, keine persönliche Begegnung ...

Für geraume Zeit drehte er den weißen Umschlag unschlüssig zwischen seinen Händen, bis er schließlich eine Entscheidung traf: Er durfte und würde Sophie das Recht, diesen Brief zu lesen und ihre eigenen Konsequenzen aus seinem Inhalt zu ziehen, nicht vorenthalten.

Entschlossen begab er sich ins obere Stockwerk, wo er seinen Vater Julius an Sophies Krankenlager wusste.

Die Buchstaben vor Sophies Augen verschwammen zu einem einzigen Meer von elegant geschwungenen Bögen und Strichen aus schwarzer Tinte, während sie mühsam darum rang, ihre Fassung wiederzugewinnen.

Jahrelang hatte sie nicht mehr das Geringste von Henrik Sorenby gehört, und sie hatte auch nicht damit gerechnet, dass dies jemals wieder der Fall sein würde, doch der Brief in ihren Händen, auf dem sein Absender stand, geschrieben von seiner eigenen Hand, belehrte sie eines Besseren.

Die Freude, die sie in dem Moment empfunden hatte, als Matthias ihr das Schriftstück überreichte, war allerdings rasch trockener Ernüchterung gewichen, während er ihr die Ereignisse, die dem Brief vorausgegangen waren, in aller Ausführlichkeit schilderte; und nun, da sie den Inhalt des Briefes gelesen hatte, spürte sie nichts weiter als schiere Fassungslosigkeit.

Henriks Worte, die Sophie reumütig um Verzeihung baten für alles, was sie wegen seines Anschlags auf Philipp momentan erleiden musste und ebenso für den seelischen Schmerz, den er ihr zugefügt hatte, als er ihre einstige Beziehung derart abrupt beendet hatte, erschienen ihr seltsam hohl und bedeutungslos.

Die überaus höfliche, weltmännisch-gewandte Ausdrucksweise, die Sophie vor Jahren zutiefst beeindruckt und für ihn eingenommen hatte, tönte heute in ihren Ohren nur noch aalglatt und fast abstoßend oberflächlich; und wenngleich sie den Eindruck hatte, dass seine Reue echt und seine Entschuldigung ernst gemeint war, blieb ihr Innerstes vollkommen unberührt davon.

Beinahe ungläubig stellte sie fest, dass Henriks Brief, mit dem er zwischen den Zeilen seiner Hoffnung Ausdruck verlieh, Sophie wieder zurückzugewinnen, dieser Brief, den sie einst verzweifelt herbeigesehnt hatte, ihr Herz kalt ließ. Das Kapitel „Henrik Sorenby" war in ihrem Leben endgültig abgeschlossen, ohne dass in ihrem Inneren auch nur ein Anflug von Groll zurückgeblieben war!

Während sie ihre Augen schloss, um Gott für dieses unerwartete Geschenk zu danken, wurde sie von einer weiteren, wundervollen Erkenntnis durchflutet: Die Stelle in ihrem Leben, welche in früheren Zeiten (die ihr plötzlich unendlich weit entfernt vorkamen) Henrik eingenommen hatte, war längst von einem anderen in Beschlag genommen worden.

Philipp.

Ihre Bindung an Henrik war Vergangenheit, ihre Gefühle für Matthias waren die echter Zuneigung, aber eher freundschaftlicher, geschwisterlicher Natur; Philipp jedoch war es, dessen Gegenwart, dessen Anblick und dessen Stimme in ihrem Herzen eine Saite ertönen ließ, von deren Existenz sie bislang nichts geahnt hatte!

Und Henriks Worte waren es, die ihr die Augen dafür geöffnet und der Verwirrung bezüglich ihrer Gefühle und ihrer Zukunft ein Ende bereitet hatten. Sie war bereit, nach Gut Rixtorf zurückzukehren und sich Philipp und einer Erwiderung auf das Bekenntnis, das er unmittelbar nach dem Unglück geäußert hatte, zu stellen.

Obwohl sich außer ihr selbst niemand im Raum befand, überzog eine heiße Röte ihre Wangen bei dem Gedanken, dass Philipp diesen einen Satz, der dort am Strand ihre Besinnungslosigkeit durchdrungen hatte, noch einmal wiederholen würde.

Erwartungsvoll trat Philipp vor die Tür, um – nach seinem persönlichen subjektiven Ermessen – etwa zum hundertsten Mal die breite Auffahrtsallee nach Anzeichen einer nahenden Kutsche abzusuchen. Vergeblich.

Exakt wie die vorangegangenen gefühlten neunundneunzig Male lag die Auffahrt still und verlassen in der späten Vormittagssonne. Dicker weißlicher Raureif lag auf den formvollendet zurechtgestutzten Buchsfiguren des Blumenrondells und umgab jedes einzelne kahle Ästchen jedes einzelnen Baumes der Platanenallee mit seiner glitzernden Pracht: ein wahres Meisterwerk filigraner schöpferischer Kunst.

Doch Philipp hatte kein Auge dafür. Seine Sinne waren nur auf eines gerichtet: die Ankunft von Dr. Schwartz' Kutsche, welche Sophie nach Hause bringen würde.

Nach mehr als zwei Monaten Abwesenheit kehrte Sophie heute nach Gut Rixtorf zurück. Zurück zu ihm.

Ihre Genesung, vor allem die vollständige Heilung des gebrochenen Knochens, hatte sich wesentlich länger hingezogen, als Philipp gehofft hatte, und seine Besuche bei Sophie waren eher dazu angetan gewesen, seine Sehnsucht nach ihr zu bestärken, statt sie zu stillen.

Die unvermeidliche Anwesenheit Frederiks und Mechthilds sowie eventueller weiterer Besucher hatte ihm praktisch von vornherein jede Möglichkeit eines ungestörten Gespräches mit ihr verwehrt, sodass all die Worte, die er nur für ihre Ohren bestimmt hatte, unausgesprochen geblieben waren. Bis zum heutigen Tag wusste er nicht einmal, ob sie das Geständnis seiner Liebe am Tag des Unfalls überhaupt bewusst wahrgenommen hatte.

Wenn er nicht irrte, hatte ihr Verhalten während der Krankenbesuche ihm zwar so etwas wie Zuneigung signalisiert (im Gegensatz zu vorher war sie ihm selbst und seinen Blicken nicht mehr ausgewichen, vielmehr schien es sogar so, als habe sie seine Anwesenheit genossen), aber wer konnte da wirklich sicher sein? Was ihn persönlich betraf, so hatte er, wie er sich ehrlicherweise eingestand, allenfalls eine Ahnung davon, was es bedeutete, das komplexe Gefühlsleben und das schier unergründliche Wesen einer Frau zu ergründen!

Doch er war fest entschlossen, dieser Ungewissheit bezüglich ihrer Gefühle noch heute ein Ende zu bereiten. Und falls Sophie, wie er es seit jenem ersten Gebet am Unglücksort fast unablässig von Gott erfleht hatte, auf seinen Antrag eingehen würde, könnte dieser Tag genau so ablaufen, wie er es mit seinem Großvater bereits besprochen hatte – und wie seine ganze übrige Familie es erhoffte.

Er stieß einen tiefen, aufgeregten Atemzug aus, welcher in der trotz des Sonnenscheins klirrend kalten Luft umgehend als kleine weiße Dampfwolke vor seinem Mund sichtbar wurde.

Frederik, der neben ihn getreten war, meinte beruhigend: „Du wirst sehen, es geht alles gut! Ich weiß, dass Sophie dich mag – wenn auch nicht ganz so sehr wie mich!"

Philipp konnte nicht anders, als in Frederiks Lachen über seinen eigenen Scherz mit einzufallen. Es war nicht zu übersehen, dass Frederik während der vergangenen Monaten an Reife gewonnen hatte. Immer häufiger kam auch das unbeschwerte, lausbubenhafte Wesen, das vor dem Verlust des Vaters sein herausragendster Charakterzug gewesen war, wieder zum Vorschein; und gelegentliche Bemerkungen wie diese eben geäußerte ließen bereits die beginnende Entwicklung zu einem aufgeweckten jungen Mann erkennen.

Plötzlich aber hielt Frederik inne: „Schscht! Ich glaube, ich höre den Wagen kommen!"

Philipp fuhr regelrecht zusammen. Hektisch wandte er sich an seinen jüngeren Vetter: „Du weißt, was du zu tun hast, Kamerad?"

Dieser nickte gelassen. „Keine Sorge, ich weiß Bescheid. Du kannst dich auf mich verlassen!“

„Danke!“ Mit einem abschließenden Kopfnicken kehrte Philipp ihm den Rücken zu und verschwand, ehe er von der sich nahenden Kutsche aus gesehen werden konnte.

Bis das Gespann am Fuße der Freitreppe endlich zum Stehen kam, hatte sich die komplette Familie dort versammelt, um Sophie nach ihrer monatelangen Abwesenheit gebührend zu empfangen.

Erstaunt registrierte Sophie, wie der alte Aristokrat persönlich hervortrat, um ihr den Kutschenschlag zu öffnen und ihr rücksichtsvoll den Wagentritt hinunterzuhelfen. In dem darauf folgenden ausgelassenen Stimmengewirr fiel ihr kaum auf, dass einzig Philipp sich nicht zu ihrer Begrüßung eingefunden hatte; erst später, als jedes Familienmitglied sie persönlich umarmt und willkommen geheißen hatte und die Damen des Hauses Sophies Begleiter Dr. Schwartz und Matthias ins Haus geleiteten, bemerkte sie sein Fehlen. Suchend blickte sie sich nach ihm um, kaum in der Lage, ihre Enttäuschung zu verbergen.

Nach Philipps viel zu raren und kurzen Besuchen während ihrer Genesungszeit hatte sie dieses Wiedersehen herbeigesehnt, und nun hatte er es offenbar nicht einmal für nötig befunden, sie zu begrüßen.

Niedergeschlagen wandte sie sich dem Hauseingang zu, als sie mit einem Mal Frederiks Arm auf dem ihren spürte.

„Würdest du mir die Ehre erweisen, mich auf einen kleinen Spaziergang zu begleiten, Sophie?“, erkundigte er sich höflich.

Seine deutlich erkennbare Mühe, diese Einladung möglichst galant und erwachsen klingen zu lassen, heiterte Sophie ein wenig auf. „Aber gerne, mein Herr!“, erwiderte sie amüsiert und ergriff seinen dargebotenen Arm.

Gemessenen Schrittes führte Frederik sie, zu ihrer größten Überraschung, in die dem Haus entgegengesetzte Richtung, geradewegs in den winterlichen Park. Bis auf seine immer wiederkehrende besorgte Frage nach ihrem Wohlergehen und ob der Weg auch nicht zu anstrengend für ihr soeben erst geheiltes Bein sei, war er auffallend schweigsam.

Abgesehen von dem unablässigen Knirschen der hart gefrorenen Kieselsteine unter ihren Füßen und dem gelegentlichen Krächzen einer Krähe in den Wipfeln der Bäume herrschte eine beinahe ungemütliche Stille. Sophie, die ursprünglich vermutet hatte, Frederik hätte irgendein Problem, das er nur mit ihr besprechen wollte, begann allmählich ernsthaft, sich nach dem Sinn und Zweck dieses Spazierganges zu fragen. „Was hast du eigentlich mit mir vor, Frederik?“, ließ sie ihre Zweifel laut werden. „Zu welchem entlegenen Ort möchtest du mich denn entführen?“

„Oh – entführen werde ich dich nicht, Sophie, aber ...“ Ein verschmitztes Grinsen legte sich über sein sommersprossiges Gesicht, als er äußerst geheimnisvoll fortfuhr: „Mehr kann ich dir leider nicht verraten.“

Mittlerweile hatten sie die Stelle erreicht, an welcher ein schmaler Pfad von dem Hauptweg des Parks abzweigte und zu Sophies geliebter kleiner Bank unter der Douglasie führte. Sophie erinnerte sich daran, wie sie diesen Weg das letzte Mal entlanggeeilt war, völlig aufgelöst und auf der Flucht vor Philipp und seinen Blicken. Plötzlich keimte ein leiser Verdacht in ihr auf. Dieser Weg ... Frederiks geheimnisvolles Benehmen ... ob es tatsächlich das bedeuten konnte, was sie erhoffte?

Als Frederik sich in unmittelbarer Nähe ihres Lieblingsplatzes von ihr löste, um sich umzudrehen und zum Herrenhaus zurückzulaufen, wobei seine wirren, weizenblonden

Haare unter der grauen Wollmütze hervorquollen und hinter ihm her wehten, sah sie ihren Verdacht bestätigt: Eine dunkle Gestalt löste sich aus dem Schatten der Douglasie, hinter der sie sich bisher verborgen hatte, und trat Sophie entgegen.

Philipp trug einen gut geschnittenen, dunklen Anzug unter einem kurzen schwarzen Mantel, der seine breiten Schultern und die ausgesprochen männliche Gestalt in vorteilhafter Art zur Geltung brachte.

Sophies Herz schlug bis zum Hals. Dennoch versuchte sie, sich ihre Erregung nicht anmerken zu lassen, während Philipp sich ihr näherte.

Sein Blick glitt bewundernd über Sophies schmale, in einen wogenden tiefroten Samtrock und ein wärmendes dunkelbraunes Cape gehüllte Figur, bis hinauf zu ihrem Gesicht, das zum Schutz vor den eisigen Temperaturen unter einem Hut mit herabhängendem Schleier verborgen war.

Nachdem er, nur noch einen winzigen Schritt von Sophie entfernt, vor ihr haltgemacht hatte, schob er den Schleier behutsam beiseite. Der unmittelbare Blick in ihre Augen, auf den er schon viel zu lange hatte verzichten müssen, überwältigte ihn fast.

Die Sonne schien direkt in Sophies Gesicht und ließ die bernsteinfarbenen Punkte ihrer Augen aufleuchten wie pures Gold, aber was ihn noch wesentlich mehr fesselte, war dieser Ausdruck in ihnen, den er vorher niemals an Sophie wahrgenommen hatte.

Ob diese vertrauensvolle, freudige Erwartungshaltung, die er mit relativer Sicherheit zu erkennen glaubte, in der Tat etwas mit ihm zu tun hatte, musste sich allerdings erst noch herausstellen.

Er ließ den Schleier fahren, griff nach Sophies Händen, um sie noch dichter zu sich zu ziehen, und suchte verzweifelt nach Worten. Ein knappes „Sophie!“ war jedoch alles, was er herausbrachte.

Die Beredsamkeit, mit welcher er ihr dort am Strand, als er fürchtete, sie für immer zu verlieren, seine Liebe erklärt hatte, war wie weggeblasen und hatte nichts als eine große Leere zurückgelassen, wo sich ansonsten unbestreitbar der Sitz seiner Zungenfertigkeit befand.

„Wie schön, dich zu sehen. Ich ... ich habe dich so sehr vermisst!", fuhr er endlich stammelnd fort. „Ohne dich erschien mir Gut Rixtorf so trist und leer. Nicht einmal die Arbeit mit meinen Pferden bereitete mir noch Freude, deshalb ..." Erneut brach er hilflos ab. Was redete er da nur für einen Unsinn über seine Arbeit mit Pferden, obwohl es ihm im Grunde doch um nichts anderes ging als allein um Sophie! Falls er sich weiter so benahm, würde er es Sophie nicht einmal verdenken können, wenn sie ihn zurückwiese.

Unwillig schüttelte er den Kopf, wobei ihm eine Strähne seines hellbraunen Haares in die Stirn und über die Augen fiel.

Für Sophie, die ihn bis dahin lediglich stumm und erwartungsvoll angesehen hatte, war dies der Augenblick, der sie von seiner Liebe überzeugte. Glühende Worte der Verehrung waren nach ihren Erfahrungen der Vergangenheit durchaus schmeichelhaft und erhebend, doch bürgten sie nicht unbedingt für die Echtheit der Gefühle. Philipps angestrengtes Ringen um die passenden Worte führte ihr die Aufrichtigkeit seiner Zuneigung ungleich deutlicher vor Augen.

Bedächtig, beinahe wie eine Träumende entledigte sie sich ihrer Handschuhe und strich, wie sie es sich seit ihrer ersten Begegnung mit ihm gewünscht hatte, liebevoll die Haarsträhne aus seiner gebräunten Stirn.

Diese erste vertraute, von Sophie selbst ausgehende Berührung erfüllte Philipp mit bislang ungeahnter Freude. Ehe sie ihre Hand wieder zurücknehmen konnte, hatte er sie ergriffen, um sie für einen kurzen Moment an seinen Mund zu führen. Zärtlich berührten seine Lippen ihren schmalen, weichen Handrücken. „O Sophie!“, seufzte er, „ich möchte niemals wieder ohne dich sein! Ich brauche dich! Ich brauche dich mehr als alles andere. Du bist so viel mehr für mich als nur meine Sozusagen-Base, wie ich dich einmal genannt habe. Ohne dich fühle ich mich derart unvollständig – als wäre ich nur noch ein halber Mensch!“

Philipps warmer Atem streifte ihre Hand, die, von der seinen festgehalten, noch immer dicht an seinem Gesicht ruhte. „Willst du mir versprechen, für immer hier bei mir zu bleiben? Als meine Frau, meine Ehegattin, meine ich?“

Seine unmittelbare körperliche Nähe und das sehnsüchtige Verlangen in seinen grünen Augen, gepaart mit dieser bangen Inbrunst, die in seiner Frage schwang, beraubte Sophie geradezu ihrer Sinne.

Unfähig, nur eine einzige Silbe hervorzubringen, erwiderte sie seinen Blick, während er wiederholte: „Ich liebe dich, Sophie. Willst du meine Frau werden und für den Rest deines Lebens mit mir vereint sein?“

Sanft und dennoch bestimmt legten seine Arme sich um ihre Schultern, als er sie langsam zu sich heranzog, bis sie selbst durch den dichten Wollstoff seines Mantels hindurch das stürmische Hämmern seines Herzens oberhalb ihres eigenen spüren konnte.

„Ja!“, hauchte sie endlich kaum hörbar, „das will ich lieber als alles andere auf dieser Welt!“ Überwältigt von Glück barg sie ihren Kopf an Philipps Brust. Sie spürte die sachte Berührung seiner Finger, die ihren Hut nach hinten in ihren Nacken schoben, ehe er ihr Gesicht zu sich emporhob, um fast ehrfürchtig ihre Stirn und Wangen zu küssen.

„Kann die Verlobungsfeier denn jetzt endlich beginnen?“, ertönte plötzlich eine helle Stimme hinter dem dicht umschlungenen Paar.

Verlegen löste Sophie sich von Philipp, der sie nur mit sichtlichem Widerwillen aus seinen Armen entließ, und wandte sich um zu Frederik.

„Verlobungsfeier?“, wiederholte sie und musterte den ungeduldig von einem Fuß auf den andern hüpfenden Jungen erstaunt. Nachdem die beiden Erwachsenen ihm nicht innerhalb der erwarteten Zeit zum Gutshaus gefolgt waren, hatte er noch einmal kehrtgemacht, um nach dem Rechten zu sehen.

„Nun ja“, räusperte sich Philipp und gab Frederik mit einer bedeutungsvollen Geste zu verstehen, dass er es ihm überlassen sollte, Sophie einzuweihen, „ich wollte dir mit meinem Antrag keine Hoffnungen machen, ehe ich nicht mit Großvater, Tante Luise und auch Dr. Schwartz, der in letzter Zeit gewisse Rechte auf dich geltend machte, Rücksprache über dieses Thema gehalten hatte, und auf irgendeine unerklärliche Weise wurde es dadurch sozusagen zu einer Familienangelegenheit. Falls dir das bisher entgangen sein sollte, bin ich nämlich nicht der Einzige auf Gut Rixtorf, der dich liebt und für immer um sich haben möchte. So entstand schließlich die Idee, statt lediglich einer ‚Genesungs- und Willkommensfeier‘ für dich eine Verlobungsfeier zu veranstalten!“

„Genau!“, fiel Frederik, der mit seiner Freude nicht länger hinter dem Berg halten konnte, seinem älteren Vetter ins Wort. „Und stell dir vor: Es gibt *Rødrød med fløde* wie zu Hause in Kopenhagen! Mutter hat Großvaters Köchin ihr Spezialrezept verraten und sogar selbst bei der Zubereitung mitgeholfen!“

„Das ist in der Tat ein Argument, das für eine solche Feier spricht!“, gab Sophie mit einem Lächeln in Philipps Richtung zu.

Philipp musterte sie prüfend. „Ich hoffe, wir haben dich mit unserem zugegebenermaßen ein wenig unbedachten

Eifer nicht vor den Kopf gestoßen!?" Seine Stimme klang ernstlich besorgt, sodass sie sich beeilte, zu versichern: „Aber nein, im Gegenteil. Ich freue mich darüber!"

„Dann ist ja alles bestens!", jubelte Frederik und wiederholte: „Lasst uns endlich mit der Feier beginnen!" Er ergriff Philipp und Sophie an je einer Hand, um gemeinsam mit ihnen dem Herrenhaus entgegenzueilen.

Doch ehe die kleine Gruppe die Freitreppe erreichte, konnte Sophie es nicht unterlassen, scherzhaft zu fragen: „Was wäre eigentlich geschehen, wenn meine Antwort nun anders ausgefallen wäre?"

„In diesem Fall", gab Philipp dramatisch zurück, „wäre die Schüssel mit Frederiks roter Grütze auf dem Meer unserer vereinten Tränen davongeschwommen!"

Der Junge in ihrer Mitte lachte lauthals, während Philipps Blicke Sophie über dessen Kopf hinweg versicherten, wie ernst ihm seine Behauptung tatsächlich war.

Zu seinem Leidwesen musste Frederik sich noch geraume Zeit gedulden, bis er in den Genuss seiner bevorzugten Süßspeise kam, die bereits verheißungsvoll in der Mitte der langen Festtafel thronte.

Das Licht zahlloser Kerzen reflektierte in dem umfangreichen, aufgrund seines Inhalts rötlich schimmernden Gefäß aus Kristallglas, ebenso in dem hauchfeinen, weißen Porzellan und dem glänzend polierten Silberbesteck der Tafel, die in Anbetracht dieses offiziellen feierlichen Anlasses im großen Saal aufgedeckt worden war.

Mithilfe eines auffallenden Räusperns verschaffte sich der Hausherr Gehör. Er selbst hatte Sophie an der Tür des festlich geschmückten Saals empfangen und zu ihrem Ehrenplatz an Philipps Seite geführt, fest entschlossen, seine früheren Versäumnisse an ihr wiedergutzumachen.

Ein etwas ungeübtes Lächeln breitete sich auf seinem Gesicht aus, während sein Blick über die gesamte Tischgesellschaft einschließlich seiner Gäste Julius und Matthias Schwartz glitt und er zu seiner Rede ansetzte: „Wenngleich uns allen, die wir hier versammelt sind, der Anlass dieser heutigen Festlichkeit hinreichend bekannt sein dürfte, möchte ich noch einmal nachdrücklich und vor aller Ohren betonen: Wir feiern hier die Verlobung meines Enkels und Erben Graf Philipp von Rixtorf mit Sophie Becker, die zu unser aller Freude eingewilligt hat, seine Gattin zu werden."

An dieser Stelle wandte er sich unmittelbar an Sophie: „Fräulein Sophie selbst ist sich dessen bewusst, wie wenig Herzlichkeit und Zuneigung ich ihr zu Beginn unserer Bekanntschaft entgegenbrachte, doch sie belehrte mich eines Besseren. Indem sie am Tag des Unglücks in geschwisterlicher Liebe ihr eigenes Leben aufs Spiel setzte, um Frederiks zu retten, bewies sie mir, dass sie längst zur Familie meiner Tochter Luise und somit auch zu meiner gehört. Anschaulicher hätte sie mir, einem sein Leben lang in den althergebrachten Werten und Traditionen verhafteten Mann, nicht zeigen können, dass die Bande der Liebe stärker sind als die Bande des Blutes und auch stärker als jegliche Standesunterschiede. Aus diesem Grunde ist es mir eine ausgesprochene Freude, dich, Sophie, heute als zukünftige Gattin meines Enkels in doppeltem Sinne in der Familie willkommen heißen zu dürfen!"

Nach einer kleinen Pause, in der er sich eine winzige Träne aus dem Augenwinkel wischte, fügte er hinzu: „Und nun, ehe hier noch jemand vor Rührung in Tränen ausbricht, möchte ich Philipps Freund Matthias um einen Gefallen bitten! Würden Sie, Herr Schwartz, als angehender Pastor uns die Ehre erweisen, das Tischgebet für uns zu sprechen?"

„Sehr gerne, Euer Hochwohlgeboren!", erwiderte Matthias ohne zu zögern. Er erhob sich, doch ehe er ehrerbietig den Kopf senkte und die Augen schloss, hielt er einen Moment inne. „Falls niemand etwas dagegen einzuwenden hat, würde ich anlässlich dieses besonderen Festes gerne ein ganz spezielles Gebet sprechen. Das heißt, eigentlich ist es ein Lied, das, wie ich von Sophie weiß, eine wichtige Rolle in ihrem bisherigen Leben spielte – und ich würde es ihr und Philipp gerne für ihr gemeinsames Leben mitgeben, das hier und heute seinen Anfang nimmt!"

Auf Graf Gerhards zustimmendes Nicken hin begann Matthias' wohlklingende, sonore Stimme zu sprechen: „Befiehl du deine Wege und was dein Herze kränkt, der allertreusten Pflege, des, der den Himmel lenkt ..."

Im Laufe des vorletzten Liedverses fielen sein Vater Julius und Sophie mit ein: „Ihn, ihn lass tun und walten, er ist ein weiser Fürst, und wird sich so verhalten, dass du dich wundern wirst, wenn er, wie ihm gebühret, mit wunderbarem Rat die Sach' hinausgeführet, die dich bekümmert hat."

Verborgen unter dem weißen Damasttischtuch ergriff Philipp Sophies Hand in einem stummen Versprechen, gemeinsam diesen Weg zu gehen, den Gottes unermessliche Weisheit ihnen gebahnt hatte.

Nachdem Matthias sein Gebet mit einem kräftigen Amen beendet hatte, legte sich eine andächtige Stille über den Saal. Unvermittelt aber wurde diese von einem seltsamen Geräusch unterbrochen.

Während alle übrigen Anwesenden sich vollkommen auf die Rede Graf Gerhards und das Tischgebet konzentriert hatten, hatte Frederik die Gunst des Augenblicks genutzt, um sich an seiner geliebten Grütze gütlich zu tun. Zentimeter für Zentimeter hatte er die große Schüssel näher zu sich gezogen, bis er mit seinem Löffel an deren Inhalt heranreichte – der sich mittlerweile deutlich verringert hatte.

Alarmiert durch das plötzlich eingetretene Schweigen hatte er aufgeblickt und vor Schreck mit einem lauten Klirren seinen Löffel fallen lassen.

Nun spiegelte das Gesicht des jungen Gourmets eine seltsame Mischung genießerischen Wohlbehagens und gleichzeitig eines schlechten Gewissens wider.

Graf Gerhard war der Erste, der bei diesem Anblick – hinter vorgehaltener Hand und dennoch unüberhörbar – in leises Gelächter ausbrach, doch alle Übrigen stimmten mit ein, bis die vormals so einschüchternde Atmosphäre des Saales von unbeschwerter, ausgelassener Heiterkeit erfüllt war.

Epilog

Reglos stand Julius Schwartz an einem Fenster im ersten Stock des von rixtorfschen Herrenhauses und beobachtete, wie draußen der Tag anbrach. So wie er schon unzählige Male am Fenster eines Patientenzimmers gestanden und den Tagesanbruch beobachtet hatte – bei jedem Wetter, zu jeder Jahreszeit und an jedem Ort, an dem er bislang gelebt hatte.

Dennoch war diesmal alles anders. Unfassbare, unermessliche Erleichterung und Freude erfüllten sein Herz, während er beobachtete, wie eine blasse Wintersonne ihre ersten Strahlen über den Horizont schob und lang gezogene Schatten kahler Äste der Parkbäume auf den mit einer dünnen, weißen Schneedecke bepuderten Erdboden vor dem Herrenhaus malte.

Wie ein Sinnbild erschien ihm dieser strahlende Sonnenaufgang, denn diesmal hatte, entgegen seiner Befürchtung, nicht der Tod, sondern das Leben im Haus seines Patienten Einzug gehalten.

Ruckartig, als müsste er sich vergewissern, dass dieses Bild nicht seinem überreizten, weil übermüdeten Geisteszustand entsprang, drehte er sich dem Inneren des Schlafzimmers zu, um zu seiner Beruhigung alles im gleichen Zustand wie vor wenigen Minuten vorzufinden: In dem großen, von einem hellen Satinhimmel überspannten Ehebett Graf Philipps lag seine junge Gattin und, an ihrer Seite, ihre beiden neugeborenen Söhne.

„Julius Philipp und Johan Gerhard“, hatte Sophie mit leuchtenden Augen verkündet, ehe sie, von den körperzehrenden Strapazen und den Schmerzen der soeben überstandenen Entbindung übermannt, die Augen geschlossen hatte und eingeschlummert war.

Behutsam trat Julius ans Kopfende des Bettes, um die beiden Säuglinge noch einmal eingehend zu betrachten. Obwohl er sie mithilfe der Hebamme bereits gewaschen und angekleidet hatte, wirkten sie wesentlich winziger und hilfloser auf ihn als andere Neugeborene, und dieser Eindruck entsprach durchaus den Tatsachen.

Ungeachtet ihrer geringen Größe und ihres geringen Gewichts jedoch hatten beide Kinder – ebenso wie ihre Mutter – die Entbindung gesund und unbeschadet überstanden und damit eine zentnerschwere Last von Julius' Schultern genommen.

Nachdem er bei einer Untersuchung etwa in Sophies siebtem Schwangerschaftsmonat festgestellt hatte, dass sie vermutlich Zwillinge entbinden würde, hatten seine Sorgen ihm kaum mehr eine ruhige Minute gelassen. Schließlich kannte er die Gefahren einer Zwillingsschwangerschaft, besonders bei einer zierlichen Frau wie Sophie nur zu gut. Julius hatte seine Praxis samt dem gesamten Hausstand in Steinkirchen aufgelöst und war zu der jungen Grafenfamilie nach Gut Rixtorf gezogen, um jederzeit zu ihrer Verfügung zu stehen und für die Schwangere, die vor der Entbindung wochenlang Bettruhe halten musste, zu sorgen.

Doch nun, an diesem Weihnachtsmorgen 1833, da alle Sorgen sich als grundlos erwiesen hatten und alle Schmerzen der Entbindung und Geburt überstanden waren, verspürte Julius nichts anderes als unbändige Freude!

Zärtlich strich er über den weichen und immer noch leicht feuchten dunklen Flaum, der die Köpfe der Zwillinge bedeckte. Unter der Berührung seiner Hand verzog sich das Gesicht des kleinen Julius zu einer Grimasse.

Julius Schwartz lächelte erfreut auf seinen winzigen Namensvetter nieder. Das Wissen, dass Sophie ihren Erstgeborenen nach ihm, ihrem zweiten Vater, wie sie selbst ihn bezeichnete, benannt hatte, erfüllte ihn mit einer Art von Stolz, der dem von Philipp, dem jungen Vater der Zwillinge, nicht ganz unähnlich war; und ließ ihn den leichten Stich der Enttäuschung, den er verspürt hatte, als Sophie sich mit Philipp und nicht mit Matthias, wie er damals gehofft hatte, verlobte, vollkommen vergessen.

Aufgeschreckt durch eine plötzliche Bewegung in seinem Rücken wandte Julius sich zu Sophie.

Der glücksstrahlende Blick, mit dem sie Julius samt ihren beiden Kindern bedachte, strafte die Müdigkeit und Erschöpfung in ihrem Gesicht Lügen, doch der Arzt in Julius konnte es nicht unterlassen zu fragen: „Wie fühlst du dich, Sophie?"

„Stark genug, um meine Kinder nach ihrem Vater nun auch den übrigen Familienmitgliedern vorzustellen", antwortete sie. „Wäre es wohl möglich, sie jetzt zu uns hereinzubitten?"

„Wenn du dich wirklich in der Lage dazu fühlst ...?" Julius erhob sich zögernd, um sich zur Tür zu begeben. Als seine Hand bereits die Klinke berührte, hielt Sophie ihn jedoch noch einmal zurück.

„Wie steht es um Matthias? Wird auch er heute noch kommen, um die beiden willkommen zu heißen und gemeinsam mit uns Weihnachten zu feiern?"

„Das wird er!", versicherte Julius. „Sobald der Herr Pastor den Weihnachtsgottesdienst für seine Gemeinde abgehalten hat, macht er sich auf den Weg nach Gut Rixtorf!"

„Das ist gut!“ Sophie wirkte erleichtert, während sie, mehr an sich selbst als an Julius gewandt, murmelte: „Ich glaube nämlich, Mechthild erwartet seine Ankunft nicht weniger dringend, als ich die meiner beiden Kleinen erwartet habe!“

Mit einem vielsagenden Grinsen schloss Matthias' Vater die Tür, um den restlichen Gutshaushalt aus seinem morgendlichen Schlummer zu wecken.

Mach End, o Herr, mach Ende
mit aller unsrer Not;
stärk unsre Füß und Hände
und lass bis in den Tod
uns allzeit deiner Pflege
und Treu befohlen sein,
so gehen unsre Wege
gewiss zum Himmel ein.